A Faint Cold Fear Thrills Through My Veins
William Shakespeare

Zu diesem Buch

Peter, genannt Pup, ist fast sechzehn und hat einen großen Kummer: Er ist der Kleinste in der Klasse. Im Unterricht wird gerade «Doktor Faustus» besprochen, da hat er eine glänzende Idee: Er wird dem Teufel seine Seele verkaufen, wenn der ihn dafür wachsen läßt. Pup führt die notwendige Zeremonie durch, und tatsächlich ist er einen Monat später anderthalb Zentimeter größer. Und er wächst weiter.

Damit ist Pups Interesse für die Magie geweckt. Er richtet sich ein leerstehendes Zimmer ein, streicht es schwarz, malt magische Zeichen an die Wände und fängt an, Zauberrituale zu praktizieren.

Seine ältere Schwester Dolly ist davon sehr beeindruckt und unterstützt ihn voller Begeisterung. Insgeheim hegt sie die Hoffnung, daß ihr Bruder sie mit seinen magischen Kräften von ihrem großen Muttermal auf der rechten Wange befreien kann und sie dann endlich eine normale Frau ist.

Bald darauf stirbt nach langer Krankheit die Mutter. Harold Yearman, der so daran gewöhnt ist, daß ihn eine Frau umsorgt, damit er in aller Ruhe seine historischen Romane lesen kann, heiratet einfach Myra Brewer aus dem Nachbarhaus. Doch von Anfang an besteht zwischen Dolly und Myra offene Feindschaft. Nur noch ein Gedanke beherrscht Dolly: Pup muß die böse Stiefmutter aus dem Weg räumen. Und damit wird aus dem Spiel mit der schwarzen Magie tödlicher Ernst ...

Ruth Rendells erster Kriminalroman erschien 1964. Inzwischen hat sie mehr als zwanzig Romane und drei Kurzgeschichtenbände veröffentlicht. Alle wichtigen Preise, die für Kriminalromanautoren ausgesetzt werden, hat sie erhalten, zum Beispiel zweimal den Edgar. Ihre Bücher werden in vierzehn Sprachen übersetzt.
Von Ruth Rendell liegen in der Reihe rororo thriller noch vor: Dämon hinter Spitzenstores (Nr. 2677) und Durch das Tor zum Himmlischen Frieden (Nr. 2684). Weitere Bücher der Autorin werden folgen.

Ruth Rendell

Der Pakt

Deutsch von
Edith Walter

mit einem Nachwort
von Helga Riedel

rororo

Rowohlt

rororo thriller
Herausgegeben von Bernd Jost
und Richard K. Flesch

Deutsche Erstausgabe
Veröffentlicht im Rowohlt Taschenbuch Verlag GmbH,
Reinbek bei Hamburg, Dezember 1984
Die Originalausgabe erschien bei Hutchinson Publishing Group,
London, unter dem Titel «The Killing Doll»
Umschlagentwurf Manfred Waller
Umschlagbild Bilderbox Hamburg, S. Reinhardt

Satz Bembo (Linotron 202)
Gesamtherstellung Clausen & Bosse, Leck
Printed in Germany
780-ISBN 3 499 42709 5

Die Hauptpersonen

Peter (genannt ‹Pup›) Yearman	verkauft seine Seele dem Teufel, weil er endlich wachsen will.
Dolly Yearman	bemuttert und bewundert ihren Bruder.
Edith Yearman	stirbt zwar, gibt aber trotzdem keine Ruhe.
Harold Yearman	liest historische Romane und braucht der guten Ordnung halber immer eine Ehefrau.
Myra Brewer	heiratet aus Verzweiflung und wird damit zur bösen Stiefmutter.
George Colefax	ist Zahnarzt und Myras Arbeitgeber.
Yvonne Colefax	ist so schön, daß alle anderen Frauen neben ihr wie Aschenputtel wirken.
Ashley Clare	ein schöner Mann mit schwächlicher Konstitution.
Diarmit Bawne	hält sich für unsichtbar.
Conal Moore	bleibt unsichtbar.

I

Im Winter vor seinem sechzehnten Geburtstag verkaufte Pup seine Seele dem Teufel. Es war Anfang Dezember und schon vor fünf Uhr dunkel. Ungefähr zwei Stunden später suchte sich Pup alles zusammen, was er brauchte und ging zur alten Eisenbahnlinie hinunter. Dolly war ins Krankenhaus gefahren – zwischen sieben und acht war Besuchszeit –, und Harold irgendwo unterwegs. Möglicherweise auch im Krankenhaus. Manchmal raffte er sich dazu auf.

In der Hand trug Pup eine Fahrradlampe. Er verließ den Garten durch die hintere Pforte und kletterte durch Bäume und Gesträuch den Abhang hinunter. Hier lief die alte Eisenbahnlinie durch ein Tal, so daß die Gärten auf sie herabsahen. An anderer Stelle wiederum führte der grasbewachsene Pfad, der früher das Bett für Schwellen und Schienen gewesen war, einen aufgeschütteten Damm entlang, etwa fünf Meilen weit über Brücken hinweg und unter Brücken durch. Im Sommer war er so dicht überwuchert, daß er aus der Luft wie ein Waldstreifen aussehen mußte. Jetzt, im Winter, waren die Birken und Schmetterlingssträucher kahl, das Gras dünn und feucht, mit Unrat, durchweichtem Papier und rostigen Büchsen besät. Zwischen den Wolken schimmerte fahl der Mond, ein Schwamm, der in seifigem Wasser trieb.

Linker Hand erhob sich der steinerne Bogen, den die Mistley Avenue querte. Er war breiter als eine Brücke und nicht so tief wie ein Tunnel, ein feuchtes, dunkles Loch, durch das man undeutlich ein paar Lichter flimmern sah. In der Mitte hatte jemand irgendwann einmal eine Federmatratze weggeworfen, aus der noch immer Daunen rieselten. Im Mistley-Tunnel waren überall Federn zu finden: sie klebten an den Mauern oder auf dem Boden oder schwebten wie weiße Insekten durch das Dunkel. Pup schwenkte seine Lampe, und ihr Strahl zeigte ihm die grünlichen Wände, die vor Nässe trieften. Er hockte sich inmitten der Federn auf den Boden und zündete die Kerze an, die er mitgebracht hatte. Außerdem hatte er ein kleines Küchenmesser und eine Tasse mitgenommen. Er war der Meinung, daß seine Seele eine sichtbare und greifbare Form annehmen mußte, damit er sie übergeben konnte. Das Messer war sehr scharf, und er mußte nur einmal ganz leicht mit der

Klinge gegen den Daumenballen drücken, um das Blut sprudeln zu lassen. Ein paar Tropfen Blut fielen in die Tasse, und Pup betrachtete sie nachdenklich im Kerzenlicht. Jetzt, da er so weit gegangen war, wußte er kaum, was er für Worte sprechen sollte.

In einem der Gärten schrie in einer hohen Kastanie eine Eule. Es klang nicht melodisch, sondern kalt und unheimlich. Pup lauschte und wartete, bis der schrille, geisterhafte Schrei sich wiederholte. Und dann sah er die Eule, einen großen, flatternden Körper, der sich am Tunneleingang vom tintig roten Himmel abhob. Pup merkte plötzlich, daß er fror. Sein Blut tropfte langsam in die glänzende weiße Tasse. Er stand auf, streckte die Hände mit der Tasse aus und sagte:

«Satan, o Satan, das ist meine Seele. Wenn du mir alles gibst, was ich haben will, darfst du meine Seele nehmen und für immer behalten. Nimm sie jetzt. Als Gegenleistung mußt du mich glücklich machen.» Pup unterbrach sich und horchte in die vollkommene Stille hinein. Eine Feder schwebte von der Tunnelwölbung herunter, geriet in die Kerzenflamme und verbrannte darin. Ob das wohl das Zeichen dafür war, daß Satan seine Seele angenommen hatte? Er beschloß, diesen Umstand sofort auszunützen. «Laß mich wachsen», sagte er.

Dolly erzählte er erst zwei Wochen später davon, und auch da sagte er ihr nicht alles.

«Du hast was?» fragte sie.

Er las gerade Marlowes *Faustus* für die Prüfungen zur mittleren Reife. «Das kommt in einem Theaterstück vor, das wir in der Schule lesen. Ich dachte mir, daß es zumindest einen Versuch wert ist. Schließlich nützt mir meine Seele nichts, oder? Man sieht sie nicht, und man kann nichts damit anfangen. Da kann man sie doch genausogut dem Teufel verkaufen.»

«Und was bekommst du dafür?»

«Na ja», antwortete Pup vage, «einfach Sachen, die ich gern haben möchte. Alles, was ich will. Ich habe ihn schon um ein paar Sachen gebeten.»

«Du hättest ihm sagen müssen, er soll dafür sorgen, daß Mutter nicht stirbt», entgegnete Dolly, als rede sie mit jemandem, der sich erboten hatte, für die Kranke zu beten.

«Ich glaube nicht, daß er solche Sachen macht», meinte Pup nachdenklich und nahm sich ein zweites Schokoladenéclair.

Schon hatte Dolly – wenn auch verfrüht – begonnen, an Pup Mutterstelle zu vertreten, fütterte ihn mit Kuchen und nötigte ihn, viel Zucker in den Tee zu nehmen. Seine Gesundheit stärken, nannte sie es.

Harold, vor dem man ungestraft auch das intimste Gespräch führen konnte, weil er nie ein Wort hörte, wenn er las, hatte sein Buch an das Glas mit Ananasmarmelade gelehnt. Er aß Tomatenscheiben zu einem Ei-Schinken-Omelett auf amerikanische Art, indem er die Gabel aus der Hand legte, um die Teetasse aufzunehmen und zu trinken. Die linke Hand mußte er immer frei haben, damit er umblättern konnte. Dolly trank nie Tee. Wenn sie aus dem Krankenhaus zurückkam, würde sie oben in ihrem Zimmer zwei Glas Wein trinken – wie jeden Abend.

«Kommst du mit, Vater?» fragte sie. Da er sie nicht gehört zu haben schien, tippte sie auf den Umschlag von *Die Königin, die nie eine wurde*, eine Biographie der Sophia Dorothea von Celle. «Ich habe gefragt, ob du mitkommst?»

«Es ist schmerzlich für mich, in dieses Krankenhaus zu gehen», antwortete Harold.

«Sie freut sich aber, dich zu sehen.»

«Na, ich weiß nicht so recht», sagte er, eine seiner Lieblingsphrasen benutzend. «Es würde ihr keine Freude machen, wenn sie ahnte, wie schmerzlich es für mich ist.»

Nein, er begleitete sie nicht. Sie mußte allein gehen, wie gewöhnlich. Als sie weg war und Harold sich in den Raum zurückgezogen hatte, den er das «Frühstückszimmer» nannte – obwohl seines Wissens nie jemand dort frühstückte –, um den Abend mit Sophia Dorothea zu verbringen, stieg Pup in den ersten Stock hinauf, in dem sein Zimmer lag. Das Haus hatte zwei Stockwerke, doch das oberste wurde kaum benutzt. Pups Zimmer lag nach hinten hinaus, mit Blick auf die alte Eisenbahnlinie, die Rückfronten der grauen Stuckhäuser in der Wrayfield Road, den Nachbargarten auf der einen Seite, der Mrs. Brewer gehörte, und Mrs. Buxtons Garten auf der anderen. Pup schloß die Vorhänge aus sehr altem rosafarbenem und rehbraunem handgewebtem Leinen. Sie stammten noch von Harolds Mutter, der das Haus früher gehört hatte. An der Wand hatte Pup mit Dollys Maßband einen über einsachtzig langen senkrechten Strich gezogen, ihn auf einer Seite in Zentimeter unterteilt – weil er in der Schule das metrische System gelernt hatte. Auf der anderen Seite war eine Zoll-Skala, denn Zoll und Fuß waren ihm immer noch die vertrauteren Bezeichnungen, wenn er von der Größe eines Menschen sprach.

Er zog die Schuhe aus. Es war jetzt einen Monat her, daß er sich am 18. November zum letztenmal gemessen hatte, und damals war er noch einsneunundvierzigeinhalb gewesen. Monatelang hatte er einsneunundvierzigeinhalb gemessen, und als er sich jetzt wieder straff an den Meßstrich lehnte, krampfte sich ihm vor Spannung der Magen zusammen. Er schloß die Augen. Was sollte er nur tun, wenn er sein Leben lang einsneunundvierzigeinhalb blieb?

«Satan, o Satan!» flehte er.

Er machte über seinem Scheitel einen Strich, drehte sich um und sah nach. Einseinundfünfzig. Täuschte er sich? Nein, das glaubte er nicht. Wenn überhaupt, dann hatte er die Knie nicht so durchgestreckt wie sonst, und sein Haar war flacher, weil es erst frisch geschnitten war. Der neue Strich war zweifellos anderthalb Zentimeter höher als der letzte. Einseinundfünfzig. Jemand, der labil und eitel genug gewesen wäre, sich ein bißchen zu strecken, hätte leicht einszweiundfünfzig daraus machen können. Hatte das der Teufel für ihn getan? Eigentlich hielt Pup das für unwahrscheinlich – es war reiner Zufall.

Alle Yearmans waren ziemlich kurzgeraten. Harold war klein und mager, mit zweiundfünfzig so dünn wie ein Junge, und maß nicht sehr eindrucksvolle Einssiebenundsechzig. Laß mich wenigstens einssiebenundsechzig werden! flehte Pup und betrachtete sich in Großmutter Yearmans fleckigem Spiegel. Noch sechzehn Zentimeter, Satan, bitte! Faustus hatte nicht um körperliche Schönheit gebeten, und sie war ihm auch nicht versprochen worden. Vielleicht hatte er schon gut ausgesehen und war auch groß genug gewesen. Pup hatte das lange Yearman-Gesicht, die gewölbte Stirn, die lange, gerade Nase, den breiten Mund, das gelbbraune Yearman-Haar und die gelben Yearman-Augen, die von freundlich gesinnten Menschen hellbraun genannt wurden. Weder er noch Dolly hatten Ediths rotes Haar, ihre glänzenden lichtblauen Augen und die rosige, sommersprossige, zarte Haut der Rothaarigen geerbt. Mit meinem Aussehen wäre ich schon zufrieden, dachte er, wenn ich nur noch sechzehn Zentimeter wachsen würde.

Dolly konnte mit ihrem Aussehen nie glücklich werden. Ihr Aussehen war etwas ganz anderes, obwohl sie nie mit jemandem darüber sprach, und niemand wußte, was sie empfand. Pup nicht und nicht einmal Edith. Dolly hatte den Brief an die Zeitschrift nicht geschrieben, obwohl er von ihr hätte sein können: «Verunstaltet, Stockport, England» – so hieß das Kennwort, unter dem der Brief veröffentlicht worden war – schien an derselben Entstellung zu leiden. Die rechte Wange dem dunklen Fenster zugewandt, las sie die

Zeitschrift im Bus auf der Rückfahrt vom Krankenhaus, wo man ihr gesagt hatte, ihre Mutter werde das neue Jahr kaum erleben. Dolly saß im Bus immer auf einem rechten Fensterplatz, und wenn keiner frei war, wartete sie auf den nächsten Bus. Natürlich fuhr sie nur sehr selten mit öffentlichen Verkehrsmitteln. Sie war ja auch nie zur Arbeit gegangen.

«Die Anziehungskraft auf das andere Geschlecht hängt nicht davon ab, daß man körperlich hübsch ist, wissen Sie? Überlegen Sie mal, wie viele ziemlich häßliche Frauen einen ganzen Schwarm von Verehrern haben. Ihr Geheimnis ist Selbstsicherheit. Werden Sie eine Persönlichkeit, werden Sie zu einem interessanten Menschen, mit dem es Spaß macht, zusammenzusein. Versuchen Sie auszugehen, lernen Sie so viele Leute wie möglich kennen, und Sie werden entdecken, wie spannend es ist, neue Freunde zu finden. So spannend, daß Sie ihr Geburtsmal bald vergessen haben werden.» – Soweit die Antwort auf den Brief von «Verunstaltet, Stockport, England.»

Dolly hatte keine Freunde. Edith hatte sie gehegt und behütet, und sie fragte sich jetzt, was sie ohne Edith anfangen sollte. Als sie sechzehn war, hatte Edith sie überredet, von der Schule abzugehen. Daß sie sich eine Stellung suchte, kam nicht in Frage. Sie blieb zu Hause und half ihrer Mutter wie die Mädchen, die zur Zeit von Großmutter Yearman jung gewesen waren. Sie gingen miteinander einkaufen, und Edith brachte Dolly dazu, sich immer bei ihr einzuhaken.

«Sie helfen dem Mädchen nicht, indem Sie es behandeln wie eine Kranke, Edith», hatte Mrs. Buxton aus dem Nebenhaus gesagt. «Es gibt Mädchen, die schlimmer entstellt sind und ein normales Leben führen. Wenn ich meine Tochter in Finsbury Park besuche, sehe ich oft ein Mädchen, das auf der ganzen unteren Gesichtshälfte ein Feuermal hat, nicht nur auf der Wange wie Dolly, und dieses Mädchen fährt sein Baby im Kinderwagen spazieren. Ein bildhübsches Baby mit einer ganz reinen Haut.»

«Wir sind von einem Spezialisten zum anderen gelaufen», sagte Edith. «Keiner konnte helfen. Harold hat ein Vermögen ausgegeben.»

Dolly sagte nie ein Wort dazu. Sie saß an ihrer Nähmaschine und lernte unter Ediths Anleitung schneidern. Sie gingen nie irgendwohin, waren aber immer so angezogen, als seien sie zum Essen in ein Restaurant eingeladen. Sie trugen schicke, selbstgeschneiderte Kleider, hauchdünne Strumpfhosen, auf Hochglanz polierte

Schuhe, und ihr Haar war immer frisch gewaschen und gelegt. Dollys Haar war natürlich so sorgfältig frisiert, daß es wie ein Vorhang ihre Wange bedeckte. Der Höhepunkt ihres Tages war, wenn Pup zum Tee nach Hause kam.

Sieben Jahre war es so gegangen. Dolly war jetzt dreiundzwanzig.

«Nur gut, daß ich nie arbeiten gegangen bin», sagte sie zu Pup. «Da habe ich wenigstens gelernt, mich um dich zu kümmern und den Haushalt zu versorgen.»

Das Haus war groß und fast noch genauso möbliert wie zu Großmutter Yearmans Zeiten. Die meisten gleichartigen in der Manningtree Grove waren in Mietwohnungen unterteilt worden. Das Haus der Yearmans war schäbig und ziemlich dunkel. Auf den Fußböden, riesigen Linoleumflächen oder fleckigen Dielenbrettern, lagen ein paar alte Teppiche wie viereckige Inseln in einem Ozean. Die Installation war fast schon antik zu nennen, die elektrischen Leitungen bestenfalls unzuverlässig. Harold, Dolly und Pup waren an einem gemütlichen Heim und Hausarbeit nicht interessiert. Kaum, daß sie Weihnachten feierten. Pup hängte im Eßzimmer ein paar Papiergirlanden auf, aber da sie niemand abnahm, waren sie im März, als Edith starb, auch noch da. Es war Schnee gefallen, und er lag unberührt, jungfräulich, eine schimmernde Straße, auf der alten Eisenbahnlinie. Dolly fütterte die Vögel mit Kuchenkrümeln, die sie auf ein altes Bücherregal vor dem Küchenfenster streute, und warf einen Stein nach Mrs. Brewers Katze, die den Vögeln nachstellte. Sie traf die Katze nicht, würde es aber eines Tages tun. Sie haßte diese Katze, haßte alle Katzen, und dieser einen wollte sie es eines Tages heimzahlen.

Mrs. Buxton kam herein. Sie trug Gummistiefel, deren Schäfte abgeschnitten waren, weil sie zu dicke Waden hatte.

«Ich wollte dir nur sagen, wie leid es mir um deine Mutter tut, meine Liebe. Ich weiß, was sie dir bedeutet hat, sie war mehr als eine Mutter, wenn das überhaupt möglich ist. Und ich fühle so mit deinem armen kleinen Bruder. Wie merkwürdig, daß ihr im März noch Papiergirlanden hängen habt.»

Pup war im Februar sechzehn geworden, doch man hatte immer das Gefühl, er sei jünger, weil er so klein war. Er war ruhig, freundlich und höflich, und er machte keine Einwendungen, wenn Dolly verlangte, daß er sie küßte, bevor er in die Schule ging und wenn er wieder nach Hause kam. Der Mantel von Ediths Mütterlichkeit lag jetzt um Dollys Schultern, und sie war plötzlich mütterlicher als

Edith es je gewesen war. Sie machte sich seinetwegen Sorgen und fragte sich, warum er so beherrscht und zurückhaltend war.

Er hatte sich am 18. Januar und am 18. Februar gemessen, und immer war er ein bißchen gewachsen. Am 18. März maß er einsvierundfünfzigeinhalb. Er kaufte sich an einem Bücherstand ein Taschenbuch über Zauberei. Faustus konnte Gold machen, Geister beschwören und wußte durch die unglaublichsten Zaubertricks zu verblüffen. Immer mehr identifizierte sich Pup in dieser Zeit mit Faustus, obwohl eine gesunde Skepsis ihm sagte, daß dieser Wachstumsschub reiner Zufall war.

«Ich werde nie darüber hinwegkommen», sagte Harold nach Ediths Beerdigung in Golders Green. «Sie war die ganze Welt für mich. Ich komme nie darüber hinweg.»

Dolly holte ihm aus der Bücherei eine neue Biographie über die letzte Zarin, doch es dauerte einen ganzen Tag, bevor er imstande war, mit dem Lesen anzufangen. Er weigerte sich, in dem Zimmer zu schlafen, das er mit Edith geteilt hatte, und zog in das andere im ersten Stock mit Blick auf die Straße. Er erklärte, in Ediths Zimmer dürfe nicht das geringste verändert werden. Das hatte Königin Victoria auch für Prinz Albert getan, nachdem er gestorben war. Dolly mußte das Bett machen, das Laken zurückschlagen und eins von Ediths Nachthemden darauf zurechtlegen, obwohl Edith das nie getan, sondern ihr Nachthemd zusammengerollt unter das Kopfkissen geschoben und oft das Bett überhaupt nicht gemacht hatte.

Mrs. Collins, für die Dolly ein Kleid fertignähte, das Edith angefangen hatte, bevor sie ins Krankenhaus ging, sagte, Harold anzusehen, treibe einem die Tränen in die Augen. Als sie das Haus betrat, hatte sie ihn dabei überrascht, wie er mit einem Buch über die *Gothaischen Genealogischen Handbücher* die Treppe hinaufging. Sie hatte geglaubt, es sei die Bibel und sein Ziel das Zimmer seiner verstorbenen Frau. Mrs. Collins war auf eine merkwürdige Art religiös und Mitglied, ja, sogar ein leitendes Licht der «Adonaikirche der Guten Spiritisten» in Mount Pleasant Green.

«Er sollte sich uns anschließen», sagte sie. «Sie wird von der anderen Seite zu ihm durchdringen wollen.»

«Wahrscheinlich hätte sie lieber mich», entgegnete Dolly, mit einer Reihe von Stecknadeln zwischen den Lippen, und steckte, auf den Knien rutschend, den Saum an Mrs. Collins' Kleid ab. «Sie sollten mich auffordern.»

«Wir fordern Sie auf, meine Liebe», sagte Mrs. Collins. «Wir nehmen alle menschlichen Seelen bei uns auf.» Das klang, als sei Dolly eine Mißgeburt, die eben noch Anspruch auf diese Bezeichnung erheben konnte.

Pup stieg an der U-Bahnstation Highgate aus dem Bus und ging entlang der alten Eisenbahnlinie nach Hause. In einer Hand trug er die Schultasche, in der anderen eine Plastiktüte mit Zeichenpapier, Farben, blauer Haftmasse und Reißzwecken, die er in Muswell Hill gekauft hatte. Es war der 18. Juli, ein schöner Sommertag. Pup trug saubere Jeans, ein sauberes weißes Hemd und eine leichte graue Reißverschlußjacke. Dolly hätte ihn gern in grauen Flanellhosen gesehen, doch Pup, der sich in den meisten Dingen leicht lenken ließ, bestand auf Jeans. Er erlaubte auch nicht, daß sie sie für ihn nähte. Levi's mußten es sein, wie die anderen sie trugen, Wrangler oder irgendeine andere bekannte Marke, die «in» war. Pup war diesen Weg gegangen, weil er die alte Eisenbahnlinie mochte und außerdem seinem Freund Dilip Raj und noch einigen anderen ausweichen wollte, die in seine Schule gingen und auch in der Manningtree Grove oder der näheren Umgebung wohnten.

An diesem Nachmittag waren viele Leute auf der alten Strecke, hauptsächlich Kinder, die auf den Brückengeländern saßen, aber auch Erwachsene: ein junger Mann, der im Gehen eine Büchse vor sich herkickte, die er schließlich an der Northwood Road über das Geländer auf die unter der Brücke verlaufende Straße schoß, und Frauen, die mit ihren Hunden spazierengingen. Pup blieb stehen und streichelte den edlen Kopf eines Pyrenäischen Berghundes, der vom Milton Park zur Stanhope Road und zurück geführt wurde. Die Sonne schien in einem dunstigen Himmel, und alle Schmetterlingssträucher standen in voller Blüte, prangten mit einer Überfülle langer purpurner Trauben, auf denen sich ab und zu ein Pfauenauge oder ein Kleiner Fuchs niederließ. Die Schmetterlinge waren rar geworden, doch wenn die Sträucher an der alten Bahnlinie blühten, bekam man sie noch manchmal zu sehen.

Kurz vor dem Mistley Tunnel kletterte Pup durch Weißdornschößlinge, durch gelbblühendes Jakobskreuzkraut, rote Lichtnelken und Cola-Pappbehälter die Böschung hinauf und betrat den Garten durch die hintere Pforte. Dolly wartete auf ihn wie eine Mutter oder eine Ehefrau und hielt ihm die nicht entstellte linke Wange zum Kuß hin. Er küßte sie. Er hätte auch die andere Wange geküßt, denn er fühlte sich nicht davon abgestoßen. Dolly nahm einen Stein vom Fensterbrett – sie bewahrte dort immer einen kleinen Vorrat auf – und warf ihn nach Mrs. Brewers Katze.

«Du solltest mit Erdklumpen nach ihr werfen», sagte Pup. «Mit einem Stein kannst du ihr weh tun.»

«Sie läuft mir über alle Pflanzen», sagte Dolly, obwohl es im ganzen Garten keine Pflanze gab, die erwähnenswert gewesen wäre, nur die vielblütige Weißwurz und den schwarzen Nachtschatten und in der entsprechenden Jahreszeit ein paar anämische Heidekrautastern. «Was habt ihr heute in der Schule gemacht?» Dolly fragte ihn das oft, weil sie es für die Pflicht einer Mutter hielt zu fragen und vergaß, daß er schon sechzehn war.

«Differentialrechnungen», antwortete Pup ernst. Er hatte kaum eine Ahnung, was das eigentlich war, aber es machte Dolly glücklich, wenn er so etwas sagte. Halb bewußt und halb unbewußt hatte er vor einiger Zeit einen Kurs eingeschlagen, von dem er glaubte, daß er Dolly glücklich machen würde.

«Das klingt schwierig. Ist das deine Hausaufgabe?»

«Das und die finnisch-ugrischen Sprachen», sagte Pup und häufte sich Salami, Cornwall-Fleischpastete, Mixed Pickles, Kohlsalat und Battenburg-Kuchen auf den Teller.

Schultasche und Plastiktüte in der Hand, ging er durch die höhlenartige Halle – die Wände waren wie in einem altmodischen Krankenhaus oder einer alten Fabrik bis zur halben Höhe dunkelgrün und dann bis zur Decke hellgrün gestrichen, der Fußboden mit roten und schwarzen Fliesen ausgelegt –, als der Vater die Eingangstür aufschloß und das Haus betrat. Seit er verheiratet war, hatte Harold, wenn er heimkam, immer als erstes gesagt, er sei völlig erledigt. Pup begrüßte ihn höflich und freundlich wie immer.

«Hallo, Vater. Hast du einen schönen Tag gehabt?»

«Daß er schön war, könnte ich nicht gerade behaupten», sagte Harold. «Ich bin völlig erledigt.»

Pup ging in sein Zimmer hinauf. Es war heiß und stickig, und er öffnete das Fenster. Er zog die Schuhe aus. Heute fühlte er keine so große zitternde Erregung wie sonst, denn die Jeans, die ihm zu kurz geworden waren, sagten ihm, daß er gewachsen war, doch auf einsneunundfünfzigeinhalb hätte er nie zu hoffen gewagt. Einsneunundfünfzigeinhalb. Er wuchs tatsächlich und war nicht mehr der Kleinste in der Klasse. Dilip Raj und Christopher Theofanou waren kleiner als er.

Er zog die Schuhe wieder an und nahm das Zeichenmaterial aus der Tüte. Das Zauberbuch bei einer Seite mit Diagrammen aufgeschlagen, begann er auf einem Bogen Kartonpapier ein halbmondförmiges Gebilde zu zeichnen. Er hatte vier Bogen Papier, einen für jedes der vier Elemente. Die Zeichnungen waren für die vier Wände des Zimmers im obersten Stockwerk bestimmt, das er zu seinem Tempel ausersehen hatte.

Er wollte ein Magier werden.

2

«Nähst du mir einen langen Mantel?» fragte Pup.

«Meinst du einen Bademantel?»

Er schüttelte den Kopf. «Komm hinauf. Ich möchte dir etwas zeigen.»

«Ich verstehe», sagte Dolly wie eine gekränkte Mutter. «Wahrscheinlich hat es was mit dem Zimmer zu tun, in das du mich nicht hineinläßt. Ich weiß, daß du es abgesperrt und den Schlüssel weggenommen hast. Jetzt hält der hohe Herr es wohl für richtig, die Geheimkammer zu öffnen, ja?» Sie warf den Kopf zurück. «Ich weiß nicht, ob ich die Zeit erübrigen kann.»

Pup sah sie mit seinem unwiderstehlichen Lächeln an. «O doch, du hast Zeit, Liebes.» Manchmal nannte er sie «Liebes», und dann war sie so hingerissen, daß sie immer weich wurde. «Du kommst bestimmt mit. Es wird dir gefallen.»

«Na, schon gut.»

Sie gingen selten in den zweiten Stock hinauf. Oder, korrigierte sich Dolly, als sie die letzte Treppe hinaufstiegen, besser gesagt, ich gehe selten herauf. Früher waren die obersten Räume die Dienstbotenzimmer gewesen, hatte Edith ihr erzählt. Aber hatte in Crouch End jemand tatsächlich je Dienstboten gehabt? Das konnte, Dollys Meinung nach, nicht später als im frühen Mittelalter gewesen sein. Es waren fünf Zimmer mit niedrigen Decken, die Wände mit merkwürdigen ausgeblaßten Mustern tapeziert – Sträußchen aus bleichen, stockfleckigen malvenfarbenen Wicken oder mit blauen Bändern gebundene Gänseblümchen auf gelblichen Streifen. Das Linoleum auf dem Boden war rötlich, rehbraun oder blau, ein paar Möbel standen herum – ein Bett, ein Trumeauspiegel, ein Schrank, der auf vier Beinen stand und einen ovalen Spiegel hatte. Zweimal im Jahr fuhr Dolly hier mit dem Mop über den Boden und wischte Staub. Daher wußte sie auch, daß Pup die Tür eines der nach hinten hinausgehenden Zimmer abgeschlossen hatte. Es war merkwürdig, diese leeren, kaum bekannten Zimmer im eigenen Haus zu haben. Es war so, als gehöre es einem gar nicht. Ein Schatten flog Dolly über die Seele. Sie hatte manchmal Vorahnungen.

Pup schloß die Tür auf. Dolly schnappte hörbar nach Luft. Die Gänseblümchen auf den gelben Streifen waren verschwunden. Pup hatte mit matter schwarzer Farbe darübergestrichen. Die Decke war rot. Unter dem Fenster erkannte Dolly an seiner Form den alten Kartentisch aus Bambus, der im Zimmer mit den Wicken gestanden hatte, aber Pup hatte ihn mit einem schwarzen Tuch zugedeckt. An jeder der vier schwarzen Wände hing eine Art Poster mit einem sonderbaren Zeichen darauf. An der Nordwand das gelbe Quadrat für Erde, an der Ostwand der blaue Kreis für Luft, im Süden ein gleichseitiges, mit der Spitze nach oben zeigendes rotes Dreieck für Feuer und im Westen ein silberner Halbmond für Wasser.

«Es sind *tattwas*», sagte Pup, «die Symbole der vier Elemente. Ich werde zaubern.» Er sah ihrem Gesicht an, was sie dachte. «Nein, nicht so, keine Tricks, ich will keine Kaninchen aus Hüten zaubern.» Ein Buch nach dem anderen nahm er vom Tisch und zeigte es ihr: Eliphas Levi, A. E. Waite, Crowley. «Es ist so etwas wie eine Wissenschaft», sagte er, weil er wußte, daß er sie damit ködern konnte. «Man muß jahrelang studieren. Ich glaube, ich habe Talent dazu.»

Dolly sagte nichts. Sie hatte eines der Bücher aufgeschlagen und las die Worte einer Zauberformel, so esoterisch und schwer verständlich, so lang und so verworren, daß sie das Gefühl hatte, der Mensch, der das begreifen wolle, müsse ein Riese an Geisteskraft sein.

«Du kannst es vergessen, wenn du nichts davon wissen willst», sagte Pup. «Du mußt nicht mitmachen.»

«Oh, aber ich will mitmachen», antwortete Dolly hastig. «Wenn man es jahrelang studieren muß, mußt du wohl auch auf ein College gehen?» Sie war ehrgeizig für ihn und wollte nicht, daß er in Harolds Geschäft eintrat. Das war vielleicht die Lösung. «Was kannst du werden, wenn du fertig bist?»

Pup hätte fast laut aufgelacht. «Es geht nicht darum, was man werden, sondern darum, was man tun kann. Du kannst dir alles verschaffen, was du willst. Einfach alles.» Zweifel und Hoffnung malten sich auf Dollys Gesicht. «Machst du mir also den Mantel? Ich möchte einen goldenen Mantel mit einer schwarzen Sonne, einem schwarzen Mond und schwarzen Sternen drauf.»

«Die kann man aufsticken», sagte Dolly. Plötzlich merkte sie, daß er ihr über den Kopf gewachsen war. Das mußte erst vor kurzem passiert sein. Zärtlicher Stolz auf ihn regte sich in ihr. «Gehen wir hinunter, dann sehe ich gleich nach, was ich habe. O ja, der goldene Polyester müßte gehen, den ich bei John Lewis im Ausverkauf so günstig bekommen habe.»

Dolly saß am Fenster des Vorderzimmers an ihrer Nähmaschine und steppte die Seitennähte des goldenen Mantels, als sie auf der anderen Seite der Ligusterhecke Myra Brewer vorübergehen sah. Myra besuchte ihre Mutter, wie an jedem Donnerstagabend. Unter den überhängenden Zweigen der beiden Gingkobäume, die im Garten der Yearmans wuchsen, streckte sie die Hand nach oben und riß ein paar der zarten, gefiederten Blätter ab. Myra gehörte zu den Leuten, die nicht imstande sind, unter überhängenden Zweigen durchzugehen, ohne wahllos und achtlos Blätter abzurupfen. Diese Brewers, dachte Dolly, und zu «diesen Brewers» gehörte auch die Katze, hatten es darauf abgesehen zu beschädigen, was ihr gehörte. Sie schlug mit der Faust gegen die Fensterscheibe, aber Myra war schon vorbei. Niemand hatte so rotes Haar – nicht einmal Ediths Haar war so rot gewesen. Myra mußte es mit Henna färben. Im Nachbarhaus knallte Myra die Eingangstür hinter sich zu, und dann herrschte wieder Stille.

«Ich dachte schon, du kommst nicht mehr», sagte Mrs. Brewer, während ihre Tochter den Tee zubereitete – eine Mühe, die sie sich selbst nie gemacht hätte.

«Das sagst du immer. Du sagst immer: ‹Bist du nicht spät dran?› oder: ‹Ich dachte schon, du kommst nicht mehr.›»

«Wenn ich das sage, dann deshalb, weil es die Wahrheit ist. Du kommst immer zu spät, außer er bringt dich mit dem Wagen her. Wo ist er heute abend? Daheim beim lieben Frauchen, nehme ich an.»

Myra hätte weinen können, wenn die Mutter so mit ihr sprach. Es stimmte ja alles. Er war bei seinem Frauchen zu Hause, und sie war siebenunddreißig, und ihr Haar sah furchtbar aus, wenn sie es nicht mit Henna färbte. Sie war auf dem Weg hierher in West End Green auf der Damentoilette gewesen, und dort hatte jemand an die Wand geschrieben: «Das Leiseste, was es auf dieser Erde gibt, ist das Geräusch von Haar, das grau wird.»

«Es hat keinen Sinn, ein solches Gesicht zu machen», sagte Mrs. Brewer und tat Sahne in ihren Tee wie seinerzeit als junges Mädchen in Devonshire. «Und es hat keinen Sinn, jetzt niedergeschlagen zu sein. Du kannst mir noch so oft erzählen, daß wir in der zweiten Hälfte des zwanzigsten Jahrhunderts leben und diesen ganzen Humbug, aber ich sage dir, daß die menschliche Natur sich nicht ändert. Du hättest das Menetekel an der Wand sehen müssen, als seine Söhne ins Internat kamen, und er sich damals nicht von ihr scheiden ließ.»

Myra sagte nichts dazu. Für heute hatte sie genug von Menetekeln an der Wand.

«Dieses kleine Miststück mit dem Feuermal wirft schon wieder mit Steinen nach Fluffy», sagte Mrs. Brewer.

Fluffy war ein langhaariger Tigerkater, den Mrs. Brewer einen Perser nannte. Manchmal saß er auf dem Pfosten des Zaunes, der das Grundstück der Yearmans von dem des Nebenhauses trennte. Mrs. Brewer bewohnte die Erdgeschoßwohnung, und die Leute im ersten und zweiten Stock hatten ebenfalls Katzen. Aber nur Fluffy thronte auf dem Pfosten. Dolly behauptete, in Crouch End gebe es mehr Katzen als im ganzen übrigen London.

«Es gibt in London auch mehr Mäuse als Menschen», wandte Pup ein, der in solchen Dingen Bescheid wußte.

Edith hatte den Garten im Herbst immer in Ordnung gebracht, die Heideastern zurückgeschnitten, die schwarzen Nachtschatten mit den Wurzeln ausgerissen und das Laub zusammengekehrt. Dolly war überzeugt, daß sie das in Zukunft tun mußte. Die Baumwollhandschuhe anzuziehen, die ihrer Mutter gehört hatten, ihre Baumschere und den kleinen rot und silbern lackierten Spaten zu benutzen, ließ die Erinnerung an Edith unerhört stark wieder aufleben. Wenn Dolly die Augen schloß, sah sie Edith fast leibhaftig vor sich: das magere, spitze Gesicht, das feurige rote Haar, und sie glaubte auch, das nach Verbenen duftende Toilettenwasser zu riechen. Tränen schossen ihr in die Augen. Mit wütendem Eifer stürzte sie sich in die Arbeit und begann Unkraut auszustechen.

Fluffy kam wie ein Seiltänzer den Zaun entlangstolziert, kratzte am Pfosten und schwang sich dann hinauf. Dolly beobachtete ihn, während er kratzte, und dann wieder, als er sich setzte. Die Manningtree Grove war lang und schnurgerade und trotz der am Straßenrand Stoßstange an Stoßstange parkenden Wagen ziemlich breit. Die Autofahrer benutzten sie als Durchgangsstraße zwischen Crouch End Hill und Stroud Green. Die Wagen fuhren sehr schnell, besonders jene, die von siebzehn- oder achtzehnjährigen Jungen gesteuert wurden. Dolly hörte ein Auto kommen, als es dort, wo die

Mistley Avenue kreuzte, über den Buckel holperte. Sie wußte, was sie tat, und wußte es doch nicht genau. Ihre Absicht war zur Hälfte Phantasie. Sie richtete sich auf, klatschte in die Hände und schrie. Fluffy sprang vom Pfosten herunter und flüchtete auf die Straße.

Dolly hörte den Wagen vorüberrasen, ohne Pause, ohne zu bremsen. Er war sehr schnell gefahren. Keiner dachte sich etwas dabei, wenn er mit über achtzig Stundenkilometern hier durchjagte. Dolly wartete darauf, daß Fluffy zurückkam, am Pfosten kratzte und sich dann oben hinsetzte. Sie suchte sogar einen Stein aus, den sie nach ihm werfen wollte. Nach einer Weile legte sie den Spaten weg, ging den Pfad hinunter, trat auf die Straße und sah nach. Fluffy lag auf der gegenüberliegenden Seite in der Nähe des Kanalgitters zwischen der vorderen Stoßstange eines roten Datsun und der hinteren Stoßstange eines grünen Volvo. Dolly überquerte die Straße. Fluffy war tot, schlaff, wenn auch noch sehr warm. Aus einem Mundwinkel floß ein bißchen Blut, äußere Verletzungen hatte er keine. Die Wucht des Aufpralls hatte ihn getötet und zur Seite geschleudert. Dolly wurde übel. Sie ging ins Haus zurück und wusch sich die Hände.

Mrs. Brewer war um diese Zeit nicht zu Hause gewesen. Sie fand den toten Fluffy am Abend, setzte sich hin und weinte. Sie versuchte Myra anzurufen, doch Myra war mit dem verheirateten Mann ausgegangen. Dolly, die vor dem Abend nur selten etwas trank, und auf keinen Fall vor halb sechs, mußte sich nach dem Zwischenfall mit Fluffy ein Glas Wein einschenken – und dann noch ein zweites. Eine Inderin, Mrs. Das, die über Mrs. Buxton wohnte, hatte Dolly schreien gehört und gesehen, wie Fluffy flüchtete. Sie erzählte es Mrs. Brewer. Nicht, weil sie Katzen liebte – dort, wo sie herkam, waren Katzen geächtet, weil man glaubte, sie seien von bösen Geistern besessen –, sondern weil, von anderen Indern abgesehen, Mrs. Brewer zu den wenigen Leuten im Viertel gehörte, die sich herabließen, mit Mrs. Das zu sprechen. Dolly sprach nicht mit ihr, und Mrs. Das konnte ja nicht wissen, daß Dolly mit fast niemandem redete.

Es gab jedoch keine Beweise und keinen offenen Tatbestand, so daß Mrs. Brewer nichts unternehmen konnte. Aber sie erzählte es allen, die sie kannte.

«Ihre Mutter war eine der nettesten Frauen, die man sich vorstellen kann», sagte Mrs. Buxton. «Ihre Myra erinnert mich in gewisser Weise an Edith Yearman.»

Myra hatte Dollys Mutter nie gesehen, die schon krank gewesen war, als Mrs. Brewer ins Nebenhaus zog. «Wieso denn das?»

«Das Haar, zum Beispiel. Die Augen. Natürlich ist Myra ein bißchen zu wuchtig, sie müßte schlanker werden.»

«Reizend», sagte Myra zu ihrer Mutter. «Das nenne ich im Glashaus sitzen und mit Steinen werfen.»

Mrs. Brewer achtete nicht auf das, was ihre Tochter sagte. «Diese Dolly kann nicht richtig im Kopf sein. Bringt ganz einfach ein Kätzchen um.»

Pup hatte den Eindruck, daß er endgültig aufgehört hatte zu wachsen. Im Februar war er siebzehn und knapp einssiebzig gewesen, und knapp einssiebzig war er auch jetzt noch. Soviel er wußte, hatte jedoch bisher kein Yearman diese Größe erreicht, und er war zufrieden. In dem goldenen Gewand mit den darauf applizierten Gestirnen war er eine recht imponierende Gestalt.

Laut Eliphas Levi, dem Autor von *Die Doktrin und das Ritual der transzendentalen Magie*, kann ein Magier ein Messer erstehen, um es als Dolch zu benutzen, vorausgesetzt, er benutzt dieses Messer auch zur Herstellung seiner anderen elementaren Waffen. In der großen Eisenwarenhandlung in Muswell Hill kaufte Pup sich ein Messer, malte den Namen «Luzifer» mit Farbe auf den Griff und auf die andere Seite den alttestamentarischen Namen für Feuer. Er konnte mit dem Messer seinen Zauberstab und sein Pentagramm schnitzen, bezweifelte jedoch, daß ihm eine Tasse gelingen würde.

An der alten Eisenbahnlinie waren die Büsche und die Zweige der Bäume noch kahl. Es war ein kalter Frühling gewesen. Harold hatte die Grippe gehabt und Dolly ebenfalls, wenn auch nur leicht; der Virus hatte in Pups Schule gewütet, und jetzt war Mrs. Brewer erkrankt. Mrs. Brewer war fett und schon älter, und ihre Grippe wurde zur Bronchitis. Myra zog zu ihr, behielt aber ihre Stellung als Halbtagssprechstundenhilfe bei einem Zahnarzt in Camden Town. Doch abends und nachts war sie immer da. Seit Jahren arbeitete sie nicht mehr ganztags, da sich der verheiratete Mann am Nachmittag am ehesten mit ihr treffen konnte.

«Er wird dich nicht vermissen», sagte Mrs. Brewer und nieste. «Jetzt kann er sich wieder mehr dem kleinen Frauchen widmen.»

«Ich weiß nicht, warum du so grausam zu mir bist, obwohl ich alles für dich tue», erwiderte Myra.

«Es steht geschrieben, daß es eine Grausamkeit gibt, die eigentlich Güte ist. Du hast nichts, ist dir das überhaupt klar? Nicht einmal ein Dach über dem Kopf. Das kleine Miststück mit dem Feuermal, das Fluffy ermordet hat, besitzt mehr als du und ist nur halb so alt. Auf jeden Fall gehört das Haus ihrem Vater.»

«Dieses große Haus gehört ihm? Ihm allein?»

«Ihm allein, Miss. Und außerdem hat er noch ein hübsches, kleines Geschäft am Broadway in der Nähe der Victoria Street. Hodge und Yearman, Schreibmaschinen und Sofortdruck. Ich bin erstaunt, daß du es nicht gesehen hast, wenn du in *seinem* Wagen vorbeigefahren bist.»

«Schon gut, Mutter, um Himmels willen! Und jetzt fängst du wieder zu husten an.»

Sehr früh am Morgen stiegen Pup und Dolly zur alten Eisenbahnlinie hinunter und suchten einen Zweig für Pups Zauberstab. Eliphas Levi, sagte Pup, habe in seinem Buch angeregt, daß es ein ganz gerader Zweig von einem Mandelbaum oder Haselstrauch sein müsse, mit einem einzigen Schnitt des magischen Messers oder der goldenen Sichel, vor Sonnenaufgang und unmittelbar vor der Blüte, vom Stamm getrennt. Pup hatte seinen Dolch mit dem bemalten Griff mitgenommen und war ganz für das feierliche Ritual bereit.

Es war ein kühler, klarer Londoner Morgen und die alte Bahnlinie grün wie ein ländlicher Feldweg. Das Gras und die knospenden Bäume waren mit kaltem, hell funkelndem Tau bedeckt. Dolly hatte kaum einmal den Morgen heraufdämmern sehen, doch sie vermutete, daß der Himmel dann wie nach Sonnenuntergang mit Gold übergossen war. Zwischen dunklen Wolkenbänken war der Himmel bläulich fahl. Die Vögel hatten, schon lange bevor sie und Pup die Böschung hinuntergeklettert waren, lauthals und unmusikalisch zu zwitschern begonnen.

Pup wußte, wann die Sonne aufgehen würde, er hatte ein Gespür für solche Dinge. Beide waren sich zwar nicht so sicher, ob sie einen Mandelbaum oder Haselstrauch erkennen würden, doch Pup sagte, Glaube und Liebe zählten mehr als Genauigkeit. Sie gingen durch den Mistley Tunnel und den Graben zwischen den von Unkraut überwucherten Bahnsteigen entlang, die als einziges noch an den Bahnhof erinnerten, den es hier einmal gegeben hatte – Mount Pleasant Green. Sie hatten viel Zeit und gingen fast bis zur Tollington Road, über Brücken, durch Tunnel, über taufeuchten Rasen, und dann endlich entdeckten sie einen Strauch, den Pup für einen Haselstrauch hielt. Von diesem Strauch schnitt er, als das Gelb des

Himmels heller zu werden begann, mit einem kühnen Schwung seines Armes eine schlanke Rute ab, an der goldene Kätzchen hingen.

Sie kehrten auf demselben Weg nach Hause zurück. Die Luft war noch nicht mit Abgasen verpestet, den Ausdünstungen des Verkehrs, der unter den Brücken durch- und über die Brücken hinweg-rollte. An der alten Eisenbahnlinie konnte man die Baumblüte, das grüne Gras und den Wiesenkerbel riechen, der überall in die Höhe schoß und die stinkenden, nassen Zeitungen, die leeren Büchsen, zerbrochenen Flaschen, Federn und Zigarettenstummel zudeckte. Die Luft war frisch, die Sonne strahlte vom Himmel, aber es war kalt wie mitten im Winter.

Dolly hatte ihre Löwenmähne so frisiert, daß sie das halbe Gesicht verdeckte. Sie trug ein Tweedkostüm und einen roten Pullover – von denen kaum jemand vermutet hätte, daß sie in Heimarbeit entstanden waren – und bequeme braune Lederschuhe mit vernünftigen Absätzen. Von Zeit zu Zeit sah sie Pup an, der seinen Zauberstab liebevoll, stolz und voller Hoffnung wie ein Zepter schwenkte. Er hatte eine Löwenmähne wie sie, ihm aber reichte sie nur bis zu den Ohrläppchen, was ihm einen Ausdruck ernsthafter Unschuld verlieh. Sein Gesicht war schmal und oval, die Nase lang und gerade, und er hatte die vollen Lippen eines Heiligen oder Zuschauers auf gewissen mittelalterlichen Gemälden. Er war sehr dünn und hatte einen leichten Gang. Obwohl er Jeans, Pullover und Jacke trug, machte er in seiner Adrettheit irgendwie den Eindruck, viel förmlicher angezogen zu sein.

Kurz nach halb sieben bogen sie um die Ecke der Manningtree Grove. Dolly hatte ihre Strumpfhose auf der Böschung nicht noch einmal in Gefahr bringen wollen, daher hatten sie in Mount Pleasant Gardens die Treppe genommen.

Harold mußte herausgekommen sein, um die Milch ins Haus zu holen, denn er stand, eine Milchflasche wie ein Kind in jedem Arm haltend, als seien es Zwillingsbabys, auf dem Gartenweg und unterhielt sich über den Zaun mit Myra Brewer.

Mit einer instinktiven Geste, die fast ein Reflex war, zog Dolly den Haarvorhang über die Wange. Myra Brewer trug eine leuchtend grüne Bluse und einen grün und marineblau karierten Rock, eine goldene Uhr und ein paar Goldketten, und sie prangte im vollen Schmuck ihrer Kriegsbemalung, die für eine Fernsehtalkshow bei stärkstem Scheinwerferlicht ausgereicht hätte.

«Guten Morgen, Myra», sagte Pup, der ihr zwar nie vorgestellt worden war, aber zufällig wußte, wie sie mit Vornamen hieß.

Myra sagte «hallo». Pup lächelte liebevoll seinen Vater an, gab Dolly den Haselzweig und nahm Harold die beiden Milchflaschen ab, als seien sie eine zu schwere Last für ihn oder hinderten ihn irgendwie an der Fortsetzung der Unterhaltung. Am selben Tag, nach der Schule, streifte Pup die Kätzchen und Blattknospen von seinem Zauberstab und strich ihn gelb an. Dann malte er eine schwarze Spirale darüber, auf die er den Namen «Luzifer» schrieb. Dolly gab ihm ein Wasserglas, das letzte, das von einem Kristallsatz übrig war, und er benutzte es als Tasse, nachdem er ebenfalls den Namen «Luzifer» und das Zeichen für das Element des Wassers aufgemalt hatte. Das Pentagramm war schon schwieriger zu bekommen. Schließlich entdeckte er in Hornsey einen Laden, wo man ihm eine runde Sperrholzscheibe zurechtschnitt. Pup sagte, er brauche sie als Rückwand für einen Spiegel.

Dolly wurde eingeladen, bei der Zeremonie anwesend zu sein, bei der die den vier Elementen zugeordneten Waffen geweiht werden sollten. Pup hatte sie gebeten, ein Glas Rotwein, eine Scheibe Brot und eine Untertasse voll Salz mitzubringen. Er brauchte auch eine Rose, doch sie hatten keine im Garten. Dolly wartete, bis es dunkel war, steckte dann die Hand durch den Zaun und pflückte eine Knospe von Mrs. Buxtons *Gaujard*-Rosen, die eben am Aufblühen waren. Pup bereitete sich sein heiliges Wasser selbst. Mit dem Gesicht nach Norden an der Südseite seines Altars stehend, streckte er die Hand über die Untertasse mit dem Salz und sang eintönig:

«Möge Weisheit in diesem Salz Wohnung nehmen, und möge sie meinen Geist und meinen Körper vor Fäulnis, Verfall und Verderbtheit bewahren. Mögen alle Phantome daraus entweichen, auf daß es zu himmlischem Salz werde, Salz der Erde und Erde aus Salz. Möge es den Ochsen nähren, der da drischt, und meine Hoffnung mit den Hörnern des beflügelten Stiers stärken. So sei es.»

Er hatte den Text aus einem Buch auswendig gelernt. Wenn man das Salz und etwas Asche von den Räucherstäbchen mit dem Wasser vermischte, wurde es heilig. Dolly saß auf dem Boden auf einem Kissen, beobachtete ihn aufmerksam und fühlte tiefe, prickelnde Erregung. Pup ging mit dem Glas heiligen Wassers im Kreis herum und besprengte die vier Bereiche des Tempels damit. Er zündete ein Räucherstäbchen an, ging wieder im Kreis und sagte:

«Und wenn du, nachdem alle Phantome verschwunden sind,

das heilige formlose Feuer siehst, das Feuer, das durch die verborgenen Tiefen des Universums züngelt und lodert, dann höre, du *Stimme des Feuers*!»

Es kam noch viel mehr. Die Zeremonie dauerte zwei Stunden, und Dolly genoß jede Minute. Als Pup die Arme hob und die weiten goldenen Ärmel wie Wimpel herunterhingen, erschien auf seinem Gesicht ein Ausdruck der Verzückung, und aus seinen Augen leuchtete priesterliche Leidenschaft. Er war von der Magie besessen, das gab er selbst zu. Er las nur noch Bücher über Magie, und das mochte schuld daran sein, daß er seine mittlere Reife nur mit Mühe und Not bestand. Es schien mehr als zweifelhaft, daß er die Schule bis zum Abitur schaffen würde. Da das Wort «Magier» irgendwie frivol, ja, fast nach Scharlatanerie klang, bezeichnete Pup sich als «Geomant».

«Kannst du denn Geomant sein, wenn du kein Abitur hast?» fragte Dolly, die zu denken schien, daß es sich um einen Beruf handelte, der dem eines Computerfachmanns oder eines Physikers gleichzusetzen war.

Pup nahm ihr nicht ihre Illusion. Er fing an zu begreifen, daß er durch Ediths Tod eine Köchin und Haushälterin verloren und eine Mutter bekommen hatte. Es schien schon sehr lange her zu sein, daß er sich in den Daumen geschnitten und seine Seele dem Teufel verkauft hatte. Und seit langem hatte er um nichts mehr gebeten. In seine Robe gehüllt, den Dolch in der Hand, stand er vor seinem Altar und bat um die ihm angemessene Version all der Dinge, die Faustus ersehnt hatte: eine erfolgreiche berufliche Laufbahn, magische Kräfte, Reichtum, die schöne Helena – aber eine Helena in vielfacher Ausführung und eine, die er haben konnte, die nicht verschwand, wenn er nach ihr die Hände ausstreckte.

3

In einem Haus am Stroud Green-Ende von Mount Pleasant Gardens, mit Blick auf das, was vom alten Anger noch übrig war, und dem Versammlungssaal der Adonaikirche der Guten Spiritisten gegenüber, saß Diarmit Bawne in seinem Zimmer im obersten Stock.

Es war ein sogenanntes Doppelzimmer, weil zwei Betten darin standen, obwohl es nicht ganze vierzehn Quadratmeter maß. Das andere Bett hatte Conal Moore, ein angeheirateter Verwandter von

Diarmits Familie, innegehabt. Conal war nicht mehr da, und niemand wußte, wann er zurückkam. Inzwischen waren drei Wochen verstrichen, und Diarmit wartete ängstlich und besorgt auf ihn. Diarmit hatte keine Arbeit und kein Zuhause außer diesem Zimmer, und er kannte keine Menschenseele in London. Zum Glück gab es das Amt für Gesundheits- und Sozialwesen, das ihn erhielt und die Zimmermiete bezahlte.

In diesen Tagen verbrachte Diarmit viel Zeit damit, am Fenster zu sitzen, auf die Straße und auf Mount Pleasant Green hinauszusehen, weil in dieser Richtung die Crouch Hill-Station lag und Conal Moore diesen Weg nehmen mußte, wenn er wiederkam. Der alte Anger lag verlassen da, bis auf die Tauben, die dort herumhüpften, und den Dalmatiner und den Colliemischling, die halbherzig hinter den Tauben herjagten und die Mülltonnen durchstöberten. Mit einem Teebeutel und Milchpulver brühte sich Diarmit eine Tasse Tee auf. Conal hatte zwei große Büchsen Milchpulver und drei große Packungen Teebeutel, ein paar Nudeln und Curry-Fertiggerichte dagelassen, die man mit heißem Wasser aufgießen mußte, um eine Mahlzeit zu bekommen. Sonst aber war nichts mehr von ihm da, nicht einmal ein paar Kleidungsstücke. Diarmit wünschte sich ihn zurück, weil er sich vor dem Alleinsein immer mehr fürchtete. Er kannte niemanden im Haus, und es war schon ein paar Tage her, seit er mit jemandem gesprochen hatte. Er saß am Fenster, trank Tee, beobachtete den Dalmatiner und den Collie und beobachtete die Kastanienblätter, die auf das nasse grüne Gras fielen.

Er war vierundzwanzig, das jüngste von zwölf Kindern und kam aus dem Distrikt Armagh in Nordirland. Als er neun war, hatte eine für ein britisches Parlamentsmitglied bestimmte Bombe seine Mutter getötet. Diarmit war dabeigewesen, als die Bombe explodierte, und er hatte gesehen, was sie aus seiner Mutter gemacht hatte. Er selbst war unverletzt – oder scheinbar unverletzt geblieben. Sein Vater war lange Zeit vorher nach Amerika gegangen, um sich dort «umzuschauen». Er hatte sich umgeschaut und war nie zurückgekommen. Diarmits Brüder und Schwestern waren über die britischen Inseln verstreut. Zuerst ging er zu seiner ältesten Schwester nach Dublin, doch sie hatte selbst sieben Kinder, und noch eins mehr war zuviel für sie. Also wurde Diarmit an seine beiden in Liverpool lebenden Schwestern weitergereicht, bei denen er abwechselnd wohnte.

Er hatte einen Bruder in Belfast, einen Metzger mit einem eigenen Laden. Er war der erfolgreichste und wohlhabendste aller

Bawnes. Mit sechzehn wurde Diarmit zu seinem Bruder geschickt, um das Metzgerhandwerk zu lernen. Dort blieb er zwei Jahre. Dann wurde eines Tages die ganze Straße bombardiert und von der dem Laden gegenüberliegenden Seite blieb nur ein Trümmerhaufen übrig. Weder der Metzger noch Diarmit wurden verletzt, aber Diarmit verschwand und wurde ein paar Tage später etwa zwanzig Meilen von Belfast entfernt aufgegriffen. Er strich ziellos umher und hatte Sprache und Gedächtnis verloren.

Er verbrachte ein Jahr in einer Nervenheilanstalt, obwohl er nie für geisteskrank erklärt worden war. Nach seiner Entlassung ging er nach Liverpool zurück und wohnte wieder abwechselnd bei seinen beiden Schwestern. Keine wollte ihn. Familienkonferenzen wurden abgehalten, bei denen es um die große Frage ging, was man mit Diarmit machen, was für einen Job man ihm verschaffen und wo man ihn für dauernd unterbringen konnte. Die Armee wäre eine Möglichkeit gewesen, Landarbeiter, Busfahrer, Werkschutzmann, Parkuhr-Kontrolleur. Seine Krankengeschichte war gegen ihn: der Gedächtnisschwund, das Jahr in der Nervenheilanstalt, der Verlust der Sprache, der hin und wieder auch noch später vorübergehend auftrat. Er lebte mehr oder weniger immer von Sozialhilfe. Manchmal bezweifelte er, daß er tatsächlich existierte, und diese Zweifel waren besonders stark, wenn seine Sprache ihn im Stich ließ oder seine Schwestern gereizt seine Anwesenheit ignorierten und ihre Kinder sich so benahmen, als sei ein Raum, in dem er sich aufhielt, leer.

Conal Moore war der Schwager seiner Schwester Mary. Er wohnte in London und arbeitete in der Delikatessenabteilung von Budgen's Supermarkt. Jedes einzelne Familienmitglied, und alle, die der Familie irgendwie verbunden waren, suchten nach einer Möglichkeit für Diarmit, damit Mary endlich von ihm befreit würde. Daher war es allen höchst willkommen, wenn auch nicht sonderlich überraschend, von Conal zu hören. Conal sagte, er könne Diarmit einen Job in der Fleischabteilung besorgen, denn schließlich habe er die Metzgerei erlernt, und wenn er nach London kommen wolle, könne er auch bei ihm wohnen, bis er etwas Eigenes gefunden habe.

Diarmit war in die Mount Pleasant Gardens gekommen und hatte dort einen Zettel und den Zimmerschlüssel vorgefunden. Zettel und Schlüssel lagen auf einem Tisch in der Eingangshalle, zusammen mit der Post für die anderen Mieter. Diarmit konnte seinen Namen auf dem Zettel lesen, aber nichts sonst. Mit Druckbuchstaben kannte er sich besser aus und brachte eine Menge von dem heraus, was in den Zeitungen stand. Vor Handschriften mußte er jedoch kapitulieren. Er war in das Zimmer hineingegangen, wartete seither geduldig auf Conal und fragte sich, was auf dem Zettel stehen mochte.

Der Zettel steckte in seiner Tasche. Er trug ihn immer bei sich. Eine seiner Schwestern lebte in London. Sie hieß Kathleen, war verheiratet und wohnte in Kilburn. Jeden Tag nahm Diarmit sich vor, Kathleen zu besuchen, damit sie ihm Conals Nachricht vorlas und er mit jemandem sprechen, mit jemandem zusammensein konnte. Doch mit jedem Tag fiel es ihm schwerer, es zu tun, und war inzwischen zu einer nicht zu bewältigenden Anstrengung geworden. Er war in Kilburn gewesen, es war nicht schwierig, von Mount Pleasant Green hinzukommen: man nahm den Zug von Crouch Hill nach Brondesbury, das war keine Kunst. Diarmit hatte auch die Straße gefunden, in der Kathleen wohnte, doch er hatte es nicht fertiggebracht, zum Haus zu gehen und an die Tür zu klopfen. Er fürchtete sich zu sehr. Manchmal dachte er, es wäre vielleicht besser, den ganzen Weg zu Fuß zu gehen, dann wäre er nicht so schnell und so plötzlich am Ziel wie mit dem Zug.

Als er den Tee ausgetrunken hatte, zog er die Jacke an, ging hinunter und verließ das Haus. Er ging über den alten Anger auf Crouch End zu. Es gab eine Filiale von Budgen's Supermarkt in Crouch End und eine in Muswell Hill, aber keine hatte eine Fleischabteilung. Vielleicht gab es noch andere, die er nicht kannte, doch fragen konnte er nicht, er wußte nicht, wie er fragen oder die Frage formulieren sollte.

Es war ein ziemlich kalter, schläfriger und irgendwie lustloser Herbsttag. Diarmit ging zu Budgen's und kaufte einen Laib Brot, nichts sonst. Er war verblüfft, daß es keine Fleischabteilung gab, nur eine Theke, an der schon verpackte Fleischstücke zum Verkauf auslagen. Er sagte zu dem Mädchen an der Kasse «danke», aber es antwortete nicht. Er fragte sich, ob es ihn überhaupt sah oder hörte, und dachte daran, plötzlich laut aufzuschreien, wagte es aber nicht. Noch nie war er so allein gewesen wie jetzt, immer hatte er, ob in guten oder in bösen Tagen, mit seiner Familie eng in Verbindung gestanden.

Er trat wieder in den unfreundlichen grauen Nachmittag hinaus. Der Crouch End Broadway war sehr belebt, die Leute schlenderten, huschten oder marschierten schnell und energisch vorbei und achteten nicht auf die Kleinen und Schüchternen, die ihren Weg kreuzten. Ihre Gesichter waren mürrisch und feindselig oder gleichgültig. Nachdem Diarmit das Brot gekauft hatte, wollte er nicht mehr zu Kathleen, sondern in die Mount Pleasant Gardens zurückkehren und auf Conal Moore warten.

Eine Frau im Pelzmantel, die vor ihm herging, ließ eine Plastiktüte in einen an einem Laternenpfahl befestigten Papierkorb fallen. Diarmit sah sich nach allen Seiten um, ob jemand zu ihm herschaute, nahm dann die Tüte heraus und legte das Brot hinein. Es war eine glänzende olivgrüne Tüte mit der Aufschrift «Harrods» in Goldbuchstaben. Einen kleinen, aufgeschnittenen, verpackten Laib Brot in einer Tüte von Harrods in der Hand tragend, überquerte Diarmit den alten Anger, und die Tauben flüchteten hüpfend und flügelschlagend vor ihm.

4

Am Ende des Sommersemesters ging Pup von der Schule ab. Der letzte Schultag war Donnerstag, und am Montagmorgen brach er mit Harold auf, um bei Hodge und Yearman zu arbeiten. Jimmy Hodge, der dreißig Jahre lang Harolds Partner gewesen war, hatte sich vor kurzem aus dem Geschäft zurückgezogen.

Dolly war verärgert und enttäuscht. Sie hatte sich gewünscht, daß Pup das Abitur machte und an die Universität ging. Er hatte so viele Bücher gelesen, so viel gelernt und so viel Zeit im Tempel verbracht, und jetzt war alles sinnlos gewesen.

«Es war nicht sinnlos», sagte Pup. «Ich werde in meiner Freizeit weiterstudieren, werde es am Abend tun.»

Während er in der Arbeit war, lieh Dolly sich ein paar seiner Bücher aus und versuchte, sie zu lesen. Das Thema war ungeheuer umfangreich, und in ihrem Kopf drehte sich alles. Der Stein der Weisen, die Uralten Mysterien, die Kabbala. Dr. Dee und Helena Blawatzky, Magnetismus und die Goldene Blume – von all diesen Dingen begriff sie nur, daß der Eingeweihte, der Magier, sobald er all das gelernt hatte, alles erreichen und alles bekommen konnte, was er sich wünschte. Es ist eine richtige Wissenschaft, dachte Dolly, für die «Wissenschaft» etwas war, das man ernsthaft und konzentriert studieren mußte und das sich aus tausenden von Fakten zusammensetzte. Und man mußte sie alle kennen. Welche andere Wissenschaft konnte so kompliziert sein und so hohe Ansprüche an den Verstand stellen? Dolly las über den magischen Orden der Goldenen Morgendämmerung, eine Gruppe oder einen Kreis von Magiern, der 1888 gegründet worden war und dem, wie es schien, all die großen Namen angehört hatten, die in den Büchern auftauchten. Sie stellte sich vor, daß Pup eines Tages ein zweiter Waite oder Regardie sein würde und weltberühmt als Autor eines wissenschaftlichen Buches, das ebenso gewichtig war wie jene, die er so heißhungrig verschlang.

Pup war lerneifrig wie ein Student, als er seine lange berufliche Ausbildung begann. Er und Harold kamen gemeinsam von der Arbeit nach Hause. Manchmal hielten sie sich unterwegs in der Zentral-Bibliothek auf, um Harolds Bücher umzutauschen. Sie tranken Tee, und sobald Harold sich mit den Memoiren einer Prinzessin von Thurn und Taxis ins Frühstückszimmer zurückgezogen hatte oder einen seiner geheimnisvollen Spaziergänge unternahm – die wahrscheinlich in einer Kneipe ihr Ende fanden –, stieg Pup in seinen Tempel hinauf. Magie war für ihn genauso zur Besessenheit geworden wie das Fußballspiel für viele seiner Altersgenossen. Der Okkultismus hatte ihn gepackt. Er konnte es kaum erwarten, in sein goldenes Gewand zu schlüpfen und eine Zauberformel zu sprechen, sich die Tarotkarten zu legen oder die Astralprojektion zu studieren.

Er erstellte Horoskope und fertigte Glücksbringer an. Er ging wieder in den Laden, in dem der Mann ihm die Sperrholzscheibe für den Drudenfuß ausgesägt hatte, und überredete ihn, ihm zwei metallene Vielecke auszuschneiden und in jedes ein Loch einzustanzen. Dolly war der Venus untertan, daher war ihr Talisman ein siebenseitiger Anhänger, den er grün anstrich und, wie es korrekt war, rot beschriftete. Dazu mußte er «jungfräuliche» Geräte benutzen, die völlig neu und eigens zu diesem Zweck gekauft worden waren: Pinsel, Farbe und die Lederschnur, an der der Talisman hing.

«Und ich bin Jungfrau», sagte Pup.

Dolly nickte nachdrücklich mit dem Kopf. So sollte es auch sein. Jungfräulichkeit stärkte die magischen Kräfte. Immer wieder konnte man in den Büchern lesen, das Ritual einer Geisterbeschwörung oder -austreibung solle möglichst von einem Magier zelebriert werden, der sich seine Keuschheit bewahrt hatte. Es machte Dolly glücklich, daß Pup nie ein Mädchen ansah. Er hatte Freunde, die er manchmal besuchte, und hin und wieder ging er mit Chris Theofanou etwas trinken, aber für Mädchen hatte er keinen Blick. Sorgfältig, beinahe ehrfürchtig, hängte sie sich den Talisman um den Hals, den er ihr gemacht hatte. Er werde sie vor Leid bewahren und vor bösen Mächten schützen, sagte Pup.

Oft lud er sie in den Tempel ein und erlaubte ihr, bei einem ganz besonderen Ritual zuzusehen. Sie hatte ein paar Kissen mit scharlachrotem und goldenem Stoff überzogen, auf ihnen saß sie und beobachtete ihn mit Ehrfurcht und Bewunderung. Er wollte sie aber nicht immer bei sich haben, und sie kam nie unaufgefordert, drängte sich ihm nicht auf. Ihr genügte es zu wissen, daß er Fortschritte machte, daß er nicht so war wie viele andere Jungen seines Alters, sondern dort oben saß und sich still seinen Studien widmete.

Wenn sie im Vorderzimmer dabei war, ein Schnittmuster aufzuheften, oder wenn sie an der Nähmaschine saß, dachte Dolly oft, wie stolz ihre Mutter auf ihn gewesen wäre, hätte sie ihn jetzt sehen können und gewußt, was er tat. Vielleicht konnte sie ihn ja sehen, vielleicht wußte sie ... Und weil Dolly die Mutter so vermißte, ging sie eines Tages in die Adonaikirche der Guten Spiritisten.

Mrs. Brewer hatte eine neue Katze, ein rötlich und weiß getigertes junges Tier, das zu klug war, um in die Nähe der Straße oder auch nur in den Vorgarten zu gehen. Es blieb hinten, stolzierte über die Glasdächer der Treibhäuser und jagte an der alten Eisenbahnlinie. Dolly bewahrte auch jetzt auf dem alten Bücherregal vor dem Küchenfenster ein paar Steine auf, um sie nach dem Kätzchen zu werfen, wenn es im Garten auftauchte – wie früher nach Fluffy.

Sie trug den Talisman bei ihrem ersten Besuch in der Mount Pleasant Hall. Obwohl sie viele Leute vom Sehen kannte und wußte, daß sie keinen Wert auf elegante oder schicke Kleidung legten, zog sie sich mit großer Sorgfalt an. Sie hatte das Gefühl, daß die Menschen ihr Geburtsmal eines Tages nicht mehr bemerken würden, wenn sie sich nur gut genug kleidete und immer frisch frisiert war. Sie trug das Kleid und den Mantel, die sie sich eben genäht hatte, Tweed in einem modischen olivgrünen und graubraunen Farbton. Um den Hals band sie sich ein kleines zinnoberrotes Seidentuch und legte den Talisman darüber, so daß er zwischen den Mantelrevers zu sehen war. Sie hatte den Tweed und den Schal passend zu dem Talisman ausgesucht.

Niemand in der Manningtree Grove und ihrer Umgebung zog sich so geschmackvoll an, außer einigen jungen schwarzen Mädchen, die jeden Morgen zu den Zügen hasteten. Doch da Dolly nur selten ausging, wurde diese ganze Eleganz an Einkaufsgänge auf dem Crouch End Broadway oder der Holloway Road verschwendet. Das war seit einer Ewigkeit das erste Mal, daß sie abends ausging.

Bevor sie das Haus verließ, hatte sie ein Glas Wein getrunken, um sich Mut zu machen, und trotzdem erfüllte es sie mit Unbehagen, um diese Zeit allein auf der Straße zu sein. Sie hatte Anfälle von Platzangst, was bei Menschen, die sehr zurückgezogen leben und kaum außer Haus gehen, nicht ungewöhnlich ist. Sie fühlte sich preisgegeben, verletzlich und bedroht. Die Leute, die am Abend die Straßen bevölkerten, waren ganz anders als jene, denen sie am Vormittag beim Einkaufen begegnete, und sie schienen neugierige Augen zu haben und weniger zurückhaltend zu sein. Dolly hatte keine Freunde. Pup zählte nicht, er war ihr Kind. Ihre Mutter war ihre Freundin gewesen, und ihre Mutter war tot. Sie fragte sich, was sie empfinden würde, wenn sie irgendwann in der nächsten Stunde die Stimme ihrer Mutter hören würde.

Tatsächlich war alles ganz anders, als Dolly erwartet hatte. Es kamen nicht mehr als ein Dutzend Leute zu der Séance, Mrs. Collins, ihre Tochter Wendy und das Medium eingeschlossen. Die «Halle» war ein nicht besonders großer Raum mit einer hinter einem Vorhang verborgenen kleinen Bühne an einem Ende. Vor den Fenstern hingen grüne Rollos, und auf dem Boden lagen Kokosmatten. Mrs. Collins trug das marineblaue Kostüm, das Dolly genäht hatte. Sie lächelte auf eine ganz besondere Weise, und Dolly begriff, daß es als Kompliment für sie gemeint war, wenn Mrs. Collins das Kostüm heute angezogen hatte. Wendy war fett und über dreißig und hatte ein langes Kinn, aber sie hatte kein Feuermal auf der rechten Wange. Sie setzten sich alle in einer Reihe auf Klappsessel mit aus Binsen geflochtenen Sitzen. Mrs. Collins schaltete die unbarmherzige, grelle Deckenleuchte aus und knipste die Tischlampe an, die sie mitgebracht hatte. Das Medium war eine alte Frau und sogar noch fetter als Wendy. Ihr Sessel war ein bißchen bequemer als die Stühle der anderen, und sobald alle ihren Platz gefunden hatten, fiel sie sofort in Trance.

Nach einer Weile meldeten sich Menschen aus dem Jenseits mit Botschaften: eine alte Freundin für Wendy Collins, eine Tante für eine gewisse Miss Finlay. Sie sprachen durch den Mund des Mediums, und es klang, als flüstere jemand, der gleichzeitig erwürgt wurde. Es war nicht beängstigend, es war nicht aufregend, es war nicht einmal glaubhaft. Ediths Stimme klang ganz und gar nicht nach Edith. Sie war zu leise und zu kummervoll.

«Liebe Tochter, ich bin dir immer nahe. Ich sehe dir zu, wie du dich um Peter und um meinen geliebten Mann kümmerst . . .»

So hatte Edith nie geredet. Dolly war empört, weil das Medium eine solche Betrügerin war, die Leute so unverschämt irreführte, doch noch während sie das dachte, stieg ihr der Hauch eines Parfumdufts in die Nase – ein Hauch von Limonen und Verbenen. Fast hätte sie aufgeschrien, so überwältigend war für einen Moment der Duft ihrer toten Mutter.

Er war sofort wieder verweht, das Medium wachte auf, und die Adonai-Spiritisten schickten sich an zu gehen. Dolly zitterte, so groß war der Schock gewesen, den das Parfum ihr versetzt hatte. Es schien ein Beweis für die Wahrheit all der Dinge, die sie in Pups Büchern gelesen hatte.

Während der Séance war es draußen dunkel geworden. Die gelben und die weißen Straßenlaternen brannten, und in der Mitte des Mount Pleasant Green leuchtete eine einzelne weiße Lampe. Ihr wäre nicht eingefallen, sich zu fürchten, weil sie im Dunkeln allein nach Hause gehen mußte. Aber in dem kleinen Vestibül, wo zwischen der inneren Glastür und der Eingangstür die Schwarzen Bretter hingen, berührte eine Frau Dollys Arm, stellte sich als Miss Finlay vor und fragte, ob sie zusammen nach Hause gehen könnten. Dolly nickte und folgte ihr ins Freie. Als Miss Finlay sie berührte, war ihr wieder der Duft von Limonen und Verbenen in die Nase gestiegen. Es war Miss Finlays Parfum, mehr steckte nicht dahinter, sie benutzte dasselbe Limonenparfum wie früher Edith, und Dolly hatte sich davon täuschen lassen.

Miss Finlay rannte, als fühle sie sich verfolgt, und Dolly mußte lange Schritte machen, um nicht zurückzubleiben. Sie dachte über den Duft und die leise, getragene Stimme ihrer Mutter nach, während Miss Finlay begeistert erklärte, wie herrlich die Séance gewesen war und wie erstaunlich und bewundernswert das Medium.

«Es muß phantastisch sein, mediale Kräfte zu haben!» sagte sie.

Dolly war gekränkt. «Mein Bruder hat echte mediale Kräfte. Er beschäftigt sich mit Magie.»

«Was denn? Steckt er vielleicht Nadeln in Wachspuppen?»

«Natürlich nicht, nichts dergleichen. Er ist Magier, es ist eine Wissenschaft.»

Miss Finlay kicherte. Dolly war ernsthaft beleidigt, und als Miss Finlay sagte, sie suche eine Schneiderin, sie wolle sich einen Samtrock nähen lassen, zuckte Dolly nur mit den Schultern und antwortete, sie stehe im Telefonbuch. Sie waren vor dem Haus der Yearmans angelangt, und Dolly öffnete die Gartentür. Die nervöse Miss Finlay mußte noch etwa eine halbe Meile ganz allein zur Crescent Road hinaufgehen. Dolly sagte zerstreut gute Nacht. Das war nicht die Gefährtin, die sie suchte, die Freundin, die es fertigbringen würde, sie ihr Feuermal vergessen zu lassen.

Pup mußte im Tempel sein. Das Flurlicht im obersten Stockwerk brannte. Dolly schloß die Haustür auf und ging, ohne den Mantel auszuziehen, in die Küche. Im Speiseschrank stand eine offene Flasche Rotwein, und sie brauchte jetzt ein Glas. Den zweiten Schock dieses Abends erlebte sie, als sie die Küchentür öffnete: Das Licht brannte, und am Tisch saßen, zwei Büchsen Bier und zwei Beutel mit Chips vor sich, Harold und Myra Brewer.

Harold grinste Dolly einfältig an.

«Erzähl ihr die große Neuigkeit, Hal», sagte Myra.

Er tat es. Dolly hörte sich die stockend, verlegen und mit beschämtem Gesicht gegebene Erklärung schweigend an. Sie wollte sagen, sie glaube es nicht, aber das wäre nicht die Wahrheit gewesen. Sie stellte fest, daß es ihr überhaupt keine Mühe machte, es zu glauben. Noch immer ohne ein Wort zu sagen, verließ sie die Küche und schloß die Tür hinter sich.

In der Halle blieb sie einen Moment stehen, holte tief Atem, ballte die Hände und rannte dann hinauf, um es Pup zu erzählen.

5

«Das oberste Stockwerk wäre eine ideale Wohnung für Peter und Doreen», sagte Myra.

Harold war es nicht gewohnt, daß jemand seine Kinder bei ihren Taufnamen nannte, so daß er fast überlegen mußte, wer gemeint war. Sie gingen durch das Haus und überlegten, welche Veränderungen notwendig werden würden, wenn sie heirateten. Das heißt, eigentlich dachte nur Myra über diese Dinge nach. Harold hatte geglaubt, sie würden einfach zum nächsten Standesamt gehen, wahrscheinlich zu dem in Green Wood, und die wenigen notwendigen Worte sprechen, die ihn wieder zum verheirateten Mann machten. Er war daran gewöhnt, verheiratet zu sein, es fiel ihm schwer einzuschlafen, wenn keine Frau bei ihm im Bett lag, und er hatte gehofft, die alte Ordnung mit einem Minimum an Aufwand wieder herstellen zu können. Er dachte über das nach, was Myra gesagt hatte, und es schien ihm ein ungeheurer Schritt zu sein, nur mit einem Berufswechsel oder Emigration vergleichbar.

«Ich weiß nicht so recht», sagte er. Wenn er diese Wendung benutzte, hieß das nicht, daß ihm an der Sache etwas unklar war. Er wußte nur nicht so recht, ob sie klug war und sich überhaupt durchführen ließ.

«Es ist irgendwie ungewöhnlich, daß ein erwachsener Sohn und eine sogar noch ältere Tochter zu Hause wohnen.»

«Ich habe bis zu meiner Heirat zu Hause gewohnt.» Und hinterher auch noch, hätte er hinzufügen können.

«Na ja, damals...» Harold war fünfzehn Jahre älter als sie, und sie betrachtete sich noch als junges Mädchen. «Er ist Witwer und hat Kinder, die praktisch im selben Alter sind wie ich», pflegte sie zu sagen, wenn sie von ihrem zukünftigen Mann sprach. «Sie könnten jeder ein eigenes Schlafzimmer haben und sich das Vorderzimmer als gemeinsames Wohnzimmer einrichten. Warum sollte es nicht möglich sein, ihnen auch noch eine Küche einzubauen. Viel mehr als ein paar Möbel, eine Wasserleitung und ein Boiler ist dazu nicht nötig. Ich bezahle den Umbau gern, wozu habe ich meine Sparverträge?»

«Dann mußt du es den Kindern aber sagen. Ich kann es nicht.»

Harold ging allen unangenehmen Dingen aus dem Weg, auf dieses negative Ziel richtete er seine ganze Energie. Eine halbe Meile zu Fuß zur Arbeit zu gehen, den ganzen Tag im Geschäft zu stehen – er verstand sehr viel von Schreibmaschinen – und dann wieder nach Hause zu marschieren, dagegen hatte er nichts einzuwenden. Es gefiel ihm, ein großes Haus zu haben, in dem er viel Bewegungsfreiheit hatte, obwohl er sie nicht nutzte und sich immer nur zwischen Küche, Frühstücks- und dem einst geheiligten Schlafzimmer herumdrückte. Er lebte gern in dem Haus, in dem er geboren worden war, dem einzigen, in dem er je gewohnt hatte. Seine Freizeit verbrachte er damit, sogenannte «geschichtliche Bücher» zu lesen, Biographien der farbigeren unter den historischen Persönlichkeiten, zum Beispiel von Maria Stuart, Nell Gwynn und dem Prinzregenten (nie die Biographien von Cromwell, Robespierre oder Palmerston) und die Memoiren kleiner Prinzchen und Prinzeßchen aus unbedeutenden europäischen Königshäusern des 19. Jahrhunderts. Dadurch war er tatsächlich zu einer Autorität geworden, zwar nicht in Geschichte, wie er glaubte, sondern in den Mythen und Legenden der Geschichte.

Am Ende mußte er es den Kindern aber doch selbst sagen. Myra war nicht da, um es zu tun. Sie packte in West Hampstead ihre Koffer und sagte ihrem verheirateten Freund, sie habe ein besseres Angebot bekommen, vielen Dank. Und als er gegangen war, weinte sie sich in den Schlaf.

Harold fürchtete sich davor, verabscheute schon die Vorstellung, es tun zu müssen, und steigerte sich in einen übertriebenen Zustand der Angst und der Scham hinein, in den er immer geriet, wenn er sich anstrengen oder aufrichtig sein mußte. Stockend erklärte er seiner Tochter, Myra habe vorgeschlagen, sie und Pup sollten in das oberste Stockwerk ziehen. Wie es in solchen Fällen meistens geschieht, nahm Dolly es viel besser auf als erwartet. Sie schrie nicht, weinte nicht und ging auch nicht auf ihn los – sie war einfach nur hochmütig und herablassend.

«Ich möchte ohnehin nicht mit ihr in derselben Wohnung leben», sagte sie. «Ich gehe viel lieber hinauf. Dort werden wir wenigstens allein und unabhängig sein. Mit ihr möchte ich nicht mehr zu tun haben, als unbedingt nötig.»

«Sei doch nicht so», wandte Harold schwach ein.

«Und ob ich ‹so› sein werde. Du hast gesagt, du kommst über Mutters Tod nie hinweg. Genau das hast du gesagt.»

«Uns wird es gutgehen, wenn wir allein sind», sagte Pup, als er aus der Arbeit kam. «Es wird schön bei uns.»

«Ja, das wird es. Wunderschön, nur du und ich. Es wird uns gutgehen, nicht wahr, Pup? Wir werden glücklich sein, nur wir beide.»

«Natürlich werden wir das, Liebes», sagte Pup.

Dolly verlor keine Zeit. Am nächsten Morgen schleppte sie alles, was sie wollte, in den obersten Stock hinauf – Stühle, Sessel, Tische, Spiegel, einen Schrank, einen Schreibtisch, Tisch- und Bettwäsche, Porzellan und Gläser und Ediths Nähmaschine. Harold merkte es kaum. Er verlangte nie mehr als einen Sessel, in dem er sitzen, und ein Bett, in dem er liegen konnte. Myra war es egal, sie wollte ohnehin neue Sachen kaufen. Mrs. Brewer war nicht ganz korrekt gewesen, als sie sagte, Myra habe nichts. Sie besaß Sparverträge, die mit den Jahren auf fünfzehnhundert Pfund angewachsen waren.

Sie heirateten im März. Als Harold von der Hochzeitsreise in Newquay zurückkam, stellte er fest, daß Dolly und Pup in den zweiten Stock gezogen waren. Im ganzen Haus war es so still, daß man den falschen Eindruck bekommen konnte, er und seine Frau bewohnten es allein. Myra machte echten Kaffee in der Filterkanne, die sie in St. Ives gekauft hatte, und belegte Weißbrot mit hartgekochten Eiern und Thunfisch. Harold hätte Schweinefleischpastete mit Tomaten und eine Kanne Tee vorgezogen, doch er war kein Mann, der sich beklagte. Still saß er da und las zum dritten- oder viertenmal die Memoiren der Prinzessin Marie-Louise.

Als er am nächsten Tag kurz vor halb zehn seinen Sohn im Geschäft wiedersah, war Pup so freundlich und höflich wie immer. Er hatte während der Abwesenheit seines Vaters das Geschäft geführt und seine Sache sehr gut gemacht und sogar die Mehrwertsteuer-Erklärung abgeschickt. Harold bildete ihn zum Schreibmaschinenmechaniker aus, und Pup wollte, sobald er mit der Lehre fertig war, in den Außendienst gehen, Büros und Privatleute besuchen, um die Schreibmaschinen an Ort und Stelle zu reparieren. Keine andere Firma in der Umgebung fand sich zu einer solchen Dienstleistung bereit, hier herrschte eine echte Marktlücke, und sie bot eine gute Möglichkeit, in dieser Zeit der Rezession die Umsätze anzuheben.

Sie gingen zusammen nach Hause. Unterwegs suchten sie die Bibliothek auf, und Pup trug Harolds Bücher unter seiner Jacke heim, weil es angefangen hatte zu regnen. Myra kam Harold aus der Küche entgegengelaufen und küßte ihn, wie junge Ehefrauen ihre zurückkehrenden Ehemänner küssen. Es duftete würzig nach grünem Paprika und Curry, Düfte, die in diesem Haus ebenso neu waren wie Myra selbst. Da sie noch Urlaub hatte, hatte sie den ganzen Tag Zeit gehabt zu kochen, zu putzen und sich schön zu machen: Sofort nachdem Harold am Morgen das Haus verlassen hatte, hatte sie begonnen, ihr Haar mit Henna frisch zu tönen.

Während ihres langen Verhältnisses hatte Myra von ihrem verheirateten Freund eine Menge ziemlich guten Schmucks geschenkt bekommen. Sie behängte sich großzügig, und wenn sie zum Ausgehen angezogen war, geradezu hemmungslos damit. Sie trug eine marineblaue Acrylbluse und einen smaragdgrün, marineblau und weiß karierten Rock, die zu dem gehörten, was sie ihre «Brautaussteuer» nannte. Um den Hals hatte sie ein halbes Dutzend Goldketten, an denen ein kleiner Wunschknochen, ein goldenes vierblättriges Kleeblatt, ein goldener und ein Elfenbeinwürfel und noch anderes ähnliches Spielzeug hingen. Am Handgelenk schimmerten ihre beste goldene Uhr und ihr Bettelarmband. Der breite Ring mit dem Feueropal, der auch von ihrem ehemaligen Geliebten stammte, verdeckte beinahe Harolds Ehering.

Pup stand vor ihr und lächelte zuerst seinen Vater und dann sie an, als gebe er ihnen seinen väterlichen Segen. Myra fragte sich, ob er ganz richtig im Kopf sei. Er streckte die Hand aus und hob die goldenen Ketten, die über den großen, gut abgestützten Vorbau von Myras Busen herunterhingen. Sie zuckte zusammen, als Pup sie berührte. Sie konnte nicht anders. Pup lächelte ihr noch einmal zu, aufmunternd diesmal. Er untersuchte den Wunschknochen, das vierblättrige Kleeblatt und die Würfel, als seien sie für ihn von größtem Interesse. Dann hob er Myras Hand und sah sich die kleinen Anhänger an ihrem Armband genau an. Myra wurde nervös und begann sich unbehaglich zu fühlen, und fast hätte sie ihn scharf zurechtgewiesen, hätten die Handwerker, die die Treppe herunterkamen, nicht für Ablenkung gesorgt. Es waren die Installateure, die im kleinsten der fünf oberen Zimmer eine Wasserleitung und einen Boiler montiert hatten. Myra entriß Pup die Hand, und die Goldketten klirrten und klingelten.

«Wir sind fertig», sagte einer der Männer. «Ich komme morgen früh wieder und überprüfe Ihr Leitungssystem.»

«Ich habe mir überlegt», sagte Myra mit dem schrillen Tonfall, den ihre Stimme bekam, wenn sie unsicher war, «wir könnten doch, wenn Sie schon einmal hier sind, für Peter und Doreen ein Badezimmer einrichten lassen.»

«Ich weiß nicht so recht», entgegnete Harold.

«Ohne Bad ist es doch recht unzivilisiert, nicht wahr? Es ist nicht gerade ideal, in einem so großen Haus nur ein Badezimmer zu haben.»

«Dazu braucht man eine Bewilligung und muß Baupläne einreichen», sagte der Installateur. «Dasselbe gilt auch für die Einrichtung Ihres Wasserklosetts.»

«In Ordnung. Warum nicht? Wie bekommt man die Bewilligung?»

Der einzige Raum, der noch zur Verfügung gestanden hätte, war Pups Tempel. In seiner sanften Art und mit seiner leisen, weichen Stimme sagte er: «Dolly und ich brauchen kein eigenes Bad, vielen Dank. Für die kurze Zeit» – er lächelte Myra wieder an – «wäre es hinausgeworfenes Geld.» Zu den Handwerkern sagte er: «Entschuldigen Sie» und ging an ihnen vorbei die Treppe hinauf.

«Was hat Peter deiner Ansicht nach gemeint, als er sagte ‹für die kurze Zeit›, Hal?» fragte Myra und legte ihm gefüllte grüne Paprika auf den Teller. Sie nannte ihren Mann «Hal», weil ihn bisher noch niemand so genannt hatte und es schick klang – zu Harolds äußerer Erscheinung jedoch ganz und gar nicht paßte. Pups Bemerkung hatte sie nachdenklich gemacht. Tatsächlich hatte er nur gemeint, daß er nicht länger als unbedingt nötig mit ihr im selben Haus wohnen und ausziehen wollte, sobald sich ihm eine Gelegenheit bot.

«Frag mich was Leichteres», antwortete Harold.

«Glaubst du, daß er daran denkt, selbst zu heiraten?»

«Daß ich nicht lache! Er ist erst achtzehn.»

«Es wäre natürlich das beste für uns alle, obwohl die arme Doreen kaum je die Chance haben wird.»

Harold antwortete nicht sofort. Er war noch immer überwältigt, weil sie es fertiggebracht hatte, das gräßliche, dunkle, schmutzige alte Speisezimmer in einen freundlichen Raum zu verwandeln. Die in reichen Falten fallenden weinroten Vorhänge, mit langen roten Bändern verziert und die blauen Szyllas in einem Honigtopf aus Keramik, die auf die meisten Menschen kitschig gewirkt hätten, erschienen ihm bewundernswert. Er hatte noch nie grüne Paprika gegessen, und sie schmeckten ihm auch nicht besonders. Neben dem Teller lag eine Serviette mit einem Spitzeneinsatz in einer Ecke, doch er hatte das Gefühl, sich wirklich die Lippen damit abzuwischen, hieße zu weit gehen.

«Dolly?» sagte er. «Also ich weiß nicht so recht.» Er wollte seine Frau durch seine Schlagfertigkeit beeindrucken, brachte jedoch nur entweder Kalauer oder derbe Anzüglichkeiten zustande. Aus einem alten Vorrat derartiger Phrasen holte er eine Metapher hervor: «Wenn man das Feuer schürt, schaut man sich ja auch nicht den Kaminsims an.»

«Wie kann man nur etwas so Gräßliches sagen!» entgegnete Myra kalt. «Gilt das vielleicht auch für dein eigenes Eheleben?»

Harold antwortete beinahe, er wüßte nicht so recht, brachte dann jedoch hastig heraus, sie sei viel zu jung und zu hübsch für ihn, und die Leute würden ihn wahrscheinlich heimlich eine männliche Potiphar nennen, weil er einem so jungen Ding nachgestellt hatte. Die Wahrheit war, daß ihre scheinbare Ähnlichkeit mit seiner verstorbenen Frau, die er zuerst so anziehend gefunden hatte, ihn nervös machte, als er mit Myra zum erstenmal im Ehebett des geheiligten Schlafzimmers geschlafen hatte. Im Zimmer war es dunkel, aber nicht völlig dunkel gewesen, denn das Licht einer gelben Straßenlaterne war durch die olivgrünen Vorhänge gedrungen und hatte eine blaßgrüne Helligkeit verbreitet. Myras Gesicht hatte bläulich grün und eingefallen gewirkt, und ihr rotes Haar war auf dem Kissen ausgebreitet gewesen – genau wie früher Ediths Haar. Ein gewisses Schuldbewußtsein hatte sich in ihm geregt – kein besonders großes, aber immerhin ein Schuldbewußtsein –, weil er seine sterbende Frau während ihrer letzten Lebenstage nie besucht hatte. Er konnte sich jedoch vorstellen, wie sie wohl ausgesehen hatte. Bei Myra war er unklug genug gewesen, den Kaminsims anzusehen, während er das Feuer schürte, und er hatte das entsetzliche Gefühl gehabt, eine Leiche zu lieben. Wenn diese Empfindung sich noch steigerte, würde er überhaupt nicht mehr mit ihr schlafen können.

«Darf ich dir jetzt *mousse au chocolat* bringen?» fragte Myra.

Dolly hatte wegen des Umzugs in den zweiten Stock keine Schwierigkeiten gemacht, weil einem Zusammenleben mit Myra alles andere vorzuziehen war. Zuerst war sie von dem, was geschehen – und so schnell geschehen war, wie betäubt. Trotz all der aufmunternden Worte, die sie für Pup gefunden hatte – Worte, wie eine Mutter sie sagte, die man aus ihrem Haus verjagte –, hatte sie sich hilflos gefühlt. Sie war sich verloren vorgekommen, als habe man ihr den sicheren Boden unter den Füßen weggerissen, und sie treibe jetzt einer unbekannten Gefahr und der Not entgegen. Jetzt hätte sie eine Freundin gebraucht, der sie sich anvertrauen, die sie um Rat fragen konnte. Wendy Collins hätte diese Freundin sein können, und ein paar Tage lang glaubte Dolly, sie könne es tatsächlich werden. Doch seltsam, immer wenn Dolly den Mund aufmachte, um mit Wendy über Myra zu sprechen, ihr zu erklären, wie es war, wenn man gewissermaßen verstoßen und hinausgedrängt wurde, was es bedeutete, Myra im Haus zu haben – immer dann blieben ihr die Worte in der Kehle stecken, und was herauskam, war unverbindliches Geplauder über das Wetter und die Lebensmittelpreise.

Sie versuchte mit ihrer Arbeit weiterzukommen, aber sie schien ihr hier oben nicht so leicht von der Hand zu gehen und machte ihr auch weniger Freude. Mrs. Collins, ihre beste Kundin, hatte Krampfadern und weigerte sich, die vielen Treppen heraufzusteigen, wenn sie zur Anprobe bestellt war. Wenn Dolly das Haus verlassen wollte, mußte sie durch die Halle gehen. Sie fand heraus, wann Myra arbeitete – am Montag, Mittwoch und Freitag vormittags und Donnerstag den ganzen Tag – und bemühte sich, die Halle nur dann zu betreten, wenn Myra außer Haus war. Den Donnerstag sehnte sie immer herbei, nur um sich zu Hause wieder allein und frei fühlen zu können. An den übrigen Tagen gewöhnte sie es sich an, immer mehr Zeit im Tempel zu verbringen und einfach still dazusitzen. Oder sie zündete ein Räucherstäbchen an und las Pups Bücher. Anders als ihr Vater, hatte Dolly nie Romane gelesen. Romane handelten von schönen Frauen und ihren gutaussehenden Liebhabern, von Abenteuern und der großen Welt, die Dolly nicht kannte und die sie fürchtete. Sie handelten von Menschen, die Freunde hatten.

Wenn Pup aus der Arbeit kam, standen die Bücher stets ordentlich an Ort und Stelle. Wie eine Ehefrau setzte sie ihm dann vor, was er am liebsten aß: kaltes gegrilltes Huhn, Schweinefleischpasteten, Putenrouladen, Tomaten, Kartoffelflocken, Büchsenpfirsiche und Kondensmilch, mit echter Sahne gefüllte Sandtorte, Schokoladeplätzchen und gebrannte Erdnüsse. Sie bot ihm regelmäßig auch ein Glas Wein an, doch er lehnte fast immer ab. Nach dem Essen ging er in den Tempel. Er verbrachte den ganzen Abend dort und forderte sie meistens auf, ihm Gesellschaft zu leisten. Doch wie eine kluge Mutter hatte sie nicht vor, sich ihm regelmäßig aufzudrängen. Sie wußte, wann sie nein sagen mußte.

«Heute abend nicht, Pup», antwortete sie ihm dann und setzte sich, die linke Wange der Straße zukehrend, ans Erkerfenster. Auf dem Sims ihres nach hinten hinausgehenden Schlafzimmerfensters lagen immer ein paar Steine, die sie nach Gingie werfen konnte. Doch er setzte sich nie auf den Pfosten wie Fluffy, und er unternahm auch keine Entdeckungsreisen in den Hintergarten der Yearmans. An solchen Abenden trank Dolly manchmal eine ganze Flasche Wein.

«Das Mädchen ist praktisch Alkoholikerin», sagte Myra zu ihrer Mutter. «Du solltest einmal die Flaschen sehen. Ich muß mir eine zweite Mülltonne anschaffen. Und du müßtest das Haus sehen. Ich hatte keine Ahnung. Um ehrlich zu sein – man müßte Tausende hineinstecken, um es wieder hinzukriegen. Sie hat nie saubergemacht, und seine erste Frau war nicht viel besser, glaube ich. Es wird ein paar Jahre dauern, bis alles so ist, wie ich es haben will.»

«In einer Ehe ist man nun mal nicht auf Rosen gebettet», antwortete Mrs. Brewer. «Du hast einen Ehemann, und das ist eben der Preis, den du dafür bezahlen mußt.»

«Um Himmels willen, Mutter, kann man dir nie etwas rechtmachen?»

«Ach, dann hast du wohl geheiratet, um mir eine Freude zu machen, ja? Richte bitte dem kleinen Miststück, deiner Stieftochter, aus, daß ich ihr die Leute vom Tierschutzverein auf den Hals hetze, wenn sie meinem Gingie auch nur ein Haar krümmt.»

Myra hatte hauptsächlich geheiratet, um ein eigenes Heim zu haben. Sie sah eine Zukunft vor sich, in der sie kleine Dinnerpartys oder sogar große Cocktailpartys gab, das höhlenartige Wohnzimmer mit Kiefernholz- und koreanischen Rohrmöbeln, mit Eckcouches und Glastischen todschick ausgestattet. So stellte sie sich das Haus in Hampstead Garden vor, in dem ihr Chef, der Zahnarzt, mit seiner Frau wohnte. Es war ein kleiner Traum von ihr, George und Yvonne Colefax eines Tages in Manningtree Grove einladen zu können, in ein Heim, für das sie sich nicht schämen mußte.

Schon hatte sie das Haus mit ein paar eigenen Sachen aus West Hampstead freundlicher gestaltet – den Van Gogh-Kopien, den Punktstrahlern aus Chrom, der Nachbildung eines Refektoriumtisches. Auf ihrer Küchenschürze aus Plastik prangte das Liniennetz der Londoner Untergrundbahn. Wenn Peter und Doreen kein eigenes Badezimmer brauchten, konnte sie das Geld dazu verwenden, sich eine Superküche einbauen zu lassen. Sie rief nach ihrem Mann.

Das noch aufgeschlagene Exemplar von *Die Fürstin von Amalfi* von Grenville West in der Hand, kam Harold in die Küche. Er las das Buch, um sich nach der Lebensgeschichte der Prinzessin Friedrich, Mutter des Kaisers, ein wenig zu erholen und zu entspannen. Myra reichte ihm ein U-Bahnnetz-Geschirrtuch. Vor seiner zweiten Heirat und während seiner ersten Ehe hatte er nie Geschirr abtrocknen müssen, sondern Tassen und Teller unter der Wasserleitung abgespült und sie dann trocknen lassen. Die Teller waren nie klebrig oder fettig gewesen, weil er es zufrieden war, von Cornwall-Fleischpasteten, schottischen Eiern, Äpfeln, Tomaten und Eiskrem zu leben, Speisen, zu denen man kaum Teller brauchte, weil man sie aus der Originalverpackung essen konnte.

Dolly, die am Fenster saß, sah die beiden die Straße hinuntergehen, wahrscheinlich in das Pub mit dem romantischen Namen «The Woman in White» – Die Frau in Weiß –, wo sie entweder etwas tranken oder vielleicht auch Bingo spielten. Harold hatte früher nie Bingo gespielt, aber Myra und Mrs. Brewer taten es häufig. Pup war im Tempel und zelebrierte ein «kleines Pentagramm-Ritual» als Vorbereitung für eine praktische Arbeit. Er hatte Dolly nicht gesagt, was diese praktische Arbeit war, sie vermutete jedoch, daß es etwas mit den Veränderungen zu tun hatte, die er bei Hodge und Yearman anregte und durchsetzte. Schon hatte er die Firmentafel über dem Laden in «Yearman und Hodge» abgeändert, wobei das «Hodge» nur noch sehr klein und unauffällig dastand. Der Firmenname sei geändert worden, erzählte er Dolly, doch sie ging nicht darauf ein, es interessierte sie nicht.

Sie blickte auf Myra hinunter, die wie gewöhnlich ihr Lieblingsgrün trug: eine smaragdgrüne Bluse mit den vielen Goldketten, eine schwarze Baumwollsatinhose und schwarze Sandalen. Dolly selbst hatte einen sehr guten Geschmack und ein feines Gefühl für Farben. Sie wußte daher, daß rothaarige und hellhäutige Menschen wie Myra nie leuchtendes Grün oder Blau tragen sollten, sondern lieber Steingrau, Braun und sogar Pink oder dasselbe Rot wie es ihre Haare hatten. Sie ärgerte sich über Myras Aufzug, doch kein Passant, der zufällig zu ihr hinaufblickte, hätte ihr diesen Ärger angemerkt. Schon vor langer Zeit hatte sie gelernt, ihren Gesichtsausdruck zu kontrollieren, um nicht die Aufmerksamkeit zufälliger Beobachter darauf zu lenken. Wie Diane de Poitiers – so hätte ihr Vater ihr sagen können – lächelte sie nie und runzelte sie nie die Stirn.

Sie umklammerte den Talisman so fest, daß die scharfen Kanten des Siebenecks rote Male auf ihrem Handteller hinterließen. Durch die Wand hörte sie Pups eintönigen Sing-Sang. Er rief die Erzengel an. Dolly schenkte sich Wein nach, ging zur Wand und drückte das Ohr daran, um Pup besser zu hören.

«Ateh malkuth ve-geburah ve-gedulah le-olam ...»

Er bat um Kraft für sich, um etwas vollbringen zu können. Was, schien unwichtig zu sein. Gab es eine Grenze für das Erreichbare? Sie hob die Hand und berührte das Feuermal ...

«Vor mir, Raphael,
Hinter mir, Gabriel,
Zu meiner Rechten, Michael,
Zu meiner Linken Uriel ...»

Die Wände waren in diesen großen Häusern sehr dünn.

Mit dem Weinglas in der Hand, ging sie wieder ans Fenster. Auf Wänden und Decke waren jetzt Kleckse und Streifen orangeroten Lichts, und der Sonnenuntergang färbte den Himmel scharlachrot und grau wie einen Papagei. Hier oben kam Dolly sich wie abgeschnitten vor, von Einsamkeit umgeben wie von einem Ozean. Der Raum war stickig und eng, und hinter der Wand murmelte monoton Pups Stimme. Dolly hätte gern etwas zerbrochen, ein Fenster zertrümmert und hinausgeschrien. Auf der Straße marschierte Miss Finlay rasch dem Hornsey Rise entgegen, sie bewegte sich wie an jenem Winterabend, als fliehe sie, ohne tatsächlich zu laufen, vor einer Gefahr, die sie verfolgte. Dolly hatte nichts mehr über den Samtrock gehört, wollte mit Miss Finlay auch nichts zu tun haben, doch als sie sie jetzt vorbeihuschen sah, empfand sie Erbitterung und Eifersucht – Eifersucht? Worauf eigentlich? –, weil Miss Finlay ebensowenig den Wunsch hatte, sich mit ihr anzufreunden, wie sie sich gewünscht hatte, Miss Finlay besser kennenzulernen?

Hatte sie vielleicht etwas Kränkendes zu ihr gesagt? Dolly dachte nach. Sie erinnerte sich genau an ihr Gespräch, vom ersten – vielmehr zweiten Parfümhauch bis zum Abschied vor der Gartentür.

Und dann: ihr Vater und Myra in der Küche ... Dolly hatte Miss Finlay von Pups magischer Wissenschaft erzählt und seine Kräfte erwähnt, worauf Miss Finlay eine alberne Bemerkung über Wachspuppen gemacht hatte, in die man Nadeln stach. Damals war das Dolly jedenfalls albern vorgekommen. Sie erinnerte sich noch an jede Einzelheit des Gesprächs. Heute dachte sie anders darüber, denn die Umstände verändern die Dinge, und die Zeit verändert die Umstände.

Dolly hatte kein Wachs und hätte damit auch nicht umzugehen gewußt. Sie besaß jedoch Material, mit dem sie vertraut war und kramte in dem alten Vulkanfiberkoffer und dem Pappkarton, in denen sie Stoffreste und -flicken aufhob. Aus dem Schlafzimmer holte sie sich eine sehr helle Strumpfhose, die ohnehin eine Laufmasche hatte. Die Arbeit, das sah sie schon jetzt, würde langwieriger werden als gedacht. Vor allem deshalb, weil sie so etwas noch nie gemacht hatte. Sie brauchte Kapok, was bedeutete, daß sie morgen einkaufen gehen mußte. Nachdem sie einen Schluck Wein getrunken hatte, zeichnete sie mit Schneiderkreide einen Umriß auf die Strumpfhose und begann zu schneiden.

Als Pup am nächsten Abend nach Hause kam, zeigte sie ihm die Puppe. Sie war ungefähr fünfunddreißig Zentimeter groß, eine Stoffpuppe mit Nylonhaut, rostfarbenem Wollhaar und einem Gesicht, das aus lippenstiftrotem, pinkfarbenem und lidschattengrünem Garn gestickt war. Der Busen der Puppe war das Auffallendste an ihr. Sie trug eine leuchtend grüne Bluse und einen marineblau, grün und weiß karierten Rock. Um den Hals hatte sie mehrere goldene Ketten, die weit über den gewaltigen Busen hinunterhingen. Dolly hatte sie in der Eisenwarenhandlung in Muswell Hill entdeckt – Ketten, wie Installateure sie verwenden: kleine Kügelchen aus einem eher golden als silbrig glänzendem Metall, durch winzige Kettenglieder miteinander verbunden.

Pup lachte. «Unsere böse Stiefmutter», sagte er.

«Man sieht, daß sie es ist, nicht wahr?»

«Sie sieht ihr unglaublich ähnlich.» Er gab die Puppe zurück. «Wozu hast du sie gemacht?»

Dolly sagte es ihm. Er machte ein ernstes Gesicht.

«Ich übe weiße Magie aus, mit schwarzer will ich nichts zu tun haben.»

Sogar ein versteckter Tadel machte Dolly ärgerlich, auch wenn er von Pup kam. Besonders wenn er von ihm kam.

«Du hast deine Seele dem Teufel verkauft.»

«Aber Dolly», sagte Pup, «damals war ich noch ein halbes Kind.»

Er verließ das Zimmer, ging in den Tempel und schloß die Tür hinter sich. Dort zog er die orangefarbene Robe an und begann eines der Rituale des Pentagramms zu zelebrieren, den Kleinen Exorzismus. Er diente vor allem dazu, beunruhigende und quälende Gedanken auszutreiben. Pup wurde in letzter Zeit immer häufiger von solchen Gedanken heimgesucht, und sie hatten nichts mit Myra oder ihren Nachbildungen zu tun.

Dolly waren Tränen in die Augen geschossen. Sie ballte die Hände, holte ein paarmal tief Atem und griff dann nach ihrer Stecknadelschachtel. Blindlings begann sie, Nadeln in die Puppe zu stechen, in ihre Beine, in den Körper, den Busen und in das gestickte Gesicht. Sie hatte einen ganzen Tag daran gearbeitet, gestern den ganzen Abend und heute den ganzen Tag, ungefähr zehn Stunden lang. Jetzt packte sie die Puppe und schleuderte sie gegen die Wand.

6

Als Conal Moore etwa drei Monate fort war, kam eine Ansichtskarte für Diarmit. Auf dem Bild waren die Klippen von Moher im Westen Irlands zu sehen. Conal hatte Diarmits Namen und die Adresse in Druckbuchstaben geschrieben. Von wem die Karte war, wußte Diarmit nur, weil eine Mieterin sie aufnahm und sagte: «Sie ist von Conal.» Aber ob sie mit ihm gesprochen hatte, wußte Diarmit nicht genau, denn sie hatte ihn beim Sprechen nicht angesehen. Vielleicht hatte sie nur laut gedacht.

Was Conal auf der Karte schrieb, erfuhr Diarmit nie. Vielleicht etwas darüber, daß er die Miete bezahlen sollte, denn am nächsten Tag sprach ihn der Hauswirt an und sagte, Mr. Moore schulde ihm eine Monatsmiete. Diesmal gab es für Diarmit keinen Zweifel, daß er gemeint war. Aber der Hauswirt schien so nervös und drückte sich so vage aus, daß Diarmit trotzdem nicht das Gefühl hatte, wie ein Mensch aus Fleisch und Blut angesprochen zu werden, sondern eher wie eine Gestalt, deren Umrisse man am anderen Ende eines Zimmers mehr ahnte als sah. Er beglich die rückständige Miete und zahlte zusätzlich noch für ein paar Wochen voraus, denn das Geld, das er von der Sozialhilfe bekam, hatte sich bei ihm angesammelt. Er verfügte über eine ganze Menge. Wofür hätte er es auch ausgeben sollen?

Conals Ansichtskarte leistete dem von ihm geschriebenen Zettel in Diarmits Tasche Gesellschaft. Er war völlig verwirrt, weil er nicht wußte, wie Conal es gemeint hatte, als er ihm die Stellung in der Metzgerei anbot. Es war gewiß ein festes Angebot gewesen, doch alles war nur mündlich abgemacht worden, und jetzt wußte Diarmit nicht einmal mehr sicher, ob Conal Budgen's Supermarkt tatsächlich erwähnt hatte. Vielleicht hatte Mary nur «Budgen's» gesagt wie man «Hoover» sagte, wenn man ganz allgemein einen Staubsauger meinte. Es war durchaus möglich, daß es ein anderer Supermarkt gewesen war – Tesco, Finefar, Sainsbury's, Spar, International, Safeway. Diarmit kannte die Namen so gut, weil er sich angewöhnt hatte, in ganz Nord-London umherzulaufen und den Supermarkt zu suchen, in dem der Job auf ihn wartete. Es machte ihm Sorgen, daß man dort vielleicht ärgerlich auf ihn war, weil er sich nie gemeldet hatte. Er suchte Supermärkte in Holloway, Crouch End, Muswell Hill und Wood Green auf und überlegte, welcher es wohl gewesen sein mochte. Er fragte jedoch nie und hoffte, daß er es irgendwie erkennen würde, wenn er den richtigen fand.

Er war ein unauffälliger Mensch, weder sehr groß noch sehr klein, mit dunkelbraunem, staubig wirkendem Haar, Zügen, die lieblos aus Lehm modelliert zu sein schienen, und erstaunten grauen Augen. Was er an Kleidung besaß, hatte er nach London mitgebracht: Jeans und Hemden aus Hongkong, einen dicken grauen Duffelcoat, eine gesteppte Nylonjacke. In einem Second Hand-Shop in der Archway Road hatte er sich eine weinrote Cordhose gekauft. Er trug sie die meiste Zeit über mit einem dunkelroten Hemd, auf dem man den Schmutz nicht so sah. Die olivgrüne Plastiktüte mit dem goldenen Aufdruck «Harrods» trug er in der anderen Tasche bei sich – in der Tasche, in der nicht die Ansichtskarte und der Zettel steckten –, für den Fall, daß er etwas kaufte.

Nachdem er zum dritten- oder viertenmal in Muswell Hill bei Sainsbury's gewesen war und vergeblich nach einer Fleischabteilung Ausschau gehalten hatte, als könne sie sich in einer Ecke des Supermarkts versteckt haben, in die er noch nicht vorgedrungen war – hinter dem Zigarettenkiosk, zum Beispiel, oder zwischen den Gemüsen und den Puten –, ging er in die große Eisenwarenhandlung auf der anderen Straßenseite, in der Pup sein Zaubermesser und Dolly die «goldenen» Ketten gekauft hatten. Dort suchte sich

Diarmit, soweit das in einem Laden für Haushaltswaren eben möglich war, das für den Metzgerberuf notwendige Werkzeug aus: ein Hackmesser und zwei lange Messer. Das Mädchen an der Kasse unterhielt sich mit einer Freundin, es sah Diarmit nicht an und sprach nicht mit ihm, es sagte nur: «Siebzehn Pfund fünfundvierzig.»

Von der Woodside Road legte er den ganzen Heimweg an der alten Eisenbahnlinie entlang zu Fuß zurück. Hackmesser und Messer trug er in der Tüte von Harrods. Es war warm und sonnig, und auf den purpurnen Trauben der Schmetterlingssträucher zwischen Highgate und der alten Mount Pleasant Green-Station saßen rote und schwarze Falter. Seit Diarmit sich sein Handwerkszeug gekauft hatte, fühlte er sich ein bißchen wohler. Jetzt war er bereit, falls der Job sich ihm plötzlich präsentierte. Wie sich das abspielen sollte, ahnte er zwar nicht. Er hatte jedoch die unklare Vorstellung, daß jemand an seine Tür in den Mount Pleasant Gardens klopfen und nach ihm fragen oder daß Conal zurückkommen würde.

Als er wieder zu Hause war, benutzte er zum erstenmal das Münztelefon im Flur. Es war für ihn eine ungeheure Anstrengung, ein Willensakt, nur dem eines Menschen vergleichbar, der sich nackt in die eisigen Fluten eines Flusses wirft oder einem wütenden Hund entgegentritt, denn Diarmit hatte sich inzwischen von der Realität weit entfernt. Es war, als hänge eines seiner Messer in der Luft und warte darauf, mit einem Hieb eine tiefe Kluft zwischen ihn – was immer dieses «ihn» bedeuten mochte, das ihm schon sehr schnell verlorenging – und die natürliche, normale, reale Welt zu schlagen, in der die anderen ihr natürliches, normales, reales Leben lebten. Aber er benutzte das Telefon. Er rief seine Schwester Kathleen in Kilburn an, nachdem er ihre Nummer monatelang im Kopf behalten hatte. Als das Freizeichen kam, zitterte er, und er zitterte, als das akustische Signal für den Geldeinwurf ertönte. Denn angenommen, er warf sein Geld ein und sprach, und Kathleen hörte ihn nicht.

Sein Fünfpencestück fiel in den Schlitz, Diarmit holte tief Luft und sagte: «Ich bin's, Kathleen, dein Bruder Diarmit. Und ich bin hier, in deiner Nähe. Ich wohne bei Conal Moore.»

Die Stimme eines Mannes. Diarmit hatte Kathleen seit Jahren nicht mehr gesehen, und sie hatte inzwischen geheiratet. «Sie hat viele Brüder.»

«Das ist wahr. Ich bin Diarmit, der jüngste. Leider kann ich mich an Ihren Namen nicht erinnern. Wie heißen Sie?» Diarmit redete verzweifelt weiter, weil keine Antwort kam. «Sind Sie noch da? Kommt Kathleen auch?»

«Sie ist in der Arbeit.»

«Da kann sie aber froh sein – froh sein, daß sie Arbeit hat, meine ich.» Diarmit versuchte es mit einem freundlichen Lachen. «Arbeit könnte ich auch brauchen. Wann kommt sie zurück? Hier spricht ihr Bruder, verstehen Sie? Ihr kleiner Bruder Diarmit. Wo ist sie jetzt? Könnte ich sie an ihrer Arbeitsstelle anrufen?»

«Sie kommt um halb fünf nach Hause.»

Der andere legte auf. Aber wenigstens hat er meine Stimme gehört, dachte Diarmit, und er weiß, wer ich bin. Und Kathleen wohnte wirklich dort, sie wohnte in Kilburn unter dieser Telefonnummer, es war in Ordnung, es war wirklich war. Statt in sein Zimmer zurückzugehen, verließ Diarmit wieder das Haus, den Zettel und die Ansichtskarte in der Tasche, die Tüte von Harrods in der Hand. Er stieg die Stufen zur alten Station hinunter. Die Oleander und die weißen Lichtnelken blühten. Im grünen Gras wucherte, zwischen rostigen Büchsen und vom Wind hierhergewehten Bettfedern, rosa, gelbes und weißes Unkraut. Es war warm und sonnig und roch nach Wiesenkerbel und Dieselabgasen. Diarmit ging am Rand des Bahnsteigs entlang, sprang dann hinunter und ging in der grasigen Mulde weiter, in der früher die Gleise gewesen waren.

Eine Frau mit einem weißen Pyrenäischen Berghund an der Leine kam ihm entgegen. Groß und schwerfällig wie ein Eisbär, musterte das Tier Diarmit aufmerksam.

«Guten Tag», sagte Diarmit höflich zu der Frau. «Ein schöner Nachmittag.»

Sie reagierte nicht, ihre Augen waren starr geradeaus gerichtet. «Schöner Sonnenschein», fuhr Diarmit fort, und diesmal beugte sich die Frau zu dem Hund hinunter, sagte etwas zu ihm und streichelte ihm den Kopf, als wolle sie mit allem Nachdruck darauf hinweisen, daß sie Diarmit weder sah noch hörte. Er blieb stehen und schaute ihr nach. Sie ging rasch die Stufen hinauf und zog den Hund hinter sich her. Diarmit ging weiter, schwenkte die Harrodstüte und sang vor sich hin wie einer, der allen zeigen möchte, daß er sich nicht fürchtet. Diarmit hätte gern irische Lieder gesungen, doch er konnte sich an keins erinnern, also sang er «God Save the Queen» – wiederholte unaufhörlich die eine Strophe, die er kannte, damit die anderen merkten, daß er sich nicht fürchtete, und er sang auch für sich, damit er wußte, daß die Töne einen Ursprung hatten und dieser Ursprung er selbst war.

An der Stapleton Hall Road verließ er die aufgelassene Strecke und ging zur Crouch Hill-Station. Dort gab es eine richtige Eisenbahnlinie, und eine richtige Eisenbahn würde ihn nach Brondesbury in die Nähe der Wohnung von Kathleen bringen. Gegen sechs war er am Ziel. Er ging den zementierten Weg entlang, zwei Betonstufen hinauf und klingelte.

Kathleen war eben aus der Arbeit gekommen und ihr Mann zur Arbeit gegangen. Vorher hatte er ihr aber noch gesagt, ihr Bruder Diarmit habe angerufen und scheine bei ihnen schmarotzen zu wollen. Er sei arbeitslos, lebe von der Unterstützung, und hätten sie nicht wirklich genug von ihrer Familie, um Himmels willen? Kathleen wußte nicht, was sie tun sollte. Sie war müde, sie war schwanger, und sie hatten ohnehin kein Gästezimmer. Und wie Diarmit war, wußte man schließlich – er war für vierzehn Tage zu Mary gekommen und drei Jahre geblieben. Seit der Sache mit der Bombe war er nicht ganz bei Trost.

Trotzdem wollte sie ihn jedoch hereinbitten, mit ihm sprechen und ihm alles erklären. Sein Anblick und der Gestank, den er verbreitete, machten sie völlig fertig. Er sah aus, als habe er sich seit einem Monat nicht mehr gewaschen, und er roch nach fauligem Gemüse. Er trug schmutzige dunkelrote Sachen, und sein Gesicht war so blaß, als sei es aus Lehm. Eine Plastiktüte über dem Arm, in der anderen Hand ein Papier, das er ihr entgegenstreckte, wirkte er so bedrohlich, daß sie einen Augenblick stumm und zitternd vor ihm stand und ihn nur anstarrte. Sein Geruch stieg ihr in die Nase, und sie bekam sofort ein so starkes Sodbrennen, daß sie zu ersticken glaubte. Wortlos schlug sie die Tür wieder zu und lehnte sich schweratmend dagegen.

Diarmit wußte, daß sie ihn nicht gesehen hatte, weil er nicht mehr existierte. Dieses Gefühl, nicht mehr zu existieren, hatte er schon einmal gehabt, in Belfast, nach dem Bombenanschlag. Seither hatte er sich jedoch mehr oder weniger wiedergefunden und nur gelegentlich daran gezweifelt, daß er vorhanden war. Jetzt jedoch wußte er, daß er unsichtbar und unhörbar geworden war – wußte es mit Bestimmtheit. Niemand konnte ihn sehen oder hören, und es hatte an dem Morgen angefangen, an dem er bei Sainsbury die Fleischabteilung nicht fand. Sie hatten versucht ihm seine Existenz zu nehmen, damit sie ihm keinen Job geben mußten, und wenn Kathleen ihn nicht gesehen, wenn seine eigene Schwester ihn nicht erkannt hatte, dann war es ihnen auch gelungen.

Und wie schon einmal, merkte er jetzt, wie groß alles auf der

Welt war. Er fühlte sich sehr klein. Die meisten Leute, sogar Kinder, waren größer als er, Busse und Autos waren riesig und wollten ihn umstoßen, als er die Kilburn High Road überquerte, schossen donnernd auf ihn zu. Mit dem Zug zurückzufahren, wollte er gar nicht erst versuchen. Der Mann, bei dem man die Fahrkarten kaufte, würde ihn nicht hören, selbst, wenn er groß genug wäre, um zum Schalterfenster hinaufzureichen. Er wollte zu Fuß gehen. Obwohl es ein weiter Weg war, zehn oder elf Kilometer, wollte er an diesem schönen, sonnigen Abend zu Fuß gehen. Er fühlte die scharfen Schneiden seiner Messer durch das grüne Plastik, und das war für ihn ein Trost. Mit ihnen konnte er sich verteidigen, wenn die großen Leute, die ihn nicht sahen oder hörten, ihn mit ihren Riesenfüßen zertrampeln wollten.

Oben in seinem Zimmer, in Conal Moores Zimmer, fühlte er sich geborgen. Er glich einem Insekt, das in seiner Mauerspalte sicher war, aber sofort in Gefahr geriet, wenn es über den Fußboden laufen mußte. Ein Insekt konnte Füße, die es zu zertreten drohten, mit den Messern stechen, die es im Bauch hatte. Als Diarmit die Treppe hinaufstieg, preßte er die Tüte von Harrods fest an sich.

Vom obersten Stockwerk kamen zwei Leute heruntergelaufen, sie lachten und lärmten. Er drückte sich flach an die Wand, damit sie ihn nicht umrannten und die Treppe hinunterwarfen. Im Zimmer war es besser. Er machte sich eine Kanne Tee und ging schlafen. Danach begann er sich jedoch belagert und bedroht zu fühlen. Er wußte, daß sein Leben in Gefahr war. Das Ich, das er noch besaß, von dem er wußte, daß er es besaß, das die anderen, die Conal Moores und die Leute aus dem Supermarkt für lebensunwert hielten – dieses Ich war in Gefahr. Tagsüber leerte sich das Haus, das war ihm klar, doch abends glich es einem Bienenstock. Er ging hinunter und lauschte an den Türen auf ein Lebenszeichen von drinnen. Überall war es still, nur hinter einer Tür hörte er Musik.

Der Dalmatiner und der Colliemischling liefen über den alten Anger und durchstöberten Mülltonnen. Sogar aus dieser Entfernung kamen sie Diarmit sehr groß vor. In der Nähe der Mount Pleasant Hall wurde eine Reihe alter Häuser abgerissen, und in der Luft hing gelb und dick der Mörtelstaub. Als nächstes würden sie dieses Haus abreißen. Diarmit begriff, wie es vor sich gehen würde. Außer ihm war niemand im Haus, und er war so unsichtbar wie ein Insekt, also würden sie die Mauern um ihn herum einreißen, ohne zu ahnen, daß er hier war. Und es würde sie auch nicht interessieren. Ihnen bedeutete er nicht mehr als die Spinnen und die Silberfischchen, die auch im Haus wohnten. Er würde im Bauschutt zerquetscht werden, in einer Wolke gelben Staubs ersticken. Er setzte sich ans Fenster und zitterte.

Abends und nachts war er sicher. Nach fünf Uhr taten die Arbeiter nichts mehr, das hatte er beobachtet. Am Abend konnte er ins Haus zurückkommen und sich verstecken, aber tagsüber durfte er nicht bleiben. Und er mußte alles mitnehmen, was für ihn wertvoll war. Vielleicht kam er eines Abends zurück und stellte fest, daß das Haus verschwunden war, doch dieses Risiko mußte er auf sich nehmen.

Am nächsten Morgen, nachdem sie alle türenschlagend, lachend und die Treppen hinuntertrampelnd – sie machten wirklich einen Höllenlärm – aus dem Haus waren, schlich er sich mit den Messern in der Tüte von Harrods hinaus. Er trug sie wie eine Wespe ihren Stachel oder ein Wachtposten sein Gewehr. Wohin er wollte, hatte er sich genau überlegt. Die Stufen in den Mount Pleasant Gardens hinunter, dann weiter zu der alten Eisenbahnlinie, durch das weite grüne Tal zur aufgelassenen Mount Pleasant-Station und von dort in den Mistley Tunnel.

Im Tunnel war es so trocken wie überhaupt möglich. Es roch nach Öl, und überall lagen Federn herum. Die Matratze mußte eine Million kleiner weißer und grauer Federn enthalten haben, denn Tausende waren herausgequollen und weggeweht worden, hatten sich im Lehm eingebettet, hafteten an der gewölbten Tunneldecke oder lagen in zitternden Häufchen beisammen. Und doch war die alte zerrissene Matratze noch gepolstert, noch mit Daunen gefüllt. Diarmit setzte sich und nahm seine Messer aus der Tüte.

Von dort, wo er saß, konnte er beide Tunneleingänge überblikken. Er konnte die Gefahren abschätzen, die sich ihm näherten. Er brauchte sich natürlich nicht zu verstecken, da ihn ohnehin niemand sehen konnte. Doch nach einer Weile stellte er die Matratze hochkant, formte sie zu einer halbrunden Wand und befestigte sie mit einer Rolle aus rostigem Maschendraht und einer Öltonne. Sie diente ihm nicht als Versteck, sondern als Schutz. Er kauerte dahinter wie in einem Unterstand oder hinter einem Windschutz, und sie bewahrte ihn vor allem Übel. Drei oder vier Leute kamen durch den Tunnel – einer ging in Richtung Highgate, die anderen nach Mount Pleasant, und obwohl es riesenhafte, plumpe, feindselige Geschöpfe waren, deren Körper fast den ganzen Innenraum des Tunnels ausfüllten, streifte keiner von ihnen die Matratze, und er war in Sicherheit.

Da begriff Diarmit, daß er eine Möglichkeit gefunden hatte zu überleben. Jede Nacht konnte er in dem Zimmer schlafen, aber tagsüber mußte er hierherkommen, wachsam und bewaffnet, und sich hinter seine Barrikade zurückziehen.

7

Die Puppe, sagte Mrs. Collins, sei genau das, was Wendy wolle. Nein, sie denke nicht, daß zehn Pfund zuviel seien. Es sei ein vernünftiger Preis. Wendy wollte die Puppe ihrem kleinen Patenkind zum Geburtstag schenken. Die Puppe sei ganz offensichtlich auch ein kleines Mädchen mit einem rosigen, lächelnden Gesicht, blonden Zöpfen, einem roten Hemd und einem blaukarierten Schürzenkleid. Seit der Myrapuppe hatte Dolly schon mehrere Puppen gemacht, die alle voneinander verschieden waren, und sie hatte keine Mühe, sie zu verkaufen.

Mrs. Collins bezahlte die zehn Pfund, die Dolly gleich auf dem Heimweg von dem kleinen Reihenhaus in der Orchard Lane dafür ausgab, ihren Weinvorrat zu ergänzen. Fünf in Seidenpapier eingeschlagene Flaschen in zwei Tragtüten.

Es war ein schwülwarmer Sommertag mit einem weißlichen Himmel. Bei der Brücke in der Northwood Road stieg Dolly die Stufen zur alten Bahnlinie hinauf. Eine Frau mit einem weißen Pyrenäischen Berghund an der Leine ging vor ihr her. Dolly trug ein rosa-, gelb- und braungemustertes Baumwollkleid mit einem breiten braunen Gürtel, Strumpfhosen und Sandalen mit flachem Absatz. Die Strumpfhosen waren neu, sie hatte sie zum erstenmal an, und um sie zu schonen, beschloß sie, nicht den Damm hinaufzuklettern, sondern durch den Mistley Tunnel zur Station und dann die Treppen hinaufzugehen.

Der Boden war völlig trocken, es hatte seit vierzehn Tagen nicht mehr geregnet. Gewöhnlich war es im Tunnel ein bißchen morastig, aber nicht heute. Fuß- oder Fahrradreifenspuren waren in den harten, hellen, mit Federn bestreuten Lehm eingedrückt. In jeder Hand eine Tragtüte mit Weinflaschen, ging Dolly durch den Tunnel. Jemand hatte die alte Matratze aufgerichtet und mit einer Öltonne und irgendeinem Draht abgestützt. Vielleicht hatten die Leute von der Müllabfuhr oder von der Eisenbahn den alten Kram ein bißchen zusammengestellt, bevor er abgeholt wurde. Dolly ging fast zu der Matratze hinüber, um aus der Nähe zu sehen, ob hier tatsächlich aufgeräumt worden war, doch dann überlegte sie es sich anders. Die Tüten waren schwer, und der übelriechende alte Tunnel war kein besonders angenehmer Aufenthaltsort.

Sie stieg die Stufen hinauf. In der Manningtree Grove blieb sie einen Moment vor dem Haus stehen. Myra hatte keine Zeit verloren und den Garten völlig umgestaltet. Die Heideastern und Salomonsiegel hatte sie herausgerissen und statt dessen einjährige Blumen eingesetzt – Lobelien, Studentenblumen und Petunien, die jetzt alle blühten. Dolly gehörte nicht zu den Menschen, die alle Blumen schön finden, und ihr mißfiel das Durcheinander von Kobaltblau, Orange und grellem Pink ganz besonders. Gingie saß ausnahmsweise auf dem Pfosten.

«Verschwinde!» sagte Dolly und klatschte in die Hände, nachdem sie die Tüten auf den Boden gestellt hatte. Die Katze flüchtete.

Dolly betrat das Haus, jedoch nicht leise oder vorsichtig. Es war Montag, und Myra arbeitete bis Mittag.

«Doreen!»

Dolly erstarrte. Die Tür des Vorderzimmers wurde geöffnet, und Myra kam in einem jadegrünen Arbeitsanzug und einem marineblau und weiß gestreiften T-shirt heraus.

«Habe ich dich endlich erwischt», sagte sie nicht unfreundlich. Sonst schaffe ich es immer nur, dich verschwinden zu sehen. Wo ich dich endlich in die Finger gekriegt habe, möchte ich dich um einen Rat bitten.»

«Wieso arbeitest du nicht?»

Das waren praktisch die ersten Worte, die Dolly je an ihre Stiefmutter gerichtet hatte, doch Myra tat, als sei sie sich dessen nicht bewußt. «Ich habe mir vierzehn Tage Urlaub genommen, meine Liebe. Ich fange morgen mit dem Anstreichen an. Jetzt schau doch nicht so!» Dolly hatte weder so noch anders geschaut. Ihr Gesicht blieb ausdruckslos, wie immer. «Ja, ich meine, ich werde es eigenhändig tun», fuhr Myra fort. «Um ganz ehrlich zu sein, ich habe so viel für eure neue Küche ausgegeben, daß ich mir keine Handwerker mehr leisten kann.»

«Sie haben doch nur eine Wasserleitung installiert», erwiderte Dolly, «und wir wollten nicht einmal die.»

Myra lachte hell und klingend. «Das ist ein offenes Wort. Wir wollen deshalb nicht streiten. Ich habe dich nicht hereingebeten, um mit dir zu streiten. Du sollst mir sagen, welche Farbzusammenstellung ich nehmen sollte.»

So etwas brauchte man Dolly nicht zweimal zu fragen, sie hatte eine Unmenge Ideen. Für einen Augenblick vergaß sie ihren Haß auf Myra. «Das ist ein helles Zimmer, da kannst du eine kräftige Farbe nehmen. Eine weiße Decke, weiße Verzierungen und leuchtend rotbraune Wände. Sie würden zum Teppich und zu den Sesseln passen.»

Myra war erstaunt. Sie hatte Dolly nur angesprochen, weil sie aufrichtig der Meinung war, daß es besser wäre, wenn sie miteinander redeten. Aber auf ihre Frage hatte sie eine ganz andere Antwort erwartet: «Ich weiß nicht» oder «Mach, was du willst.»

«Glaubst du im Ernst, ich behalte den schmutzigen alten Teppich oder diese Sessel?» sagte sie verächtlich. «Ich habe Nadelfilz und Kiefernmöbel bestellt. Und ich denke, für die Wände wäre ein Naturbeige richtig – es gibt da einen Farbton, der ‹Papyrus› heißt.»

«Wie du willst.» Dolly zuckte mit den Schultern. Es war noch früh am Tag, aber sie hatte plötzlich das Gefühl, ganz dringend ein Glas Wein zu brauchen. Sie machte kehrt und ging zur Tür.

Myra hatte gehofft, Dolly werde ihr ihre Hilfe anbieten, und sah jetzt, daß sie nicht damit rechnen konnte. Sie erinnerte sich jedoch, daß sie eigentlich nur einen Grund gesucht hatte, um mit Dolly ins Gespräch zu kommen. «Willst du eine Tasse Kaffee? Ich wollte eben auch eine trinken.»

Kaffee war kein Ersatz für ein Glas spanischen Burgunders. «Nein, besten Dank.»

«Tja, fesseln und knebeln kann ich dich nicht, damit du bleibst. Aber wenn alles fertig ist, kommst du und siehst es dir an, ja? Ich hoffe, bis zum Freitag schon den größten Teil geschafft zu haben, dann sagst du mir, wie es dir gefällt, ja? Wir sollten Freundinnen sein, Doreen, zwei Mädchen, die im selben Haus wohnen.»

Anstatt Myra ins Gesicht zu sagen, daß sie sie für einen unverschämten Eindringling halte, der das ganze Haus auf den Kopf stelle und das Andenken ihrer Mutter entehre, wählte Dolly eine weniger offensichtliche Kränkung. Sie hatte nicht viel, auf das sie stolz sein konnte, doch sie war stolz auf ihre Jugend und hütete sie eifersüchtig. Solange sie jung war, konnten noch Wunder geschehen, ihr blinder Prinz konnte kommen oder ein Genie etwas entdecken, das sie von ihrem Geburtsmal befreite. «Du bist älter als ich», sagte sie.

«Ein bißchen», antwortete Myra und wurde rot.

«Ich bin sechsundzwanzig. Wie alt bist du?»

Myra wurde noch röter. «Wenn man mich das fragt, antworte ich gewöhnlich: Ich stehe irgendwo zwischen Dreißig und dem Tod. Aber zu dir will ich ganz ehrlich sein: Ich bin achtunddreißig.»

«Das dachte ich mir», sagte Dolly, nahm ihre Tüten auf und ging zur Treppe.

In ihrem Wohnzimmer schenkte sie sich ein großes Glas Wein ein und setzte sich. Auf dem Kaminsims standen vier Puppen: zwei kleine Mädchen mit blonden Zöpfen, Myra und ein indischer Junge mit einem seidenen Turban. Von den Puppen beobachtet, trank Dolly langsam ihren Wein.

Myra wählte für das Wohnzimmer einen Farbton, der sich «Sonnenstrand» nannte, einen Kompromiß zwischen ihrem Beige und Dollys Rostrot. Sie dachte, daß Dolly vielleicht herunterkommen und nachsehen würde, wie weit sie war. Doch Dolly erschien nicht. Myra arbeitete jeden Tag, und als sie mit dem Wohnzimmer fertig war, begann sie im Eßzimmer, kaufte billigen, aber schick aussehenden Nadelfilz für die Fußböden und eine dreiteilige Sitzgruppe aus heller Fichte mit braun und weiß karierter Polsterung. Pup schaute manchmal herein, um sie mit einem freundlichen Wort zu ermutigen, und Harold, der sich des ungeheuren Opfers durchaus bewußt war, das er auf dem Altar der Ehe darbrachte, kehrte hin und wieder der schäbigen und gemütlichen Abgeschiedenheit des Frühstückszimmers den Rücken und setzte sich mit seinem Buch in einen Sessel, der in der Nähe von Myras Leiter stand.

Nach dem ursprünglichen scheußlichen Gefühl, daß er der Nekrophilie huldige, hatte Harold nur noch zweimal mit seiner Frau geschlafen, und beide Male war es nicht besonders befriedigend gewesen. Eine Zeitlang fühlte er sich unbehaglich, weil er ihr versagte, was er für das Recht einer Ehefrau hielt. Er lag im Bett und wartete auf die Berührung oder die Frage, aber als keines von beiden kam und Myra nur fröhlich «gute Nacht, Hal» sagte, war er glücklich, weil er wieder für eine Nacht davongekommen war. Tatsache jedoch war, obwohl er natürlich nichts davon ahnte, daß Myra ihn nicht aus Liebe geheiratet hatte, und um Sex war es ihr noch weniger zu tun gewesen. Sie hatte allen Sex, alle Leidenschaft und alle Erfüllung in der Beziehung mit ihrem verheirateten Freund erlebt. Sie war eine hohle, oberflächliche und unaufrichtige Frau, aber sie hatte Glück und Unglück empfunden wie jeder andere Mensch, und für sie waren Liebe und Glück mit dem verheirateten

Mann aus ihrem Leben verschwunden. Bei einem Ehemann, bei Harold, suchte sie etwas anderes: einen Mann, mit dem sie ausgehen, mit dem sie gesehen werden konnte, jemanden mit einem großen Haus, der ihr gleichzeitig Sicherheit gab. Sie war nicht unzufrieden mit dem Handel, auf den sie sich eingelassen hatte, und um so besser, wenn sie ihren Teil des Vertrags mit hausfraulichen und handwerklichen Fähigkeiten und ihren Ersparnissen erfüllen konnte und keine sexuelle Leidenschaft heucheln mußte.

Am Tag war Harold stolz auf das Aussehen seiner Frau. Wenn sie zusammen ausgingen, freute es ihn, mit ihr Arm in Arm gesehen zu werden. Harold gehörte zu den Männern, die gern behaupten, Frauen nicht zu verstehen, Frauen seien ein Rätsel. Manchmal ließ er im Geist die lange Reihe unbegreiflicher, historischer weiblicher Persönlichkeiten an sich vorüberziehen – Messalina, Katharina von Medici, Anne Boleyn, Charlotte Corday –, und ihr unberechenbares Verhalten bestärkte ihn nur in seiner Überzeugung. Frauen waren ein Rätsel, und seine eigene Frau war da keine Ausnahme. Diese Gedankengänge verhalfen ihm zu einer fast selbstgefälligen Zufriedenheit. Sie sprachen ihn von der Notwendigkeit frei, sich zu überlegen, warum Myra seinen Mangel an Leidenschaft so gelassen hinnahm, warum sie bis zur Erschöpfung arbeitete und das Haus selbst renovierte und warum sie, anstatt sich ein bißchen Ruhe zu gönnen, als das Eßzimmer fertig war, Leute zum Essen einlud.

Da es Myra nicht gelang, Dolly noch einmal abzufangen, ging sie hinauf und klopfte bei ihr an. Dolly erriet, wer da zu ihr wollte, packte die Puppen und versteckte sie schnell in der Resteschachtel.

«Donnerstag in einer Woche haben wir ein paar Freunde zum Dinner hier», sagte Myra, perfekt in ihrer Rolle als Ehefrau aus dem Vorort einer Großstadt. «Ich hoffe, ihr macht uns auch die Freude – du und Peter.»

«Ich habe schon etwas anderes vor.» Die Adonai Spiritisten hielten wieder eine Séance ab, und Dolly war beinahe schon entschlossen gewesen, nicht hinzugehen. Jetzt überlegte sie es sich anders. «Was für Freunde überhaupt? Vater hat keine Freunde.»

«Also offen gesagt, Doreen, das kann ich wohl besser beurteilen als du. Selbstverständlich hat er Freunde. Wenn du's unbedingt wissen willst – es kommt mein Chef Mr. Colefax mit seiner Frau und außerdem noch ein sehr nettes Paar, das wir beim Bingo kennengelernt haben. Wenn du nicht kommst, dann kann ich wohl mit meiner Mutter rechnen.»

Das Eßzimmer hatte jetzt apfelgrüne Wände, beigefarbene Dralonvorhänge, einen Nadelfilzteppich, aluminiumgerahmte Drucke von Constable und auf dem Tisch Kristallglas, Edelstahlbesteck und Tischmatten mit britischem Federwild.

Pup lehnte die Einladung nicht ab. Er zelebrierte ein Elementares Ritual, ging aus und kaufte sich einen einfachen und eleganten grauen Flanellanzug und ein graues Hemd mit einem kleinen weiß-rosa Muster. Er hielt es nicht für nötig, Dolly davon zu erzählen, und er sagte ihr auch nicht, daß er das *I Ging* befragt und es geantwortet hatte, die Wünsche des überlegenen Mannes seien auf diese Weise nicht zu befriedigen.

Er kam in seiner Robe aus dem Tempel und küßte Dolly, die eben zu ihrer Séance aufbrach. Als sie die Haustür hinter sich schloß, kam Miss Finlay in ihrem üblichen Tempo anmarschiert. Überall wimmle es von Polizei, sagte sie. Wisse Dolly zufällig, was los sei? Als sie, Miss Finlay, versucht habe, in der Crescent Road die Stufen zur alten Eisenbahnlinie hinunterzugehen, habe ein Polizist sie zurückgeschickt. In der Abendzeitung habe nichts gestanden, und einen Fernseher habe sie nicht. Auch Dolly hatte keinen. Myra allerdings hatte erst vor kurzem ein Farbgerät gekauft. Sie gingen die Manningtree Grove in Richtung des Mount Pleasant Green entlang, und während der paar Minuten kamen ihnen zwei Polizeifahrzeuge mit blitzendem Blaulicht entgegen.

Myras Gäste hatten alle Fernseher, und sie hatten alle ihre Radioapparate eingeschaltet, während sie sich zum Ausgehen fertigmachten. Als sie dann in dem von Myra umgestalteten Wohnzimmer ihre Apéritifs tranken, sprachen sie über nichts anderes, obwohl es eine wahrhaft grauenerregende Sache war, die sich da ereignet hatte. Der Täter mußte ein Monster sein, eine wilde Bestie, nicht besser als ein Tier.

«Ich habe noch nie von Tieren gehört, die sich gegenseitig die Köpfe abhacken», sagte Mrs. Brewer.

Pup sagte gar nichts. Es tat ihm leid, daß es an der alten Eisenbahnlinie und genau in dem Tunnel geschehen war, wo er vor so langer Zeit seinen ersten Ritus vollzogen hatte. An einem so schönen Sommerabend war es furchtbar, an Mord zu denken und von Mord zu sprechen. Er sah Yvonne Colefax an, eine sehr hübsche Blondine, die ein weißes Kleid aus einem anschmiegsamen Material trug. Was konnte einen Mann dazu bringen, ein Mädchen töten zu wollen – von allen möglichen Opfern ausgerechnet ein Mädchen – und dann noch mit einem Hackmesser den Kopf vom Rumpf zu trennen?

«Aufgestaute Aggressionen», sagte George Colefax, als habe Pup laut gesprochen. «Ein Haß gegen Frauen, denen er sich nicht gewachsen fühlt.» Er sagte es mit einem ganz besonderen Nachdruck, und seine Frau warf ihm einen kurzen Blick zu. «Den Kopf abzuschneiden, könnte eine spöttische Zunge zum Schweigen bringen. Außerdem wäre dann dafür gesorgt, daß die Augen ihn nicht mehr sehen.»

Myra kam herein und verkündete, das Essen sei fertig. Gemeinsam zogen sie ins Eßzimmer. Harold hatte sich noch nie um halb neun Uhr abends zu einem aus drei Gängen bestehenden Essen niedergesetzt. Ihm war übel von dem fortdauernden Gerede über Enthauptungen, besonders, da er eben ein Buch las, in dem die Folterung der Madame Brinvilliers sehr genau und sehr anschaulich geschildert wurde. Er mußte zwischen Mrs. Brewer und Eileen Ridge, der Bingofreundin sitzen. Myra trug einen langen grünen Polyesterrock mit schwarzen Gänseblümchen und einen sehr engen, ärmellosen Rollkragenpullover. Dazu ihren gesamten Goldschmuck. Mrs. Brewer, in einem blauen Kräuselkreppkleid, stocherte in ihrem Essen herum und lehnte die Zucchini in Rahmsoße mit einem Naserümpfen verächtlich ab. Außer den Zucchini servierte Myra noch einige höchst ungewöhnliche Speisen – Hühnchen mit Walnüssen, Kartoffeln mit Eiern und Käse, Kohl, in dem kleine Schinkenstückchen und brauner Kümmel schwammen. George Colefax pickte die Kümmelkörner mit einem goldenen Zahnstocher aus seinen regelmäßigen weißen Zähnen. Er war nicht nur Zahnarzt, sondern auch Doktor der Medizin und hatte keine Bedenken – er kam nicht einmal auf die Idee, daß das, was er sagte, abstoßend sein könnte –, der Gesellschaft zu erklären, wie schwierig es war, einem Menschen den Kopf abzuschneiden und daß der Verbrecher nicht nur Messer und ein Hackmesser, sondern vielleicht auch eine Säge dazu gebraucht hatte. Myra brachte die Himbeertorte herein.

«Eine Frau mit einem Hund hat sie gefunden», sagte Mrs. Collins als die Séance vorüber war. «Sie wohnt in der Stanhope Road und hat diesen großen, weißen Hund, den großen, weißen Pyrenäenhund oder wie er heißt. Sie ging mit ihm an der alten Eisenbahnlinie spazieren, und er fing an, an etwas herumzuschnüffeln, und da sah sie das Mädchen ohne Kopf. Den Kopf hat sie dann auch gesehen, er lag ein Stück vom Rumpf entfernt. Man hat sie mit einem Schock ins Krankenhaus gebracht.»

«Was für ein furchtbares Erlebnis», sagte Miss Finlay. «So was wird man ja bis zum Tod nicht los.» Heute roch sie nur nach Seife, wie Dolly festgestellt hatte.

«Über so etwas kommt man nie hinweg. Wer tut denn so etwas? Der Mensch muß eine Bestie sein, die reinste Bestie.»

Dolly hatte es satt, noch mehr darüber zu hören. Sie stand am Tor, pflückte Blätter von einem Zitronenmelissenstrauch, zerrieb sie zwischen den Fingern und atmete den Duft ein. Ihre Mutter war während der Séance nicht erschienen, hatte kein Wort gesprochen. Die Blätter rochen stark nach Zitrone.

«Meine Mutter benutzte ein Parfüm, das so duftete», sagte Dolly und hielt Mrs. Collins ihren Finger unter die Nase.

«Das bringt sie wieder zurück, nicht wahr? Man kommt über den Verlust der Mutter nie hinweg. Mir ist es jedenfalls nicht gelungen. Sie beide wollen doch nicht etwa allein nach Hause gehen? Nicht nach dem, was heute passiert ist. Am besten warten Sie hier mit mir. Meine Tochter holt mich mit dem Wagen ab und kann Sie auch mitnehmen und zu Hause absetzen.» Es war noch ziemlich hell. Miss Finlay blickte ängstlich die Straße entlang und über den Anger. «Ich hoffe», fuhr Mrs. Collins fort, «wir dürfen Sie beide bei Mrs. Fitters Séance am Fünfzehnten nächsten Monats erwarten. Sie haben bestimmt schon von ihr gehört. Sie ist großartig. Die Karten gehen weg wie die warmen Semmeln. Sie kosten fünf Pfund, doch das ist preiswert, das dürfen Sie mir glauben. Die Frau hat unglaublich viel zu bieten. Dieser Zitronenduft ist aber sehr stark, nicht wahr, meine Liebe?»

Als Wendy Collins Dolly absetzte, ging es auf der Party noch sehr munter zu. Dolly ging direkt nach oben und schaffte es gerade noch, Yvonne Colefax auszuweichen, die im Bad gewesen war, um sich noch ein bißchen mehr mit «Ivoire» von Balmain zu betupfen. Wieder im Wohnzimmer, ließ sie sich auf Myras neuem zweisitzigen Sofa nieder. Pup zögerte, weil er sich an das *I Ging* und das Pentagrammische Austreibungsritual erinnerte, dann ging er zu ihr und setzte sich neben sie. Weil er nicht wußte, was er mit ihr sprechen sollte, bot er ihr an, ihr die Zukunft vorauszusagen. Er hatte gehört, wie Myra seinen Vater mit Einzelheiten aus dem Privatleben der Colefax' ergötzt hatte, und setzte Yvonne daher durch eine sehr genaue Schilderung ihrer Vergangenheit in Erstaunen. Sie fand ihn phantastisch und sagte es ihm auch, wobei sie ihm tief in die Augen sah.

«Woher können Sie wissen, daß ich mit einundzwanzig Jahren

meinen ersten Mann verlor?» fragte sie und hatte ganz vergessen, daß sie es erst vor einer Woche Myra anvertraut hatte.

«Ihre Augen haben es mir verraten», antwortete Pup gewandt.

«Nichts als gottloser Unfug ist das», mischte sich Mrs. Brewer ein.

«Entschuldigen Sie, aber alles, was er gesagt hat, stimmt bis aufs Haar.»

Mrs. Brewers Gesicht war so rot, als bekomme sie gleich irgendeinen Anfall. Yvonne ließ Pup kaum aus den Augen und himmelte ihn an, als sei er ein Prophet oder ein Guru, und Pup überkam eine große Schwäche. Er mußte sich unaufhörlich vorsagen, wie kostbar und wichtig Jungfräulichkeit für einen jungen Geomanten war. Yvonne duftete herrlich, und ihr weißseidener Oberschenkel preßte sich weich in seiner ganzen Länge an den seinen. Sie hatte eine leicht atemlos klingende staunende Kinderstimme. Und obwohl sie sieben oder acht Jahre älter sein mußte, schien sie jünger zu sein als er.

Es war jetzt eine halbe Stunde her, seit er Dolly nach Hause kommen gehört hatte. Er sollte gehen, es wäre klug zu gehen. Myra erzählte ihren Gästen, daß sie und Hal im Herbst einen Urlaub auf Zypern planten.

«Davon weiß ich ja gar nichts», sagte Harold. «Davon höre ich zum erstenmal.»

«O Liebling, du und dein Gedächtnis!»

«Ich muß jetzt gehen», sagte Pup. «Auf Wiedersehen. Besten Dank für das köstliche Abendessen.» Aus irgendeinem Impuls heraus, ging er auf Myra zu und küßte ihr die Hand.

Das war auch für alle anderen das Zeichen zum Aufbruch. Myra hätte ihn umbringen können. Mrs. Brewer wollte, daß Harold sie nach nebenan in ihre Wohnung begleitete und alle Räume durchsuchte, um sich zu überzeugen, daß während ihrer Abwesenheit niemand eingedrungen war. Zum Beispiel der Mann, der Frauen den Kopf abschnitt. Pup ging hinauf. Dolly saß im Wohnzimmer und trank Rosé. Sie saß im Halbdunkel, hatte eine einzige Kerze angezündet und blickte aus dem Fenster auf die Straße hinunter, wo Ronald und Eileen Ridge eben in ihren Wagen stiegen.

«Pup», sagte sie, «hast du von dem Mädchen an der alten Eisenbahnlinie gehört?»

Er nickte. «Wir müssen doch nicht darüber reden, oder? Wie war's bei deiner Versammlung?»

«Ganz interessant. Hör mal zu, in drei Wochen kommt ein besonderes Medium zu uns, das die Fähigkeit hat, Geister sichtbar werden zu lassen. Da gehen wir doch zusammen hin, nicht wahr? Ich muß bis morgen Bescheid sagen, weil die Karten weggehen wie die warmen Semmeln.»

«Hoffentlich verbrennt sich keiner den Mund daran.» Ihre verblüffte, leicht gekränkte Miene brachte ihn zum Lächeln. «Selbstverständlich begleite ich dich, Liebes», sagte er.

Nachdem Harold gegangen war, wurde Mrs. Brewer von einer heftigen Übelkeit befallen. Sie glaubte, sie habe Verdauungsstörungen von Myras fremdartigen Speisen. Die Übelkeit hatte schon drüben mit einem Sodbrennen begonnen, jetzt wurde sie zu einem starken Druckschmerz auf der linken Seite, lähmte ihren linken Arm und schien sie in ein eisernes Mieder einzuschnüren. Vielleicht wäre Mrs. Brewer der Gedanke gekommen, daß sie einen Herzanfall hatte, doch sie bildete sich ein, Frauen könnten keine Herzanfälle bekommen, und niemand hatte ihr gesagt, daß diese Immunität mit dem Klimakterium endet.

Gingie kam herein und legte sich zu ihr auf das Bett. Mrs. Brewer hatte eine schlechte Nacht und war so müde, daß sie am nächsten und übernächsten Tag im Bett blieb. Aber als Myra am Sonntag kam, war sie wieder aufgestanden und erwähnte ihre Krankheit mit keinem Wort.

8

Einhundertvier Menschen gingen durch den Tunnel, bevor der eine kam, der ihm zum Verhängnis wurde. Diarmit zählte sie. Jeden Tag waren es drei oder vier, manchmal ein paar mehr, und er hatte sich dreiundzwanzig Tage hinter seiner Barrikade verschanzt, bevor am vierundzwanzigsten der Angriff erfolgte.

Inzwischen wiegte er sich in einer falschen Sicherheit. So riesig sie auch waren, sie hielten sich in der Mitte des Tunnels, und er befand sich außer Reichweite ihrer mächtigen Füße und stampfenden Schritte. Aber das Mädchen am vierundzwanzigsten Tag verließ den ausgetretenen Pfad und näherte sich wie ein Schreckgespenst der Matratze. Sie sucht etwas, dachte er entsetzt, die Drahtrolle vielleicht. Oder die Holzkiste oder auch den alten Sessel, mit denen er im Lauf der Wochen seine Festung verstärkt hatte. Ihr Kopf reichte bis unter das Tunneldach, und ihre großen, um sich schlagenden Arme, die über der Matratze hin und her schwangen, verursachten einen starken Luftzug. In seiner Angst sprang Diarmit auf, obwohl er wußte, daß er zu klein war und zuwenig Substanz besaß, um gesehen zu werden, aber in einem Anfall von Mut sprang er auf – ein Messer in jeder winzigen, schwachen Hand – einen Stachel, um sich zu verteidigen.

Der Laut, den sie von sich gab, war ein schrilles Wutgebrüll. Fast wich er davor zurück, fast gab er auf. Er schaffte es nur mit größter Mühe, auf den Beinen zu bleiben und nicht ohnmächtig zu Boden zu sinken oder, auf allen Vieren kriechend zu flüchten. Denn dann würde sie ihn wohl unbarmherzig zertreten. Aber tapfer und ohne mit der Wimper zu zucken, hielt er aus, stach mit seinem Stachel nach ihr, mit seinem Zwillingsstachel, stach in die riesige, bedrohliche Masse, bis sie zusammensank und gegen ihn fiel, ein blutüberströmter Rumpf.

Er hatte es geschafft, er hatte gesiegt. Er befreite sich von der Last, trat schwer atmend zurück und betrachtete das Ding zu seinen Füßen wie ein Ritter vermutlich den Drachen, den er erschlagen hatte. Im Tod war seine Feindin rasch geschrumpft. Jetzt war ihr Körper nicht mehr größer als der eines ganz gewöhnlichen Mädchens, eines kleinen, jungen Mädchens. Diarmit staunte, daß so etwas geschehen konnte, daß Tapferkeit und Trotz einen mächtigen Angreifer in dieses kleine, tote Ding verwandeln konnten.

Vielleicht sollte er es noch kleiner machen. Schließlich hatte er gelernt, wie man tote Dinge zerstückelte. Er machte sich mit dem Hackmesser an die Arbeit, wünschte sich jedoch, er hätte eine Säge. Schließlich führte er jedoch nicht zu Ende, was er sich vorgenommen hatte, weil er müde wurde. Außerdem schlug irgendwo eine Kirchenuhr, es war fünf, und er konnte in sein Zimmer zurückkehren.

Die Sonne brannte noch so heiß wie am Mittag. Die Hitze schlug ihm wie ein Vorhang entgegen, als er den Tunnel verließ, Hackmesser und Messer sicher in der Tüte von Harrods verstaut. An den Schmetterlingssträuchern, dem Antonskraut und den Margeriten hingen ganze Bienenschwärme, ein weißer Schmetterling flatterte vorbei, und am Rand des alten Bahnsteigs balancierte eine lohfarbene Katze entlang, aber Diarmit begegnete niemandem und ging auch an niemandem vorbei. Menschen sah er erst wieder, nachdem er die Stufen zu den Mount Pleasant Gardens hinaufgestiegen war.

Obwohl er mit Blut besudelt war, sahen die Spritzer und großen, nassen Stellen auf dem dunkelroten Hemd und der roten Kordhose nicht wie Blutflecke aus. Außerdem blickte ihn ohnehin keiner an, er blieb unsichtbar. Das Abbruchgelände jenseits des Angers hatten die Arbeiter für heute verlassen, und der Staub hatte sich gesetzt. Von den Häusern war nicht mehr viel übrig, man sah nur noch Ziegel, Schutt und einen leeren Platz. Diarmit stieg nach oben, immer höher hinauf in sein oberstes Stockwerk. Hier oben gab es für alle Zimmer nur ein einziges Bad, das am Morgen und am Abend immer besetzt war. Jetzt jedoch war es leer. Diarmit nahm das Hackmesser und die Messer aus der Tüte von Harrods und wusch sie unter dem kalten Wasser. Als sie sauber waren, drehte er das Innere der Tüte nach außen und wusch auch sie.

In seinem Zimmer fühlte er sich sicherer und wohler als seit langem. Er machte sich eine Kanne Tee und trank ihn am offenen Fenster. Der Dalmatiner und der Collie lagen im Gras und schliefen in der Sonne. Wie schön wäre es, wenn Conal Moore jetzt käme. Diarmit hatte irgendwie das Gefühl, daß seine Existenz, sein Selbst langsam wieder zurückkehrten. Zuerst der Akt der Verteidigung im Tunnel, dann die Sonnenwärme und jetzt der Tee – all das wirkte zusammen, um ihn aus dem Niemandsland, aus dem Nichts zurückzuholen. Conal würde ihn sehen und erkennen, dessen war er sicher. Kathleen würde ihn erkennen, wenn er jetzt vor ihrer Tür stünde. Seine Tapferkeit und das vergossene Blut hatten ihn sichtbar gemacht, er war wieder ein fester Körper, war wieder ganz.

Ich töte, also bin ich.

Die Frau mit dem Pyrenäischen Berghund fand die Leiche des Mädchens erst am nächsten Tag, und wieder erst zwei Tage später erfuhr Diarmit, daß sie gefunden worden war. Er sah eine Zeitung, die jemand mit ein paar anderen auf eine Mülltonne im Seiteneingang gelegt hatte. Auf dem Foto war das Gesicht zu sehen, das ins Riesenhafte verzerrt und gräßlich verfärbt, im Tunnel drohend über ihm aufgetaucht war und schreckliche Laute von sich gegeben hatte. Er setzte sich auf dem Anger auf eine Bank, entzifferte die Schlagzeilen und dann den Text. Es ging sehr langsam und mühsam, und er fuhr mit dem Zeigefinger unter jeder Zeile entlang, damit ihm nicht Worte und Zeilen durcheinandergerieten. Auf einmal begriff er, daß man ihn für einen Mörder hielt. «Der Henker» nannten sie ihn.

Das war ja so, als wollte man einen Soldaten im Krieg einen Mörder nennen. Falls jemand zu ihm kommen und ihn fragen sollte, warum er es getan hatte, hatte er seine Erklärung bereit: «Wie würden Sie sich denn fühlen, wenn Sie aus Ihrem Haus geflüchtet wären, weil Sie dort jeden Augenblick unter Tonnen von Ziegeln und Schutt begraben werden könnten? Wenn Sie nur abends und nachts in dieses Heim zurückkehren dürften und gezwungen wären, sich irgendwo im Freien eine Zuflucht zu suchen und sich dort zu verbarrikadieren, damit die menschlichen Horden Sie nicht zertrampeln? Versuchen Sie das mal! Sie werden schnell merken, wie Ihnen zumute ist, wenn eine riesige Straßenreinigungsmaschine Sie zu zermalmen droht. Dann werden Sie sich doch auch mit Ihren armseligen, schwachen Kräften wehren, oder? Wenn Sie die Nerven dazu haben, wenn Sie tapfer genug sind.»

Am Tag vorher war auf der Abbruchstelle nicht gearbeitet worden, und auch heute erschienen die Männer nicht. Diarmit setzte sich auf die Bank, beobachtete den Schuttplatz und das Haus, in dem sein Zimmer war. Das Wetter war noch warm und sonnig, und die Flecke in seiner Kleidung begannen widerlich zu riechen. Der Dalmatiner kam und beschnupperte ihn. Eine Frau, die ihr Fahrrad vorüberschob, rümpfte die Nase, starrte Diarmit an und wandte sich ab. Er freute sich über diesen Beweis seiner Existenz, aber nach einer Weile fing er an, sich über die Hunde zu ärgern. Zu dem Dalmatiner und dem Collie hatte sich noch ein zottiger Bastard gesellt, und alle drei beschnüffelten ihn und liefen hinter ihm her. Sie folgten ihm bis vor den Laden, in dem er Brot, Milch und Teebeutel kaufte, und sie verfolgten ihn über den Anger und bis an die Schwelle seines Hauses.

Diarmit zog zum erstenmal nach vielen Wochen seine Sachen aus und wusch sie im Badezimmer mit Seife, da er nichts anderes hatte. Der nächste Tag war ein Sonntag, da konnte er zu Hause bleiben. Am Sonntag wurde auf der Abbruchstelle nicht gearbeitet. Als seine Sachen trocken waren – er hatte sie auf dem Fensterbrett ausgebreitet und sie mit dem auf- und niederschiebbaren Fenster festgeklemmt –, zog er sie an und hielt nach Conal Ausschau. Eine starke Vorahnung sagte ihm, daß Conal heute zurückkam, aber die Stunden vergingen, die Sonne ging langsam unter, eine lange, müde grau-violette Dämmerung senkte sich auf die Stadt, und noch immer war kein Conal gekommen. Als es dunkel geworden war, zerriß Diarmit den Zettel und die Ansichtskarte und spülte die Schnitzel die Toilette hinunter.

Als er am nächsten Morgen fertig angezogen war und eben weggehen wollte, klopfte es scharf an seine Zimmertür. Das waren bestimmt die Männer, die ihm mitteilen wollten, daß sie gleich anfingen, das Haus abzureißen. Sie konnten ihn jetzt sehen und mußten seine Anwesenheit zur Kenntnis nehmen, er existierte wieder. Ruhig öffnete er die Tür.

Im Flur standen zwei Polizeibeamte in Zivil.

Sie nannten ihm ihre Namen. Es waren ein Detective Sergeant und ein Constable. Diarmit ließ sie eintreten, sie blieben in der Nähe der Tür stehen und sahen sich im Zimmer um. Das längere und größere seiner beiden Messer lag auf dem Tisch. Er hatte es zum Brotschneiden benutzt.

«Wir möchten gern wissen, wo Conal Patrick Moore sich zur Zeit aufhält», sagte der Sergeant.

Diarmit lächelte ihnen zu. Er fand sie sehr nett und sympathisch und war ihnen dankbar, daß sie nichts über das Mädchen im Tunnel gesagt hatten. Ihre Blicke hatten das Messer auf dem Tisch nur gleichgültig gestreift.

«Das möchte ich auch», sagte er. «Wirklich, das möchte ich auch gern wissen. Ich habe keine Ahnung, wo er ist.»

«Und wer sind Sie, Sir?»

Diarmit sagte ihnen, wie er hieß. Er erzählte ihnen seine Geschichte – erzählte ihnen, daß er nach London gekommen war, weil Conal versprochen hatte, ihm einen Job zu verschaffen. Aber Conal war nicht mehr dagewesen, und den Job hatte er auch nicht bekommen. Es war ein Vergnügen zu sprechen und angesprochen zu werden, ein Vergnügen, zu existieren und gesehen zu werden. Er redete und redete, weil das etwas so Neues für ihn war. Der Sergeant mußte ihn unterbrechen.

«Wollen Sie nicht wissen, warum wir ihn suchen?»

Daran hatte Diarmit noch gar nicht gedacht. Es war ihm auch ziemlich gleichgültig. Er ergötzte sich nur an dem Entzücken, mit «Sie» angesprochen zu werden, sich zu verständigen und wie ein ganz normaler, gewöhnlicher Mensch behandelt zu werden.

«In dieser Gegend wurden mehrere Geschäfte beraubt», sagte der Sergeant. «Die Einbrüche hörten ungefähr um die Zeit auf, um die, wie Sie sagten, Mr. Moore von hier wegging. Jetzt werden uns ähnliche Raubüberfälle aus dem Bezirk Birmingham gemeldet. Ist es möglich, daß er sich dorthin gewandt hat?»

«Es ist möglich», sagte Diarmit. In Birmingham wohnte der Schwiegervater seiner Schwester Mary. Der alte Mann hatte mehrere Söhne, und einer davon war Conal. Das sagte Diarmit den Polizeibeamten. Er war entsetzt. Die Bawnes und ihre angeheirateten Verwandten waren immer gesetzestreue, respektable Leute gewesen. «Ich bitte Sie, mir Bescheid zu geben, wenn Sie ihn gefunden haben.»

«Und Sie geben uns Bescheid, wenn Sie etwas hören.»

Sie gingen. Diarmit dachte über das nach, was sie ihm gesagt hatten. Selbstverständlich würde kein Supermarkt dem Freund oder Verwandten eines Diebs einen Job geben, das konnte er verstehen. Es war auch ein Segen, daß Conal nicht mehr hiergewesen war, als er kam. Mit einem Kriminellen wollte er nichts zu tun haben. Das Zimmer gehörte jetzt also ganz ihm. Er war frei. Er fühlte sich kräftig und mutig, jung und frei und hüpfte, die Arme in die Höhe streckend im Zimmer umher, tanzte einen kleinen Freiheits- und Glückstanz. So vieles hatte sich in den letzten Tagen in seinem Leben geklärt, von so vielem war er befreit worden.

Aber heute war Montag, und sie würden vielleicht mit dem Abbruch des Hauses beginnen. Der Gedanke ernüchterte ihn. Er war zwar überzeugt, daß sie ihn warnen würden, weil er ja wieder sichtbar war und existierte, doch sicherer war es wohl, wenn er wegging. Außerdem war es ein schöner Morgen. Er nahm die Harrods-Tüte mit den Messern und lief die Treppe hinunter. Es wäre schade, etwas Wertvolles zurückzulassen, das dann unter dem Schutt begraben würde.

Als er auf der Straße stand, kam ihm ein ungeheuerlicher Gedanke. Warum sollte er nicht selbst versuchen, einen Job zu finden? Warum eigentlich nicht?

9

Wenn sie, von Kissen gestützt, in ihrem Bett lag, konnte Mrs. Brewer das grüne Tal überblicken, durch das einmal die alte Eisenbahnlinie geführt hatte. Früher, wenn sie krank gewesen war, hatte sie gern die Leute beobachtet, die den grünen Pfad als Abkürzung benutzt hatten – Schulkinder, Spaziergänger mit Hunden, junge Leute, die ihr Leben damit zu verbringen schienen, ziellos umherzuwandern. Seit dort der Mord geschehen war, benutzte niemand mehr den Pfad. Der einzige, den man noch dort sah, war Gingie, der auf der Suche nach einer nur in seiner Phantasie existierenden oder tatsächlich vorhandenen Beute durch das hohe Gras schlich.

Es war August, ein glühend heißer, drückend schwüler, knochentrockener August. Mrs. Brewer wollte gegen zwölf Uhr aufstehen, rechtzeitig genug, um sich zu überlegen, was sie zum Lunch essen wollte. Diese Gastritis, oder was es auch sein mochte, machte einen ganz fertig. Mrs. Brewer konnte sich nicht erinnern, sich schon einmal so müde gefühlt zu haben. Dabei war sie erst vierundsechzig, noch gar nicht alt und bestimmt noch für zwanzig Jahre gut.

Sie wollte in einer Minute aufstehen und das Fenster öffnen. Die Hitze im Zimmer wurde unerträglich, und der Schweiß begann ihr herunterzurinnen. Sie war immer sehr stolz darauf gewesen, daß sie nicht viel schwitzte, und hatte manchmal vor Myra damit geprahlt. Es war so unweiblich, wenn man schwitzte. Wenn Myra doch käme, dachte sie. Der Donnerstag war ihr freier Tag, und nichts hinderte sie, ihre Mutter zu besuchen. Außerdem war es ihre Pflicht, und sie wohnte ja auch nebenan.

Gingie tauchte vor dem Fenster auf und miaute lautlos – aber lautlos vermutlich nur deshalb, weil er durch das Glas von ihr getrennt war.

«Schon gut, ich komme», sagte Mrs. Brewer, warf die Bettdecke zurück, schwang die Beine über den Bettrand und stellte sie auf den Boden. Wieder schlug eine Hitzewelle über ihr zusammen, und der Schweiß brach ihr aus allen Poren.

Das Telefon war im Wohnzimmer. Sie mußte Myra anrufen. Aber sollte sie zuerst versuchen das Telefon zu erreichen oder Gingie das Fenster öffnen? Doch frische Luft war vielleicht genau das, was sie brauchte. Sie konnte gehen – nur sehr mühsam allerdings. Sehr langsam schlurfte sie zum Fenster. Gingie saß auf dem Sims und schrie lautlos.

«Ich komm ja schon, mein Junge», sagte Mrs. Brewer.

Plötzlich wurde sie von einer leidenschaftlichen und zärtlichen Liebe für die kleine Katze erfüllt, und es kam ihr so vor, als habe sie noch nie so viel für ein Wesen empfunden wie für dieses kleine, miauende orangefarbene Fellbündel – nicht für den seit langem verstorbenen John Brewer und auch nicht für das Kleinkind Myra. Das heftige Gefühl ließ sie keuchend nach Luft ringen. Sie wollte Gingie spüren, ihn an sich drücken. Sie kämpfte mit dem Fenster, mit dem schweren Riegel, während das Gesicht der Katze vor ihr ins Riesenhafte wuchs, ein riesiges, aufgerissenes Schnäuzchen des Jammers und der Enttäuschung. Die eiserne Klammer und die eisernen Klauen, die sie an jenem Abend nach der Party gepackt und ihr die Luft abgeschnürt hatten, schlugen wieder zu. Ihre Liebe explodierte in ihr wie ein Nadelschauer. Sie klammerte sich ans Fenster, doch dann gaben die Knie unter ihr nach, ihr ganzer Körper sackte zusammen, und sie fiel zu Boden, von einem Schmerz gefoltert, den niemand lange aushalten konnte.

Es dauerte auch nicht lange, und Mrs. Brewer wurde von diesem Schmerz erlöst.

Myra hatte ihre Mutter nicht gemocht, aber es war ein Schock für sie, sie dort liegen zu sehen – ein so großer Schock, daß sie glaubte, ohnmächtig zu werden. Sie mußte sich hinsetzen und den Kopf zwischen den Knien hinunterhängen lassen. Später, nachdem der Arzt und der Leichenbestatter dagewesen waren, nachdem die Tote in die Kapelle zum ewigen Frieden gebracht worden war, die dem Beerdigungsinstitut gehörte, nachdem Mrs. Buxton Gingie nach Hause mitgenommen hatte – als das alles geschehen war, setzte sich Myra mit einem Glas Sherry ins Wohnzimmer und begriff allmählich, daß ihre Mutter tot war.

Sie hatte geglaubt, ihre Mutter werde noch zwanzig Jahre leben, sie hatte immer einen so alterslosen, vitalen Eindruck gemacht. Jetzt würde Myra nie wieder zu hören bekommen, daß die Mutter gedacht habe, sie käme überhaupt nicht mehr, oder daß sie liegen müsse, wie sie sich gebettet habe; nie wieder würde die Mutter ihre Kleidung, ihr Benehmen oder ihre Kochkünste kritisieren. Harold war freundlich und liebevoll, beklagte sich nicht, daß er ein Fertiggericht aus der Tiefkühltruhe vorgesetzt bekam, und sagte immer wieder: «Das ist schlimm. Eine wirklich schlimme Geschichte.»

Dolly erinnerte sich, wie ihr zumute gewesen war, als ihre Mutter starb, und obwohl es ihr gegen den Strich ging, zwang sie sich, hinunterzugehen und steif zu Myra zu sagen: «Das mit deiner Mutter tut mir leid.»

Als Myra am nächsten Morgen aufwachte, war ihr erster Gedanke, daß ihre Mutter tot war, und der nächste – ein ganz neuer –, daß die Wohnung im Nebenhaus, für die ihre Mutter vor zwei Jahren dreißigtausend Pfund bezahlt hatte, jetzt vielleicht ihr gehörte.

Sie rief in der Wohnung ihres Chefs George Colefax an. Es meldete sich Yvonne.

«Ich kann erst am Montag wiederkommen», sagte Myra. «Meine Mutter ist gestern gestorben. Es war ein ziemlicher Schock für mich.»

«Ihre Mutter?» Yvonnes Kleinmädchenstimme wurde eine Oktave höher. «Aber ich habe doch erst letzte Woche mit ihr gesprochen!» Als sei das eine Garantie dafür, daß Mrs. Brewer nicht gestorben sein konnte und sich nur verstellte. «Aber das kann man ja kaum glauben, Myra, das ist wirklich schrecklich.»

«Sie hatte ein friedliches Ende», sagte Myra. «Es ging sehr schnell. Sie hat nicht gelitten. Sagen Sie bitte George Bescheid, Yvonne, ja?»

Yvonne sagte, das sei leider nicht möglich, da George am Abend vorher sehr lange gearbeitet und dann in der Wohnung über der Praxis geschlafen habe. Aber sie rufe in natürlich an, selbstverständlich rufe sie ihn an. Myra hatte von den Abenden, an denen George lange arbeitete, ihre eigene Vorstellung, und sie glaubte auch zu wissen, wo er dann die Nacht verbrachte, doch sie war jetzt zu geistesabwesend, um darüber nachzudenken.

Vor ein paar Monaten – Myra war damals noch nicht verheiratet gewesen – hatte Mrs. Brewer ihr bei einem Streit gedroht, sie wolle sich ein Testamentformular besorgen und ihren Besitz nicht Myra, ihrer gesetzlichen Erbin, sondern dem Schutzbund für Katzen hinterlassen. Sie war sogar soweit gegangen, sich die Adresse dieser Vereinigung aus dem Telefonbuch herauszusuchen. Wütend hatte Myra das Testamentformular selbst gekauft und bei ihrem nächsten Besuch ihrer Mutter auf den Tisch geworfen.

Hatte die Mutter das Formular ausgefüllt, unterschrieben und von Zeugen bestätigen lassen? Es war unwahrscheinlich, aber Myra mußte sich Gewißheit verschaffen. Die Mutter hatte sich natürlich beruhigt und ihr Unrecht eingesehen, und sie hatte sich über die Heirat sehr gefreut. Doch angenommen, sie hatte in ihrem ersten Zorn das Testament gemacht und nicht widerrufen? Zum Glück hatte Myra einen Schlüssel zu ihrer Wohnung. Sie ging aufs Standesamt, meldete das Ableben ihrer Mutter, suchte das Beerdigungsinstitut auf und vereinbarte den Termin für die Einäscherung, und als sie nach Hause kam, rief die Polizei an und teilte ihr mit, daß der Untersuchungsrichter entschieden habe, eine amtliche Totenschau sei nicht erforderlich. Pup und Dolly kamen nach Hause, und Myra war noch immer nicht in der Wohnung ihrer Mutter gewesen. Ihr war inzwischen übel vor Angst. Sie servierte Harold sein Beef Stroganoff und die Mousse au chocolat, und als er gegessen hatte, sagte sie, sie müsse jetzt wohl hinübergehen, um nachzusehen, ob auch richtig abgeschlossen sei und so weiter. Als sie den Schlüssel ins Schloß steckte, zitterte ihr die Hand.

Dolly und Pup aßen einen Imbiß aus Fertiggerichten, Ryvita und Sainsbury-Pasteten, Waldorfsalat und Büchsenpfirsiche mit Schlagsahne. Dann zog Pup seine besten Jeans, das rosa und grau gemusterte Hemd und ein neues Sweat-shirt aus schwarzem Velour an. Dolly trug ein Kleid, das sie sich eben genäht hatte, ein langärmeliges Hemdblusenkleid, dunkelgrün mit einem winzigen Erdbeermuster. Und auch diesmal hatte sie die Farben auf ihren Talisman abgestimmt. Es war ein sehr warmer Abend und in der Luft noch nichts von herbstlicher Kühle zu spüren. Der Himmel war von einem tiefen und klaren Blau, und die Sonne sank golden, als sie die Manningtree Grove hinunter zur Mount Pleasant Hall gingen. Dolly hatte die beiden Karten für die Séance von Mrs. Roberta Fitter – fünf Pfund pro Stück – in ihrer schwarzen Wildlederhandtasche. Sie trug schicke schwarze Pumps mit nicht allzu hohen Absätzen. Pup dozierte fast den ganzen Weg über Magie, Selbsteinweihung und spirituelle Übungen, durch die man neue Einsichten in die Seele gewann.

Um das Abbruchgelände war ein Wellblechzaun gezogen worden. Der Mörtelstaub hatte sich gesetzt, lag aber immer noch wie weißlicher Schimmel auf den Blättern der Sträucher im Garten der Hall, auf den Lorbeerblättern, dem Rosmarin und der Zitronenmelisse. Die Eingangstür des Gebäudes stand weit offen. Dolly gab die Eintrittskarten ab.

Das Medium verspätete sich. Die dreiundzwanzig Leute, die gekommen waren, um Roberta Fitter in Trance zu sehen, warteten geduldig auf den dreiundzwanzig unbequemen Stühlen mit den aus Binsen geflochtenen Sitzflächen, die Mrs. Collins für sie zusammengetragen hatte. An jedem Stuhl steckte eine Karte mit dem Namen desjenigen, für den er bestimmt war. Dolly und Pup saßen in der ersten Reihe.

Am Ende des Raumes war in einer Ecke ein Stückchen unterhalb der Decke diagonal eine Vorhangstange angebracht worden, an der zwei schwere schwarze Samtportieren befestigt waren. Zwischen ihnen stand ein Polstersessel mit hölzernen Armlehnen, und dahinter hingen an der Wand zwei Vorhänge. Sie waren dunkelgrün.

Neben Dolly saß Miss Finlay und neben Pup ein sehr alter Mann, der trotz der Hitze einen Regenmantel und eine Tuchmütze trug. Er kaute Tabak. Pup hatte bisher noch nie jemanden kennengelernt, der diese Gewohnheit hatte. Miss Finlay zeigte Dolly eine große, massige Frau mit einem Froschgesicht, die in der Reihe hinter ihnen auf der linken Seite saß.

«Das ist die Begleiterin und Betreuerin von Mrs. Fitter.»

«Eine Art Reisemarschall also», sagte Pup mit seinem liebenswürdigsten Lächeln.

«Sie heißt Mrs. Leebridge. Mrs. Fitters Kontaktmann im Jenseits heißt Hassan. Er war ein Sepoy, der beim Boxeraufstand fiel, als er einen britischen Offizier gegen einen fanatischen Subahdar verteidigte.»

Aus einem Zimmer hinter der Bühne tauchte Mrs. Collins mit einem Arm voller schwarzer Kleidungsstücke auf: einem losen Kleid, einem Schlüpfer, Strumpfhosen und chinesischen Knopfschuhen. Mrs. Collins ließ die Sachen Miss Finlay in den Schoß fallen.

«Wir müssen sie untersuchen und nachprüfen, daß nichts darin versteckt ist», sagte Miss Finlay. «Sonst heißt es am Ende noch, das Ganze sei Betrug. Wenn wir fertig sind, geben wir die Sachen weiter.»

Mit peinlicher Genauigkeit drehte Miss Finlay die Strumpfhosen um und steckte die Finger in die Zehen der Pantoffeln, bevor sie alles an Dolly weiterreichte. Die froschgesichtige Frau stand auf und schloß alle Fenster, und im Raum wurde es sofort stickig. Sie zog die starken dunkelgrünen Rollos herunter und schaltete das Deckenlicht ein. Die schwarzen Kleidungsstücke gingen von Hand zu Hand, und als sie in der letzten Reihe angelangt waren, betrat Mrs. Collins mit einer großen, zarten Frau die Bühne, die sie als Mrs. Fitter vorstellte. Sie bat drei Damen hinter die Bühne, die Mrs. Fitter beim Anziehen zuschauen sollten. Dolly wäre nie so kühn gewesen, sich freiwillig zu melden, aber Mrs. Collins wartete nicht darauf, daß sich Freiwillige meldeten. Sie rief Dolly, Miss Finlay und eine gewisse Mrs. Bullen.

In dem Raum hinter der Bühne sprach Roberta Fitter kein Wort, als sie sich umzog. Sie war eine viel zu wichtige Persönlichkeit und ihr Anliegen viel zu ernster Natur, unverbindliches Geplauder paßte nicht dazu. Dolly dachte, wie wunderbar es wäre, wenn man Pup eines Tages eine solche Ehrerbietung entgegenbrächte. Mrs. Fitter hatte einen mageren, braunen, verrunzelten Körper mit Brüsten wie Schweinslederbeutel und grauem Schamhaar. Während sie warteten, hatte Miss Finlay Dolly erzählt, daß bei einer der letzten Séancen jemand aus dem Publikum Mrs. Fitter zugerufen hatte, sie sei eine Betrügerin. Daraufhin war das Ektoplasma so rasch in ihren Körper zurückgeströmt, daß es auf ihrer Brust ein Brandmal hinterließ. Dolly, die sich instinktiv das Haar vor das Gesicht hielt, suchte nach dem Brandmal auf Mrs. Fitters Brust, konnte jedoch außer Schweißperlen und vereinzelten Härchen nichts entdecken.

Nachdem Mrs. Fitter ihre schwarzen Sachen angezogen hatte, trat sie vor das Publikum und nahm auf dem Sessel hinter den offenen schwarzen Vorhängen Platz. Auf einer Blumenbank, etwa einen Meter von der Nische entfernt, stand eine Tischlampe mit einer roten Glühbirne. Jemand schaltete die Deckenleuchte aus, so daß als einzige, sehr schwache Lichtquelle die rote Lampe übrigblieb. Es war gerade noch hell genug, daß man sehen konnte, wie Mrs. Fitter in Trance fiel. Dann zog Mrs. Leebridge an den Vorhangschnüren, die Vorhänge schlossen sich und verbargen Mrs. Fitter vor den Blikken der Zuschauer.

Beinahe ehrfürchtig ging Myra auf Zehenspitzen durch den Flur und betrat das Wohnzimmer. Sie hatte das Gefühl, sich verbotenerweise in der Wohnung aufzuhalten und damit gegen irgendein Gesetz zu verstoßen. Sie bildete sich ein, daß sie in ernsthafte Schwierigkeiten käme, wenn ein Polizeibeamter oder ein Anwalt sie hier ertappten. Voller Unbehagen sah sie sich um und schaute auch immer wieder über die Schulter zurück. Ihr Ziel war ein Zylinderschreibtisch, der ihrem Vater gehört hatte. Er war nicht versperrt. Myra öffnete ihn und nahm einen Stapel vergilbter Urlaubsfotos heraus, und darunter lag, noch unausgefüllt, das Testamentformular. Myra atmete gründlich aus und schloß kurz die Augen. Dann sah sie den Rest der Papiere durch, die ihre Mutter peinlich in Ordnung gehalten hatte. Sie fand National Sparbonds in Höhe von dreitausend Pfund und ein Sparbuch mit einer Einlage von zweitausend Pfund.

Wie lange würde sie wohl warten müssen, bis sie über das Geld verfügen konnte? Ein paar Monate, wie sie befürchtete. Sie erinnerte sich, daß ihre Mutter bei den Behörden um einen Erbschein ansuchen mußte, da nach dem Tod des Vaters kein Testament vorhanden gewesen war. Dann nahm sie den Mantel ihrer Mutter, einen sehr guten Zuchtnerz, wohl am besten gleich mit. Er war erst zwei Jahre alt. – Und es wäre doch ein Jammer, wenn ich ihn im nächsten Frühjahr nicht tragen könnte, dachte sie.

Harold saß im Frühstückszimmer. Er hatte in letzter Zeit mehrere sehr schwere Bücher gelesen – *Königin Mary* von James Pope Hennessy und *Die Wahrheit über den Zaren* –, daher hatte er sich jetzt zur Entspannung einen historischen Roman vorgenommen, in dem der Autor behauptete, Maria Stuart habe dem Earl of Bothwell Zwillingssöhne geboren. Er war eben bei der Stelle angelangt, an der einer der beiden Söhne seinen Vater aus den Verliesen von Elsinore rettete, als Myra in einem Pelzmantel hereinkam. Harold steckte einen Finger in das Buch, klappte es halb zu und musterte seine Frau erstaunt, weil es ein sehr heißer Tag gewesen war und das Thermometer noch immer über zwanzig Grad anzeigte.

Myra nahm den Mantel und warf ihn über eine Sessellehne.

«Nun, Hal, ich glaube, wir können damit rechnen, nächstes Jahr um fünfunddreißigtausend Pfund reicher zu sein. Wie hört sich das an?»

«Dann hat das liebe Altchen kein Testament gemacht?»

«Aber natürlich nicht. Ich hab's ja gewußt. Es war nur Gerede. Warum sollte sie sich auch die Mühe machen, wenn sowieso nur eine einzige erbberechtigte Tochter da ist? Ich denke, das sollten wir mit einer Flasche Champagner feiern. Man kommt nicht jeden Tag zu so viel Geld, das ist schon eine richtige Feier wert.»

«Also ich weiß nicht recht», sagte Harold. «Mir gefällt der Gedanke nicht, daß ich den Tod deiner Mutter feiern soll.»

«Wir feiern doch nicht ihren Tod, mach dich nicht lächerlich. Wir feiern, daß wir zu Geld kommen. Das ist schließlich nicht dasselbe. Oder ist das so schwer zu begreifen?»

«Gut. Gehen wir also in ‹The Woman in White›, ja?»

«Nein, nicht dorthin. Wie kann ich mich in einem Pub sehen lassen, solange Mutter noch nicht beerdigt ist! Wie kannst du nur so etwas vorschlagen? Nein, wir feiern natürlich zu Hause wie zivilisierte Menschen.»

Harold sagte nichts mehr. Er kehrte in die Burgwälle von Elsinore zurück, durch die heulend der Wind fegte. Myra schaute in die Eßzimmerkredenz und fand eine viertelvolle Flasche Sherry, die noch von der Party übrig war, und ungefähr genausoviel Dubonnet. Während sie überlegte, was da zu tun war, trank sie den Rest Sherry, direkt aus der Flasche. Es war Freitag, Zahltag, doch weil sie nicht in der Arbeit gewesen war, lag ihr Geld noch in der Praxis. Sie hatte etwa fünfundvierzig Cent in der Geldbörse.

«Du könntest in die Weinhandlung gehen und eine Flasche weißes Blubberwasser holen», sagte sie zu Harold.

Harold lachte zerstreut und ohne aufzublicken. «Nur gut, daß du mich vorhin nicht beim Wort genommen hast. Ich bin blank.» Er zog die Hosentasche heraus. «Absolute Leere.»

Inzwischen wollte Myra aber unbedingt feiern. Erregung und Rastlosigkeit hatten von ihr Besitz ergriffen. Sie war in jenem euphorischen Zustand, in dem man herumtanzen und singen möchte, und sie sehnte sich nach einem Gefährten, der ihre Stimmung teilte, mit ihr tanzte und sang. Harold Yearman war für diese Rolle keine Idealbesetzung, aber er war nun einmal der einzige, den sie hatte. Myra hatte in letzter Zeit nur selten an ihren früheren Freund, den verheirateten Mann, gedacht. Jetzt aber dachte sie an ihn und erinnerte sich, wie ausgelassen und wild er sein konnte.

Sie stand in der Diele, die zur Hälfte neu tapeziert war und in der es nach Tapetenleim roch, und sie fragte sich, ob sie es beim augenblicklichen Stand ihres Bankkontos wagen durfte, dem Mann in der Weinhandlung einen Scheck zu geben. Doch selbst wenn sie es wagte – das Geschäft schloß um acht Uhr, und jetzt war es fünf vor. Myra schaute durch das Treppenhaus nach oben. Doreen würde es kaum merken, wenn von ihrem Vorrat eine oder zwei Flaschen fehlten. Wahrscheinlich wußte sie gar nicht genau, wieviel sie hatte. Und außerdem konnte Myra sie ja am Montag sofort ersetzen, nachdem sie ihr Gehalt bekommen hatte. Sie wußte instinktiv, daß Hal nicht damit einverstanden wäre, und deshalb hatte sie auch nicht die Absicht, ihm etwas davon zu sagen. Sie stieg die Treppe hinauf.

Die Türen hatten zwar Schlösser, aber sie waren nicht abgesperrt. Myra öffnete die Wohnzimmertür und trat ein. Schon der erste Schrank, der unter ein paar Regalbrettern in einer flachen Nische stand, war voller Weinflaschen, und Myra nahm sich zwei Asti Spumante. Als sie sich umdrehte, ließ sie sie beinahe fallen vor Schreck. Vom Kaminsims blickten ihr vier Puppen entgegen: zwei kleine Mädchen mit blonden Zöpfen, ein Inderjunge und – sie selbst. Obwohl es kein schmeichelndes Ebenbild, sondern eher eine ins Groteske verzerrte Karikatur war, erkannte sie sich sofort an den Haaren, dem Busen, den Farben, den goldenen Ketten. Myra ärgerte sich und empfand gleichzeitig leichte Furcht. Sie war jetzt froh, daß sie den Wein genommen hatte, sie hatte überhaupt kein schlechtes Gewissen; sie war sogar froh, daß ihr diese Lösung eingefallen war.

Harold nahm ganz selbstverständlich an, daß seine Frau die paar hundert Meter über die Straße gegangen war, um den Wein zu kaufen. Er hätte sich deshalb auf keine Auseinandersetzung eingelassen und auch nicht gewollt, daß Myra den Wirt von «The Woman in White» mit einem Scheck bezahlte oder das Problem auf ähnliche Weise löste. Aber da sie den Wein hatte und es schließlich wirklich etwas zu feiern gab, legte er ein Lesezeichen in die *Zwillinge des Schicksals* und trottete hinter Myra her ins Eßzimmer.

Die Verandatüren standen offen. Der Garten war grün und dicht belaubt und voller Schatten, aber auch von dunkelgoldenen Sonnenstrahlen überglänzt. Es war friedlich und still und sehr warm, und im Birnbaum gurrte eine Taube. Myra fiel plötzlich wieder die Puppe ein, doch sie schob den Gedanken energisch beiseite und schenkte den Spumante ein.

«Auf uns! Es geht vorwärts, Hal.»

«Also ich weiß nicht recht», erwiderte Harold. «Zwischen Lipp' und Kelchesrand kann viel geschehen.»

«Wie denn, da sie kein Testament gemacht hat? Wir können jetzt für vierzehn Tage nach Zypern fahren. Und zuallererst kaufen wir uns einen Wagen.»

«Dann mußt aber du fahren.»

«Und die Küche aus Kiefernholz kaufe ich mir auch. Außerdem einen Spannteppich von Wand zu Wand für unser Schlafzimmer. Eine Bernsteinfarbe wäre hübsch.»

Sie redete eine Zeitlang darüber, was sie mit dem Geld machen würden. Die abendliche Wärme und der Alkohol erfüllten Harold mit einer köstlichen, trägen Ruhe. Er antwortete Myra freundlich, während er über das widrige Schicksal der Maria Stuart nachdachte. Ein wenig später stand Myra auf und schloß das Fenster.

«Wegen der Mücken», sagte sie. «Eine hat mich schon gestochen.» Sie rieb sich den Oberschenkel.

«Komm, laß mich mal sehen», meinte Harold im Scherz.

Sie hatte schon den Sherry getrunken, bevor sie mit dem Spumante begonnen hatten, und als sie jetzt aufstand und den Rock hob, taumelte sie leicht. Harold griff nach ihr und zog sie auf die Knie. Ihr Gesicht mit der immer rosigen Haut war jetzt feuerrot, und er fragte sich, wieso er eigentlich je geglaubt hatte, sie sehe wie Edith aus. Es bestand nicht die geringste Ähnlichkeit. Auf Harolds Knien sitzend, konnte sich Myra in dem Spiegelaufsatz des Büfetts sehen. Als sie noch mit dem verheirateten Mann zusammen gewesen war, hatte sie manchmal mit narzißtischem Wohlgefallen ihr Spiegelbild bewundert. Genau das tat sie jetzt auch und sah plötzlich, wie schön sie war mit ihrer glatten Haut, den großen, runden

Brüsten, der kastanienbraunen Mähne und den langen Beinen in schwarzen Strumpfhosen mit Pünktchen. Zum erstenmal dachte sie, daß Harold sich doch glücklich schätzen mußte, sie zur Frau bekommen zu haben – sie, ein schönes, junges Geschöpf und er ein mageres, kleines, graues Nichts von einem Mann. So an sie beide zu denken – zu denken, daß sie so viel zu geben hatte und er gierig nahm, was er nicht verdiente, erregte sie, und sie legte seine Hände auf ihre Brüste. Dann griff sie nach ihrem Weinglas.

«Hast du Lust auf 'ne Nummer?» fragte Harold.

Normalerweise hätte sie ihm Vorwürfe gemacht, weil er so vulgär war. Doch sie war zu träge und sexuell erregt wie seit fast einem Jahr nicht mehr. «Aber natürlich hab ich Lust», sagte sie.

«Dann gehen wir besser rauf», meinte Harold.

In der Mount Pleasant Hall war im Augenblick kein menschlicher Laut zu hören, und bis auf den schwachen rötlichen Lichtschein in der Nähe der Nische war es auch dunkel. Man sah gerade noch die Umrisse der Platznachbarn und desjenigen, der vor einem saß – mehr nicht. Es war ungefähr so dunkel wie in einem Theater, wenn die Lichter ausgegangen sind und der Vorhang sich noch nicht gehoben hat.

Mrs. Collins, die am Ende der ersten Reihe saß, schlug vor, sie sollten alle etwas singen. Hassans Lieblingslied sei «Bleiche Hände, die ich liebte», aber niemand kannte den Text, und so sangen sie statt dessen «Die Wolgaschiffer».

Als sie das dritte Mal «Lichtet den Anker, meine Brüder» sangen, teilte sich der Vorhang ein wenig, und eine kleine Gestalt mit Turban erschien. Man konnte gerade noch die Form des Turbans und ein langes weißes Gewand erkennen.

«Das ist Hassan», flüsterte Miss Finlay Dolly zu.

«Pst!» zischte Mrs. Leebridge.

Der Mann sprach mit einer Stimme, die der des Mannes ähnelte, dem der «Tandoori-Imbiß» mit Straßenverkauf in der Seven Sisters Road gehörte. «Guten Abend, Freunde.»

Aus dem Publikum kam ein Murmeln, und Mrs. Leebridge sagte laut und schulmeisterhaft: «Guten Abend, Hassan. Zeigst du uns heute abend ein paar deiner Geisterfreunde?»

Hassan antwortete nicht und verschwand hinter die Vorhänge. Ein paar Sekunden später hörte man ihn sagen, ohne daß er wieder auftauchte:

«Ich habe hier eine Dame, die an einer Kopfwunde starb – nach einem Autounfall oder so.»

Schweigen. Hinter Dolly flüsterte jemand. Dann sagte ein Mann aus der hinteren Reihe heiser:

«Bin ich gemeint?»

«Das ist die Stimme», antwortete Hassan, und die Vorhänge teilten sich. Eine zweite weiß gewandete, diesmal jedoch plumpere Gestalt mit einer Art Kopfverband wurde sichtbar. Dolly hörte, wie hinter ihr jemandem buchstäblich der Atem stockte. Die Gestalt sagte mit gedämpfter mädchenhafter Stimme:

«Es war nicht meine Schuld, Michael.»

Der Mann in der zweiten Reihe entgegnete: «Ich möchte dich aus der Nähe sehen.»

Jemand murmelte etwas, das wie «zu bald» klang, und die Gestalt glitt zwischen die Vorhänge zurück. «O du mein Gott!» stieß der Mann hinter Dolly mit bebender Stimme hervor.

«Seine Frau ist letztes Jahr tödlich verunglückt», sagte Miss Finlay. «Sie hat einem Laster die Vorfahrt genommen. Es waren Nachbarn von Mrs. Bullen. – Hören Sie, Hassan spricht wieder!»

«Ist hier jemand, der einen Herrn verloren hat, der vermutlich bei der Armee war? Er trug jedenfalls eine Uniform.»

Ein Mädchen in der hinteren Reihe rief: «Bist du es, Paps?»

«Das ist die Stimme.»

Hinter den Vorhängen kam eine weitere weiß gewandete Gestalt hervor. «Schauen Sie», sagte Mrs. Leebridge, «man sieht deutlich die Offiziersmütze.»

«Pst», zischte Miss Finlay.

Pup sah keine Offiziersmütze, nur jemanden, der lang und dünn und in ein Laken gewickelt war. Die Gestalt stand stramm und salutierte.

«Ist das nicht wunderbar?» sagte Mrs. Leebridge. «Und die ganze Zeit liegt Mrs. Fitter in der Nische in tiefer Trance, wie Sie sehen.»

Pup sah in der Nische überhaupt nichts. Es war zu dunkel. Er beobachtete jedoch alles sehr aufmerksam wie jemand, der ein professionelles Interesse an etwas nimmt, das von seinem eigenen Wissensgebiet nicht allzuweit entfernt ist. Im Hintergrund des Saales war es aber nicht ganz so finster, da ein Rollo ein Stückchen in die Höhe geschnellt war und etwas Zwielicht hereinließ. Es genügte, um Pup die Besitzerin der Stimme erkennen zu lassen, die von der Gestalt in der angeblich sichtbaren Offiziersmütze als Tochter angesprochen worden war. Sie mußte es sein, denn alle anderen waren –

wie Pup sich in Gedanken ausdrückte – so alt wie das Urgestein. Er sah das Profil eines runden, jungen Gesichts, die Wölbung einer vollen Wange, eine Stupsnase und eine Fülle dunkellockigen Haares. Während er sich bemühte, noch mehr zu sehen, stand Mrs. Leebridge auf und zog das Rollo herunter.

Die Vorhänge schlossen sich schnell. Hassans Stimme fragte, ob jemand hier sei, der einen vierbeinigen Gefährten verloren habe. Darauf kamen mehrere Antworten, und es blieb daher ungewiß, wessen Liebling das flackernde weiße Etwas war, das kurz zwischen den Vorhängen auftauchte. Unklar war auch, um was für ein Tier es sich handelte. Als nächstes materialisierte sich ein Vogel – wenigstens behauptete Mrs. Collins, es sei einer. Sie sagte, sie habe ihn zwischen den Vorhängen hervorkommen und sich auf der roten Lampe niederlassen sehen. Dolly sah zwar nichts, war jedoch überzeugt, sein Flügelschlag habe ihr Gesicht gestreift, als der Vogel durch den Mittelgang flog. Die Frau, die neben dem Mann namens Michael saß, behauptete, es sei ihr verstorbener Liebespapagei.

Zwar materialisierten sich keine Tiere mehr, aber es kamen noch mehrere weiße Gestalten heraus, die Gewänder vom Lampenlicht rötlich übergossen. Im Saal war es jetzt völlig dunkel, weil es auch draußen dunkel geworden war. Es folgte eine tiefe Stille, dann begannen die Zuschauer auf ihren Stühlen herumzurutschen, und es wurde so laut geflüstert, daß Dolly glaubte, die Séance sei vorüber. Hassans Stimme ließ sie zusammenzucken.

«Sitzt ein Geschwisterpaar in der ersten Reihe?»

Dolly brachte kein Wort heraus. Es war Pup, der antwortete.

«Das ist die Stimme.»

Dolly begann zu zittern, und Pup griff nach ihrer Hand und hielt sie ganz fest. Ein starker Zitronenduft kam von der Bühne und zog durch den ganzen Saal.

10

Die Gestalt war klein und dünn, gesichtslos, eine mit weißen Laken umwickelte Säule. In dem roten Licht sah das Laken aus wie ein Tuch, mit dem man Blut abgewischt hatte. Leicht schwankend kam die Gestalt mit gezierten Schritten über die Bühne auf Dolly und Pup zu.

«Bist du das, Mutter?» Dollys Stimme klang nicht sehr fest.

Heiser, als falle es ihm sehr schwer zu sprechen, sagte das Wesen: «Ich freue mich sehr, euch beide zusammen zu sehen.»

Dolly stöhnte leise auf. Sehnsüchtig streckte sie die Hand aus. Dann streckte auch Pup die Hand aus, und die Erscheinung, die vor ihnen hin und her schwankte, nahm seine und Dollys Hand in die ihren. Dolly fühlte knochige Finger und eine klamme, feuchte Handfläche. Sie bemühte sich, in der Dunkelheit einen Gesichtszug oder eine bestimmte Haltung von Schulter oder Hüfte zu erkennen, etwas zu fühlen, das unverwechselbar ihre Mutter war. Der Zitronenduft war überwältigend. Pup stand auf, um noch dichter heranzukommen, doch sofort wurden ihre Hände losgelassen, und die Gestalt zog sich zurück. Sie glitt von ihnen fort in das blutige Licht, in die rote Luft, und kurz bevor sie zwischen den Vorhängen untertauchte, färbte sich ihr Gewand für einen Augenblick scharlachrot. Die Vorhänge zitterten und schlossen sich. Dolly seufzte so schwer auf, daß Pup sich rasch zu ihr umwandte und sie ängstlich musterte. Aber sie sah heiter und glücklich aus.

Es gab keine weiteren Materialisationen. Hassan kam heraus und verkündete, das Medium habe seinen ganzen Vorrat an Ektoplasma verbraucht und sei außerdem erschöpft, und es sei genug für heute, Freunde, und vielen Dank. Dolly machte die Augen zu und atmete tief. Sie hatte das Gefühl, ihre Mutter sei noch bei ihr, sei noch im Saal gegenwärtig. Die Deckenleuchte flammte auf, und Dolly blinzelte und seufzte.

«Ist sie nicht wunderbar?» fragte Mrs. Leebridge. «So etwas haben Sie bestimmt noch nie gesehen.»

Mrs. Collins meinte, es grenze ans Geniale.

«Das bezweifelt wohl niemand.» Mrs. Leebridge ging auf die Nische zu, öffnete die Vorhänge und gab Mrs. Fitter eine Zigarette.

Stuhlbeine scharrten über den Fußboden, als die Leute aufstanden. Die Rollos wurden in die Höhe gezogen, und man sah die dunkelblaue Nacht und die Mondsichel, deren Leuchtkraft von den Straßenlaternen gedämpft wurde.

«Mrs. Collins Tochter bringt uns mit ihrem Wagen nach Hause», sagte Dolly mit träumerischer Stimme.

Im Gänsemarsch gingen sie durch den Flur hinaus. Die Doppeltür war zur Straße hin durch einen Windfang geschützt. In dem Windfang, direkt neben dem Schwarzen Brett, stand das Mädchen, dessen Vater erschienen war und salutiert hatte. In dem ziemlich hellen elektrischen Licht sah Pup, daß es ein sehr hübsches Mädchen war. Kein Mädchen, das man in dieser farblos grauen, ältlichen

Gesellschaft zu finden erwartete. Es war ungefähr zwanzig und trug ein sehr kurzes marineblaues Kleid mit weißen Punkten, weiße Strumpfhosen und hochhackige rote Sandalen. Als das Mädchen Pup sah, begann es nervös zu kichern.

«Ich weiß, ich bin ein Idiot, aber ich habe gräßliche Angst, im Dunkeln allein nach Hause zu gehen.»

Mrs. Collins war empört. «So ein Gerede macht mich wirklich böse», erklärte sie. «Als habe man von unseren Freunden aus dem Jenseits etwas zu befürchten, die sich danach sehnen, einen Blick auf die Menschen zu werfen, die sie lieben.»

«Ich kann nichts dafür, ich habe Angst.»

Pup faßte einen Entschluß. Die roten Lippen leicht geöffnet, sah sie ihn an. So unerfahren er auch war, was hier geschah, wußte er genau. Das Merkwürdige war, daß er nicht wußte, ob er der Versuchung nachgab oder ihr widerstand. Klar war nur, daß die Zeit gekommen war.

«Erlauben Sie mir, Sie nach Hause zu bringen», sagte er auf seine ernste, höfliche Art.

«Würden Sie das tun?»

«Selbstverständlich.»

Dolly war viel zu geistesabwesend, um sich sehr darüber zu ärgern. Außerdem würde sie ja nicht allein sein. Wendy Collins brachte sie mit dem Wagen nach Hause, also brauchte sie sich auch nicht wegen des «Henkers» zu fürchten, wie die Zeitungen den Mörder nannten. Vor ihrer Mutter empfand sie keine Furcht, und außerdem war das weiße Wesen ohnehin verschwunden.

Wendy Collins setzte Dolly vor ihrem Haus ab. Sie schloß die Haustür auf und trat ein. Das Haus war dunkel, und von hinten aus dem Eßzimmer kam starke Zugluft. Dolly zögerte, ging dann jedoch ins Eßzimmer und machte Licht. Die Verandatür stand weit offen, und der Wind hatte einen von Myras neuen Vorhängen um die Stehlampe herumgewickelt. Die andere hatte sich über die Lehne eines Sessels drapiert. Auf dem Kaffeetisch mit der Keramikplatte standen zwei leere Spumanteflaschen, die aus ihrem Vorrat stammten, wie Dolly sofort erkannte, ein leeres und ein halbvolles Glas. Auf dem Boden neben dem Fenster lagen eine Sandale von Myra und eine schwarze Strumpfhose mit einem Punktmuster.

Dolly schloß das Fenster. Sie begriff sehr gut, was vorgegangen war, und sie fröstelte. Die Erinnerung an ihre in Weiß gehüllte Mutter war ihr plötzlich wieder ganz nah, und sie schien wieder die feuchte, todeskalte Hand zu fühlen. Obwohl sie wußte, daß der

Vater nicht alt, Myra noch recht jung und außerdem in den Augen mancher Leute wohl auch sehr attraktiv war, hatte sie sich eingebildet, es handle sich um eine reine Vernunftehe, eine Kameradschaftsehe, die nie vollzogen worden war. Wieder schauderte sie vor Widerwillen. Um die beiden zu warnen und zu beleidigen, steckte sie die Sandalen mit dem Absatz in den Hals der einen Flasche und band der anderen die Strumpfhose um wie einem Schneemann einen Schal.

Als sie damit fertig war, atmete sie so schwer, als schluchze sie. Die Freude und der Trost des Abends waren dahin. Sie ging hinauf, machte eine Flasche Wein auf und schenkte sich ein großes Glas ein. Wenn nur Pup hier wäre, damit ich mit ihm reden könnte, dachte sie. Wenn er nur mit mir nach Hause gekommen wäre! Sie hatte noch nie über solche Dinge mit ihm gesprochen, er war ihr immer zu jung und unschuldig vorgekommen, doch jetzt wäre sie ganz einfach nicht imstande gewesen zu schweigen. Pup war sehr klug, obwohl er noch so jung war. Pup konnte wunderbar trösten. Unaufhörlich an das Paar denkend, das direkt unter ihr betrunken schlief, nachdem es seine Begierden befriedigt hatte, setzte Dolly sich mit ihrem Wein ans Fenster und wartete auf Pup.

Pup war in Hornsey. Langsam ging er durch den leicht windigen Spätsommerabend neben dem Mädchen her.

«Meine Freundin hat sich die Karte besorgt», sagte sie, «und dann war sie verhindert. Meiner Meinung nach hat sie nur kalte Füße gekriegt. Na ja, da bin ich eben gegangen, nur so aus Spaß. Es war ja auch zum Lachen, nicht wahr? Mein Vater ist noch putzmunter und lebt in Slough. Wie heißen Sie?»

«Peter.» Pup dachte über die Bedeutung ihrer letzten Bemerkung nach. «Dann wohnen Sie also nicht zu Hause?»

«Ich? Das soll wohl ein Witz sein? Ich wohne mit zwei Mädchen zusammen, aber sie sind nicht hier. Es sind Studentinnen, und sie haben noch Semesterferien.»

Als sie die Straße überquerten, nahm Pup ihren Arm und ließ ihn auch nicht los, als sie auf der anderen Seite angekommen waren. Sie sagte, sie heiße Suzanne. Ihr runder Arm mit der goldenen Haut war mit einem weichen Flaum bedeckt, der sich aus irgendeinem Grund aufgerichtet hatte.

«Wollen Sie auf einen Sprung hereinkommen?»

Sie waren vor einem Haus angelangt, das dem der Yearmans sehr ähnlich war, aber neben der Haustür eine Klingelleiste mit einem Dutzend Namen hatte. Suzannes Wohnung bestand aus einem sehr großen Zimmer, einem sehr kleinen Bad und einer winzigen Küche. Das Deckenlicht funktionierte nicht, als sie auf den Schalter drückte, und sie tastete sich zur Tischlampe vor. Pup berührte ihren Arm, schüttelte den Kopf und hielt ein Streichholz an die schon halb niedergebrannte Kerze, die in einer Weinflasche steckte.

Suzanne lachte leise. «Jetzt will ich Ihnen mal was verraten: ich habe absichtlich auf Sie gewartet. Eine alte Frau bot mir an, mich heimzufahren, aber ich sagte nein.»

«Ich habe Sie den ganzen Abend angesehen», entgegnete Pup. «Und ich dachte immerfort, wie schön Sie sind.»

«Haben Sie das wirklich getan?»

Pup legte den Arm um sie und küßte sie. Er hatte das Gefühl, sich nicht ungeschickt anzustellen, wenn man bedachte, daß er es noch nie getan hatte und es nur bei Pärchen auf der Straße oder bei Christopher Theofanu am Bildschirm gesehen hatte. Suzanne erwiderte den Kuß so hingebungsvoll, daß es Pup vor Erregung übel wurde. Am liebsten hätte er ihr die Kleider vom Leib gerissen und sie auf der Stelle vergewaltigt, und er fragte sich, ob alle Männer den gleichen Wunsch hatten. Aber das war natürlich unmöglich. Er sagte kühl und im Plauderton: «Ich habe eine Neuigkeit für dich. Ich bin eine unschuldige Jungfrau.»

Sie starrte ihn an. «Machst du Witze?»

«Nein, es ist die Wahrheit.» Er strich ihr das lockige dunkle Haar zurück und sah ihr in die Augen. Dann legte er ihr die Hände auf die Schultern, ließ sie tiefer gleiten und umfing ihre weichen, runden Brüste. Er hatte viele Bücher gelesen, darunter auch Romane. «Aber ich bin jung und stark. Du mußt mich alles lehren. Willst du?»

«Und ob!» sagte Suzanne. «Und ob ich will!»

Dolly wartete auf ihn. Sie füllte ihr Weinglas noch einmal. Anderthalb Stunden waren vergangen, seit Pup sich von ihr getrennt hatte, um das Mädchen nach Hause zu begleiten. Natürlich war es möglich, daß das Mädchen meilenweit entfernt wohnte, vielleicht hatten sie auf den Bus warten müssen, und vielleicht wartete Pup jetzt auf den Bus, um nach Hause zu fahren. Vielleicht wohnte sie in Wood Green oder Hackney oder sonst irgendwo im Norden von London.

Pup war so klein und zart. Von weitem konnte man ihn sehr leicht mit einem Mädchen verwechseln. Der «Henker» konnte ihn für ein Mädchen halten. Dolly begann auf und ab zu gehen, war aber nicht mehr sicher auf den Beinen, der Wein tat seine Wirkung. Mitternacht, halb eins, zehn vor eins. Angenommen, er hatte den letzten Bus verpaßt? Würde er zu Fuß gehen? Dolly schenkte sich noch ein Glas ein. Am liebsten hätte sie ihre Angst um Pup laut herausgeschrien. Wie, wenn ihm etwas passierte? Wenn er dem «Henker» begegnete oder der Rockerbande in den Weg lief, die sich in der Siedlung mit den Sozialbauten herumtrieb?

Sie sehnte sich nach ihm. Sie begann zu zählen: eins, zwei, drei ... Wenn ich bei hundert bin, werde ich seine Schlüssel im Schloß hören. Neunundneunzig, hundert ... Im Haus war es absolut still, die Welt war still, sogar der sonst unaufhörlich rollende Verkehr schien zu schweigen. Dolly fiel auf die Knie.

Die Yearmans waren keine religiöse Familie. Dollys Kindheit war nicht von Gott und Gottesfurcht geprägt worden. ER hatte ihr höchstens in der Religionsstunde flüchtig zugenickt und war weitergegangen. Sie betete zu dem Geist, der in der Mount Pleasant Hall über die Bühne geschwankt war.

«Mutter, beschütz du Pup, und führ ihn sicher zu mir nach Hause!»

Was hatte es für einen Sinn, ins Bett zu gehen? Sie würde ohnehin kein Auge zumachen. Sie leerte die Weinflasche und öffnete eine zweite. Es war zwei Uhr. Ein weiteres Glas machte sie fertig. Auf allen Vieren kroch sie durch den Flur in ihr Schlafzimmer und fiel betäubt auf das Bett.

Pup kam am Samstagmorgen um halb acht nach Hause. Es war ein wunderschöner Morgen, und ihm war nach Tanzen zumute, er fühlte sich ganz leicht und war voller Freude. Als er das Haus betrat, sagte er sich, daß es wohl besser war, wenn er sich seine Gefühle nicht anmerken ließ. Mit einer fertigen Ausrede in petto, mit dem geheimen Wissen, daß er am Abend um sechs eine Verabredung hatte – und was er Dolly dann erzählen wollte, wußte er auch schon –, stieg er beherrscht und fast ein wenig zögernd die Treppe hinauf. Er hätte sich keine Sorgen zu machen brauchen. Dolly schlief noch. Harold schlief noch. Myra war zwar schon aufgestanden, doch sie hielt sich im Badezimmer auf, um ein paar Aspirin zu nehmen, weil sie sich an das erinnert hatte, was geschehen war. Das Gefühl wollüstiger Freude darüber, daß sie ihre Schönheit dem alten grauen Harold opferte, war einem heftigen Widerwillen gewichen, und sie schämte sich sogar für ihr Verhalten vom Abend vorher. Sie schlüpfte in ihren leuchtend grünen Frotteebademantel und bemühte sich, dem Tag gelassen entgegenzusehen.

Dem Tag gelassen entgegensehen konnte auch Dolly, denn sie stellte fest, daß Pups Zimmertür, die offengestanden hatte, als sie ins Bett ging, jetzt geschlossen war. In ihrem Kopf hämmerte es, und sie hatte weiche Knie. Noch nie hatte sie auf einmal so viel Wein getrunken. Sie ging ins Bad hinunter und nahm sich zwei Aspirin aus der Flasche, die Myra immer auf dem Spülkasten der Toilette stehenließ. Ihr Haar war völlig zerzaust. Sie machte es feucht, kämmte sich und drapierte es so sorgfältig, daß es wie ein Vorhang ihre Wange verdeckte. Ein paar Tassen Instant-Kaffee würden wohl helfen, aber der Kaffee war ihnen ausgegangen. Sie holte Geldbörse und Schlüssel.

Myra war in der Diele, das Gesicht eingefallen, das Haar aufgesteckt. Das Grün, das sie trug, war für Dollys an diesem Morgen so lichtempfindliche Augen zu grell. Zornig stürzte sie sich auf Dolly.

«Es war doch sicherlich nicht nötig, das zu tun, oder? Ich meine, daß du hineingegangen bist und das Fenster zugemacht hast, war schon richtig, aber meine Sandale so in die Flasche zu stecken und meine ...» Myra brachte es nicht fertig, das Wort auszusprechen. Ihr Gesicht war feuerrot und zuckte. Sie konnte auch die Puppe nicht erwähnen. Sie hatte es gewollt, hatte es sich fest vorgenommen, aber sie konnte nicht.

«Es war mein Spumante», sagte Dolly.

«Zugegeben, natürlich war es deiner. Und wenn du zu Hause gewesen wärst, hätte ich nicht im Traum daran gedacht, ihn zu nehmen, ohne dich zu fragen. Ich wollte ihn zurückgeben. Gleich heute früh wollte ich ihn ersetzen, und wenn du dich nicht um das offene Fenster gekümmert hättest, das dich, um ehrlich zu sein, sowieso nichts anging, hättest du nie etwas davon erfahren.»

«Es gibt Menschen, die großen Wert auf ihre Privatsphäre legen.»

«Dann schließ deine verdammten Türen ab.» Myra hatte ganz vergessen, daß sie sich mit Dolly anfreunden wollte. Sie glaubte in Dollys Augen das Wissen um die Ereignisse des vergangenen Abends zu lesen. O ja, Dolly wußte und verachtete sie. Deshalb schlug Myra zurück und zielte, wie von Menschen ihrer Art nicht anders zu erwarten, auf die verwundbarste Stelle ihrer Gegnerin.

«Bildest du dir etwa ein, daß du mit dieser lächerlichen Frisur das Ding auf deiner Wange verdecken kannst? Du irrst dich, Doreen. Man wird erst recht darauf aufmerksam.»

Noch nie hatte jemand Dollys Feuermal auf eine Weise erwähnt, die dieser vergleichbar gewesen wäre. Sie konnte kaum glauben, was sie da zu hören bekommen hatte. Aber sie hatte es gehört und wußte schon jetzt, daß die ganze Wucht des Schmerzes sie erst später treffen würde. Tief errötend, wandte sie sich instinktiv ab. Gedemütigt, demütigte sie sich selbst noch tiefer, indem sie Myra ihre «gute» Wange zukehrte.

«Ein gut deckendes Make-up wäre wirksamer», schüttelte Myra noch Salz in die Wunde. Sie gab gern Ratschläge in kosmetischen und modischen Fragen, damit jeder «das Beste aus sich machte». Schon während sie Dolly den Rat gab, vergaß sie ihre ursprüngliche boshafte Absicht. «Oder vielleicht sogar Bühnenschminke, eventuell einen grünlichen Puder. Du müßtest mal zu einem Fachmann gehen, der weiß, wie man Narben und ähnliche Dinge abdeckt, das ist kein Problem, diese Leute gibt es wirklich.» Sie streckte die Hand aus und hob die lange Locke von Dollys Wange. Dolly war das Blut ins Gesicht geschossen, und das Mal brannte wie offenes Feuer.

Sie fuhr zurück, riß Myra die Haarsträhne aus der Hand und rannte zur Haustür hinaus. Der Morgen war kühler als die vorhergehenden, er war kühl und frisch, und die winddurchwehte Leere der Straße glich Dollys innerer Einsamkeit. Sie haßte Myra, und sie liebte Pup. Und doch hatte er sich in der vergangenen Nacht einfach dadurch, daß er nicht nach Hause gekommen, daß er nicht wie immer dagewesen war, einen Schritt von ihr entfernt. Dolly fror, ihr war viel kälter, als es der Temperatur angemessen gewesen wäre. Sie sehnte sich nach einer Freundin, mit der sie reden konnte. Warum nur war, statt einer Freundin, Myra ins Haus gekommen? Als sie den Laden an der Ecke erreichte, merkte sie, daß sie sich das Haar über die Wange gezogen hatte und es mit beiden Händen festhielt. Und ihre Schultern waren gekrümmt wie die einer uralten Frau.

Myra verlor nie ein Wort über die Puppe. Vielleicht hat sie sie gar nicht gesehen, als sie den Spumante holte, dachte Dolly. Oder vielleicht hatte sie sich, eitel wie sie war, auch gar nicht erkannt. An einem Nachmittag, an dem Dolly nichts zu tun hatte, nähte sie der Puppe eine smaragdgrüne Jacke aus einem Stoffrestchen, das vom

Kleid einer Kundin übriggeblieben war. Smaragdgrün war in diesem Sommer die große Modefarbe gewesen.

Die Puppe aber verlor sehr bald ihre Gefährten. Miss Finlay kaufte eines der kleinen Mädchen mit blonden Zöpfen, Wendy Collins' beste Freundin nahm den Inderjungen, und Mrs. Leebridge wollte das andere kleine Mädchen haben.

Dolly brachte die Puppe selbst zu Mrs. Leebridge, die in Camden Town wohnte, in einem Block in der Nähe der Untergrundbahn. Mrs. Leebridge, groß, dick und schwabbelig, mit einem Gesicht wie ein Frosch, war vielleicht der einzige Mensch, der beim Anblick von Dollys Feuermal nicht auf diese oder jene Weise reagiert hatte. Sie hatte es weder fasziniert angestarrt und dann rasch weggeschaut, noch hatte sie es auffällig vermieden, Dolly überhaupt anzusehen. Sie hatte sie auch nicht mit versteckten Blicken bombardiert. Mrs. Leebridge benahm sich Dolly gegenüber wie allen anderen Menschen: Für sie war auch dieses Mädchen nur ein Schwamm, dazu bestimmt, den Überfluß an Eigenliebe und Prahlerei aufzusaugen, der ihren dicken Lippen ebenso wortreich entströmte wie die fast ebenso überschwengliche, schmeichlerische Bewunderung für alles, was Roberte Fittr betraf.

Sie bezahlte die Puppe, warf einen kurzen Blick darauf, legte sie beiseite und beachtete sie nicht mehr. Dann berichtete sie Dolly, wie ihr – höchstpersönlich! – die hohe Ehre zuteil geworden sei, Mrs. Fitters Stirn die weißen Fahnen des Ektoplasmas entweichen zu sehen. Sie zeigte Dolly Fotografien von in Ektoplasma gehüllten Geistergesichtern, die in der Luft schwebten, und ein Foto von Mrs. Fitter in Trance. Aus der Brust wuchs ihr eine lange weiße Röhre, und an ihrem Ende sah man in einer Art Ballon das Gesicht eines Mannes.

«Ich hoffe, Sie kommen wieder einmal zu einer unserer Séancen, meine Liebe.»

Dolly sagte, sie wolle es sich überlegen.

«Hoffentlich tun Sie mehr als das, meine Liebe. Fünf Pfund sind heutzutage wirklich nicht viel Geld. Es ist weniger, als Sie für eine Show im West End bezahlen.»

Dolly fuhr nicht gern mit der Untergrundbahn. Man saß den anderen Passagieren gegenüber, und Leute in Zügen hatten nichts anderes zu tun, als andere Leute anzusehen. Aber Mrs. Leebridge wohnte so nahe bei der Station, daß es dumm gewesen wäre, auf einen Bus zu warten.

Es war kurz nach halb sechs. Dolly war noch etwa hundert Meter von der Station entfernt, als sie Myra vor sich entdeckte. Das buschige rote Haar hing ihr auf die Schultern, und sie trug die Sandalen, von denen Dolly einen mit dem Absatz in die Spumanteflasche gesteckt hatte. George Colefax' Praxis war in der Camden High Street, und Myra war vermutlich auf dem Heimweg.

Dolly glaubte zu wissen, daß Myra mit der Untergrundbahn von Camden Town nach Archway fuhr und dann einen Bus nahm, häufiger jedoch den knappen Kilometer in die Manningtree Grove zu Fuß zurücklegte. Der Gedanke, mit Myra nach Hause zu fahren, behagte ihr nicht, und sie blieb ein bißchen zurück, bis Myra in der Station verschwunden war.

Dolly fragte sich, was Myra wohl sagen würde, wenn sie ihr riete, dieses furchtbare Smaragdgrün nicht mehr zu tragen. Bestimmt durfte zwar Myra anderen Leuten unerwünschte Ratschläge geben, sie selbst aber war tödlich beleidigt, wenn jemand sie ihr gab. Als Dolly die U-Bahnstation betrat, war Myra nicht mehr zu sehen, und Dolly entdeckte sie erst wieder auf dem Bahnsteig, der ziemlich voll, aber nicht so überfüllt war, daß sich die Menschen drängten.

Wie immer hatten sich kleine Gruppen gebildet, die voneinander ein wenig Abstand hielten und ganz dicht an der Bahnsteigkante standen. Dolly hatte nie begriffen, woher sie wußten, wo sich jeweils eine Abteiltür öffnen würde – denn nur damit man sofort auf eine Tür zustürzen konnte, hatte sich diese Form des Wartens herausgebildet. Myra in ihrer smaragdgrünen Strickjacke stand in der Mitte einer dieser Gruppen. Seit Dolly sie vor ein paar Minuten vor der U-Bahnstation gesehen hatte, hatte sie sich das Haar aufgesteckt, wie sie es häufig tat. Diesmal zweifellos wegen der Hitze, die in dem U-Bahnschacht kaum auszuhalten war. Auf dem Hinterkopf wurde Myras Haar von einer großen, flachen Schildpattspange zusammengehalten, die Dolly noch nie an ihr gesehen hatte. Für jemanden, der Kleider und Farben liebte, war es interessant zu beobachten, wie eine Modefarbe, zum Beispiel dieses Grün, regelmäßig in jeder Gruppe auftauchte. Wenn man die Augen halb schloß, sah man Dutzende leuchtender Flecke vor einem einförmig graubraunen Hintergrund. Es war, wie sie sich erinnerte, vor etwa einem Jahr genauso gewesen. Damals galt in den Monaten, die Dolly den «gelben Sommer» nannte, Weinrot als der letzte Schrei. Dolly selbst trug einen sandfarbenen Mantel und Rock und ein sand, blau und rot kariertes Hemd. Pups Amulett hatte sie unter das Hemd geschoben, weil die Farben nicht harmonierten.

Dolly drängte sich durch die Menge zu Myra durch, bis sie ungefähr anderthalb Meter hinter ihr war. Links neben ihr stand ein hochgewachsener Geschäftsmann im Nadelstreifenanzug und zu ihrer Rechten eine plumpe ältere Frau. Sie verdeckten Myra, die ein Stückchen näher an der Bahnsteigkante stand, von beiden Seiten halb mit ihren Körpern. Von Myra sah man zwischen dem nüchterneren Grau und Hellbraun einen breiten Streifen grüner Wolljacke und ein kleines Stück des grün, weiß und marineblau karierten Rockes, und beides verschwand, als ein schlankes junges Mädchen in demselben modischen Grün mit schwarzen Punkten genau in der Mitte hinter dem Mann und der Frau stehenblieb. Dolly machte ein paar Schritte nach vorn. Die Leuchtschrift auf dem Schild, das die einfahrenden Züge ankündigte, besagte, daß der nächste nach Mill Hill East ging.

Dolly hatte den Eindruck, daß alle Leute starr vor sich hinschauten, vielleicht zum hundertstenmal die Plakate auf der gegenüberliegenden gewölbten Tunnelwand lasen oder sich, wie der Mann im grauen Nadelstreifenanzug, eine gefaltete Zeitung dicht vor die Augen hielten. Dolly hängte sich die Handtasche über die Schulter und sah auf ihre Hände hinunter. Sie drehte sie um, so daß die Handflächen nach oben zeigten, und betrachtete sie auch von dieser Seite. An ihrem geistigen Auge zog eine Reihe von Bildern vorüber: ihre Mutter, die in ein Laken gehüllt, über die Bühne glitt, die Zimmer, die Pup und sie jetzt bewohnten, eine gemusterte Strumpfhose unter einem offenen Fenster, ein formloses Grün und darauf feuriges Haar. Plötzlich glaubte Dolly, Zitronen zu riechen.

Das Mädchen in Grün mit schwarzen Punkten trat einen Schritt zur Seite. Dolly hatte es nicht gerade gestoßen, sie hatte sich nur so hinter den Mann gedrängt, daß das Mädchen entweder ausweichen oder protestieren mußte. Es warf Dolly einen feindseligen Blick zu und wandte den Kopf ab. Noch zwei Leute – vielleicht sogar mehr als zwei – stellten sich hinter Dolly und das Mädchen. Sie drückten sich an sie, stießen und drängten zwar nicht, standen jedoch auf Tuchfühlung. Dolly spürte ihren warmen Atem im Nacken. Es war wirklich sehr warm hier im Tunnel, und ihr trat Schweiß auf die Oberlippe.

Nur das Mädchen hätte sehen können, was Dolly mit den Händen tat, doch es hatte sich beleidigt abgewandt. Dolly hielt ihre jetzt heftig zitternden Hände in Taillenhöhe. Sie konnte das Gleis und die Stromschiene für den Triebwagen, die in der Mitte verlief, nicht sehen, aber sie wußte, daß sie da waren, in dem tiefen Bett zwischen der Bahnsteigkante und der konkav gewölbten Tunnelwand. Vergangene Woche, hatte Pup ihr erzählt, sei die Strecke zwischen Mornington Crescent und Euston zwei Stunden unterbrochen gewesen, weil jemand sich auf die Gleise geworfen hatte. Nicht vor einen Zug, sondern nur auf die Stromschiene, und er war sofort tot gewesen. Wenn man Selbstmord begehen wollte, war es jedoch sicherer, sich vor einen einfahrenden Zug zu werfen.

Das Einfahrtssignal am anderen Tunnelende war jetzt grün, der Zug nach Mill Hill East hatte also freie Fahrt. Schon hörte Dolly das dumpfe Dröhnen und fühlte den Wind, der vor dem Zug herwehte. Sie rührte sich nicht, und ihre Augen saugten sich an dem leuchtenden, grellen, giftigen Grün fest, das sich in ein großes grünes Feld verwandelt hatte und ihr die Sicht auf alles andere nahm. Ihre Kehle war strohtrocken und verkrampft. Sie löste ihre ineinander verschlungenen Hände und hob sie, die Handteller kaum einen Zentimeter von der grünen Jacke entfernt, so daß die flauschige Wolle ihre Fingerspitzen streifte. Der Zug donnerte aus dem dunklen Schlund, und Dolly straffte sich, um zuzustoßen.

Die ältere Frau in Braun fuhr herum. Eine Bewegung von Dolly mußte ihre Aufmerksamkeit erregt haben, und sie nahm Dollys Haltung und ihre erhobenen Hände einen Sekundenbruchteil früher war, als Dolly sie wegreißen konnte. Das Gesicht der Frau, mütterlich, hausbacken, eines jener unabänderlich heiteren Gesichter, verzerrte sich vor Unglauben und Entsetzen.

Der Zug hielt, und die Türen öffneten sich automatisch. Alles drängte vorwärts. Dolly machte kehrt und kämpfte sich verbissen in Gegenrichtung durch die Menge, die nur von dem Gedanken beherrscht war, den Zug zu stürmen. Dolly stieß mit den Händen, mit Armen und Schultern und sah sich auf ihrem panischen Rückzug plötzlich Myra gegenüber.

11

Sie brauchte frische Luft. Tief atmend saß sie auf einer Mauer, und ein feuchter Wind fächelte ihr das Gesicht. Es war furchtbar, an das zu denken, was sie beinah getan hätte: eine Fremde vor die Räder des Zuges gestoßen oder durch einen Stromstoß getötet. Myra hatte gar nicht vor ihr in der wartenden Menge gestanden, sondern ziemlich weit hinten. Vielleicht hatte sie Schwierigkeiten mit der

Fahrkarte gehabt oder jemanden getroffen, den sie kannte, und eine Weile mit ihm geschwatzt. Was immer sie aufgehalten hatte, die Frau in dem grünen Mantel, die Dolly fast auf die Schienen gestoßen hatte, war zwar nicht Myra gewesen, aber fast hatte die Kopie das Original übertroffen. Denn als Dolly ihr gegenüberstand, sie anstarrte und wortlos an ihr vorüberdrängte, hatte Myra einen gelbbraunen Rock getragen, und das struppige, krause Haar war ihr noch immer offen auf die Schultern gefallen.

Dolly dachte an das gutmütige, hausbackene Gesicht, auf dem sich für einen Sekundenbruchteil Entsetzen gemalt hatte. Angenommen, die Frau verfolgte sie, berichtete der Polizei, was sie beobachtet hatte? Versuchter Mord, dachte sie und legte die Hand auf das Feuermal, an dem jeder, der sie gesehen hatte, identifizieren konnte. Sie stand auf, und weil sie Angst hatte, sich noch einmal in der U-Bahnstation blicken zu lassen, begann sie rasch die Kentish Town Road hinaufzugehen.

Ein Taxi kam, sie hielt es an und stieg ein. Sie war bisher vielleicht einmal Taxi gefahren, hatte aber das Gefühl, jetzt kein öffentliches Verkehrsmittel benutzen zu können. Sie war außer sich vor Angst vor der Polizei und der Frau mit dem hausbackenen Gesicht, sie fürchtete sich davor, identifiziert zu werden und sich anhören zu müssen, wessen man sie beschuldigte. Zu Hause schenkte sie sich sofort ein großes Glas Rotwein ein, und der Wein beruhigte sie und richtete sie wieder auf. Das zweite Glas nahm sie in den Tempel mit. Sie dachte daran, sich hier zu verstecken, wenn sie kamen und nach ihr suchten. Bevor sie sich auf den Kissen niederließ, trat sie an den Altar, um sich die zu den vier Elementen gehörigen Waffen anzusehen. Das tat sie regelmäßig, wenn sie in den Tempel kam. Trotz ihrer Furcht fühlte sie ein bestimmtes Unbehagen, als sie sah, daß auf der Dolchklinge, die Pup früher immer blitzblank poliert hatte, eine dünne Staubschicht lag.

Als es an der Haustür klingelte, stürzte Dolly in den Flur. Ihr Vater öffnete, und sie erwartete, tiefe Männerstimmen und das Trampeln schwerer Stiefel zu hören. Aber es war nur Myra, die ihren Schlüssel vergessen hatte. Dolly füllte ihr Glas noch einmal.

«Ich bin in den ersten Zug nicht hineingegangen», sagte Myra übellaunig. «Dadurch habe ich mich um Stunden verspätet. Du wirst dich mit einem Omelett oder so zufriedengeben müssen.»

Harold hätte lieber Büchsenravioli oder eine Schweinefleischpastete gegessen, aber so etwas hatten sie nicht im Haus – wenigstens nicht hier unten. Er war gezwungen zu essen, was Myra ein Omelett «soufflé» nannte. Man mußte das Eiweiß dazu zu steifem weißem Schnee schlagen. Es schmeckt wie gesalzene und gepfefferte Baumwolle, dachte Harold, aber er nahm es nicht wichtig. Er aß mit der Gabel, die er in der rechten Hand hielt, während er die linke dazu benutzte, die Seiten seines Buches umzublättern – einer Rekonstruktion des Lebens von Rosamund Clifford, der Geliebten von Henry II –, das Harold an die Menage gelehnt hatte. Schwer atmend räumte Myra seinen Teller weg und setzte ihm eine Karamelkrem vor, die sie am Abend vorher gemacht hatte.

«Ich danke dir», sagte Harold und las weiter. Eben hatte der König die Dame im Irrgarten von Woodstock einschließen lassen.

Myra entriß Harold das Buch und warf es auf den Kaffeetisch.

«Aber, aber», sagte Harold, «Jetzt hast du mir die Seite verblättert.»

«Mußt du auch immer beim Essen lesen, um Himmels willen?»

Harold leckte den Löffel ab. «Ich bin jetzt fertig», antwortete er milde. «Hast du Lust ins Pub zu gehen?»

Myra zuckte mit den Schultern. Sie gingen. Ronald und Eileen Ridge waren da, doch sie hatten wenig zu sagen, und Harold redete ohnehin nie viel. Myra, die viel mehr trank als sonst, schwieg fast verbissen.

«Was ist los mit dir?» fragte Harold auf dem Heimweg. «Hast du deine Tage? Ist es das?»

Myra schüttelte den Kopf. Sie brachte es nicht über sich, ihm zu antworten, und machte ihm nicht einmal Vorwürfe, weil er sich so vulgär ausdrückte. Sie wünschte nur, sie hätte «ihre Tage». Neununddreißig war zwar noch ziemlich jung für das Klimakterium, aber wahrscheinlich war es nicht ausgeschlossen, daß es in diesem Alter schon eintrat. Vor nicht allzu langer Zeit hatte sie beim Friseur in einer Illustrierten gelesen, die Wechseljahre könnten jederzeit zwischen dem achtunddreißigsten und dem fünfundfünfzigsten Lebensjahr einsetzen. Aber sie war eine so junge Neununddreißigjährige! Sie war so hübsch und so unverbraucht wie ein junges Mädchen, sie konnte doch noch nicht im Wechsel sein, oder? Sie konnte doch nicht schon auf das öde, sexlose Gleis der mittleren Jahre abgeschoben werden. Haare wachsen einem im Gesicht, dachte sie, die Taille wird plump, man hat ständig Hitzewallungen und so weiter. Es gab zwar noch einen zweiten Grund, warum bei einer Neununddreißigjährigen die Periode ausblieb, doch an ihn auch nur zu denken, weigerte sie sich ganz entschieden.

Es war sinnlos, sich deshalb Sorgen zu machen. Mit großer Ungeduld wartete sie auf den Erbschein, damit sie an die Bankkonten ihrer Mutter herankonnte. Harold sagte, es sei nicht recht, daß sie immer wieder hinüberging und sich aus der Wohnung holte, was ihr gefiel. Sie müsse warten, bis die Behörden es ihr gestatteten. Myra achtete gar nicht auf ihn. Sie richtete sich überhaupt kaum noch nach seinen Wünschen. Sie strich die Diele fertig, und als die Farbe trocken war und der Teppichboden lag, holte sie aus dem Wohnzimmer ihrer Mutter zwei Brücken, ein Wandtischchen und eine gerahmte Reproduktion eines Bildes mit dem Titel *Der lachende Kavalier*.

Lautlos fiel gelbes Laub auf das vergilbende Gras der alten Eisenbahnlinie. Die sinkende Sonne schickte milde Strahlen durch den rauchigen herbstlichen Dunst. Pup und Suzanne gingen Hand in Hand. Sie waren in Muswell Hill im Kino gewesen, weil die beiden Studentinnen, Suzannes Mitbewohnerinnen, den Samstagnachmittag stets damit verbrachten, sich zu pflegen und schön zu machen, und erst am Abend ausgingen.

Von Zeit zu Zeit blieben Pup und Suzanne stehen und küßten oder umarmten sich oder sahen sich einfach tief in die Augen. Sie benahmen sich wie alle jungen Liebenden, die unter vorübergehender Frustration leiden, und brachten damit die wenigen Leute in Verlegenheit, die vorüberkamen und die vergessen hatten, wie es war, neunzehn und durch die Umstände gezwungen zu sein, ins Kino anstatt ins Bett zu gehen.

Um sechs verließ die Studentin die Wohnung, die ihre Mutter besuchte, und um sieben ging die andere, die sich mit ihrem Freund traf. Auf der Brücke an der Stanhope Road küßte Pup Suzanne und zog sie dann rasch die Treppe hinunter. Sie sahen Myra nicht, aber Myra sah sie. Sie hatte sich auf dem Crouch End Broadway eine Abendzeitung und eine Packung Rennie gegen ihre Magenverstimmung geholt und entdeckte die beiden auf dem Heimweg in die Manningtree Grove. Dolly kam die Treppe herunter, als Myra das Haus betrat, und wollte mit abgewandtem Blick an ihr vorübergehen.

«Es ist lächerlich, wie du dich benimmst», sagte Myra laut. «Ich wüßte wirklich gern, was ich getan habe? Helfen wollte ich dir, mehr nicht.»

Schweigend öffnete Dolly die Haustür.

«Laß dir eins von mir sagen», fuhr Myra fort und traf näher ins

Schwarze als sie glaubte, «eines schönes Tages wirst du nämlich Freunde brauchen. Wenn du ganz allein sein wirst, wirst du Freunde brauchen. Dein Bruder wird kaum sein Leben lang bei dir bleiben.»

Dolly schwieg noch immer, aber sie zögerte.

«Nein, dein Bruder wird nicht immer um dich herumtanzen. Er wird sein eigenes Leben führen, er wird heiraten, nicht wahr? Ich habe ihn nämlich eben mit einem Mädchen gesehen – die beiden hielten sogar Händchen. Ein ziemlich billig aussehendes kleines Ding, offen gestanden. Du hast nichts davon gewußt? Nein, du hast tatsächlich nichts gewußt, oder? Tut mir leid, wenn es ein Schock für dich ist, aber es ist doch immer besser, wenn man Bescheid weiß, nicht wahr? Ich kann noch nicht mal behaupten, es wäre nichts Ernstes, im Gegenteil, es sah sehr ernst aus.»

Wie schon einmal, verließ Dolly ruhig das Haus und schloß die Tür hinter sich. In Myra stieg Übelkeit auf, die jedoch nicht von der Szene zwischen Dolly und ihr herrührte, die sie aber seit ein paar Tagen jeden Abend auf dieselbe Weise überkam. Sie würgte, preßte die Hand auf den Mund und stürzte in die Küche zum Ausguß. Harold, der im Frühstückszimmer in einem der noch vorhandenen alten Lehnsessel saß, sah von Robert K. Massies *Nicholas und Alexandra* auf, als er hörte, daß Myra sich in der Küche übergab. Das Frühstückszimmer war die letzte ihm noch verbliebene Zuflucht, aber auch hier war die Tapete schon von einer Wand abgerissen, und Myras Farbtöpfe standen auf untergelegten Zeitungen auf dem Klapptisch. Harold erhob sich, steckte den Kopf durch die halboffene Tür und rief, das komme wahrscheinlich von der Farbe, möglicherweise sei Myra dagegen allergisch.

«Du willst mich nur davon abhalten, das Haus schöner und wohnlicher zu machen!» rief sie zurück.

Es kann nicht sein! schrie eine Stimme Dolly zu. Es kann nicht sein! Die Stimme kam aus ihrem Kopf, aber es war die Stimme ihrer Mutter. Dolly war ausgegangen, um Wein zu kaufen. Nicht in dem Laden in der Northwood Road – seit der «Henker» sein Unwesen trieb, ging sie nicht mehr dorthin –, sondern im Wein-Großmarkt auf dem Broadway, der viel näher lag. Doch sie hatte noch eine Flasche zu Hause und konnte sich den neuen Vorrat morgen besorgen. Sie ging einmal um den Block und wieder nach Hause, rannte die Treppe hinauf. Im obersten Flur glaubte sie, Zitronenduft zu riechen, doch nur einen Augenblick, dann war er wieder verweht.

«Es ist wahr!» sagte die Stimme ihrer Mutter klar und laut.

Konnte sie Pup fragen? Würde sie es wagen? Und wann sollte sie ihn überhaupt fragen, wenn sie ihn nie sah, wenn er nie da war? Es war die Wahrheit, und sie würde ihn verlieren. An die Möglichkeit, daß Pup sie wegen einer anderen Frau verlassen könnte, hatte sie noch nie gedacht. Irgendwie hatte sie sich – ohne es je auszusprechen – eingebildet, er und sie würden zusammenbleiben, in Keuschheit und abgesondert von den anderen Menschen, ihr Leben lang. Sie stellte sich die beiden vor, wie sie Hand in Hand durch die Oktoberdämmerung zur Wohnung des Mädchens schlenderten. Die Mutter öffnete ihnen, Tee mit der Familie, Pup als Bewerber um die Hand der Tochter willkommen. Wie weh das tat! Wie qualvoll das schmerzte!

Sie machte die letzte Weinflasche auf, schenkte sich ein und trank, wie ein Verdurstender Wasser trinkt. Wenn er nur heimkäme! Wenn er jetzt kommt, dachte sie, werde ich den Mut haben, ihn zu fragen. Aber er kam bestimmt nicht, kam nicht jetzt, sondern erst spät nachts. Sie bemühte sich, an andere Dinge zu denken. Oft hatte sie das Gefühl, daß sie das, was sie auf dem Bahnsteig der U-Bahnstation in Camden Town getan hatte oder tun wollte, viel stärker belasten müßte. Schließlich hatte sie nur die Frau mit dem hausbackenen Gesicht daran gehindert. Schweiß brach ihr aus allen Poren, als sie sich vorstellte, was beinah geschehen wäre.

Doch auch die Erinnerung an dieses Ereignis lenkte sie nicht für längere Zeit von Pup ab. Tränen liefen ihr die Wangen hinunter. Sie ging mit einem Staubtuch in den Tempel und wischte die Gegenstände auf dem Altar ab, und sie hörte, auch während sie arbeitete, nicht auf zu weinen. Pups goldenes Gewand hing vernachlässigt an der Tür, in einem Häufchen Asche von Räucherstäbchen lag eine halb heruntergebrannte, verbogene Kerze. Dolly blies den Staub weg, der auf den Büchern lag, den vier Bänden von *Die Goldene Dämmerung*, dem schweren Wälzer mit dem Titel *Die chaldäischen Orakel des Zoroaster* und dem weit weniger gewichtigen *Buch des Todes, der Schlüssel des Salomon*. Sie machte gründlich sauber, räumte alles auf, setzte sich dann auf den Boden und weinte weiter. Kurz vor acht Uhr ging sie doch noch einmal fort, um Wein zu kaufen, und als sie am Badezimmer vorbeikam, hörte sie, wie Myra sich darin erbrach.

Am Montagnachmittag las Myra beim Friseur in einer Illustrierten einen Artikel mit der Überschrift *Der unterschiedliche Verlauf von Schwangerschaften*. Der Verfasser schrieb, daß es Schwangere gab, die nicht am Morgen, sondern am Abend von Übelkeit befallen wurden, und eine dritte Gruppe litt sogar den ganzen Tag unter Erbrechen oder Unwohlsein. Myra saß unter der Trockenhaube. Ihr war ohnehin schon zu heiß gewesen, doch jetzt brach ihr der Schweiß aus und lief an ihr hinunter. Sie konnte doch nicht schwanger sein, oder? Vor sieben Wochen hatte sie die letzte Periode gehabt, und vor etwas mehr als fünf Wochen hatte sie mit Harold das Erbe gefeiert, das sie von ihrer Mutter zu erwarten hatte – und bei der Gelegenheit zuviel Asti Spumante getrunken. Trotzdem konnte sie doch von dem alten Harold nicht schwanger sein, es war einfach unmöglich!

Solange sie mit dem verheirateten Mann zusammengewesen war, hatte sie die Pille genommen, da es aber nicht empfehlenswert war, es über Jahre hinweg zu tun, hatte sie sie abgesetzt und nur von Fall zu Fall zu Verhütungsmitteln gegriffen. Manchmal hatte sie es auch ihrem Partner überlassen, und oft war sie ziemlich sorglos gewesen. Aus ihren Illustrierten wußte Myra, daß ein Psychiater ihr Verhalten als den unbewußten Wunsch nach einem Kind auslegen würde. Und vielleicht hatte sie diesen Wunsch tatsächlich gehabt, vielleicht hatte sie gedacht, durch ein Kind könnte sie ihn für immer an sich binden, obgleich er verheiratet war. Doch trotz aller Leidenschaft und obwohl sie so oft miteinander geschlafen hatten – manchmal zwei- oder dreimal an einem Nachmittag – hatte es nie einen falschen Alarm gegeben. Und damals war ich jung, dachte sie traurig, und er war jung und kräftig, ein großer, sehr männlicher Mann, der zwei Kinder gezeugt hatte. Es war doch unmöglich, daß sie, die in all den Jahren nicht empfangen hatte, jetzt von dem mickerigen, alten Harold schwanger war?

Als sie von der U-Bahnstation über die Archway Brücke und durch die Hornsey Lane nach Hause ging, traf sie Harold und Pup, die nach einem kleinen Abstecher in der Bibliothek ebenfalls auf dem Heimweg waren. Pup trug die Bücher seines Vaters unter dem Arm. Das war etwas, das Myra verrückt machte – daß sie mit einem Mann verheiratet war, der sich alles von einem jüngeren Mann tragen ließ. Es war halb sechs, und ihr wurde allmählich wieder übel.

«Dann gehst du heute abend wohl nicht mit deinem Freund aus?» fragte Dolly, als Pup das Wohnzimmer betrat.

Er schüttelte den Kopf. Suzanne hatte eine Woche Urlaub und lange, bevor sie ihn kennengelernt hatte, mit einer Freundin – derselben, die damals nicht zu der Séance gekommen war – eine Reise nach Korfu geplant. Absagen konnte sie die Reise nicht, da sie hundert Pfund im voraus bezahlt hatte. Pup fragte sich, wie er die Zeit ohne sie überstehen sollte? Er setzte sich an den Tisch zu Corned Beef und einer Ratatouille von Marks & Spencer, einem Karton Saft aus tropischen Früchten und einem Stück Hefekuchen mit Rum.

Den ganzen Tag hatte Dolly sich auf diesen Augenblick vorbereitet und praktisch auswendig gelernt, was sie sagen wollte. Und dabei wurde sie von der ständigen Angst geplagt, daß er nicht nach Hause kam. Doch als sie jetzt sprach, merkte man ihr von ihren inneren Kämpfen nicht das geringste an.

«Dieser Freund, den du so oft triffst», sagte sie scheinbar unbekümmert, «dieser Freund ist ein Mädchen, nicht wahr?»

Pup zögerte. Er legte Messer und Gabel aus der Hand. Er wußte sehr gut – wußte sogar haargenau –, was Dolly für ihn empfand. Sie betrachtete ihn noch viel mehr als ihren Besitz als Dilip Rajs Mutter ihren Sohn. Und Dilip Rajs Mutter hatte kein Feuermal auf der Wange, das wie ein großer feuerroter Pfannkuchen aussah. Pup hatte großes Verständnis für seine Schwester. «Ja, es ist ein Mädchen», sagte er weich und dann: «Woher weißt du das?»

Dolly antwortete nicht. «Ist es etwas Ernstes, Pup? Du denkst doch nicht etwa daran zu heiraten, oder?»

«Selbstverständlich nicht», antwortete er absolut wahrheitsgemäß.

Dolly war kalkweiß geworden, doch jetzt kehrte die Farbe in ihr Gesicht zurück, obwohl sie noch immer atemlos war.

«‹Selbstverständlich nicht› was? Ist es nichts Ernstes, oder denkst du nicht ans Heiraten?»

«Es bezieht sich auf beides», erwiderte Pup. «Es ist weder ernst, noch will ich heiraten. Außerdem ist sie ohnehin nicht mehr hier, sie ist abgereist. Und jetzt kannst du mir sagen, woher du es weißt?»

Sie benutzte den Spitznamen, den er Myra gegeben hatte. Sie war glücklich und stieß einen Laut hervor, der fast wie ein Kichern klang. «Von unserer bösen Stiefmutter.»

Er zuckte nur mit den Schultern. Dolly sah ihm zu, wie er den Rumkuchen aß und den Fruchtsaft trank. Sie selbst trank Mosel und hatte eben die zweite Flasche geöffnet. Außerdem arbeitete sie an einer neuen Puppe, einem Ballettmädchen mit schwarzem Haar und Tutu.

Als er mit dem Essen fertig war, ging Pup in den Tempel. Er kam ihm plötzlich sehr klein vor. Jungfräulichkeit ist für einen Geomanten etwas sehr Nutzbringendes. Jungfräuliche Tugend hat gewisse Eigenschaften, die durch sexuelle Erfahrung verlorengehen. Pup hatte das gewußt, lange schon, bevor er der Versuchung nachgab – oder der Versuchung, rein und keusch zu bleiben, widerstand –, denn der Preis, den er für seine sexuelle Enthaltsamkeit bezahlte, war sehr hoch, und er mußte seine unklaren, aber heftigen Begierden ständig mit Beschwörungs- und Austreibungsritualen bekämpfen.

Doch die Tatsache, daß er nicht mehr unberührt war, hatte wahrhaft dramatische Folgen. Er konnte nicht mehr zaubern. Was in den Büchern stand, war buchstäblich wahr, die Gabe ging verloren, die Kraft war dahin.

Er stand im Tempel, schaute sich um und sah ein dumpfes Mansardenzimmer mit streifigen schwarzen Wänden und allem möglichen Kram, der auf einem alten Bambustischchen lag. Der Gedanke, heiliges Wasser zu machen oder Weihrauch zu verbrennen, schien ihm grotesk. Er konnte sich nicht vorstellen, noch einmal dieses ganze hebräische Kauderwelsch zu singen, jedenfalls nicht im Ernst. Er hatte seine Keuschheit und mit ihr seine magischen Kräfte verloren.

Oder war es möglich, daß sich etwas ereignet hatte, das leichter zu erklären war? Hier setzte sich Pups starker Hang zu Vernunft, sein gesunder Menschenverstand durch. War es möglich, daß ihm jetzt, nachdem er den Sex entdeckt hatte, alles Vorhergehende wie ein kindischer Ersatz vorkam? Das war sehr wahrscheinlich. Und vermutlich trugen beide Erklärungen zu dem Gefühl der Langweile bei, das der Tempel und alles, was er darin getan hatte, in ihm auslöste.

Bedauernd betrachtete er seine Büchersammlung. Er dachte an das umfangreiche Wissen, das er hier angesammelt hatte. Ein Jammer, wenn es verschwendet wäre. Doch vielleicht brauchte es nicht verschwendet zu werden. Wenn er überlegte, wie unendlich viel Dolly gelernt, wieviel er ihr beigebracht hatte, wäre es rücksichtslos und unklug, den Tempel aufzulösen. Er liebte Dolly. Aber, oh, wie sehr liebte er das herrlich Neue, das in sein Leben getreten war. Die beiden Lieben schienen unvereinbar, es sei denn, er fand einen Kompromiß und fand ihn mit Hilfe seiner verlorengegangenen magischen Kräfte.

Pup stand am Fenster des Tempels, nachdenklich, in der Hand das alberne Messer mit den unbeholfenden Zeichnungen auf dem Griff, und beobachtete die schwarzen Blätter, die sich von den Zweigen der Obstbäume lösten und in das nasse Gras hinunterschwebten. Ein gewagter und dennoch ganz einfacher Plan begann in seinem Kopf Gestalt anzunehmen.

12

Die meisten Frauen fühlten sich in Yvonne Colefax' Gegenwart unsicher und gehemmt. Wenn eine Frau wußte, daß sie mit Yvonne zusammentreffen würde, zog sie sich sorgfältig an und widmete ihrem Gesicht und ihrer Frisur besonders viel Aufmerksamkeit. Doch so sehr sie sich auch bemühte, am Ende mußte sie immer feststellen, daß sie noch immer nicht an Yvonne herankam, nicht mit ihr konkurrieren konnte. Yvonnes Anblick löste Bestürzung und Resignation aus. Man hatte wohl in Erinnerung, daß sie schön – aber nicht, wie schön sie wirklich war, so daß man jedesmal, wenn man sie sah, aufs neue geschockt wurde, weil sie viel schöner war als erwartet.

Zweierlei tröstete Myra an ihr: erstens war Yvonne nett, sie war, was die Leute «immer gleich» nennen; und dieses Immergleich bedeutete bei ihr Einfachheit, Kindlichkeit und Freundlichkeit – und zweitens sah derjenige, von dem Yvonne als einzigem Menschen auf der Welt geliebt und bewundert werden wollte, nichts Ungewöhnliches in seiner Frau. Mehr noch, er schien fast jedermanns Gesellschaft der ihren vorzuziehen, und wenn je ein Mann seine Frau wie einen Dienstboten behandelt und sein Heim mit einem Hotel verwechselt hatte, dann er. Myra hätte sich das keine Sekunde lang gefallen lassen, geschweige denn fünf Jahre – oder wie lange George und Yvonne eben verheiratet waren. Yvonne mochte einen Porsche und ein wunderschönes Haus in der Nähe der Bishop's Avenue haben, doch das, fand Myra, war kein Ersatz für Respekt und Rücksichtnahme. Und wieder einmal mußte Yvonne für George den Fußabstreifer abgeben oder zumindest das Botenmädchen spielen und etwas nach Camden Town bringen, das George vergessen hatte. Dabei hätte sie mit ihrer Zeit bestimmt etwas Besseres anzufangen gewußt.

Yvonne betrat das Vorzimmer der Praxis, in dem Myra saß, und kam auf ihren Schreibtisch zu. Myra hatte vergessen, wie hell und weich ihr Haar war – wie der Flaum abgeblühten Löwenzahns. Und wie schmal sie war – so schlank, daß es fast jeder Frau einen Stich geben mußte – und was für wunderbare aquamarinblaue Augen sie hatte. Sie war nie zu auffallend und nie unpassend gekleidet und zog sich dennoch nicht an wie andere Frauen, sondern wie eine Schauspielerin, deren Kostüme von Fachleuten sehr sorgfältig ausgesucht worden waren, mit genau auf die Kleidung abgestimmten Accessoires. Der «Modefachmann» war Yvonne natürlich selbst.

Heute morgen sah sie aus wie die junge Faye Dunaway in der Rolle einer Frau aus den East Seventies, die zu Saks in die Fifth Avenue einkaufen ging. Kamelfarbenes Kostüm mit schmalem braunem Gürtel, schmale, hohe, glänzende braune Stiefel und schicker weißer Filzhut mit braunem Band. Der Duft von Ivoire verdrängte den des nach Tanne riechenden Luftfrisch-Sprays, den Myra jeden Morgen im Wartezimmer zerstäubte.

«Sie sehen wirklich hinreißend aus», sagte Myra großmütig. «Haben Sie etwas besonders Aufregendes vor?»

«Nur ein bißchen einkaufen», antwortete Yvonne ganz wie erwartet. «George hat angerufen und mich gebeten, ihm eine Higginsonsche Spritze zu besorgen und herzubringen. Hier ist sie.»

«Eine was?» fragte Myra, hatte jedoch inzwischen die längliche Schachtel mit der Aufschrift «Higginsonsche Spritze» ausgepackt. «Wozu braucht er die denn?»

«Er hat doch da eine Patientin, die behauptet, sie habe Zahnschmerzen, und George sagt, es sei nicht ihr Zahn, es seien ihre Ohren. Deshalb will er ihr die Ohren ausspritzen.»

«Ich hätte das Ding doch wirklich rasch besorgen können», sagte Myra. «Wollen Sie einen Kaffee?»

«Von Herzen gern. Sie sind sehr lieb, Myra. Wahrscheinlich falle ich Ihnen schrecklich lästig, nicht wahr?» Yvonne sagte das mit der Miene eines Menschen, der es gewohnt ist, lästig und langweilig genannt zu werden, und ihre wunderschönen grünblauen Augen funkelten, als dränge sie nur mit Mühe die Tränen zurück. «Sie sehen ein bißchen blaß aus. Geht es Ihnen gut?»

Wie nett Yvonne doch ist, dachte Myra. Warum kann Doreen nicht auch so sein, freundlich und vernünftig, und warum kann sie mir nicht auf halbem Weg entgegenkommen? Wenn jemand das Recht gehabt hätte, hochmütig und herablassend zu sein, dann Yvonne, und doch war sie so natürlich wie ein Kind. Einen Augenblick lang dachte Myra daran, sich Yvonne anzuvertrauen, doch dann verwarf sie den Gedanken wieder. Es war mehr als wahrscheinlich, daß Yvonne sich ein Kind wünschte und deshalb für eine Frau, der ihre Schwangerschaft unerwünscht war, wohl kaum großes Verständnis aufbringen konnte. Also lächelte Myra nur und sagte, sie sei ein bißchen müde. Dann unterhielten sie sich bei einer Tasse Kaffee eine Weile über Mode, und Yvonne erzählte Myra, daß sie eigens nach Florenz gefahren sei, um die Stiefel, die Handtasche und den Gürtel zu kaufen. Das finde Myra doch bestimmt schrecklich, nicht wahr?

Eine halbe Stunde später, nach Arbeitsschluß, hatte Myra einen Termin bei ihrem Hausarzt. Sie hatte eine Urinprobe mitgenommen, wußte jedoch, daß es überflüssig war. Sie wußte, daß sie seit acht oder neun Wochen schwanger war, das mußte ihr niemand mehr bestätigen. Sie brauchte einen Rat, vielleicht auch Zustimmung und konnte – hoffentlich! – noch heute alles Nötige besprechen.

Als sie den windigen Hügel zur Camden Town Station hinaufging, dachte sie an den verheirateten Mann. In letzter Zeit dachte sie sehr oft an ihn. Es war Herbst gewesen, als sie sich kennengelernt hatten, und im Herbst hatten sie sich auch getrennt. Myra erinnerte sich, wie sie im Erkerfenster ihres möblierten Zimmers gestanden und darauf gewartet hatte, daß sein Wagen vorfuhr, daß er ausstieg und mit seinem geschmeidigen Gang und hoch erhobenem Kopf auf das Haus zukam. Er war schlank geblieben, hatte nie ein Gramm zugenommen, und daß sein Haar langsam ergraute, hatte ihn nur noch besser aussehen lassen. Jeden Mittwoch und Freitag und meist am Montagabend war er zu ihr gekommen, Jahr um Jahr, und dann hatte er ihr eines Tages erklärt, er könne seine Frau nicht verlassen, und sie hatte erwidert, sie habe ohnehin ein besseres Angebot. Wußte er, wo sie jetzt war? Dachte er noch an sie?

Obwohl sie angemeldet war, mußte sie fast eine halbe Stunde im Wartezimmer sitzen. Dann endlich wurde sie ins Sprechzimmer gerufen. Der Doktor untersuchte sie und bestätigte ihre Schwangerschaft. Er schimpfte mit ihr, weil sie nicht früher gekommen war, in ihrem Alter sei Schwangerschaftsfürsorge von Anfang an lebenswichtig, eine Untersuchung des Fruchtwassers dringend erforderlich. Myra unterbrach ihn. Sie wolle kein Baby, sie wolle eine Abtreibung. Der Doktor musterte sie streng, und Myra reagierte trotzig und zornig – war aber auch unglücklich, weil ängstliche Zweifel keine feste Überzeugung sind – und sagte aggressiv, sie habe geglaubt, in England habe jede Frau das Recht, eine Schwangerschaft abbrechen zu lassen, wenn sie kein Kind wolle.

«Bevor wir etwas unternehmen, möchte ich Sie und Ihren Mann gemeinsam sprechen», sagte der Doktor.

Obwohl Myra ihm nachdrücklich erklärte, es sei schließlich ihr Baby, ihr Körper und allein ihre Sache, ließ er sich nicht davon abbringen. Er wollte nichts für sie tun, solange er nicht auch mit Harold gesprochen hatte. Myra hatte mit Harold nie über gemeinsame Kinder gesprochen. Es war kein Thema für sie gewesen, ebensowenig hätte sie mit Dolly über Männer und mit der ständig in Pullover und Hosen herumlaufenden Eileen Ridge über Mode geredet. Doch als sie jetzt darüber nachdachte, war sie nicht mehr so sicher, daß Harold genauso bestürzt sein würde wie sie, weil sie ein Kind erwartete. Oft liebten gerade träge, langsame und apathische Menschen Kinder. Er schien auf seine halbherzige Weise auch die Kinder zu lieben, die er schon hatte. Angenommen, sie sagte es ihm, und er war begeistert? Angenommen, er war – wie er sich auszudrücken beliebte – «vor Freude ganz weg»? Plötzlich wußte Myra, daß es genauso kommen würde – Harold würde begeistert sein und sich geschmeichelt fühlen. Denn bewies dieses Kind nicht seine ungebrochene Manneskraft? Deshalb würde er sich im Gespräch mit dem Doktor einem Schwangerschaftsabbruch energisch widersetzen.

Myra ging über den Crouch Hill zu Fuß nach Hause. Trübsinnig dachte sie daran, daß eine Frau, so elend sie sich fühlen mochte, dennoch daran denken mußte, was es zum Abendessen geben sollte. Sie betrat den Laden, der zur Hälfte Metzgerei und zur anderen Hälfte Delikatessenhandlung war, und der Ire mit den merkwürdigen Augen und dem weichen Gesicht wog ihr zwei Schweinekoteletts ab. Er lächelte nie, er sagte nie viel, er schien immer nur zuzuhören. Neben der Metzgerei war ein Zeitungshändler. Myra kaufte eine Abendzeitung. Sie suchte ein Inserat, das sie vor einiger Zeit gelesen hatte und das sich an Frauen richtete, die eine Abtreibung wollten. Und da war es auch, ein Kästchen zwischen den Kleinanzeigen.

Als sie nach Hause kam, rief sie sofort die angegebene Telefonnummer an. Die Frau, die sich meldete, war freundlich und entgegenkommend und sagte Myra, sie müsse sie darauf aufmerksam machen, daß sie fünfhundert Pfund im voraus entrichten müsse, um überhaupt in die Klinik aufgenommen zu werden. Man wolle schließlich fair sein, die Patientinnen sollten wissen, wie hoch die Kosten wären, die auf sie zukämen. Myra legte auf. Sie hatte genau zwanzig Pfund auf ihrem Konto, und das waren ihre gesamten Rücklagen. Der Erbschein war noch nicht gekommen, es dauerte möglicherweise noch Wochen, bis sie ihn in Händen hatte, und vorher konnte sie nicht an das Geld ihrer Mutter heran. Solche Dinge brauchten immer unendlich lange. Ihre Mutter war jetzt schon länger als zwei Monate tot. Myra erinnerte sich sehr genau an das Datum des Todestags, denn am Tag darauf hatte sie dieses verhaßte, unerwünschte Kind empfangen.

Pup hatte Pläne für die Erweiterung von Yearman und Hodge. Sobald er die Führerscheinprüfung hinter sich hatte, wollten sie einen Kombi kaufen. Er hatte schon angefangen, Schreibmaschinen im Außendienst zu reparieren und zu warten, doch es würde alles noch viel besser laufen, wenn sie den Wagen hatten. Diese neuen elektronischen Maschinen seien «die Sache», erklärte Pup seinem Vater, groß und effizient, aber leicht wie eine Feder, denn die ganze «Mechanik» bestehe aus einem Mikrochip. Sie konnten immer noch sehr gut daran verdienen, wenn sie bei Barzahlung fünfundzwanzig Prozent vom Preis nachließen.

«Du hast Schwung und Energie», sagte Harold in einem Ton, den man gewöhnlich anschlägt, wenn man jemandem mitteilt, daß man eine scheußliche Erkältung hat.

«Wir müssen auch daran denken, in nächster Zeit Fotokopiergeräte hereinzunehmen», fuhr Pup fort. «Kopiergeräte sind der kommende Schlager.»

Obwohl es kein sehr schöner, sondern ein nasser und windiger Tag war, ging er zu Fuß zur Queen's Avenue in Muswell Hill hinauf. Er wollte, wenn er nach Hause kam, für Dolly ein bißchen «zaubern». Um sie glücklich zu machen. Wie in alten Zeiten wollte er ein großes Ritual zelebrieren, mit Weihrauch, Wein und Rosen. Das war er Dolly schuldig.

Das Mädchen, das ihm die Tür öffnete, erzählte ihm, daß es wissenschaftliche Arbeiten tippe. Im Augenblick sitze es an einer philosophischen Doktorarbeit, aber die Schreibmaschine bleibe beim «g» hängen, und – nun ja – auch die Rücktaste funktioniere nicht. Die Schreibmaschine sei jetzt drei Jahre alt und noch nie richtig gewartet worden.

Pup machte sich an die Arbeit. Die Maschine war eine «Adler», und das Fabrikat kannte er in- und auswendig. Das Mädchen sah ihm zu. Es war ein ziemlich unscheinbares Ding mit einem langen Gesicht und einer großen Nase, aber es hatte taillenlanges blondes Haar und eine sehr gute Figur, die es in Lycrastretch-Jeans und einem roten T-shirt auch entsprechend zur Schau stellte. Die Sachen sahen funkelnagelneu aus, und Pup fragte sich, ob die Kleine sich seinetwegen so fein gemacht hatte. Sie hatten sich schon einmal im Geschäft von Yearman und Hodges gesehen.

Nach einer Weile brachte sie eine Flasche Asti Cinzano und zwei Gläser. «Aber vielleicht trinken Sie nicht, wenn Sie im Dienst sind.»

«Ich bin doch kein Polizist», sagte Pup.

«Es ist», sagte das Mädchen, «eine der bekanntesten weiblichen

Phantasien – ein Tagtraum sozusagen –, sich vorzustellen, wie es mit dem Mann wäre, der den Fernseher reparieren kommt.»

«Oder die ‹Adler Gabrielle fünftausend›.»

«Tja, wenn Sie es sagen.» Sie schenkte großzügig sprudelnde rosa Drinks ein. «Wie heißen Sie? Ich meine, ich weiß natürlich, daß Ihr Familienname Yearman ist, aber ich wüßte gern Ihren Vornamen.»

«Ich heiße Peter. Und Sie?»

«Philippa. Wie lang haben Sie noch zu tun?»

«Ungefähr fünf Minuten, Philippa.»

«Wissen Sie, daß ich plötzlich Angst hatte, Ihr Vater könnte hier erscheinen? Ich meine, er ist für weibliche Phantasien wohl nicht das richtige Objekt, oder? Darf ich Ihnen nachschenken?»

«Nein, es sei denn, Sie wollen, daß ich diese hübsche, teure Schreibmaschine für immer und ewig kaputtmache.» Solange er noch unberührt gewesen war, war er mit solchen Situationen spielend fertig geworden. Es war ihm manchmal passiert, daß Frauen Annäherungsversuche machten, und er hatte dann so getan, als verstehe er nicht. Das waren noch Zeiten! Oder doch nicht? «So, das hätten wir. Ich glaube nicht, daß Ihnen das ‹g› noch Schwierigkeiten machen wird. Sind Sie mehrwertsteuerpflichtig?»

«Was, ich?»

«Man sollte nie etwas als selbstverständlich voraussetzen», sagte Pup, jetzt sehr nah bei ihr. Er nahm eine helle, seidige Haarsträhne in die Hand, die vorn auf Philippas T-shirt lag. Trotz Suzanne, fühlte er sich alles andere als sicher, daher ging er genauso vor wie bei Suzanne, nur daß es damals die Wahrheit und heute ein billiger Trick war. «Sie, zum Beispiel, tun das alles doch nur, weil Sie voraussetzen, daß ich ein Mann mit Erfahrung bin. Tatsache jedoch ist, daß ich noch nie mit einem Mädchen geschlafen habe.»

«Das kann ich nicht glauben!»

«Es gibt mehr Dinge zwischen Himmel und Erde, Philippa, als man sich träumen läßt – mehr sogar als in all den philosophischen Abhandlungen steht, die Sie tippen.»

«Na ja», meinte Philippa, «aber Sie wollen doch nicht etwa noch länger ‹jungfräulich› bleiben, oder? Ich meine, haben Sie keine Lust, einen Schlußstrich darunter zu ziehen?»

«Oh, große Lust sogar», erklärte Pup mit Hingabe.

Am Abend war er ein bißchen müde. Als er langsam nach Hause ging, dachte er über das Programm nach, das er sich für heute vorgenommen hatte, um Dolly glücklich zu machen und sich ein gewisses Maß an Freiheit zu erkaufen. Morgen abend hatte er eine Verabredung mit Philippa, und das Wochenende wollte er mit Suzanne verbringen. Dolly, deren Mißtrauen durch Myra geweckt worden war, würde ihm nie glauben, daß er einen halben Tag und die halbe Nacht mit Chris Theofanou verbringen wollte. Pup war im allgemeinen frei von rachsüchtigen Gefühlen, aber gegen die Frau seines Vaters wäre er in letzter Zeit gern gewalttätig geworden. Gegen absichtliche Bosheit hatte er eine besondere Abneigung.

Einen Abendkurs oder einen Club – besser noch eine Kombination aus beidem, das war es, was er brauchte. Und zwar einen Kurs und einen Club, die ihn auf dem einzigen Gebiet fördern konnten, das Dolly interessierte. Sie würde es nur begrüßen, wenn er versuchte sich weiter zu vervollkommnen. Pup hatte keine Gewissensbisse, Dolly die unverschämtesten Lügen aufzutischen, um sie zu schonen. Er war mit seinem Plan zufrieden, der ihm narrensicher schien.

Als er nach Hause kam, begann Dolly sofort zu nörgeln. «Ich finde es abscheulich, daß man uns zwingt, hier oben zu wohnen. Ich hasse dieses kleine, miese Zimmer und hasse es, immer die vielen Treppen hinunter- und wieder heraufsteigen zu müssen, wenn ich das Bad benutzen will. Das ist so unfair! Meine Kunden wollen auch nicht hier heraufklettern, und es lohnt sich nicht zu schneidern, wenn ich zu den Anproben zu ihnen fahren muß. Der Bus ist so teuer.»

«Ich habe eine Neuigkeit für dich», sagte Pup.

Sie stellte eben sein Abendessen auf den Tisch – kalte Würstchen, Kartoffelsalat, eine Schüssel mit Tomaten, doch sie hielt mitten in der Bewegung inne, und die Schüssel blieb in der Luft hängen.

«Es geht doch nicht um das Mädchen?» fragte sie.

«Selbstverständlich nicht. Hast du schon mal vom ‹Magischen Orden der Goldenen Dämmerung› gehört?»

Sie nickte erleichtert. «Ich habe in einem deiner Bücher etwas darüber gelesen.»

«Nun, ich gehöre jetzt dazu, ich bin beigetreten. In die Arbeitsgemeinschaft in Highgate. Ich dachte, das sei wichtig für mich. Es gibt da eine Menge zu tun, Treffen, Seminare und Sonderkurse, an mehreren Abenden in der Woche, nehme ich an. Und manchmal an den Wochenenden. Aber wenn ich es als Geomant wirklich zu etwas bringen will, bleibt mir kaum etwas anderes übrig.»

In dem einschlägigen Buch stand auch, wie Pup sich erinnerte, daß der «Orden der Goldenen Dämmerung», von Eliphas Levi, Crowley, Yeats und anderen geistesverwandten an Okkulten interessierten Leuten im Jahr 1888 gegründet, unter seinem späteren Namen «Stella Matutina» in den dreißiger Jahren wieder aufgelöst wurde. Pup hielt es jedoch für unwahrscheinlich, daß Dolly sich durch die ellenlangen, langweiligen Kapitel des Buches bis zu dieser Stelle durchbeißen würde. Falls sie es doch tat, konnte er immer noch behaupten, «Stella Matutina» sei vor einigen Jahren neu gegründet worden.

Dollys Gesicht glühte vor Eifer. «Das finde ich wunderbar, ich bin so froh. Hat man dich gebeten, beizutreten.»

«Nun –», sagte Pup, der sich nicht festlegen wollte.

«Bestimmt hat man dich aufgefordert. Es wird dir bei deiner Karriere helfen, nicht wahr? Es bringt dich dem Erfolg näher.»

Wenn Pup an eine Karriere dachte, dann an die eines Direktors einer sich ständig vergrößernden Firma für Büromaschinen. Er begann, seine Würstchen zu essen. Wie eine Frau, die von einer patriarchalischen Gesellschaft konditioniert wurde, wie Dilip Rajs Mutter, zum Beispiel, aß Dolly nie mit ihm, sondern bediente ihn und sah ihm zu.

«Morgen abend», fuhr Pup fort, «werde ich als ordentliches Mitglied aufgenommen und eingeführt.»

Nach dem Abendessen erinnerte er sich an seinen Vorsatz, ging in den Tempel und winkte Dolly, ihm zu folgen. Sie kam mit Freuden, zündete die Kerzen an, setzte sich dann auf das Kissen unter dem Feuer-*tattwa* und richtete den Blick auf Pup. Er stand vor dem Altar, betrachtete die zu den Elementen gehörigen Waffen und hätte am liebsten vor Überdruß laut gestöhnt, so sehr langweilte ihn das alles. Warum hatte er nur damit angefangen? Warum war er nicht zum Fußballspielen gegangen, warum hatte er keinen fernöstlichen Kampfsport betrieben oder Briefmarken gesammelt?

«Nun, was möchtest du sehen?»

«Das fragst du mich?»

«Ich meine, ob dir etwas Besonderes am Herzen liegt. Irgendeine Arbeit? Oder etwas, das dich ungewöhnlich beunruhigt, dir Kummer macht? Soll ich etwas für dich beschwören? Ich habe kein heiliges Wasser, könnte aber welches machen.»

Sie zögerte. «Eines Tages», sagte sie dann, «wirst du ein Meister sein, nicht wahr? Dann wirst du alles tun können, auch Wunder wirken, ja?»

Zwar hatte sie die Hand nicht auf ihre Wange gelegt, doch er wußte, was sie meinte, und er war entsetzt. Panik stieg in ihm auf, Ungeduld mit ihr und dem ganzen verdammten Kram, Abscheu vor sich selbst. Es wäre besser gewesen, ihr zu sagen, daß das Ganze ein Ende hatte, besser, den Tempel zu zerstören und das goldene Gewand wegzuwerfen. Doch jetzt mußte er sich schnell etwas einfallen lassen, bevor sie die ungeheuerliche Frage direkt an ihn stellte ...

«Ich weiß, was wir machen», sagte er. «Wir nehmen uns mal die böse Stiefmutter vor.»

Dolly war sofort abgelenkt. Sie war überrascht, wahrscheinlich, weil er das seinerzeit mit so großem Widerwillen abgelehnt hatte. Als ob das wichtig wäre, dachte er. Weiße Magie, schwarze Magie, lauter Quacksalberei, lauter Unsinn. Pup zog sich die Robe über den Kopf und steckte die Arme durch die weiten Ärmel. Der Abend war finster und mondlos, und der Wind, der den ganzen Tag geweht hatte, war zum Sturm geworden, peitschte die Zweige der Bäume und jagte die Wolken wie eine schwarze Herde über einen Himmel, den die Lichter von London rot färbten. Es war fast neun Uhr, und Pup war müde, Dolly jedoch nicht. Sie ging in das andere Zimmer hinüber und kam mit der Myra-Puppe in der einen und einem vollen Rotweinglas in der anderen Hand zurück. Pup hätte um ein Haar laut aufgelacht. Ihm war eingefallen, wie entsetzt er früher gewesen wäre, hätte sie Tempel und Rituale durch Alkohol entweiht. Damals hatte er streng darauf geachtet, daß gerade nur soviel Alkohol im Tempel war, wie er zu den Zeremonien brauchte.

Er zog den Vorhang zu. Die vier flackernden Kerzenflammen sorgten für die richtige düstere Beleuchtung. Das Ganze ödete Pup furchtbar an, aber um Dollys willen mußte er mindesten eine Stunde lang seinen Hokuspokus treiben. Sein Vater und Myra waren schon zu Bett gegangen – möglicherweise auch nur der Vater. Pup hatte das Klicken eines Lichtschalters gehört, und aus dem Badezimmerfenster war gelbes Licht auf das nasse, dunkle Gras gefallen. Pup malte einen Kreidekreis auf den Fußboden und in den Kreis ein Pentagramm. Was die Sache für ihn weniger mühsam machte, war, daß er nicht mehr durch Regeln und Vorschriften behindert würde. Er konnte tun, was ihm einfiel, und sagen, was ihm einfiel, er konnte alles durcheinanderbringen.

Dolly hielt die Puppe auf dem Schoß. Sie hatte die Beine gekreuzt, hielt den Kopf gesenkt, so daß ihr das Haar ins Gesicht fiel, und der metallene Talisman baumelte an ihrem Hals. Sie sah aus wie ein kleines Mädchen, und Pup empfand ein heftiges, jedoch gereiztes Mitleid mit ihr. Sie war wie ein Mühlstein an seinem Hals. Er streckte die Hand nach der Puppe aus und warf sie so zu Boden, daß sie inmitten des Pentagramms auf dem Rücken lag.

«Mach, daß sie Schmerzen bekommt», sagte Dolly bösartig. «Sie hat in letzter Zeit Schwierigkeiten mit dem Magen. Sie soll – sie soll Blinddarmentzündung bekommen.»

«Das ist ein bißchen stark», erwiderte Pup.

Er wandte sich nach Osten, schlug das Kabbalistische Kreuz und begann dann mit der Beschriftung des Pentagramms. Er zelebrierte einen kleinen Exorzismus, hatte jedoch den Text vergessen und spickte ihn schon bald mit Textstellen aus der Weiheformel, aus den Hexagrammischen Ritualen, den Beschwörungen und anderem sinnlosen Kauderwelsch.

Eine Zeitlang hatte er in der Schule Latein gelernt. Er zitierte die wenigen Deklinationen und Konjugationen, an die er sich noch erinnerte. Dann ließ er das, bereitete heiliges Wasser, verspritzte es im ganzen Raum und ging solange im Kreis herum, bis ihm schwindlig war. Als er den Zauberstab hob, fiel der weite Ärmel der Robe zurück, und er konnte einen verstohlenen Blick auf seine Armbanduhr werfen. Viertel nach zehn. Er konnte bald aufhören.

Nachdem er alle hebräischen Namen zitiert hatte, die ihm einfielen, und die Namen aller griechischen Götter und Göttinnen, die er kannte, nachdem er Gebete vorwärts und rückwärts gesprochen hatte, nahm er den Dolch vom Altar. Er hielt ihn hoch über seinen Kopf, eine große, achtunggebietende Gestalt, deren goldenes Gewand im Kerzenlicht schimmerte.

Dolly stöhnte leicht auf. Mit einem Streich, der in seiner geschmeidigen Anmut dem eines Samurai nicht nachstand, stieß Pup der Myra-Puppe die Spitze des Dolchs in den Bauch. Ein paar Sekunden blieb die Puppe aufgespießt hängen, und Pup mußte sie mit der anderen Hand von der Klinge herunterstreifen. Etwas von der Füllung quoll aus ihr heraus und ein dicker Strang Baumwolle, der wie Gedärm aussah. Dolly machte ein Gesicht, als wolle sie applaudieren, doch dann schien Applaus ihr hier doch fehl am Platz zu sein. Sie stand auf und ließ die verletzte Puppe liegen. Pup zog das goldene Gewand aus und löschte die Kerzen.

Im Wohnzimmer schenkte sich Dolly den letzten Rest Wein ins Glas. Der Wind pfiff um das Haus, und die alten Schiebefenster klapperten in den Rahmen. Als sie nach der Zeremonie das Zimmer betreten hatte, hatte ihre Mutter sehr klar und mit ihrer ganz normalen Stimme zu ihr gesagt:

«Das wird eine wilde Nacht.»

Edith hatte zum Wetter immer etwas zu sagen gehabt. «Na, ist es dir jetzt kalt genug?» Oder: «Der Regen vertreibt ganz bestimmt den Nebel» – oder etwas Ähnliches. Als Dolly mit ihrem Weinglas vor der Kamineinfassung stand, auf der die Ballettpuppe jetzt ganz allein saß, kam Edith in einer Wolke aus Zitronenduft ganz nah zu ihr und flüsterte: «Ich habe Wind nie gemocht. Mir war alles andere lieber. Wind ist gräßlich.»

Pup kam herein, und Dolly hoffte, die Mutter würde noch etwas sagen, damit auch er sie hörte. Aber Edith schwieg.

«Riechst du etwas?»

«Kerzen?» fragte Pup.

Dolly schüttelte den Kopf. «Komm, ich mach uns eine Tasse Kakao.»

Sie standen im dunklen Flur, und diesmal war er es, der fragte: «Hast du etwas gehört?»

«Das ist der Wind», antwortete Dolly und streckte die Hand nach dem Schalter aus, konnte ihn aber nicht finden.

«Es klang mehr wie ein Schrei», sagte Pup. Er knipste das Licht an, und sie gingen in die Küche.

Hier war das Fenster für Vorhänge zu klein, und die Scheiben ratterten und klapperten monoton. Dolly erhitzte Milch in einer Kasserolle und holte die Büchse mit der Trinkschokolade aus dem Schrank. Das Fenster klapperte, der Wind blies scharf durch die Schneise der alten Eisenbahnlinie, und einen Stock tiefer, direkt unter ihnen, polterte etwas dumpf zu Boden.

Dolly packte Pup am Arm. «Was war das? Glaubst du, es ist jemand ins Haus gekommen?»

«Das war im Bad. Dort brennt schon seit einer Ewigkeit Licht. Man sieht es unten auf dem Gras.» Er ging in den Flur und schaute durch den Treppenschacht hinunter. «Hoffentlich ist Vater nichts passiert.»

«Sehen wir lieber nach.»

Die Milch hob sich langsam und lief über. Pup drehte das Gas ab. Sie gingen hinunter und drückten auf die Klinke der Badezimmertür. Es war abgeschlossen. Die Tür von Harolds und Myras Schlafzimmer stand offen. Drinnen war es dunkel, aber Pup sah in der von der Tür weiter entfernten Hälfte des Doppelbetts unter einer Daunensteppdecke die Umrisse einer Gestalt. Leise ging er näher und erwartete, Myra zu sehen, doch es war der Vater, und er schlief fest.

Dolly rüttelte an der Badezimmertür. Harold rührte sich nicht. Pup ging hinauf, holte ein Stück Draht und stieß es so lange durch das Schlüsselloch der Badezimmertür, bis der Schlüssel auf der anderen Seite hinausfiel. Pup sah ihn liegen, machte eine Schlinge aus dem Draht und zog den Schlüssel unter der Tür durch.

Doch auch nachdem Pup aufgeschlossen hatte, gab die Tür höchstens vier oder fünf Zentimeter nach. Jemand stemmte sich dagegen. Pup stieß und schob, bis die Tür so weit offen war, daß er und nach ihm Dolly ins Badezimmer schlüpfen konnte. Sie stellten fest, daß es Myras Kopf und Schultern waren, die ein müheloses Öffnen der Tür verhinderten.

Nur mit einer grünen Schlafanzugjacke aus Nylon bekleidet, lag Myra auf dem Boden. In ihrer Nähe, auf den marmorierten Fliesen, stand eine wolkige Wasserpfütze, und in der Pfütze schwamm eine große Röhre mit einer Öffnung an dem einen und einem Glaskolben am anderen Ende. Myras Gesicht war starr und weiß wie Wachs, und Dolly, die am ganzen Körper zitterte und vor Schreck nach Atem ringen mußte, erinnerte sich an etwas, das Mrs. Collins ihr vor längerer Zeit gesagt hatte. Sie nahm den Wandspiegel vom Haken und hielt ihn Myra an die Lippen. Das Glas beschlug sich nicht.

«Sie ist tot», flüsterte Dolly.

«Das kann nicht sein! Es ist überhaupt kein Blut da. Oder siehst du etwas?»

Sie sah ihm in die Augen, und ihr Blick war voller Staunen, voll von einer tiefen, fast ungläubigen Bewunderung. «Natürlich ist sie tot», sagte sie. «Natürlich.» Sie holte schluchzend Atem. «Ich sollte jetzt wohl am besten Vater wecken.»

«Das tue ich», sagte Pup.

Dolly nahm das Ding, das wie ein Rohr aussah, und ließ es ins Waschbecken fallen. Als sie Myras Schlafanzughose aufhob, entdeckte sie darunter eine Schachtel mit dem Aufdruck «Higginsonsche Spritze». Irgend etwas trieb sie dazu, Myras Körper mit einem Badetuch zuzudecken. Sie wischte die Wasserpfütze auf und blickte dann stumm und zitternd auf das tote wie eine Mumie verhüllte Ding zu ihren Füßen.

13

Bei der amtlichen Leichenschau sagte der Arzt aus, Myra sei im dritten Monat schwanger gewesen. Sie hatte versucht, sich den Uterus mit einer Mischung aus Wasser und Shampoo auszuspülen und hatte weitergepumpt, als die Flüssigkeit verbraucht und in der Spritze nur noch Luft gewesen war. Die Folge sei eine Luftblase in ihrem Blutkreislauf gewesen, eine Luftempolie, die, als sie das Gehirn erreicht hatte, den Tod verursachte. Sie habe nichts gespürt, nichts gemerkt, sei einfach zusammengebrochen und gestorben.

Pup, der neben Harold saß, dachte: Es stimmt nicht, daß sie nichts gespürt hat. Ich habe den Schrei gehört. Es kam ihm seltsam vor, daß eine Frau sich dadurch töten konnte, daß sie Wasser und Luft in ihren Leib pumpte, obwohl der Arzt erklärte, daß das bei Frauen, die selbst eine Abtreibung versuchten, häufiger vorkam. Pup schien es noch immer fast unbegreiflich, daß das Leben in der großen, lebhaften und energischen Myra so zerbrechlich gewesen sein sollte. Es war, als sei sie nicht von einer kleinen Luftblase in ihrem Blut getötet worden, sondern von einer Kraft, die von außen gekommen war und keine Rücksicht auf Energie, Vitalität und Liebe zum Leben nahm.

Dolly nahm weder an der Leichenschau noch an der Einäscherung teil. Sie hatte öffentliche Orte und Menschenansammlungen seit jeher gemieden so gut es ging. Die Verbrennung fand – wie seinerzeit die von Edith – im Krematorium von Golders Green statt. George und Yvonne Colefax nahmen daran teil und eine Kusine von Myra, die ihre Trauzeugin gewesen war. Außer Pup und Harold war nur noch ein hochgewachsener, gutaussehender Mann mit ergrauendem schwarzem Haar und einem auffallend geschmeidigen Gang in der Kapelle des Krematoriums. Er kam leise herein und blieb in der letzten Bank sitzen, während die anderen sich mit dem Text des dreiundzwanzigsten Psalms abmühten. George Colefax wußte, wer er war, und nickte ihm zu. George hatte ihn auch angerufen und ihm gesagt, daß Myra gestorben war. Als sie alle wieder im Freien standen und die Blumen betrachteten, war der Mann verschwunden.

Harold fuhr in dem schwarzen Wagen des Beerdigungsinstituts nach Hause, in dem er und Pup gekommen waren. Pup jedoch nahm die Einladung der Colefax' an, mit ihnen zu fahren. George hatte einen großen silbrig-weißen Mercedes. Er sollte Yvonne in Muswell Hill beim Haus einer Freundin absetzen, und da Pup auch jemanden in Muswell Hill besuchen wollte, war er für das Angebot dankbar. George fuhr, in grimmiges Schweigen versunken. Yvonne, die neben ihm saß, weinte leise um Myra. Sie trug ein Kostüm aus sehr feiner schwarzer Wolle, eine Rüschenbluse aus schwarzem und weißem Crêpe de Chine und auf dem silberblonden Haar ein winziges schwarzes Hütchen mit Schleier. Pup, der im Fond saß, wünschte, er könnte noch ihre Beine sehen. Yvonnes Beine und schmale Füße waren in den hauchdünnen schwarzen Strümpfen und den schwarzen Schuhen ein Wunder an Vollkommenheit. Sie weinte leise, sagte ab und zu, es sei dumm von ihr zu weinen, doch sie habe Myra so gern gehabt. George schwieg weiterhin, nur seine Schultern schienen etwas weiter nach vorn zu sakken. Die Tränen schadeten Yvonnes lieblichem Gesicht nicht, lagen nur zitternd auf ihren Wangen wie Tautropfen. Pup hatte gehofft, mit ihr zugleich aussteigen zu können, doch die Queen's Avenue kam vor dem Cranmore Way, und er konnte sich nur noch höflich fürs Mitnehmen bedanken und verabschieden.

Ohne Myra war das Haus still und fremd. Es war ein verändertes Haus, neu und sauber, und die neuen, billigen Möbel sahen irgendwie kläglich aus. Als Dolly endlich wieder unumschränkt darin herrschen konnte, begann sie, als Harold und Pup in der Arbeit waren, die Möbel aus der Mansarde herunterzuschleppen. Sie brachte die Nähmaschine herunter und stellte sie in das Wohnzimmer, das Myras ganzer Stolz gewesen war. Dann holte sie die Truhe mit den Stoffresten, die Schachtel mit den Schnittmustern und die Ballettpuppe. Die andere, die Myra-Puppe mit dem von Pups Dolch zerfetzten Körper, hatte sie in jener furchtbaren Nacht irgendwann in den frühen Morgenstunden aus dem Tempel geholt. Als sie sie am nächsten Tag betrachtete, hatten merkwürdige Gefühle sie bewegt – Scheu, Staunen, Schuldbewußtsein, Reue und Triumph.

Am selben Tag noch hatte sie die Puppe vernichtet. Seit Harolds Mutter gestorben war, hatte man im Haus der Yearmans die offenen Kamine nie wieder benutzt, doch die Feuerstellen waren noch vorhanden. Dolly zündete in dem Raum, der Pups und ihr Wohnzimmer gewesen war, ein Feuer an. Rauch quoll aus dem Kamin und zog sich durch den ganzen zweiten Stock, da er nicht durch den verstopften Schornstein entweichen konnte. Am Ende verzehrten die Flammen aber doch die inmitten von Feueranzündern, zusammengeknüllten Zeitungen und ein paar Holzscheiten thronende Myra-Puppe. Dolly riß alle Fenster auf, damit der Rauch abziehen konnte.

Es war eine ungeheure Erleichterung, ja, fast ein Triumph, daß sie in ihr altes Schlafzimmer zurückkehren konnte, und sie brachte Pups Sachen in das seine. Am Abend aßen sie endlich wieder alle zusammen in der Küche: Büchsenspaghetti, Corned beef, Roggenbrötchen, Streichkäse und aufgetaute Schokoladenéclairs. Falls Harold die Rückkehr zu den alten Gewohnheiten merkte, falls ihm auffiel, daß nicht mehr gefüllte Paprika, Moussaka und Eier Florentine seinen Speisezettel beherrschten, nahm er es stillschweigend hin. Er las sein Buch, das wie sonst an der Menage lehnte, und als er mit dem Essen fertig war, schlurfte er ins Frühstückszimmer. Dolly fragte ihn, ob sie ein bißchen aufräumen, vor allem die vielen Farbtöpfe fortbringen solle, die noch herumstanden, doch er sagte nein, es müsse alles so bleiben wie Myra es verlassen hatte.

Ronald und Eileen Ridge, die auf Urlaub in Spanien gewesen waren, als Myra starb und beerdigt wurde, besuchten Harold und kondolierten ihm.

«Ich bin schuld», sagte Harold. «Ich habe sie getötet.»

«Sagen Sie das nicht!» widersprach Ron verlegen.

«Ich sage es aber», erklärte Harold mit kläglichem Stolz. «Denn wäre ich nicht gewesen, wäre sie noch am Leben. Wir Männer tragen auf dieser Welt für vieles die Verantwortung.»

«Das stimmt allerdings», sagte Ron.

Harold zeigte ihnen das Frühstückszimmer, in dem der Klapptisch noch immer mit Folie abgedeckt war und die Farbtöpfe noch auf den untergelegten Zeitungen standen. Daneben Myras Pinsel in einem Glaskrug.

«Wie ergreifend, am liebsten würde ich jetzt weinen», sagte Eileen.

«Es ist das wenigste, was ich noch für sie tun kann», erwiderte Harold, «nachdem ich es war, der sie getötet hat.»

«Er hat kein Recht, das zu behaupten», sagte Dolly zu Pup, und dann fügte sie hinzu, wovor er sich schon die ganze Zeit gefürchtet hatte: «Du warst es, der sie getötet hat.»

Pup hielt Dolly die Wohnzimmertür offen und ließ sie hineingehen. Dann folgte er ihr und zog energisch die Tür hinter sich ins Schloß. Er hatte das Gefühl, daß sein Gesicht kalkweiß war, es fühlte sich ganz starr und kalt an. Dolly war rot geworden. Das Mal an ihrer Wange brannte purpurn.

«Das darfst du nicht sagen!»

«Warum nicht? Du hast heiliges Wasser gemacht, du hast die Worte gesprochen, du hast die Puppe mit dem Dolch durchbohrt, und Myra ist gestorben. Du hast die Puppe in den Bauch gestochen, und ihr Bauch war schuld daran, daß Myra starb. Eine halbe Stunde später war sie tot.»

«Dolly», sagte er, «das war ein Zufall. Myra hat sich selbst getötet. Sie hat ihren Tod selbst verschuldet, weil sie etwas Verrücktes mit dieser Spritze anstellte. Ich habe dir doch erklärt, was der Arzt gesagt hat.»

«Ja, aber du hast auch gemeint, du könntest nicht glauben, daß eine Luftblase jemanden töten kann. Und warum auch nicht? Du hast studiert, du hast die Kraft in dir, ich glaube, du könntest alles tun. Du bist genausogut wie diese Mrs. Fitter. Du bist ihr gleichwertig, bist in derselben Klasse, und sie ist berühmt. Jetzt kannst du auch berühmt werden. Willst du das denn nicht?»

Pup zweifelte an so mancher Behauptung, die Dolly eben aufgestellt hatte. Was Mrs. Fitter anging, war er nahe daran, ihr die Wahrheit über Suzannes Vater zu sagen, überlegte es sich dann aber doch anders. Dolly hatte sich seit Myras Tod merkwürdig benommen – vielleicht sogar schon vorher, nur war es ihm nicht bewußt geworden. Aufs höchste angespannt, geistesabwesend, und manchmal schien sie zu horchen und auf einen bestimmten Punkt zu starren wie eine Katze, die völlig grundlos einen Buckel macht. Hätte Pup sich eingehender damit befaßt, hätte er wirklich darüber nachdenken wollen – er hätte sich gesagt, daß sie einen verwirrten Eindruck machte, und er wäre vielleicht noch weiter gegangen. Aber er wollte nicht darüber nachdenken. Er wollte nicht an Myras Tod, an Dollys verlorenes Gleichgewicht oder an irgend etwas denken, das irgendwie mit Magie, dem Okkultismus, dem Übersinnlichen, mit Ektoplasma, Ritualen, guten und bösen Geistern, Weihrauch, Erzengeln, Crowley und dem ganzen übrigen Unfug zusammenhing.

Am liebsten wäre er hinaufgegangen und hätte den Tempel zerstört, hätte den Dolch, den Zauberstab, die Tasse und das Pentagramm in die Mülltonne geworfen, das goldene Gewand zur Altkleidersammlung gegeben, die Bücher auf der Archway Road verkauft und das Schwarz mit Myras «Sonnenstrand» übermalt. Als er aus dem Geschäft nach Hause ging, beschloß er nach dem Abendessen wenigstens einiges davon zu tun. Doch als er Dolly sah, als sie auf ihn zulief und ihm das Gesicht zum Kuß entgegenhob, wußte er, daß er alles beim alten lassen mußte. Wenn er den Tempel zerstörte, seine magische Kraft leugnete, ließ sich auch sein Alibi nicht mehr aufrechterhalten, das ihm gestern abend so gute Dienste geleistet hatte, als er sich mit Philippa treffen wollte. Wahrscheinlich war er ohnehin schon zu weit gegangen, als er es ablehnte, die Verantwortung für Myras Tod auf sich zu nehmen. Es sei denn, er konnte etwas anderes erfinden. Einen Kurs für Autoreparatur und Wartung? Schach? Einen Film-Club? Sie wußte, daß er sich für diese Dinge nicht interessierte. Sie wußte, wofür er sich interessierte, was ihn interessiert hatte. Pup hätte um ein Haar laut aufgestöhnt.

Dolly war ihm so nah, fast konnte sie seine Gedanken lesen. Nein, nicht lesen, zum Glück, aber sie ahnte, in welche Richtung sie zielten.

«Morgen abend mußt du zu einer Versammlung der ‹Goldenen Dämmerung›, nicht wahr?»

Pup nickte. Er war mit Suzanne verabredet.

«Wirst du es ihnen sagen?»

Er sah sie an und überlegte, ob ein normaler Mensch so etwas fragen würde. «Was soll ich ihnen erzählen?» wich er aus.

«Daß du ein Todesritual zelebriert hast und Myra gestorben ist.»

Pup, in seiner gelassenen, praktischen Vernunft, war entsetzt. Jedes Wort, das sie gesagt hatte, war eine Beleidigung. Er sah plötzlich ganz klar vor sich, was er vom Leben wollte und auch bekommen würde: Vergnügen, Freude, Frieden, materielle Dinge, Geld, Erfolg, Frauen. Und als er Dolly hoffnungslos musterte, sah er auch etwas anderes. Es war seine Schuld, daß sie so geworden war. Hätte er nie seine Seele dem Teufel verkauft, hätte Dolly nie etwas von Okkultismus gehört, hätte er nicht «gezaubert», sich nicht den Tempel eingerichtet, wäre «Magie» für Dolly immer etwas geblieben, was Zauberer auf Kindergesellschaften taten. *Er* hatte angefangen, und um ihret- wie um seinetwillen durfte er sie jetzt nicht im Stich lassen. Er lächelte ihr zu.

«Wir – du – kannst den Leuten erzählen, daß ich über gewisse Kräfte verfüge. Daß ich, wenn du so willst, Dinge herbeiführen kann, aber du darfst niemandem etwas über Myra sagen. Siehst du das denn nicht ein, Liebes? Es ist verboten, Menschen zu töten, das weißt du, es ist ungesetzlich.»

Sie nickte. Als sie ein paar Sekunden später wieder etwas sagte, dachte er erleichtert, sie habe das Thema gewechselt.

«Du hast morgen deine Führerscheinprüfung?»

«Ja. Um zehn.»

Sie legte ihm die Hand auf den Arm. «Dann laß uns in den Tempel gehen und ein Pentagramm-Ritual für Erfolg zelebrieren.»

«Ich bestehe die Prüfung auch so.»

«Aber beschäftigst du dich nicht gerade deshalb mit Magie? Hast du denn nicht deshalb deine Seele verkauft? Um Erfolg zu haben und zu bekommen, was du willst?»

Wie gut sie alles behalten hatte! Sie wußte buchstäblich noch jede einzelne Lektion, die er sie gelehrt hatte. Die Räucherstäbchen waren ihm ausgegangen, doch das war keine Entschuldigung, denn sie hatte einen ganzen Vorrat für ihn angeschafft. Sie setzte sich mit ihrem Glas Wein auf das Kissen und sah ihm zu, wie er das kabbalistische Kreuz schlug und mit den vorgeschriebenen Worten um Erfolg bei einem kommenden Unternehmen bat.

Am nächsten Tag bestand er die Prüfung wie vorhergesehen.

«Jetzt willst du wohl, daß wir den Kombi kaufen», sagte Harold.

«Er wird heute nachmittag geliefert.»

Harold, der eben einen Bericht darüber las, wie sehr Prinz Leopold gelitten hatte, nachdem Prinzessin Charlotte im Kindbett gestorben war, eine Geschichte, seiner eigenen Situation nicht unähnlich, steckte einen Finger in das Buch, um die Seite nicht zu verblättern, und klappte es zu. «Du hast keine Zeit vergeudet.»

«Was willst du mit dem Geld anfangen, das du für Mrs. Brewers Wohnung bekommst?» fragte Pup.

«Jetzt warte einen Augenblick, und immer sachte mit den jungen Pferden, das dauert noch viele Monate.»

«Vielleicht. Aber wir müßten mit einer solchen Sicherheit im Rücken einen großen Bankkredit bekommen. Ich möchte, daß du alles ins Geschäft steckst. Wir könnten einen Laden in Crouch Hill mieten und Textverarbeitungssysteme hereinnehmen. Ich habe den Plan schon fix und fertig.»

«Also ich weiß nicht recht», antwortete Harold, der blaß geworden war. «Wir haben eine Rezession, oder hat sich das noch nicht bis zu dir herumgesprochen?»

«Das ist genau die richtige Zeit, um zu expandieren. Die Rezession wird nicht ewig dauern. Ich habe ein Auge auf den Hochhausblock geworfen, der an der Archway Road liegt.»

«Wir ziehen in keinen Hochhausblock.»

«Natürlich nicht. Mir schwebt etwas anderes vor.»

Harold warf ihm einen hoffnungslosen Blick zu und kehrte zu seinem Buch zurück. «Wo hast du nur deine Energie her?»

«Ich weiß nicht, wohin wir gehen sollen», sagte Suzanne, setzte sich auf ihr Bett und reichte Pup eine Tasse Kräutertee. «Die Mädchen sagen, sie verschwinden gern für eine halbe Stunde ins Bad, das möchte ich aber nicht.»

«Ich habe einen Wagen», antwortete Pup. «Nun ja, einen Kombi. Er hat kein Heckfenster, und ich habe ein Federbett gekauft.»

«Machst du Witze?»

«Komm, und schau es dir an. Ich dachte, wir könnten nach Hampstead Heater hinauffahren.»

«Also du bist wirklich erstaunlich», sagte Suzanne und schlang ihm die Arme um den Hals.

Wo man auf dem Mount Pleasant Green die Häuser abgerissen hatte, wurde ein Block mit Apartments für Senioren gebaut. Es war so kalt, daß auf den Ziegelstapeln und den Segeltuchplanen, mit denen die Maurer verschiedenes abgedeckt hatten, weiß der Reif glitzerte. Es war windstill, aber in der Luft lag beißende Schärfe, und am Himmel glitzerten Sterne, wie man sie in den Vorstädten von London nur selten sah. Sogar die Häuser schienen sich unter der grimmigen Kälte zu ducken, die plötzlich über sie hereingebrochen war.

«Mir ist es immer lieber, wenn die Wintersonnenwende hinter uns liegt», sagte Miss Finlay, die so rasch dahinwieselte, daß Dolly sich in Trab setzen mußte, um mit ihr Schritt halten zu können. «Man weiß dann, daß die Tage länger werden, auch wenn man es nicht merkt.»

Ein handgeschriebenes und gemaltes Plakat warb für die Séance von Mrs. Roberta Fitter. Dolly hatte ihre fünf Pfund bezahlt, und sie kam gern, aber über das Plakat ärgerte sie sich. «Hier müßte der Name meines Bruders stehen.»

«Aber er ist doch kein Medium, oder, meine Liebe?»

«Er könnte eins sein. Er hat erstaunliche Kräfte. Vorige Woche war ich erkältet, und er hat mich geheilt. Meine Erkältungen dauern gewöhnlich wochenlang, aber mein Bruder hat dieses besondere Bittgebet gesprochen, und am nächsten Tag war ich praktisch gesund.»

Als sie über Pup sprach, fiel ihr ein, daß er sich geweigert hatte, sie zu begleiten. Nun ja, nicht ausdrücklich geweigert. Er mußte zu einer Versammlung. Aber seine Gesellschaft fehlte ihr. Das letzte Mal war es so nett gewesen. Jetzt war er nie da, und sie war immer allein. Deshalb war sie heute wieder zu Mrs. Fitters Séance gekommen, sie wollte Edith sehen und, wenn das möglich war, mehr von ihr behalten und mitnehmen als eine Stimme, die hin und wieder zu ihr sprach. Als sie den Saal betrat, schnupperte sie, weil sie hoffte,

Ein Pakt mit dem Teufel …

… um zu bekommen, was man möchte? Da muß man schon höllisch aufpassen, daß die Seele keinen Schaden nimmt.

Ein irdischer Vertrag ist da meist sicherer und bringt bei verläßlichen Partnern auch viel ein.

schon jetzt einen Hauch von Zitronenduft in der Luft zu spüren, doch der Raum roch nur ganz schwach nach irgendeinem Reinigungsmittel, und Miss Finlay hatte heute abend nur Lavendelwasser benutzt.

Trotz der beiden Wandheizkörper mit den dünnen, glimmenden Heizschlangen war es kalt. Die Vorhänge des Kabinetts waren geöffnet. Auf Mrs. Fitters Sessel lag eine warme schwarz-grün karierte Decke. Diesmal wurde Dolly nicht gebeten, dem Medium beim Anziehen zu helfen. Mrs. Leebridge reichte ihr jedoch gnädig die schwarzen Kleidungsstücke, die sie an die anderen Zuschauer weitergeben sollte. Miss Finlay drehte die schwarze Strumpfhose wieder um, und ihr Gesicht wirkte dabei völlig verkrampft vor Konzentration. Roberta Fitter brauchte diesmal sehr lange, um sich fertigzumachen, und ein erleichtertes Murmeln lief durch die ungefähr zwanzig Zuschauer, als sie endlich in dem formlosen schwarzen Kleid und den chinesischen Pantoffeln erschien, mit gesenktem Kopf und gebeugten Schultern die Bühne überquerte, sich in den Sessel setzte und sich die Decke über die Knie zog.

«Es fällt ihr überhaupt nicht schwer, in Trance zu fallen, nicht wahr?» flüsterte Miss Finlay. «Ich wünschte, ich könnte es auch. Ich schlafe in letzter Zeit immer schwerer ein.»

«Pst!» machte Mrs. Leebridge.

Als das Licht gelöscht war, war es im Saal viel dunkler als damals im August. Es war so finster, so pechschwarz, daß Dolly zuerst dachte, sie würden überhaupt nichts sehen können. Dann knipste Mrs. Collins die rote Lampe neben der Nische an. Das war wie eine Befreiung. Die kurze absolute Finsternis, die eiskalte Schwärze, hatten sie einen Moment lang erschreckt, Panik war in ihr aufgestiegen, und sie hatte das Gefühl gehabt zu ersticken. Ihre Hände waren noch genauso kalt wie auf der Straße, obwohl sie pelzbesetzte Handschuhe trug. Sie bewegte sie und rieb die Fingerspitzen aneinander. Die rote Lampe glomm, verbreitete aber keine Wärme, ihre Glut glich nicht der eines offenen Kohleöfchens, sondern eher einem roten Warnlicht in der Dunkelheit einer einsamen Straße.

Die Vorhänge wurden geschlossen und das Medium den Blicken entzogen. Mrs. Collins trat an die Bühnenrampe und schlug vor, sie sollten den «Indischen Liebesruf» singen. Miss Finlay hob die Hand wie ein Kind in der Schule und sagte, sie glaube nicht, daß das sehr passend sei. Also sangen sie wieder den «Wolgaschiffer», ältliche, brüchige Stimmen hauptsächlich, die die Melodie nicht halten konnten, einzige Ausnahme Dollys klarer Sopran. Nach einer oder zwei Strophen teilten sich die Vorhänge, und Hassans dünne Gestalt trat heraus; sie schien unter der Last des großen Turbans fast zusammenzubrechen.

«Guten Abend, Freunde.»

Ein oder zwei Zuschauer erwiderten den Gruß. Die Vorhänge schienen zu flattern, und Hassan war verschwunden, obwohl es zu dunkel war, ihn gehen zu sehen. Die nervöse Unruhe im Publikum legte sich, und es gab nur noch Stille, Dunkelheit und Kälte. Jemand hatte die beiden Heizkörper ausgeschaltet, denn die Helligkeit, die von ihnen ausging, hätte nur abgelenkt. Die Luft schien sehr schnell immer eisiger zu werden. Miss Finlay, deren Hände in Wollhandschuhen steckten, zog sich das Vorderteil ihres Mantels über die Waden. Dolly warf einen Blick nach rechts. Ihre Augen hatten sich inzwischen an die Dunkelheit gewöhnt, und sie sah, daß die Frau neben ihr die Hand des Mannes hielt, der an ihrer anderen Seite saß. Die beiden sahen nicht gut aus, waren nicht mehr jung und ganz schlicht gekleidet – sie waren einfach ein durchschnittliches Ehepaar mittleren Alters, das zur Arbeiterklasse gehörte, aber sie hatten einander und konnten sich bei der Hand halten. Dolly zog die Schultern ein. In ihr war eine unerklärliche Angst, die mit jeder Minute wuchs, so daß sie sich immer mehr verkrampfte. Wenn nicht bald etwas passierte, hielt sie es nicht aus, dann mußte sie gehen. Jemand hüstelte leicht vor Nervosität.

Als man das Gefühl hatte, die kalte Luft vibriere vor Spannung und sei zum Schneiden dick, sagte Hassan aus der Nische heraus:

«Ist jemand hier, der einen Herrn mit einer Vorliebe für Pflanzen verloren hat? Einen Gärtner vielleicht? Einen Herrn mit grünen Fingern?»

Im Publikum blieb es still.

«Er wartet darauf, zu uns zu kommen», fuhr Hassan fort. «Ein Blumenhändler vielleicht?»

Hinter Dolly piepste eine Frau nervös: «Mein Mann hatte einen Gemüseladen.»

«Das ist die Stimme.»

Die Vorhänge zitterten. Eine Gestalt in etwas Weißlichem erschien, in dem sich der rötliche Schein der Lampe fing. Plötzlich begriff Dolly, begriff es zum allererstenmal ganz richtig, wie wunderbar es war und wie entscheidend es das ganze Leben und die eigene Weltanschauung veränderte, daß Geister aus den Gefilden der Toten zurückkehren konnten. Sie begann zu zittern und starrte auf die rötlich überhauchte Gestalt.

«Bist du das, Stan?» fragte die Frau. Der Stuhl hinter Dolly scharrte über den Boden, als die Witwe des Gemüsehändlers aufstand. «Du hast mir so gefehlt, Stan.» Ihre Stimme klang sehnsüchtig. «Reich mir die Hand. Willst du mir nicht die Hand reichen?»

Der Geist streckte eine lange, dünne, zitternde Hand aus. Der Arm, von dem die Hüllen zurückfielen, glitt in seinem Miasma aus Kälte dicht an Dollys Gesicht vorbei. Er war mager, sehnig und sehr dünn für den Arm eines Mannes. Die Frau beugte sich zwischen Dolly und ihrer Nachbarin nach vorn und streckte ebenfalls die Hand aus, als wolle sie die ausgestreckten Finger berühren, doch der Geist wich zurück und drehte sich gleichzeitig langsam um. Schwebend entfernte er sich, ohne das leiseste Rascheln seiner Hülle, die er wie eine Schleppe hinter sich herzog, und verschwand zwischen den Vorhängen.

Die Witwe stand noch immer halb über die Leute in der vordersten Reihe gebeugt. «Er hat nicht mit mir gesprochen, kein Wort hat er zu mir gesagt. Ob er wohl böse ist? Es heißt doch, daß sie ‹drüben› alles wissen, was wir hier tun. Ob er wohl weiß, daß ich das Geschäft aufgeben mußte? Ich habe versucht es weiterzuführen, aber es war mir zuviel. O Stan, warum hast du nicht mit mir gesprochen?»

«Ich muß um Ruhe bitten, meine Freunde», sagte Mrs. Collins. «Wir brauchen absolute Ruhe.»

Die Stimme der Frau sank zu einem Flüstern herab und verstummte dann ganz. Die Kälte brachte die Leute dazu, Ruhe zu halten, sie schien sie zu lähmen. Dolly fror so sehr, daß sie jetzt die Arme um sich selbst schlang, um sich zu wärmen. Doch es schien keine Wärme mehr vorhanden, und die Kälte war so groß wie dort, woher jene verhüllten Gestalten kamen und wohin sie zurückkehrten.

Hohl kam Hassans Stimme aus der Nische:

«Ich habe hier eine Dame, die darauf wartet, zu uns zu kommen. Sie ist lange vor ihrer Zeit gestorben. An einer Operation oder einer Verletzung am Unterleib.»

Dolly blieb ganz still. Ihre Mutter hatte vor ihrem Tod zwei Unterleibsoperationen über sich ergehen lassen müssen. Doch Dolly wartete auf den Zitronenduft, wenn er nicht kam, dann würde jemand anders die Frau für sich beanspruchen. Dolly fühlte, daß die Mutter ihr Kommen immer durch ihr Parfüm ankündigen würde. Es war nicht Edith, die dort an der Schwelle des Lebens darauf wartete, daß Hassan ihr über diese Schwelle half.

Und jetzt begann Dolly sich allmählich zu ängstigen. Gewiß würde sich doch jemand anders zu der Frau bekennen. Bitte, bitte, meldet euch! flehte sie lautlos.

«Eine junge Dame», sagte Hassan hartnäckig. «Es ist jemand hier, der eine junge Dame verloren haben muß, die im November dahinging.»

Nun wußte Dolly, daß niemand diese Frau für sich beanspruchen würde. Jetzt stand fest, wer sie war und daß sie zu Dolly wollte.

Sie nahm ihre ganze Kraft zusammen. Zwar klapperten ihr die Zähne, als sie den Mund öffnete, aber sie sprach. «Bin ich gemeint?»

«Das ist die Stimme.»

«Myra», sagte Dolly, «bist du es?»

Die Vorhänge teilten sich, und Myra kam heraus. Sie trug ein langes weißes Gewand wie alle Geister, aber das Licht schimmerte auf dem roten Haar, und als Dolly die Blutspritzer auf dem Rock sah, die flackernden roten Flecke, sprang sie auf und schrie laut. Es war ein unbeabsichtigter Schrei, und sie hörte nicht auf zu schreien, bis Mrs. Collins sie packte und ihr die Hand auf den Mund preßte.

Myra war schnell verschwunden. Die Nische war offen, und man sah Roberta Fitter in ihrem Sessel. Sie blickte wie eine Wahnsinnige wild um sich. Jemand im Publikum rief laut:

«Schaltet das Licht ein!»

«Nein, das dürfen Sie nicht», protestierte Mrs. Leebridge. «Es würde sie töten. Sehen Sie sie doch an! Sehen Sie doch, was das Mädchen getan hat.» Fast ängstlich ging sie zu Mrs. Fitter in die Nische und nahm ihre Hand. «Ein Wunder, daß sie nicht überall verbrannt ist, nachdem das Ektoplasma so heftig in sie zurückgeströmt ist.»

Dolly riß sich von Mrs. Collins los und rannte aus dem Saal. Sie wußte, daß es jetzt vor Myra kein Entrinnen mehr gab. Myra wartete in der Vorhalle auf sie, nicht sichtbar und nicht greifbar – es sei denn das Zucken, das Dolly im Gesicht spürte, war Myras kalte Hand, die sie berührte –, aber eine Stimme, die in Myras Tonfall sagte:

«Ich könnte eigentlich mit dir nach Hause gehen, Doreen.»

Dolly stieß die Tür auf und trat ins Freie. Es hatte leicht zu schneien begonnen, ein feines, eisiges Pulver. Mit Myra an der Seite, machte sie sich auf den Heimweg.

14

Das Hackmesser und die Messer – Diarmit Bawnes elementare Waffen – verstaubten allmählich. Sie lagen, noch immer in der Harrods-Tüte, in einer Zimmerecke auf dem Boden, und Diarmit sah sie nie an. Sie gehörten nicht ihm, sondern Conal Moore, dem Dieb und Mörder, der ins heimische Irland geflohen war, als die Polizei ihn verfolgte.

Conal Moore hatte eine Schwester und einen Bruder in Kilburn, die sich weigerten, mit ihm zu sprechen, und ihn wegen seiner kriminellen Veranlagung verleugneten. Aus demselben Grund wollte überhaupt niemand etwas mit ihm zu tun haben, wollte außer der Polizei niemand wahrhaben, daß es ihn gab. Das schlimmste seiner Verbrechen war das gewesen, sich in einem Tunnel der alten Eisenbahnlinie zu verstecken, ein Mädchen zu ermorden und ihm den Kopf abzuschneiden. Danach gab es für ihn keine Rettung mehr, er mußte in die Grafschaft Clare flüchten. Doch bevor er ging, war er vernünftig genug gewesen, sein Zimmer und ein paar von seinen Sachen der Obhut eines verantwortungsbewußten Bürgers namens Diarmit Bawne zu übergeben.

Nur Diarmit wußte, daß Conal in Irland war und daß er das Mädchen getötet hatte. Nur Diarmit wußte, wo die Waffen lagen, die er dazu benutzt hatte. Diarmit hatte die Absicht, vor der Polizei auszusagen, alle Fakten über Conal Moore auf den Tisch zu legen und die Harrods-Tüte mit den Messern abzuliefern, im Moment kam er aber nicht dazu, er hatte zuviel zu tun. Anders als Conal Moore, war er ein pflichtbewußter, hart arbeitender Mensch mit einem Job und konnte es sich nicht erlauben, mit Dingen seine Zeit zu vergeuden, die ihn nicht betrafen.

Conal war ein Nervenbündel gewesen und hatte sich vor allem möglichen gefürchtet. Zum Beispiel davor, daß man das Haus abreißen würde, während er sich darin aufhielt, und er unter dem Bauschutt begraben werden würde. Diarmit konnte nicht anders, er mußte bei der Vorstellung, daß jemand so etwas glauben konnte, hellauf lachen. Erstens hätten die Arbeiter Conal gesehen, wenn er den Kopf aus dem Fenster gesteckt und gerufen hätte. Diarmit erinnerte sich, daß Conal ein kleines, unbedeutendes Geschöpf gewesen war, aber so klein auch wieder nicht, daß man ihn nicht sah. Schließlich konnte Diarmit seine Kleider anziehen, und er trug sie jeden Tag. Der Gedanke, in die Sachen eines Mörders zu schlüpfen, behagte ihm zwar nicht. Ganz besonders verabscheute er die dunkelrote Hose und das gleichfarbene Hemd, die Conal angehabt hatte, weil man darauf die Blutflecke nicht sah. Aber es wäre eine schreckliche Verschwendung gewesen, sie verkommen zu lassen. «Wer nie verschwenderisch ist, leidet auch nie Not», wie seine Mutter zu sagen pflegte. Diarmit Bawne hatte keine Familie mehr, er stand ganz allein in der Welt, aber Conal Moore hatte ungefähr ein Dutzend Geschwister, die über ganz Irland verstreut waren. Ein paar lebten auch in London, Liverpool und Birmingham. Sie waren jetzt für ihn verantwortlich, sie mußten ihr Bestes für ihn tun, denn Diarmit hatte genug getan, hatte sich um sein Zimmer, seine Kleider und seine übrige Habe gekümmert. Nicht viele Menschen würden so viel tun.

Knapp zwei oder drei Wochen nachdem Conal geflohen war, hatte Diarmit den Job bei dem Griechen bekommen, der eine mit einer Delikatessenabteilung kombinierte Metzgerei hatte. Vom Mount Pleasant Green waren es nur ein paar Minuten zu Fuß. Der Grieche verstand sehr wenig von dem, was Diarmit sagte, und Diarmit ging es mit dem Griechen genauso, aber sie waren beide zufrieden. Früher hatte der Grieche immer Landsleute eingestellt, die den ganzen Tag mit ihm in seiner Muttersprache schwatzten. Er wollte jemanden haben, der ihn in Ruhe ließ, denn er liebte die Ruhe und das Alleinsein. Diarmit versuchte nie, viel mit ihm zu reden. Es gab keine Gemeinsamkeit zwischen ihnen, und er war mit seinen eigenen Gedanken beschäftigt. Er dachte in letzter Zeit sehr viel an Conal Moore.

Mit seiner Faulheit, den schlechten Nerven und der Wahnidee, daß die Leute ihn umrennen und zertrampeln würden, hätte Conal auf Georgiou einen sehr schlechten Eindruck gemacht. Er hätte den Job nie bekommen. Wahrscheinlich hatte er daheim in Irland auch keinen Job. Leute wie er waren ständig arbeitslos, lebten von Sozialhilfe und lagen, was noch schlimmer war, ihrer Familie auf der Tasche. Conal hatte das auch bei seinen Verwandten in Kilburn versucht, aber sein Schwager war eine zu harte Nuß gewesen. Von seiner Familie wollte ihn niemand mehr, sie hatten für immer und ewig genug von ihm. Es schien Diarmit durchaus wahrscheinlich, daß niemand Conal je wieder zu Gesicht bekommen würde. Entweder tauchte er heimlich in der Wildnis der Grafschaft Clare unter, und seine Verbrechen verschwanden mit ihm, oder er wurde erwischt und wanderte auf Lebenszeit ins Gefängnis. So oder so, sie wären ihn jedenfalls los. Manchmal dachte Diarmit, daß er vielleicht doch nicht zur Polizei gehen würde. Was hatte die Polizei je für ihn getan? Sie wußten dort ja nicht einmal, was sich gehörte, sonst wären die beiden wiedergekommen und hätten ihm gesagt, welche Fortschritte sie in Conals Fall machten. Außerdem müßte er ihnen dann alles erzählen, was er über Conal wußte, und das würde Stunden – ja, sogar den ganzen Tag – dauern, denn er kannte Conal so gut wie sich selbst, und offen gesagt, hatte er ihn reichlich satt. Er dachte oft daran, ihn ganz aus seiner Erinnerung zu verdrängen.

Früher hatte Georgiou zwei Verkäufer und dazu noch stundenweise ein Mädchen beschäftigt, doch das war jetzt nicht mehr so. Die Zeiten waren schlecht und die Gehälter hoch. Im Laden waren nur noch Georgiou selbst und Diarmit. Der Mietvertrag lief im Sommer ab, und Georgiou wußte, daß die Miete steigen würde, er wußte nur noch nicht um wieviel. «Himmelhoch», behaupteten die anderen Geschäftsleute in der Straße. Georgiou wollte sich nicht dagegen wehren, wie er zu seiner Frau gesagt hatte. Er wollte den Hauswirten ein vernünftiges Angebot machen, und wenn sie nicht darauf eingingen, war das eben Pech. Die Leute redeten von einer Verdoppelung der Mieten. Nun, doppelte Miete konnte er nicht bezahlen, dann gab er das Geschäft eben auf. Er war sowieso schon über sechzig. Mit Diarmit sprach jedoch niemand darüber. Was ging es ihn auch an? Er war ein Angestellter, und wenn er seinen Job verlor, weil Georgiou in Rente ging, war das eben Pech.

An den Abenden saß Diarmit an seinem Fenster und blickte über den Anger zu dem Wohnblock hinüber, der neben der Mount Pleasant Hall in die Höhe wuchs. Der Bau hatte nur langsame Fortschritte gemacht, doch jetzt war er fast fertig. Das Dach war schon gedeckt. Diarmits Mutter war tot, Gott sei ihrer Seele gnädig, aber Conals Mutter lebte noch. Wäre eine dieser Wohnungen nicht genau das richtige für sie? Doch ein solcher Gedanke käme Conal wahrscheinlich nie, er war zu leichtsinnig, hatte kein Verantwortungsgefühl.

Hin und wieder putzte Diamit das Zimmer gründlich. Als er es das erste Mal tat, war er entsetzt über den Schweinestall, den Conal hinterlassen hatte. Verschimmelte Speisereste, vertrocknete und ebenfalls schimmelige Teebeutel auf einer Zeitung unter dem Bett, haufenweise schmutzige Kleidung, eine Schublade, in der Biskuits gelegen hatten, die jetzt aber voller Mäusedreck war.

Nachdem er Conals unappetitliche Unordnung aufgeräumt

hatte, fühlte er sich selbst sauberer, und er fühlte sich frei. Das Zimmer und sich in Ordnung zu halten, war für ihn sehr wichtig geworden. Doch so sehr er es auch versuchte, Conal aus seinen Gedanken zu verdrängen, sie gewissermaßen von ihm zu reinigen, es gelang ihm nicht. Es war viel schwerer als ein Zimmer in Ordnung zu bringen. Immer wieder mußte er über Conal nachgrübeln, bevor er einschlief, wenn er zur Arbeit oder aus der Arbeit nach Hause ging; wenn er am Fenster saß, den Anger, den Neubau und die Mount Pleasant Hall beobachtete, in der sich diese verschrobenen Leute trafen. Diarmit dachte über Conals Vergangenheit und seine Gegenwart nach, stellte sich ihn im grünen Westen vor und wob lange, phantastische Geschichten um ihn.

Nachts träumte er oft von Conal, und in diesen Träumen erschien der andere oft gefesselt und geknebelt, und jemand führte ihn an einem Strick. Noch häufiger aber sah Diarmit ihn mit einem schweren Sack auf dem Rücken mühsam einen Berg hinaufsteigen.

15

Von den Erinnerungsstücken an Myra umgeben, saß Harold im Frühstückszimmer und schrieb an seinem Roman. Vor ein paar Monaten, kurz vor oder nach Pups zwanzigstem Geburtstag, war ihm der Gedanke gekommen, daß es gewiß keine schlechte Idee wäre, wenn er mit seinen einzigartigen Geschichtskenntnissen versuchen wollte, einen historischen Roman zu schreiben. Er schrieb mit Langschrift auf hellbauem Papier. Sein Sujet war das anstößige Leben des kaum beispielhaften Sohnes von George III., Ernest, Herzog von Cumberland, dem man nachsagt, mit seiner Schwester in Blutschande gelebt und seinen Kammerdiener ermordet zu haben. Harold behandelte diese nicht erwiesenen Behauptungen wie Tatsachen. Er schrieb jetzt das fünfte Kapitel, in dem der junge Prinz und Prinzessin Amelia ihre schuldbeladene Liaison eingingen.

Er las jetzt ausschließlich Werke und Romane, die sich mit den Kindern von George III. beschäftigten. Er las sie zu Hause und las sie im Geschäft und überließ es dem neuen Angestellten, sich um die Kunden zu kümmern. Aber nur, wenn Pup nicht da war. Pup war in diesen Tagen häufig abwesend. Er kümmerte sich um die neue Filiale in Crouch Hill. In einem Lehnsessel, der demjenigen zu Hause sehr ähnlich war, saß Harold im Lagerraum, der jetzt überfüllt war mit all den neuen Büromaschinen, die Yearman und Hodge jetzt dank Pups Initiative führten, und las Bücher über den englischen Hof im späten 18. Jahrhundert. Die Schriftstellerei – was er als nächstes schreiben und wie er die Handlung weiterführen sollte – beschäftigte ihn ausschließlich, so daß er noch stiller und dem Anschein nach sauertöpfisch wurde. Dieses Zurückziehen in sich selbst hing mit dem Verlust Myras zusammen, und es gab Leute, die behaupteten, der arme Harold drehe langsam durch.

Er hatte niemandem gesagt, was er tat. Als er noch kein Schriftsteller und nur Leser gewesen war, hatte er nie über das gesprochen, was er las. Er erwartete nicht, daß andere sich für das interessierten, was er tat. Er interessierte sich ja auch nicht für andere. Seine Kinder waren in den letzten Monaten für ihn zu Schattengestalten geworden. Er merkte, daß Dolly im Haus war, daß das Essen pünktlich auf den Tisch kam und die Hausarbeit getan wurde, aber er sagte kaum etwas zu ihr. Wenn er sich überhaupt einmal mit ihr beschäftigte, dachte er, daß sie ihre eigenen Freunde habe.

Ron und Eileen Ridge besuchten ihn und fragten, ob er nicht wieder Bingo spielen wolle. Sie kämen ihn sehr gern abholen. Dolly ließ sie ins Haus, führte sie aber nicht sofort ins Frühstückszimmer, sondern rief ihren Vater. Das gab Harold die Möglichkeit, seinen hellblauen Schreibblock zu verstecken, daher dachten die Ridges natürlich, er sitze die ganze Zeit vor sich hinbrütend in seinem Allerheiligsten.

«Sie müssen früher oder später wieder aus sich herausgehen, Harold», sagte Eileen mit leichtem Tadel. «Das sind Sie der Erinnerung an Myra schuldig.»

Harold nickte vage.

«Sie werden sagen, daß Sie ja Ihre Tochter haben, und das stimmt natürlich ...»

«Sie hat ihre eigenen Freunde», entgegnete Harold.

Mrs. Collins, Wendy Collins , Miss Finlay, Mrs. Leebridge. Die beiden Letztgenannten hatte Dolly nie besonders gemocht, und das war gut so, denn sie sah sie ohnehin nicht mehr. Die Adonai Spiritisten hatten Dolly aus ihrer Gemeinschaft ausgeschlossen.

«Ich konnte doch die Verantwortung für Sie nicht mehr übernehmen, nicht wahr?» sagte Mrs. Collins zu Dolly, als sie Wendy für einen Hosenanzug Maß nahm. «Sie könnten wieder einen Ihrer Anfälle bekommen, und wie sähe ich dann aus?»

«Ich hatte keinen Anfall.»

«Was immer es war, meine Liebe. So etwas kann der Tod eines Mediums sein. Mrs. Fitter war tagelang nicht auf dem Damm. Und alles nur deshalb, weil Sie einen Blick auf die junge Mrs. Yearman werfen durften.»

Dolly sagte nicht, daß es mehr gewesen war als ein Blick. Nur Pup hatte sie erzählt, daß Myras klappernde Schritte ihr an dem Abend den ganzen Weg und dann noch die Stufen zur Haustür gefolgt waren. Nur Pup wußte, daß sie jetzt Myra genauso flüstern hörte wie Edith. Ein oder zweimal hatte sie, mit Gänsehaut an den Armen gefühlt, daß Myras Finger den Haarvorhang von ihrer Wange hoben und über das Feuermal strichen.

Wendy kaufte das Chinesenmädchen mit dem schwarzen Zopf und der blauen Steppjacke. Sie wollte sie der kleinen Tochter einer Freundin schenken. Die Kleine hatte zwar erst im November Geburtstag, doch Wendy meinte, sie kaufe die Puppe lieber jetzt, da sie Dolly wohl kaum noch sehen werde, sobald der Hosenanzug fertig sei. Dolly blieb mit dem Ballettmädchen und dem Chinesenjungen allein zurück. Sie saßen auf dem Kaminsims und blickten starr durch das Zimmer auf Myras inzwischen eingegangenen Gummibaum und Myras Kalender vom letzten Jahr.

Pup zelebrierte das Ritual des Rosigen Kreuzes, um Myra zu vertreiben. Vor längerer Zeit hatte er Dolly gesagt, wenn man sich ernsthaft mit Geomantie beschäftige, müsse man damit rechnen, daß sich die unsichtbare Welt ins Alltagsleben dränge. Er hatte es ihr gesagt, und dann hatte sie es selbst in einem seiner Bücher gelesen. Das konnte die Form einer Reihe scheinbar zufälliger Ereignisse annehmen, konnte sich in Poltergeistaktivitäten niederschlagen oder einfach darin, daß man seltsame Dinge sah und hörte. Das Ritual des Rosigen Kreuzes schützte vor derlei Erscheinungen. Es schuf eine trennende Barriere zwischen dem Betroffenen und ihnen.

Als Dolly Pup von den Stimmen und den unsichtbaren Händen berichtete, erbot er sich, das Ritual zu zelebrieren. Er sagte ihr, sie müsse nur fest daran glauben, dann werde alles gut. Sie waren zusammen in den Tempel gegangen, Pup hatte mit einem Weihrauchstäbchen Kreuze und Kreise in die Luft gemalt und dann gesungen:

«Jungfrau, Isis, mächtige Mutter,
Skorpion, Apophis, Zerstörer,
Sol, Osiris, erschlagen und auferstanden,
Ee-ay-oo, el-ew-ex, lux, Licht,
Das Licht des Kreuzes,
Licht, steig zu uns herab!»

Wie Pup und das Buch versprochen hatten, verschwand Myra danach. Aber sie kam wieder, und Edith kam mit ihr. Dolly hätte Pup bitten können, das Ritual noch einmal zu vollziehen oder es sogar selbst versuchen können. Und eines Abends tat sie das auch, sang die Worte, die im Buch standen und machte mit einem Sandelholz-Räucherstäbchen die entsprechenden Zeichen. Aber kaum war sie fertig, fühlte sie, daß die beiden Frauen in den Tempel eingedrungen waren. Der Zitronenduft war so stark, daß er den des Sandelholzes verdrängte. Dolly hörte Myras helles, sprödes Lachen.

«Das ist Pups Sache, Liebes», sagte Edith. «Überlaß solche Dinge lieber ihm.»

Er war an diesem und den nächsten beiden Abenden nicht zu Hause, da er an einem Wochenendkurs in Herfordshire teilnahm. Dort lernte er das Infra-Hyposonic XH450 Textverarbeitungssystem zu bedienen. Der Hersteller wollte, daß Einzelhändler ebenso wie künftige Kunden sich mit den Schwierigkeiten ihrer Produkte vertraut machten. Der Kurs fand in einem Landhaus mit Namen «West Lawn» in der Nähe von Puckerdige statt. Pup war nicht der einzige Mann, aber der einzige unter Vierzig. Die meisten Mädchen waren jung und hübsch. Das Ganze sah eher nach dem Seminar einer Schule für Fotomodelle aus, als nach einem Kurs, in dem man lernte mit komplizierten elektronischen Büromaschinen umzugehen.

Von der ganz allgemeinen Anziehungskraft abgesehen, stellte Pup sofort eine besondere Seelenverwandtschaft zwischen sich und dem hübschesten Mädchen fest. Es hieß Caroline und wohnte in Islington, ungefähr eine Meile von der Manningtree Grove entfernt. Am Samstag lud er sie nach der Lektion und der Vorlesung über fortgeschrittene Techniken zu Hühnchen, Chips und ein paar Drinks in «The Green Man» ein.

«Hast du eine Freundin, Peter?»

«Sie hat sich eben mit einem anderen verlobt», antwortete Pup, was durchaus der Wahrheit entsprach. Suzanne, die von seinem Verhältnis mit Philippa und einer gelegentlichen Gespielin namens Terri erfahren hatte, hatte ihm erklärt, sie werde den Bruder einer der beiden Studentinnen heiraten. «Es war sehr traurig für mich», fuhr Pup fort, «aber so ist das Leben nun mal. Und ich werde es überleben.»

Im Kombi saß Caroline ganz dicht bei ihm. Sie habe eine Flasche

Wein im Zimmer, sagte sie, und wenn es ihm nichts ausmache, daß sie nicht gekühlt sei ...

«Die Traurigkeit ist nicht so schlimm», sagte sie. «Es ist die Enttäuschung, was mich immer so fertig macht. Sie ist so – nun ja, irgendwie erniedrigend.»

«Komm, laß mich mal», sagte Pup und nahm ihr den Korkenzieher aus der Hand. Er warf ihr einen seiner «jenseitigen» Blicke zu. «Darin habe ich keine Erfahrung, da ich bisher noch nie schwach geworden bin. Daher mögen zum Teil auch meine Schwierigkeiten mit Suzanne gekommen sein. Aber ich will dich nicht mit meinen Problemen langweilen. Zum Wohl.»

«Zum Wohl. Hast du das jetzt tatsächlich so gemeint, wie ich es verstanden habe?»

Pup nickte. «Ich wollte mich für das richtige Mädchen aufsparen, Caroline.» Er nahm ihre Hand. «Du wirst wahrscheinlich sagen, das sei ein verrückter Idealismus.»

«Es ist das Romantischste, das ich je gehört habe.»

Als er nach Hause kam, erfuhr er, daß der Immobilienmakler einen Käufer für Mrs. Brewers Wohnung gefunden hatte. Harold schien das Interesse verloren zu haben, und so hatte Pup die Angelegenheit unauffällig selbst in die Hand genommen. Einunddreißigtausend Pfund, zu bezahlen einen Monat nach Unterzeichnung des Kaufvertrags. Caroline hatte Pup erzählt, die Schwester ihrer Freundin sei Sekretärin eines Mannes, der geschäftsführender Direktor einer Firma war, die eben zwei Stockwerke in dem neuen Hochhausblock gemietet hatte. Die Firma war neu, war eben erst gegründet worden, und Caroline besorgte Pup nicht nur den Namen der Firma, sondern auch die private Telefonnummer des Direktors.

Mit dieser Sache und der Eröffnung der eigenen neuen Filiale hatte Pup beide Hände voll zu tun. Der Laden war vorher eine Metzgerei und Delikatessenhandlung gewesen und mußte daher völlig neu eingerichtet werden. Pup war sehr stolz, weil er es sich leisten konnte, eine höhere Miete zu bezahlen als Georgiou, der sein Vormieter gewesen war.

Es war höchste Zeit, daß er wieder einmal einen Abend mit seiner Schwester verbrachte. Er hätte es nett gefunden, irgendwohin auszugehen, ins Kino oder zum Essen, doch irgendwie schien Dolly für solche Unternehmungen ungeeignet. Dolly war nicht normal. Er hatte das inzwischen eingesehen und sich damit abgefunden, aber es machte ihm Sorgen. Es machte ihm Sorgen, daß sie so viel

Wein trank, Stimmen hörte und völlig isoliert lebte. Aber was konnte er dagegen tun? Er konnte nicht jeden Abend zu Hause bleiben, konnte ihr nicht den Wein wegschließen und auch keine Bekanntschaften durch ein Heiratsbüro verschaffen. Sie würde nie heiraten. Sie würde nie einen Job haben oder ein normales Leben führen, und ihm war klar, daß sie ihm ihr Leben lang zur Last fallen würde. Er durfte sie nie verlassen, durfte nicht einmal daran denken, getrennt von ihr zu wohnen.

Diese Gedanken bedrückten ihn, und als er nach Hause kam, war es ihm, als hätten sie ihm einen Schleier von den Augen gerissen, so daß er Dolly zum erstenmal seit Jahren sah, wie sie wirklich war: die Falten, die ihr Gesicht zu zeichnen begannen, besonders die tiefen Linien von den Nasenflügeln zum Kinn, den merkwürdig abwesenden Ausdruck in den Augen, die unstet wanderten und nicht mehr koordiniert waren, sondern zum Schielen neigten. Das große Feuermal war von einem grausam dunklen Rot. Pup merkte, wie sorgfältig sie sich für den Abend mit ihm angezogen hatte. Sie trug ein neues schwarzrot gestreiftes Kleid und dazu den Talisman an einem leuchtend roten Band. Ihm wurde das Herz schwer, wenn er daran dachte, daß ein Abend mit ihm ein Höhepunkt in ihrem Leben war.

Es war sinnlos, sie zu fragen, ob sie ausgehen wolle. Er aß sein Abendessen und bemühte sich, sie nicht merken zu lassen, daß er sie ansah, als sie die erste Flasche Wein leerte und gleich darauf die zweite öffnete. Es war unvermeidlich, daß sie schließlich im Tempel landeten. Er hatte ein sonderbares Würgen in der Kehle, ein Gefühl angewiderter Verlegenheit, als er sie fragte, ob er wieder ein Rosiges Kreuz-Austreibungsritual zelebrieren sollte. Ein paarmal hatte er bemerkt, daß sie zuhörte oder sich so stillverhielt und vor sich hinstarrte, wie er es manchmal bei Gingie beobachtete, wenn der Kater allein auf dem Zaun saß oder durch den Garten spazierte.

Dolly schüttelte den Kopf. Die Stimmen waren ihre einzige Gesellschaft, sie durften nicht vertrieben werden.

«Du solltest etwas für Vater tun», sagte sie. «Du solltest ein Ritual zelebrieren, das ihm Glück und Frieden bringt.» Noch während sie sprach, hörte sie Myra etwas flüstern. «Diese Woche hat er sich nur zwei Bücher aus der Bibliothek geholt.»

Pup war erleichtert. Noch hatte sie ihm nicht die Frage gestellt, ihm nicht die Bitte vorgelegt, vor der er sich so fürchtete. Vielleicht würde sie es auch nicht mehr tun, vielleicht verlor sie allmählich den Glauben an ihn, und er konnte den Tempel samt Inhalt allmählich in Vergessenheit geraten lassen. Doch nichts in Dollys Verhalten ließ diese Vermutung zu, als sie in den Tempel gingen und sie ihm, inzwischen mit der Materie besser vertraut als er, genau erklärte, welches Hexagramm-Ritual er vollziehen sollte.

Es war Hochsommer, und durch das offene Fenster sah man die alte Eisenbahnlinie in der Sonne liegen wie einen Ausschnitt aus einem alten Gemälde von Constable, der unerklärlicherweise von Häusern umgeben war. Die Schmetterlingssträucher hingen wie purpurne Schauer über dem Grün, das Pappellaub zitterte im Wind und zeigte seine silbrige Unterseite. Pup schloß das Fenster und nahm das goldene Gewand vom Haken an der Tür. Es blieb jedoch hängen, und am Halsausschnitt entstand ein langer Riß.

«Das macht nichts», sagte Dolly, «das ist nur die Blende. Ich repariere es dir morgen.»

«Danke, Liebes.»

Das lange, weitschweifige Ritual lief ab. Pup tat sein Bestes, Dolly glauben zu machen, er habe ein Sonnenhexagramm zelebriert. Er vergaß die Namen der überirdischen Dreiheit des Sephiroth, er vergaß die meisten Namen der Engel und der planetaren Geister. Das meiste von dem, was er intonierte, erfand er aus dem Stegreif. Dolly war hingerissen. Sie hatte vergessen, den Rest ihres Weins mitzubringen, und als Pup die Tasse hob und mit dem Zauberstab in der Luft herumwedelte, kam ihm der Gedanke, daß er Dolly wahrscheinlich von ihrer Sucht heilen könnte, wenn er jeden Abend mit ihr in den Tempel ginge.

Sie sah ihn verzückt an. Er machte eine Stunde oder noch länger seinen Hokuspokus und erinnerte sich im letzten Moment daran, die Geister, die er gerufen hatte, zu bitten, Harold ihren Segen zu spenden und ihn mit Reichtum zu überhäufen.

Pup legte die Waffen auf den Altar zurück. Er hatte sie schon mehrere Wochen nicht in der Hand gehabt, und genauso lange hatte er die Robe nicht getragen, und als er jetzt auf den Saum hinunterblickte, kam es ihm so vor, als sei sie eingelaufen. Es gab natürlich noch eine andere Möglichkeit ... Aber er war doch schon über Zwanzig?

Als Dolly, die Robe über dem Arm, hinunterging, um Kakao zu machen, schlüpfte er in das Schlafzimmer, das früher das seine gewesen und nach Myras Tod wieder das seine geworden war. Sehr schwach, aber doch noch erkennbar, sah er an der Wand die Meßskala, die er mit Fünfzehn dort eingezeichnet hatte. Er stellte sich mit den Fersen an die Wand und machte mit einem Bleistift einen neuen Strich. Er hatte recht gehabt, er war noch einmal drei Zentimeter gewachsen. Mit Zwanzig war er noch einmal gewachsen und maß jetzt einszweiundsiebzig. Pup lachte vor Freude auf – aber leise. Er lief hinunter. Dolly war in der Küche, stand am Herd und lauschte einer Stimme, die mit unsichtbaren Lippen zu ihr sprach. Um besser zu hören, hielt sie sich die Hand hinter das Ohr.

Als es am nächsten Tag klingelte, glaubte Dolly, es sei Wendy Collins, die zur Anprobe erschien, obwohl sie gesagt hatte, sie käme erst Freitag. Aber als sie mit dem Rücken zum Fenster dagesessen und ihre Nähgarne nach einem goldenen durchsucht hatte, mit dem sie Pups Robe richten konnte, hatte sie einen Wagen vorfahren gehört. Ein Blick aus dem Fenster sagte ihr, daß es nicht Wendys Auto war. Selbst wenn Wendy sich ein neues gekauft hätte, dann bestimmt kein so langes, teuer aussehendes grünes Sportmodell.

Es klingelte wieder. Dolly tat, was sie immer tat, wenn jemand an der Tür war und sie keinen Besucher erwartete. Sie zog sich den Haarvorhang vor das Gesicht, so daß es ungefähr zwei Drittel ihrer Augenbraue verdeckte und fast bis zum Nasenflügel reichte. Das war ihre einzige Vorbereitung, alles andere an ihr war ohne Fehl und Tadel, das wußte sie.

Das Mädchen, das auf der Schwelle stand, gehörte zu jenen weiblichen Wesen, die ihr von allen am unsympatischsten war, die sie nicht ausstehen konnte – auf den ersten Blick. Für das Gefühl schmerzlichen Grolls, das sie in ihr weckten, konnte sie niemand entschädigen. Sie hatte nichts gegen die Myras oder Wendys dieser Welt, auch nichts gegen Eileen Ridge mit ihrem Pferdegebiß und die vertrocknete Miss Finlay. Aber Mädchen wie dieses, das aussah, als gehöre es einer anderen, einer neuen, wunderschönen und absolut makellosen Spezies Mensch an, weckten in ihr den Wunsch, sich umzudrehen, die Augen zu schließen und sich irgendwo im Dunkeln zu verkriechen.

Die Stimme war nicht die eines Mädchens und auch nicht die einer Frau – es war die Stimme eines schüchternen Kindes, hoch und hell, aber nicht schrill. «Ich hoffe, ich störe nicht. Wir kennen uns noch nicht, glaube ich. Ich bin Yvonne Colefax.» Sie sah verlegen aus, und auch, was sie sagte, klang verlegen.

Dolly half ihr nicht. «Ja? Hat es etwas mit Myra zu tun?» Sie hatte festgestellt, daß die Besucherin ein ziemlich großes, flaches, in braunes Papier eingeschlagenes Papier unter dem Arm trug.

«Nun ja, nein, ich ... Ich meine, die arme Myra hat mir von

Ihnen erzählt. Eigentlich – ja, eigentlich suche ich eine Schneiderin.»

Dolly hatte eine ganze Reihe von Kundinnen verloren, seit sie nicht mehr zu den Spiritisten gehörte, und sagte sich, sie könne es sich nicht leisten, eine Kundin wegzuschicken, auch wenn sie sich am liebsten vor ihr versteckt hätte. «Kommen Sie herein», sagte sie.

Yvonne hatte bei Dollys Anblick Entsetzen empfunden. Sie war über jede Entstellung, jede Narbe tief betroffen. Das hatte sie von ihrem Vater, der mit zwei schönen Frauen verheiratet gewesen war. Er hatte sie gelehrt, sie müsse nur schön sein, mehr brauche sie nicht im Leben, und es sei unrecht und böse, etwas Häßliches anzusehen. Nicht, daß sie Dolly gegenüber so empfand, das war etwas, das sie längst tief in ihr Unterbewußtsein verdrängt hatte. Sie fühlte Ekel, Mitleid und wünschte, sie wäre nicht gekommen. Wie schrecklich mußte es sein, mit einer solchen Entstellung leben zu müssen. Einen Augenblick kam Yvonne ihre eigene mißliche Lage unbedeutend und ganz alltäglich vor. Aber nur einen Augenblick. Sie legte das Paket auf die Armlehne einer Polsterbank aus hellem Fichtenholz mit braun und weiß kariertem Überzug und sah sich dann in dem Zimmer um, in dem sie schon einmal gewesen war.

Dolly achtete sehr genau auf das, was andere Frauen trugen. Sie schätzte die Preise ziemlich genau und konnte mit einiger Sicherheit sagen, woher die Sachen kamen. In ihrem Milieu sah sie selten eine Frau oder ein Mädchen, die besser angezogen waren als sie. Heute trug sie ein Kleid aus einem blauen Leinen-Polyestergemisch mit Hohlsaumarbeit am Kragen und Taschen, blaue Sandalen und um den Hals ein lässig geknotetes, kleines blau, pink und grün gemustertes Tuch. Doch neben dieser Frau kam sie sich wie Aschenputtel vor. Das hatte nichts mit dem Feuermal zu tun, nichts mit diesem Makel, der sie isolierte. Neben Yvonne Colefax hätten die meisten Frauen unelegant, linkisch und derb gewirkt. Alles an ihr war ätherisch zart und zierlich. Sie war ein Geschöpf, das ein Windhauch umblasen konnte, ihre Haut glich chinesischem Porzellan, ihr Haar hatte die Farbe der Silberdistel, und ihr bronzefarbenes Seidenkleid umschmeichelte ihre vollendete Figur. Dolly fielen die Märchenbücher ihrer Kindheit ein und sie dachte: Wie eine Nymphe oder eine Elfe sieht sie aus.

In dem hellen Sonnenlicht, das durch die Wohnzimmerfenster strömte, musterten sie sich gegenseitig wachsam und zurückhaltend. Yvonne senkte als erste den Blick. Überstürzt begann sie zu erklären, Myra habe einmal erwähnt, Harolds Tochter sei Schneiderin, und nun habe ihr eine Freundin ein Stück Seide aus Hongkong mitgebracht, und als sie zufällig hier vorbeigekommen sei, sei ihr der Gedanke gekommen, sie könne ja ... Dollys Blick fiel auf den Verlobungsring mit einer ganzen Traube aus Brillanten an Yvonnes linker Hand. Sie machte sich über ihre Arbeit keine Illusionen. Sie war eine gute, durchschnittliche Schneiderin für die «kleine Frau von der Straße». Aber war sie gut genug für eine Frau, die ein Cacharel-Kleid trug und ihre Sandaletten bei Kurt Geiger kaufte? Yvonne öffnete das Paket und nahm eine Bahn ziemlich steifer Seide heraus. Sie war von leuchtendem Erbsengrün, einem Farbton, in dem neunundneunzig von hundert Frauen gräßlich ausgesehen hätten.

«Sie können diese Farbe tragen», gab Dolly widerwillig zu. Ihre Abneigung schwand allmählich. Das lag an der unbestreitbaren Tatsache, daß zwischen Yvonne und ihr Welten lagen, daß sie unendlich weit weg und verschieden war. Man konnte für sie nichts so durch und durch Menschliches wie Abneigung empfinden.

«Ja, vielleicht», entgegnete Yvonne ernst und konzentriert. Sie begann über Farben und Gewebe zu sprechen, über verschiedene Grüntöne und ob man Gold oder Silber dazu tragen sollte. Dolly sagte, zu dieser besonderen Farbe immer nur Gold. Und Granate, wenn man zufällig welche besaß. Ein ganz einfaches Hemdblusenkleid, sei Dolly nicht auch der Meinung. O doch, daran hatte Dolly auch schon gedacht. Die Unterhaltung machte ihr allmählich Spaß. Bisher hatte noch keine ihrer Kundinnen sich wirklich für Mode interessiert. Sie wollten einfach etwas haben, um sich zu bedecken oder um nicht zu frieren, nicht um «aufzufallen». Es durfte weder schmeicheln noch elegant sein, noch irgendwie aus dem Rahmen fallen. Seit Ediths Tod hatte Dolly niemanden mehr gehabt, mit dem sie über Mode reden konnte.

«Sie werden sich ein Schnittmuster besorgen müssen. Nehmen Sie eins von ‹Vogue›, es sind die besten.»

Aber Yvonne hatte noch nie etwas von Schnittmustern gehört. Sie hatte noch nie ein Kleid nähen lassen. Dolly machte die Schachtel mit den Schnittmustern auf, hatte jedoch wenig Hoffnung, etwas in Yvonnes Größe zu finden.

«Könnten Sie nicht selbst etwas entwerfen? Was ist das?»

Dolly drehte sich zu Yvonne um, die das goldene Gewand in die Höhe hielt, das über einem Sessel gehangen hatte.

«Das gehört meinem Bruder. Er ist ein» – Dolly zögerte. Sie wußte, daß es für den Uneingeweihten merkwürdig klang. Hatten

Aleister Crowley oder Israel Regardie Schwestern gehabt? – «ein Magier, ein Geomant.»

Yvonne sah weder belustigt noch mißtrauisch, ja, nicht einmal besonders überrascht aus. «Ich kenne Ihren Bruder, bin ihm hier und bei der Beerdigung der armen Myra begegnet. Er hat mit mir über meine Vergangenheit gesprochen – und er wußte alles, einfach alles, sogar in allen Einzelheiten. Ist das nicht erstaunlich?»

«Er ist ein Genie», erwiderte Dolly.

Sie schwiegen. Dolly begriff dieses Schweigen nicht, sie waren bisher doch gut miteinander ausgekommen. Sie sagte verlegen: «Ich glaube schon, daß ich das Schnittmuster selbst machen kann, wenn es ein ganz gerade geschnittenes Kleid werden soll. Ärmellos, nehme ich an. Und vielleicht doch nicht im Hemdblusenstil, sondern mit Rollkragen.»

«Ja, das wäre vielleicht nicht schlecht.» Das klang, als spreche ein siebenjähriges Kind. Und es schien keine «Masche», sondern echt zu sein. Myra hatte gesagt, Yvonne sei zum zweitenmal verheiratet, also war sie mindestens sieben- oder achtundzwanzig.

«Dann nehme ich Ihnen jetzt wohl am besten Maß, nicht wahr?» meinte Dolly. «Damit ich mir den Schnitt zeichnen und ihn auf dem Stoff feststecken kann.»

Sie schloß die Vorhänge gegen die Sonne und neugierige Blicke. Yvonne zog das Cacharel-Kleid aus, und zum Vorschein kamen lange, schlanke Glieder im Stil von *art nouveau* und Unterwäsche von Janet Reger. Zweiunddreißig – zweiundzwanzig – dreiunddreißig. Dolly maß noch nach Zoll, hatte sich noch nicht zum System der Zentimeter und Meter bekehren lassen.

Yvonne zog sich wieder an. Sie streichelte den Puppen die Wangen und lächelte ihnen zu, als seien es Kinder. Dann strich sie noch einmal über die goldene Robe. «Wie ein Zauberer», sagte sie. «Der wunderbare Zauberer von Oz.»

«Ja.»

«Wann soll ich zur ersten Anprobe kommen?»

Sie standen jetzt wieder in der Diele. «Heute haben wir Donnerstag ... Wie wäre es mit Montagnachmittag?» Dolly zögerte. Es drängte sie, etwas zu tun, von dem sie wußte, daß es gewagt, vielleicht sogar unbesonnen war, etwas, was sie bisher noch nie getan hatte. Jetzt schien es plötzlich lebenswichtig zu sein. Sie wußte, daß sie es tief bedauern würde, wenn sie Yvonne gehen ließ, ohne es zu tun. «Haben Sie einen Augenblick Zeit?» fragte sie. «Ich möchte Ihnen etwas zeigen.»

«Was ist dieses Etwas?»

«Es hat mit meinem Bruder zu tun.»

Sie stieg vor Yvonne die Treppe hinauf. «Arme Myra!» sagte Yvonne, als sie im ersten Stock anlangten. Dolly hörte Myras Schritte hinter der geschlossenen Schlafzimmertür, glaubte jedoch nicht, daß Yvonne sie auch vernahm. Myra erschien keinem anderen Menschen, nur Dolly allein. Sie öffnete die Tür zum Tempel und hatte die Befriedigung, daß Yvonne hinter ihr vor Überraschung leise aufschrie.

«Was ist das?»

«Der Tempel, in dem er seine Rituale zelebriert.» Dolly zeigte ihr die zu den Elementen gehörigen Waffen. «Er kann einfach alles.»

Yvonne nahm das Pentagramm in die Hand und hielt es behutsam zwischen Daumen und Zeigefinger. «Was meinen Sie mit ‹alles›?» Sie lispelte leicht, wenn sie aufgeregt war.

Es lag Dolly auf der Zunge, ihr zu sagen, wie Pup Myra getötet hatte, doch etwas hinderte sie daran. Schließlich hatte er selbst gesagt, es sei ungesetzlich, Menschen zu töten, und vielleicht war es ein strafbares Verbrechen, ein Messer in eine Stoffpuppe zu stechen. «Er kann es bewirken, daß Dinge geschehen», antwortete sie daher nur. «Es ist eine Wissenschaft, keine Hexerei oder ein Zauber, wie ihn die Medizinmänner betreiben – oder so. Er arbeitet genauso wissenschaftlich wie ein Arzt oder jemand in einem Labor.» In ihrer Begeisterung hatte sie vergessen, sich das Haar über das Gesicht zu ziehen, und das Feuermal war unbarmherzig dem hellen Licht des Nachmittags ausgesetzt. «Er kann wunderbare Dinge tun!» Dollys Stimme hob sich. «Er kann Wunder wirken.»

Yvonne sah ihr ins Gesicht, dann irrte ihr Blick schnell ab. Dolly wurde rot. Sie wußte, was die andere gedacht hatte.

«Man muß ihn bitten, es zu tun», sagte sie. «Er ist nicht Gott.»

Yvonne nickte. «Meine Vergangenheit kannte er haargenau, jede Einzelheit.»

«Gestern abend hat er ein ganz besonderes Ritual vollzogen, damit sich das Leben unseres Vaters zum Besseren wendet.»

«O ja, der arme Mann! Arme Myra!»

«Jetzt wird bald alles wieder gut für ihn, Sie werden sehen.»

Sie gingen hinunter, und Dolly öffnete die Haustür. Unerklärlicherweise wußte sie genau, daß Yvonne nicht gehen wollte. Sie wollte ihren Besuch ausdehnen, weil sie etwas sagen oder fragen wollte. Aber sie wußte nicht, wie sie es anstellen sollte. Und bei Dolly, die es nicht gewohnt war, lange mit Menschen zusammenzusein, die sie eben erst kennengelernt hatte – mit anderen übrigens auch nicht, Mrs. Collins und Wendy vielleicht ausgenommen –, begann sich die Anstrengung bemerkbar zu machen. Yvonne blieb zögernd auf der Schwelle stehen.

«Montag, haben Sie gesagt?»

«Am besten so gegen zwei Uhr nachmittags. Auf Wiedersehen.»

Kaum hatte Dolly die Tür geschlossen, bedauerte sie, Yvonne praktisch hinausgedrängt zu haben. Nicht, daß sie allein gewesen wäre. Myras Schritte kamen durch die Diele, und ihre Absätze klapperten, als sei der Boden nicht mit Teppich ausgelegt, und sie laufe noch über die alten Steinplatten. Dolly drängte sich seitlich an ihr vorbei und ging ins Frühstückszimmer, wo Harold das Straßenverzeichnis *London von A–Z* stehen hatte, zusammen mit den wenigen Büchern, die sein Eigentum waren.

«Alberner alter Narr», sagte Myras Stimme. «Man möchte meinen, er hätte Verstand genug, die Farbbüchsen der Müllabfuhr zu geben. Also, um ganz ehrlich zu sein, ich finde, du solltest es tun, Doreen.»

Dolly beachtete sie nicht. Sie suchte im Stichwortverzeichnis den Shelley Drive.

«Sie haben ein riesengroßes Haus», sagte Myra. «Georges Vater war ein berühmter Spezialist. Er hat George ein Vermögen hinterlassen. Sie haben eine Sauna im Haus und im Garten einen Swimmingpool.»

Myra folgte Dolly ins Wohnzimmer. Edith war schon da und wartete auf sie. Der Hauch von Ivoire, den Yvonne zurückgelassen hatte, ging völlig in einem starken Zitronengeruch unter.

«Du solltest die Seide auf ein Stück Flanell heften, bevor du anfängst zu schneiden», sagte Edith.

Myra lachte laut auf. «Also, ganz offen gesagt, finde ich es sehr sonderbar, daß sie zu Doreen kommt. Sie könnte sich den teuersten Modeschöpfer leisten.»

Dolly saß am Fenster und stichelte am Kragen der goldenen Robe. Die beiden sprachen nicht mehr mit ihr, doch sie hörte sie noch eine ganze Zeitlang leise lachen und im Zimmer umhergehen.

16

Um den Verkauf von Mrs. Brewers Wohnung zu feiern, ging Pup an dem Tag, an dem der Vertrag rechtskräftig wurde, mit Philippa zum Lunch ins «San Carlo» in der Highgate High Street. Danach nahmen sich beide den Nachmittag frei – was Pup sich nur sehr selten zuschulden kommen ließ. In Mrs. Brewers Wohnung zog eine Frau mit zwei halbwüchsigen Töchtern. Dolly saß am Fenster und sah den Möbelwagen ankommen. Es regnete, und die Männer mußten die Möbel mit Planen zudecken, bevor sie sie ausluden und zur Haustür trugen. Die neue Nachbarin war eine Frau von Vierzig, die sich noch immer so anzog, wie es in ihrer Jugend Mode gewesen war: langer Schlabberrock, abgetragene Stiefel, Folklorebluse und Schal – denn wie so viele, die der Beatles-Generation angehörten, war ihr nicht aufgefallen, daß der Stil sich geändert hatte. Sie stand im Regen, wurde naß und sah hilflos aus. Gleich darauf kam Mrs. Buxton unter einem Regenschirm auf sie zugewatschelt und brachte ihr auf einem Tablett eine Tasse Tee und einen Teller Biskuits.

Der Porsche, der am Randstein hielt, bespritzte ihre dicken Beine mit einem Schwall Schmutzwasser aus der Gosse. Mrs. Buxton sagte etwas zu der Fahrerin. Dolly hörte nicht, was es war, aber es machte ganz den Eindruck einer Grobheit, und als Yvonne ausstieg, sah sie nervös, ja, fast unglücklich aus, obwohl Mrs. Buxton mit Gingie unter dem Arm, in das Haus verschwunden war, in dem sie wohnte.

Yvonne erwähnte den Zwischenfall nicht. Heute trug sie einen Regenmantel, der allerdings sehr elegant war und eher wie ein Cocktailkleid aussah. Er war aus wasserdichter schwarzer Seide. Dazu gehörten ein schwarzer Lackledergürtel und schwarze Lackleder-stiefel. Im feinen silbrig-goldenen Haar schimmerten ein paar Regentropfen. Yvonne rannte fast ins Haus.

«Was für ein gräßlicher Tag! Ich hasse Sommertage wie diesen, Sie nicht? Oh, das Kleid ist ja schon halb fertig! Es wird ja wunderschön.»

Yvonne schien heute unnatürlich und übertrieben fröhlich, sie wirkte fast hysterisch. Sie riß den Mantel herunter wie jemand, der es nach einem langen, heißen Tag nicht erwarten kann, ins Wasser zu kommen. Mit dem pink und schwarz gestreiften Kleid, das sie trug, ging sie genauso um. Dolly zog eben noch rechtzeitig die Vorhänge zu, sonst hätten die Möbelpacker Yvonnes Anblick in einem orchideenfarbenen BH und einem Bikinihöschen genießen können.

Das leuchtende Grün stand ihr gut. Ihr weißer Hals wuchs daraus hervor wie eine Blüte aus ihren Kelchblättern. Sie betrachtete sich in Ediths Trumeauspiegel.

«Jetzt können wir die Vorhänge wieder öffnen», sagte Dolly.

«Nein ...»

«Dann machen wir Licht, wenn Sie wollen.»

«Ich kann sehen, ich sehe gut genug.» Yvonne musterte ihr Spiegelbild. Irgend etwas in Dolly – oder vielleicht eine der beiden Stimmen – warnte sie vor drohenden Schwierigkeiten. Yvonne war so still, betrachtete sich selbst, doch ihre Augen hatten einen Ausdruck, als sehe sie nichts, als sei sie in Trance wie Mrs. Fitter. «Ich will kein Licht», sagte sie, und ihre Stimme klang noch kindlicher als sonst. «Es ist leichter, wenn es ein bißchen dunkel ist.» Sie drehte sich langsam um. «Darf ich das wieder ausziehen?»

«Lassen Sie mich. Passen Sie auf die Stecknadeln auf. Es gefällt Ihnen, nicht wahr? Sie sind damit glücklich.»

«Glücklich?» Yvonne lachte leicht auf. «O ja, es ist hübsch, es ist hübsch.» Sie zog das pink- und schwarzgestreifte Kleid an. «Wegen der Vorhänge – ich dachte, es sei so weniger peinlich. Haben Sie etwas dagegen?»

Wieder fühlte Dolly, daß ihr Schwierigkeiten bevorstanden. Ihr Unbehagen steigerte sich und wurde zu Furcht. Sie zuckte mit den Schultern und legte das grüne Kleid aus der Hand.

«Ich habe über das nachgedacht, was Sie mir über Ihren Bruder sagten», fuhr Yvonne atemlos und hastig fort. «Das ganze Wochenende habe ich darüber nachgedacht, daß Sie sagten, er könne alles. Sie sagten auch, es sei eine Wissenschaft, eine wissenschaftliche Sache und nicht wie – nun ja, Hellseherei oder Wunderheilungen und ähnliches.»

Ungeheure Erleichterung durchflutete Dolly. Wovor hatte sie sich gefürchtet? Hatte sie vielleicht geglaubt, es habe etwas mit ihrem Feuermal zu tun? Daß ihr Yvonne, wie damals Myra, einen Rat wegen ihrer Entstellung geben wollte? Aber sie wollte über Pup sprechen. Dolly liebte es, über Pup zu sprechen, davon konnte sie gar nicht genug bekommen.

«Ich habe schon alles versucht, wissen Sie?» sagte Yvonne. «Ich war sogar bei dieser Wahrsagerin. Ich habe mir mein Horoskop erstellen lassen. Ich war bei meinem Arzt und bei einem Psychiater. Ich habe mit einem Anwalt gesprochen, aber keiner tut etwas, um mir zu helfen. Nicht das geringste. Sie verstehen nicht. Eines

Nachts fühlte ich mich so schlecht, daß ich sogar die Telefonseelsorge angerufen habe. Darf ich Sie Doreen nennen?»

Dolly schüttelte den Kopf. Zu ihrem eigenen Erstaunen hörte sie sich sagen: «Dolly wäre mir lieber.»

«Gut, dann Dolly. Sie haben doch nichts dagegen, daß ich so mit Ihnen rede, nicht wahr, Dolly? Sie sind meine letzte Chance, wissen Sie das? Ihr Bruder ist meine letzte Chance. Ich finde ihn erstaunlich, wirklich, das tue ich. Mein Leben lang werde ich mich daran erinnern, wie er in meiner Vergangenheit blätterte wie in einem offenen Buch. Er war großartig. Sie haben also nichts dagegen, daß ich spreche, nicht wahr?»

Noch nie hatte jemand sich Dolly anvertraut. Das war etwas völlig Neues für sie. Was Pup ihr über die Versammlungen des «Ordens der Goldenen Dämmerung» berichtete, zählte nicht. In ihrem freundlosen Dasein hatte es nie einen vertraulichen Schwatz mit Freundinnen gegeben, kein Mann, der sie liebte, hatte ihr je sein Herz geöffnet, kein älterer Mensch hatte ihr geklagt, daß er sich von seinen Kindern vernachlässigt fühle und von seiner Rente kaum leben könne, kein Mädchen hatte ihr sexuelle Abenteuer gebeichtet.

Ihr Bruder genügte sich selbst, wie sie plötzlich mit einem heftigen Schmerz im Herzen feststellte, und hatte sich vielleicht seit jeher selbst genügt. Weil sie keine Erfahrung hatte, wußte sie auch nicht, daß sie jetzt eigentlich sagen sollte: «Reden Sie nur, wenn Ihnen danach zumute ist», und später als ständige Wiederholung: «Und weiter?» Daher schüttelte sie nur den Kopf, ohne zu ahnen, daß sich auf ihrem sonst so ausdruckslosen Gesicht ein fast ungläubiges Erstaunen malte.

«Nun ja», sagte Yvonne und sah zu den beiden Puppen – dem Ballettmädchen und dem Chinesenjungen – auf dem Kaminsims und dann zu der großen, alten schwarzgoldenen Nähmaschine hinüber. «Nun ja, es geht um George, meinen Mann. Er hat sich in jemand anders verliebt, und ich weiß nicht, was ich tun soll.»

Das war verwirrend. Und es überstieg Dollys Begreifen, wie jemand, der eine so schöne Frau hatte wie Yvonne, auch nur einen Moment lang an eine andere denken konnte. Intuitiv wußte sie jedoch, daß sie jetzt etwas antworten mußte.

«Sie muß», begann sie gehemmt, «ich meine, sie muß ganz ungewöhnlich sein, wenn sie noch schöner ist als Sie ...»

Ihr Stimme bebte, und das Blut schoß ihr ins Gesicht. Die Worte waren schrecklich schwer auszusprechen gewesen, sie hatte sie sich abringen müssen, doch jetzt war sie aus irgendeinem Grund froh, daß sie sie gesagt hatte. Impulsiv streckte Yvonne die Hand aus und legte sie auf Dollys Hand. «Sie sind nett, Sie sind wirklich lieb.» Sie unterbrach sich und warf Dolly dann einen Seitenblick zu. «Es ist keine ‹sie›.»

«Aber Sie sagten doch ...»

«Er hat mir erklärt, er habe sich in – in einen bildschönen Jungen verliebt.» Yvonne stöhnte leise auf und brach dann in Tränen aus.

Dolly kicherte nervös. Yvonne hatte sich die Tränen getrocknet und das Gesagte wiederholt, und Dolly hatte es die Sprache verschlagen.

Es war jetzt schon ziemlich dunkel im Zimmer, der Regen trommelte an die Fensterscheiben, und die Atmosphäre zwischen Yvonne und Dolly war gespannt. Edith hatte immer gesagt, eine solche Atmosphäre könne man mit dem Messer schneiden. Edith und Myra waren jetzt nicht hier, sie waren geflüchtet. Yvonne wandte Dolly das Gesicht zu, dem die Tränen nichts anhaben konnten. Auch ihre Augen, die sie mit einem Tüchlein betupfte, in das ein Y eingestickt war, waren vom Weinen weder gerötet noch verquollen.

«Ich weiß nicht, was Sie jetzt von mir hören wollen», sagte Dolly unbeholfen.

Ein Zucken zarter Schultern. «Was kann man dazu schon sagen?»

Dollys einzige Quelle der Erfahrung in solchen Dingen waren die «Trost-und-Rat-Seiten» der Illustrierten, ihr einziger Ratgeber die Journalisten, die ihr empfohlen hatten, auszugehen, Menschen kennenzulernen und ihr Geburtsmal zu vergessen. Doch sie verließ sich jetzt nicht ausschließlich auf sie.

«Es – es ist doch nicht so, als wollte er die Scheidung, um – um diese andere Person zu heiraten», sagte sie.

«Wenn er könnte, würde er es tun. Er sagt, Schwule sollten untereinander auch heiraten dürfen, er sagt, es gebe tatsächlich Priester, die bereit seien, sie zu trauen, und wenn er einen fände, der es tut, werde er Ashley Clare heiraten.»

«Das wäre aber doch nur eine Proforma-Ehe», erwiderte Dolly vage. Sie hatte den Ausdruck irgendwo gelesen. Yvonne sah sie voller Eifer an und nickte. Offenbar erwartete Yvonne viel von ihr, und Dolly fühlte auf einmal Erregung, fühlte, daß sie es genoß. Ihre Zurückhaltung und Verlegenheit waren verschwunden. Was sie da erlebte, war so neu, so anders. Sie mußte es irgendwie ausdehnen. Aber wie?

«Wollen Sie etwas trinken?» fragte sie unsicher, weil sie nicht wußte, ob diese Form der Einladung die richtige war.

«Tee, meinen Sie?»

Dolly schüttelte den Kopf. Bis zum Erscheinen, nein, treffender, bis zum Dahinscheiden von ihres Vaters zweiter Frau hatte Dolly nie die Möglichkeit gehabt, ihren Wein zu kühlen. Jetzt öffnete sie Myras großen Kühlschrank und holte eine Flasche «Blaue Nonne» heraus.

«Wie reizend! Was für eine reizende Idee! Sie sind sehr freundlich.» Yvonne klatschte beim Anblick des Tabletts mit der Weinflasche und Myras besten Gläsern buchstäblich in die Hände. «Das ist genau das, was ich brauche.»

Dolly nickte selig. Es war auch das, was sie brauchte. Sie hoben ihre Gläser nicht zum Toast. Yvonne fiel nichts ein, worauf sie trinken konnte, und Dolly war zu sehr daran gewöhnt, allein zu trinken, so daß ihr ein solcher Gedanke gar nicht kam.

«Wußten Sie schon, als Sie heirateten, daß er – schwul ist?» Dolly mußte förmlich Anlauf nehmen, um das Wort herauszubringen, das ihr bisher noch nie über die Lippen gekommen war.

«Ich hätte es wissen müssen. Er war fünfunddreißig und noch nie verheiratet gewesen. Das ist ein schlechtes Zeichen.» Diese Weisheit klang, mit Yvonnes Babystimme gesprochen, ziemlich seltsam. «Außerdem verhielt er sich mir gegenüber so – so altmodisch, so ganz ohne Fehl und Tadel. Echte Männer sind nicht so, nicht wahr?»

Dolly hatte kaum eine Ahnung davon, wie echte Männer waren oder nicht waren. Sie füllte die Gläser frisch.

«Ich hatte eben meinen ersten Mann verloren. Er starb an Leukämie, und er war erst zweiundzwanzig. Ich habe doch wirklich ein trauriges Leben, finden Sie nicht?»

Dolly nickte mitfühlend, obwohl es ihr ein herrlich ereignisreiches Leben zu sein schien. Yvonnes Augen füllten sich wieder mit Tränen.

«Ich war erst einundzwanzig. Als wir heirateten, waren wir noch richtige Kinder. Ich war völlig fertig, als er starb, und dann begegnete ich George. Er war sehr gut zu mir und sagte, er werde sich um mich kümmern. Und wissen Sie, Dolly, ich besaß keinen Penny, George aber hatte diese riesige Privatpraxis und außerdem noch das Vermögen, das sein Vater ihm hinterlassen hatte. George sagte, er kaufe mir ein Haus, und ich könne mir aussuchen, wo ich wohnen wolle. Zur Hochzeit schenkte er mir ein Auto.» Als Dollys Augen unwillkürlich zum Fenster mit den noch immer geschlossenen Vorhängen schweiften, sagte Yvonne rasch: «Oh, nicht dieses. Das ist schon mein drittes.»

«Er hat Sie geheiratet, weil er bei Ihnen Heilung zu finden hoffte», zitierte Dolly kühn ihre Briefkastentante.

«Das vermute ich auch. Aber es hat natürlich nie funktioniert.» Yvonne malte Schnörkel auf ihr beschlagenes Weinglas. «Ich wußte immer, daß irgend etwas nicht stimmte. Mit meinem ersten Mann hatte ich nämlich eine sehr leidenschaftliche Beziehung.»

Darüber wollte Dolly nichts hören. «Und was ist mit diesem Ashley?» lenkte sie ab.

«Ich habe ihn nie gesehen, ich weiß überhaupt nichts über ihn, nur daß er, wie George sagt, ein bildschöner Junge ist, den er in einem Schwulen-Club in Earl's Court kennengelernt hat. Der Club heißt ‹The Ganymede›.» Yvonne sprach immer schneller, ihre Stimme ratterte wie eine bergab rollende Spielzeugeisenbahn. «Außerdem hat George gesagt, daß er wahnsinnig in diesen Ashley verliebt ist. Er will mich tatsächlich verlassen, um mit ihm zusammenzuleben.» Ihre Stimme erhob sich zu melancholischem Wehklagen.

«Weinen Sie nicht», sagte Dolly verlegen. Sie streckte die Hand aus, wie sie es auch bei Pup getan hätte.

Yvonne umklammerte sie. Am liebsten hätte sie sich Dolly in die Arme geworfen, aber das Feuermal stieß sie ab. Es hatte auf die meisten Leute genau die von Dolly erwartete Wirkung. Aber Yvonne ließ ihre Hand nicht mehr los. «Deshalb – sehen Sie – Ihr Bruder ... Er ist so klug, und da dachte ich ...»

«Daß er etwas für Sie tun könnte?»

«Daß er dem ein Ende machen könnte.»

«Aber wollen Sie denn einen – solchen Ehemann?» fragte Dolly.

«Ich will mein Haus behalten. Ich will Mrs. George Colefax bleiben. Ich will nicht geschieden und einfach weggeworfen werden wegen eines – eines schönes Jungen. Ich möchte, daß Ihr Bruder der Sache ein Ende macht. Ich kann dafür bezahlen. Er ist so klug, er braucht mir nur seinen Preis zu nennen. Ich weiß, daß es nicht billig sein wird, Dolly, aber das ist mir egal. Ich bin so entsetzlich unglücklich.»

«Er läßt sich nicht bezahlen», antwortete Dolly fast verächtlich. Sie schenkte den letzten Wein ein. Es hatte aufgehört zu regnen. Sie zog den Vorhang ein paar Zentimeter zurück, und durch den Spalt drang ein wäßriger Sonnenstrahl ins Zimmer. «Sagen Sie mir, wie dieser Ashley aussieht. Könnten Sie ein Foto von ihm besorgen?»

Yvonne sagte, sie werde es versuchen. Sie werde sich von George ein Foto leihen oder ihm eins stehlen und es Dolly bringen. Der Wein hatte ihr die Hemmungen genommen, und sie erzählte Dolly, wo Ashley Clare wohnte, wie er seinen Lebensunterhalt verdiente und wie er aussah, wobei sie sich natürlich nur auf Georges begeisterte Schilderungen stützen konnte. Ein- oder zweimal nannte sie Dolly «Liebling». Es war ein ereignisreicher und aufregender, wenn auch ein sehr anstrengender Nachmittag gewesen, und als Dolly dem Porsche nachsah, der die Manningtree Grove hinaufröhrte, fühlte sie sich so nervös und überdreht, daß sie eine neue Flasche Wein öffnen mußte – eine volle Stunde bevor Pup nach Hause kam.

Er wollte den Abend zu Hause verbringen. Um sechs hatte er eine Verabredung mit dem Chef der Freundin von Carolines Schwester in dessen Haus in Finchley. Wahrscheinlich war er nicht weniger nervös als Dolly, wenn auch aus einem ganz anderen Grund. Vor Philippa ließ er sich seine Nervosität jedoch nicht anmerken und verließ ihre Wohnung erst fünf Minuten vor sechs.

Eine halbe Stunde später hatte er allen Grund zum Jubeln. Er fuhr mit dem Yearman- und Hodge-Kombi durch Hampstaed Garden und mußte sich zwingen, nicht unbesonnen loszurasen, denn das hätte er am liebsten getan. Die Sonne schien jetzt, und es sah aus, als habe es nie geregnet, doch dann wären die Rasen jetzt nicht so grün gewesen, hätten die Blumen nicht so kräftig geleuchtet und die Blätter im klaren, weichen Licht nicht so geglänzt. Die großen, schönen Häuser schienen ihn mit Wohlwollen zu betrachten.

Dolly war ein bißchen betrunken, als er nach Hause kam. Zwar war sie noch sicher auf den Beinen, doch ihre Sprache klang ein wenig verwischt. Pup warf einen Blick auf ihr gerötetes Gesicht, auf die leere Flasche der «Blauen Nonne» und die fast leere eines jugoslawischen Rieslings, doch er verkniff sich jede Bemerkung. Er wollte sie nicht gegen sich aufbringen, er wollte ihr erzählen, was er heute erreicht hatte. Er mußte es jemandem sagen. Harold würde nur zur Vorsicht mahnen. Philippa war noch weniger interessiert als Dolly, und Caroline war ein Vamp. Er hätte mit seinem Freund Dilip Raj darüber reden können, doch Dilip besuchte seine Großmutter in Kalkutta.

«Ich habe heute etwas Großartiges erlebt», sagte Pup, als er auf Dolly zuging, um sie zu küssen. Er mußte sich sehr beherrschen, um nicht durch das Zimmer zu hüpfen. «Ich habe eben mit einem Mann verhandelt, der uns einen Riesenauftrag gibt. Wir sollen seine neuen Büroräume mit allen Maschinen ausstatten: mit Textverarbeitungssystemen, elektronischen Schreibmaschinen, mit allem eben. Es ist ein Wahnsinnsauftrag. Und er hat ihn mir gegeben, Dolly.» Diesmal sagte er «mir» und nicht «uns», aber das fiel ihr natürlich nicht auf. «Ich komme mir vor wie im siebten Himmel, Dolly. Und ich sag dir was – ich trinke jetzt ein Glas Wein.»

Sie schenkte ihm ein und brachte ihm das Glas zu der weiß-braun karierten Polsterbank, auf der er saß. Pup trug den grauen Anzug mit dem rosa und grau gemusterten Hemd und eine schieferblaue Seidenkrawatte. Er zog die Jacke aus, nahm die Krawatte ab und blieb hemdsärmelig sitzen.

«Auf uns!» sagte er und hob sein Glas. «Auf den bleibenden Erfolg von Yearman und Hodge.»

Sie sah ihn an. Es war der Blick einer Mutter, deren Sohn ein reicher Lumpenhändler war, die ihn jedoch lieber als Professor gesehen hätte. «Ich habe gedacht, daß du diesen ganzen Kram Vater überlassen würdest.»

Es kam bei ihm selten vor, doch plötzlich packte ihn wütender Zorn. Er beherrschte sich aber. «Vater ist kein Geschäftsmann. Ich denke, ich bin es. Ich denke, ich habe das Glück, ein Flair fürs Geschäft zu haben.»

«Ich dachte, du hättest ein Flair für – du weißt, was ich dachte», entgegnete sie schnell und voller Wehmut.

Er ignorierte ihre Bemerkung, mehr konnte er nicht tun. «Komm», sagte er, «das muß gefeiert werden. Ich führe dich zum Abendessen aus.»

Sie schüttelte den Kopf. «Ich bin müde. Du weißt, daß ich nicht gern auswärts esse.» Er verstand, was sie meinte und war dagegen natürlich machtlos. «Außerdem habe ich dein Essen schon vorbereitet.»

Salami, gerollte Putenbrust in hauchdünnen Scheiben, Kohlsalat, Kartoffelflocken, Schweizer Schokoladekuchen, Büchsenpfirsiche und Eierkrem aus der Büchse. Er kam sich unloyal vor, doch er entwuchs allmählich der Vorliebe für solche Speisen, von denen ein Kind träumen mochte, wenn es sich ein Festessen ausmalte. Harold saß schon am Küchentisch, *Die Töchter von George III.* aufrecht stehend zwischen Teller und Milchkrug eingeklemmt.

«Hallo, Vater», sagte Pup, der Harold seit dem Morgen nicht gesehen hatte. «Einen guten Tag gehabt?»

«Gut? Also, ich weiß nicht so recht. Ich weiß nur, daß ich fix und fertig bin.»

Und diesmal stimmte es sogar. Heute nachmittag um fünf hatte er, in dem Raum hinter dem Laden auf dem Crouch Hill Broadway, auf einer neuen Olympia ES100s seinen Roman fertig getippt. *Die Töchter von George III.* las er mehr aus Gewohnheit und nicht, weil es notwendig gewesen wäre.

Dolly schenkte zwei Tassen Tee ein. Sie fühlte, daß es heute abend unklug gewesen wäre, Pup von Yvonne Colefax und ihren Schwierigkeiten zu erzählen. Sie hatte zuviel Wein getrunken und daher keinen Appetit, aber sie nahm sich ein Stück Brot, bestrich es mit Butter und belegte es mit dem aufgeschnittenen Putenfleisch. Es kam selten vor, daß Pup an zwei aufeinanderfolgenden Abenden zu Hause blieb. Sie begann fast zu zittern, wenn sie sich überlegte, ob das möglicherweise bedeutete, daß ihn der «Orden der Goldenen Dämmerung» nicht mehr interessierte oder langweilte.

Wie es dazu kam, daß Georgiou seinen Laden verlor, begriff Diarmit nie ganz. Nicht, daß der bis dahin so wortkarge Georgiou weiterhin geschwiegen hätte. Er redete den ganzen Tag darüber, brummte in seinem kehligen und harten Akzent über Hauswirte und Mietverträge und die Ungerechtigkeit, der man im Vereinigten Königreich auf Schritt und Tritt begegnete. Er versuchte auch, Diarmit alles zu erklären, und seine Stimme überschlug sich krächzend, wenn er über schwierige Worte stolperte.

«Diese Firma, die Schreibmaschinen verkauft, hat es auf meinen Laden abgesehen.» Georgiou warf den Kopf zurück und hob die Arme. «Gesagt hat mir das natürlich keiner, aber ich habe meine Quellen. Expansion heißt das Schlagwort, alle wollen expandieren, expandieren. So ist das heutzutage nun mal. Schreibmaschinen, Fotomaschinen, das mögen die Menschen heutzutage. Gutes Essen interessiert sie nicht, sie mögen es nicht einmal.»

Verwirrt und voller Unbehagen lächelte Diarmit ihn an.

«Wenn es also das ist, was die Leute mögen, sollen doch diese Schreibmaschinen- und Fotokopierermenschen die Miete bezahlen», sagte Georgiou. «Mir isses egal, ich setze mich zur Ruhe. Ich will mit dem ganzen Streß nix mehr zu tun haben.»

Und wieder mußte Diarmit von der Sozialhilfe leben. Er hatte unglaublich viel Zeit und wußte nichts damit anzufangen. Er schämte sich, daß er keine Arbeit hatte, und schämte sich vor allem vor den anderen Hausbewohnern. Sie mußten ja glauben, er sei ein zweiter Conal, genau so liederlich und arbeitsscheu. Bestimmt dachten sie auch, gleich und gleich geselle sich nun mal gern.

Notgedrungen verbrachte er jetzt sehr viel Zeit in seinem Zimmer. Wenn er ausging, dann höchstens für ungefähr eine Stunde. Er verbrachte die ganze Nacht und fast den ganzen Tag im Zimmer. Die Tatsache, daß Conals Sachen noch immer da waren und ihm Platz wegnahmen, begann ihn zu verdrießen. Er legte Conals Kleider und die Harrods-Tüte mit den Messern in der Mitte des Zimmers zu einem Stapel zusammen. Wenn er umherging, mußte er darübersteigen oder einen Bogen machen, doch er hatte das Gefühl, mit dieser Geste jedem, der ihn besuchte oder zu ihm hereinschaute, deutlich gemacht zu haben, daß die Sachen nicht ihm gehörten und nichts mit ihm zu tun hatten. Er trug auch Conals rote Sachen nicht mehr und kehrte zu den Drillichjeans zurück, die er angehabt hatte, als er hier eingezogen war.

Dann fiel ihm ein, daß die Sachen bei Conals Schwester Kathleen besser aufgehoben wären als bei ihm. Er packte alles in Zeitungspapier und verschloß das Paket mit Klebeband. Es war sehr mühsam, und er brauchte fast den ganzen Tag dazu. Am nächsten, einem heißen Augusttag, brachte er das Paket mit dem Zug von Crouch Hill nach Kilburn.

Ein Mann öffnete ihm. Er sagte, er sei Kathleens Mann, und Kathleen sei in der Arbeit.

«Da hat sie aber Glück – ich meine, sie ist gut dran, weil sie Arbeit hat», sagte Diarmit höflich. «Ich könnte auch eine brauchen.» Er erinnerte sich jetzt, daß er die Stimme des Mannes schon einmal gehört hatte. Damals hatte er für Conal hier angerufen, weil Conal sich vor dem Telefon fürchtete. «In dem Paket sind die Sachen ihres Bruders Conal, ich bin eigens mit dem Zug hergekommen, um sie ihr zu bringen. Mir sind sie im Weg. Soll sie das Zeug aufheben, bis Conal kommt.»

Der Mann sah Diarmit verständnislos an. «Sie hat keinen Bruder, der Conal heißt.»

Daher wehte also der Wind. Sie wollten überhaupt nichts mehr von Conal wissen, ihn völlig verleugnen. Diarmit konnte es ihnen nicht übelnehmen, blieb jedoch hartnäckig. «Der Familienname ist Moore, und das ist doch auch der Mädchenname Ihrer Frau.»

«Meine Frau ist eine geborene Bawne.»

Diarmit lachte. Er konnte nicht anders. Das war doch wirklich die Höhe! Nerven hatten die! Wollten sich um ihre Verantwortung drücken, indem sie sich als Mitglieder seiner Familie ausgaben. Bawne – in der Tat. Den Kopf zurückwerfend, lachte er humorlos und versuchte dem Mann das Paket in die Hand zu drücken, doch bevor er es tun konnte, wurde ihm die Tür vor der Nase zugeworfen.

Warum hatte sich der Mann sogar geweigert, zuzugeben, daß Conal sein Schwager war? Daß er und seine Frau mit Conal nichts zu tun haben wollten, konnte Diarmit sehr gut verstehen. Aber warum leugnete der andere die Verwandtschaft und nahm nicht einmal das Paket mit Conals Sachen an? Wahrscheinlich hatten sie erfahren, daß Conal zurückkam, und fürchteten sich davor, in seine Angelegenheiten hineingezogen zu werden.

Er kam wieder. Es war jetzt ein Jahr her, seit er das Mädchen ermordet und ihm den Kopf abgeschnitten hatte. Ein Jahr, seit man in den Zeitungen über ihn schrieb und ihn den «Henker» nannte. Er kam zurück, weil Gras über die Geschichte gewachsen war und er sich sicher fühlen konnte. Diarmit stieg die Treppe zu seinem Zimmer hinauf. Er machte das Paket wieder auf und legte die roten Sachen sorgfältig auf das Fußende des Bettes und über die Sessellehnen. Die Messer und das Hackmesser waren sauber, doch er wusch sie unter der Wasserleitung, trocknete sie ab und tat sie wieder in die Tüte. Conal kam zurück und konnte jeden Tag hier erscheinen ...

Der Brief steckte in einem braunen Umschlag, der an Miss Doreen Yearman adressiert war. Es war ein Brief, wie Dolly ihn noch nie bekommen hatte, denn er begann mit «Liebe Dolly» und schloß mit «Alles Liebe, Yvonne». In dem Umschlag steckte außerdem ein Foto, auf dem zwei Männer in einem Wohnzimmer zu sehen waren, die weit voneinander entfernt auf dem Samtsofa saßen. Es war eine Blitzlichtaufnahme, und die beiden hatten leere Gesichter und glänzende, starre Augen. George Colefax rauchte eine Zigarre, der andere Mann hatte die Hände mädchenhaft auf den Knien gefaltet. Ein hübscher Junge, vielleicht, aber das mußte schon ziemlich lange her sein. Sein schwarzes Haar, im Stil Byrons zurückgekämmt, war an den Schläfen schon silbergrau, und obwohl die Stirnfalten und die Tränensäcke durch das Blitzlicht verwischt worden waren, wußte man, daß sie vorhanden waren.

Dolly steckte Brief und Foto in ihre Handtasche, doch etwas drängte sie dazu, den Brief von Zeit zu Zeit herauszuholen und Anrede und Unterschrift immer wieder zu lesen: «Liebe Dolly» und «Alles Liebe, Yvonne.» Sie ging in die Holloway Road einkaufen und legte einen Teil des Wegs entlang der alten Eisenbahnlinie zurück. Es war ein warmer, dunstiger Tag, der gegen Mittag wohl sehr heiß werden würde, und das Gras war von den üppigen Blüten des Roten Heinrich rötlich überhaucht. Das Summen der Insekten schien manchmal sogar lauter als das dumpfe Dröhnen des Verkehrs.

Im Mistley Tunnel, in dem es ziemlich kühl und dunkel war, fiel Dolly ein, daß seit dem Mord des «Henkers» ein gutes Jahr vergangen sein mußte. An einem Mittwoch war es geschehen, einen Tag vor Myras Dinnerparty, bei der Pup Yvonne so mit einer genauen Schilderung ihres vergangenen Lebens in Erstaunen versetzt hatte. Sie selbst war nicht zu Hause gewesen, sondern hatte die erste Séance bei den Adonai Spritisten besucht. Daher konnte sie sich auch ganz genau an die Daten erinnern: Mittwoch 12. August, Donnerstag 13. August. Und heute war Mittwoch, der 11. August. Ein Jahr war es her, auf den Tag genau ein Jahr.

Dolly beschleunigte die Schritte und empfand eine gewisse Erleichterung, als sie das Ende des Tunnels erreichte und in die weiche, warme Helligkeit hinaustrat. Ein schwarzroter Falter flog dicht an ihrem Gesicht vorüber und ließ sich auf dem Blütenzweig eines Schmetterlingsstrauchs nieder. Dolly ging den Bahnsteig der alten Station entlang. Ihr entgegen – aber noch ein ganzes Stück entfernt – kam die Frau mit dem weißen Pyrenäischen Berghund. Gleichmütig trottete das Tier seines Wegs, als habe es vor einem Jahr hier weder eine Leiche noch einen abgetrennten menschlichen Kopf aufgespürt.

17

Der Mann auf dem Foto schien eine olivfarbene Haut zu haben, deshalb arbeitete Dolly den Körper der Puppe aus rauhem, ungebleichtem Leinen. Es war noch ein Stück von Ediths Kanevasstickerei übrig. Dolly stickte Ashley Clares Gesicht – die gewölbten schwarzen Brauen, die mandelförmigen Augen, den sinnlichen Mund. Sie nähte einen dichten Schopf schwarzen Haares auf seinem Kopf fest, nahm jedoch keine Wolle dazu, sondern Seide, und an den Schläfen zog sie ein paar feine Silberfäden durch das Schwarz. Fast durch Zufall schien sie den Gesichtsausdruck des Mannes eingefangen zu haben. Sie hatte das Gefühl, daß man ihn sofort erkennen mußte.

Auf dem Foto trug er Jeans aus Samtkord, ein am Hals offenes

Hemd und eine Reißverschlußjacke, doch Dolly wollte ihn förmlicher gekleidet sehen, so wie er wahrscheinlich täglich zur Arbeit ging, wie immer diese Arbeit aussehen mochte. Sie nähte ihm einen Anzug aus grauem Polyester, der von einem Rock übrig war, den sie für Wendy Collins gemacht hatte, ein Hemd aus einem Battisttaschentuch von Edith und eine rote Seidenkrawatte aus dem Futter ihres eigenen Samtmantels. Die Schuhe aus Pappdeckel bemalte sie mit chinesischem Lack, den sie bei Woolworth kaufte. Als er fertig war, war er der perfekte Mann schlechthin, die schönste Puppe, die sie je gearbeitet hatte.

Sogar Myra bewunderte ihn. Myra und Edith hatten ihr bei der Arbeit zugesehen.

«Ich muß schon sagen, Doreen, die Ähnlichkeit ist verblüffend. Ich habe ihn einmal gesehen, als er in die Praxis kam. Du hast ihn haargenau getroffen.»

«Ja, wirklich eine sehr hübsche Arbeit, Liebes, aber schielt er nicht ein bißchen?»

Myra und Edith sprachen nur selten miteinander, aber manchmal taten sie es doch. «Also, offen gestanden, Edith», meinte Myra, «er schielt wirklich ein bißchen.»

Dolly setzte ihn zwischen den Chinesenjungen und das Ballettmädchen auf den Kaminsims. Die Puppe zu nähen, hatte ihre ganze Zeit in Anspruch genommen, und sie hatte nichts mehr an dem grünen Kleid getan. Während sie dasaß und am Besatz von Ausschnitt und Armlöchern stichelte, klingelte es an der Haustür. Sie war sicher, daß es Yvonne war, die überraschend vorbeikam, doch es war nur eines der Mädchen von nebenan. Es hatte ein Paar Drillichjeans über dem Arm und sagte, seine Mutter habe von Mrs. Buxton erfahren, daß Dolly Schneiderin sei. Vielleicht könne sie die Zeit erübrigen, die Jeans um zehn Zentimeter zu kürzen. Das Mädchen sah die Puppe auf dem Sims und erklärte kichernd, sie sehe aus wie Robert de Niro. Dolly nahm die Jeans und sagte, das Kürzen koste vier Pfund, hoffentlich sei das recht? Sie merkte, daß das Mädchen sich bemühte, nicht auf ihre rechte Wange zu starren.

Seit sie den Brief bekommen hatte, dessen Anrede und Unterschrift sie noch immer häufig las, hatte Yvonne nichts mehr von sich hören lassen. Dolly hatte nie vorher erlebt, was es bedeutete, neben dem Telefon zu sitzen und darauf zu warten, daß es läutet, hatte sein Läuten noch nie förmlich herbeigesehnt. Sie steckte den Saum des grünen Seidenkleides ab und begann ihn mit feinen Stichen festzunähen.

«Sobald du das Kleid fertig hast, wird sie wie der Blitz verschwinden», sagte Myra. «Das ist dir doch klar, Doreen? Sie wird sich nicht mehr um dich kümmern. Und – ganz offen gesagt – warum sollte sie auch?»

«Die Seide hat einen sehr schwierigen Farbton», sagte Edith. «Zu Jadegrün findet man nur schwer die passenden Accessoires, und tragen kann das auch nicht jeder.»

«Ihr Vater war Akademiker, und ihr Mann ist es auch. Es ist im Grunde nur eine Frage der Klasse, zu der man gehört. Aber ist es das nicht immer?»

Pup kam zum Essen nach Hause. Er überlegte – und das beschäftigte ihn seit einiger Zeit sehr stark –, wie er seinen Vater dazu bringen konnte, sich aus dem Geschäft zurückzuziehen. Harold war in der Firma schon lange zu nichts mehr nütze gewesen, doch jetzt wurde er schlimmer als unnütz, er war Pup hinderlich wie eine eiserne Fußfessel. Er lungerte nur herum und antwortete den Kunden vage und ohne ein Wort von der Frage verstanden zu haben, wie jemand, der in einer vergessenen fremden Sprache angeredet worden war. Ständig schien er über das Xerox-Kopiergerät gebeugt dazustehen oder schleppte braune Pakete, die aussahen, als enthielten sie ein Ries Papier.

Pup fürchtete sich davor, Menschen zu verletzen und ihnen weh zu tun. Auf keinen Fall durfte Harold sich überflüssig vorkommen, man mußte ihm irgendwie suggerieren, daß er es war, der den Wunsch hatte zu gehen. «Zelebriere ein Pentagramm-Ritual», hätte Dolly ihm zweifellos geraten, doch er hatte allen Glauben an die Wirksamkeit der Geomantie verloren. Als er noch den Teufel umschmeichelt und mit ihm gehandelt hatte, damit er endlich wuchs, hatte er daran geglaubt – vielleicht aber waren die einsdreiundsiebzig ganz einfach in seinen Genen vorprogrammiert gewesen.

Das erste, was er sah, als er ins Wohnzimmer kam, war die Puppe. Er stieß einen Laut aus, der wie Erstaunen klang, in Wahrheit aber Bestürzung war. Jeder Beweis dafür, daß seine Schwester nicht wie andere Frauen war und immer wunderlicher wurde, erfüllte ihn mit bösen Ahnungen. Aber er sagte nichts. Dolly hatte schon ihre Flasche Wein angebrochen, und er fing an zu essen. Als er das letzte Mal zu Hause gegessen hatte, hatte er bei Büchsenzunge und aufgetauten Wurstsemmeln beiläufig erwähnt, er esse gern Meeresfrüchte, obwohl er wußte, daß seine Bemerkung nur dazu führen würde, daß er über Jahre hinweg zweimal wöchentlich vorgefertigten Krabbencocktail aufgetischt bekam. Der erste dieser Serie stand jetzt vor ihm, alle Zutaten «frisch» aus der Tiefkühltruhe, gekrönt von einer Haube Soße aus der Flasche.

Dolly freute sich, ihm etwas anderes vorgesetzt zu haben, etwas, das er besonders gern mochte. Es lenkte sie von Yvonne ab, wenn auch nur für eine Weile. Sie saßen wieder im Wohnzimmer, und sie hatte ihren Chianti Classico zu drei Vierteln ausgetrunken, als sie einen Entschluß faßte. Sie nahm den Telefonhörer auf, wählte und wollte sofort wieder auflegen, wenn George Colefax sich meldete.

«Hier bei Dr. Colefax», meldete sich jedoch Yvonnes Kleinmädchenstimme, und es klang, als sei sie die Sprechstundenhilfe.

«Hier spricht Dolly. Ihr Kleid ist fertig.»

«Dolly! Haben Sie meinen Brief bekommen? Ich habe Ihren Anruf schon früher erwartet.»

Also war sie es und nicht Yvonne, die einen Tadel verdiente, die sich falsch verhalten hatte. Sie seufzte so erleichtert auf, daß Pup von seiner Zeitung aufblickte.

«Würden Sie – würden Sie gern rüberkommen? Wollen Sie morgen kommen?»

Aber Yvonne entgegnete, Dolly solle doch lieber sie besuchen. Sie wolle sich für Dollys Gastfreundschaft revanchieren. Wie wäre es mit Montag oder Dienstag? Natürlich dachte sie nicht daran – Leute, die ein Auto haben, denken nie daran, dachte Dolly mit aufflackernder Gereiztheit –, wieviel Zeit es kostete, mit einem öffentlichen Verkehrsmittel aus der Manningtree Grove in die Bishop's Avenue zu kommen. Aber sie war für Yvonnes Einladung viel zu dankbar, um etwas einzuwenden.

«Wenn du willst, hole ich dich ab», sagte Pup. Sie hatte endlich eine Freundin, eine junge, passende, normale Freundin. Seine Erleichterung war groß. Er erinnerte sich an Yvonne Colefax, erinnerte sich an ihren Duft und an das, was er empfunden hatte, als sie ihren schmalen Oberschenkel ganz leicht an sein Bein gedrückt hatte. Und bei Myras Beerdigung ... Er wandte den Blick von der dunkelhäutigen, rotlippigen Puppe auf dem Kaminsims ab. «Frag sie, wann ich dich abholen soll.»

Noch vor ein paar Minuten innerlich verkrampft und verängstigt, setzte Dolly sich jetzt glücklich zu Pup auf die Polsterbank und erzählte ihm von der Liebesaffäre zwischen Ashley Clare und George Colefax.

«Und der ist mit der reizenden Yvonne verheiratet?»

«Wir müssen etwas dagegen tun.»

«Was denn?» fragte Pup zerstreut und wandte sich wieder seiner Zeitung zu.

Als er nach London gekommen war, hatte er sich Conals Führung anvertraut, und Conal hatte sich um ihn kümmern müssen. Nicht, daß er sich dabei besonders angestrengt hätte! Na ja, er hatte ihm ein Dach über dem Kopf gegeben, aber aus dem Job war nie etwas geworden. Ohne Zweifel hatte Conal ihn nur benutzt, um seine Ängste und Schrecken auf ihn abzuladen. Wie leicht hätte man ihn sogar verdächtigen können, das Mädchen ermordet und enthauptet zu haben, denn Conal war ganz ohne Hemmungen mit den blutigen Messern und den blutbefleckten Kleidern hierher zurückgekommen. Wenn Conal diesmal wiederkam und sie wieder zusammen waren, dann – das wußte Diarmit schon jetzt – würde er sich um den anderen kümmern müssen. Er fürchtete sich schon jetzt davor.

Die Harrods-Tüte mit den Messern und die Kleider lagen noch immer mitten auf dem Fußboden. Diarmit verfluchte sie, denn jedesmal, wenn er vom Bett zur Wasserleitung oder vom Schrank zum Fenster wollte, mußte er über sie hinwegsteigen, und zweimal war er schon gestolpert und der Länge nach hingefallen. In Jeans, einem grauen Hemd und grauen Pullover ging er zur Arbeitsvermittlung, aber sie hatten noch immer nichts für ihn. Er fürchtete sich davor, dem gewissenlosen Verbrecher Conal Moore gestehen zu müssen, daß er arbeitslos war und von der Sozialhilfe lebte.

Die beiden Hunde, der Dalmatiner und der Colliemischling wühlten in den Abfalltonnen auf dem Mount Pleasant Green, rissen die Hüllen von weggeworfenen Nahrungsmitteln und rannten durch das Gras wie zwei Schakale. Die alten Leute waren in das Seniorenheim eingezogen, und am Fenster des Gemeinschaftsraumes stand eine ungefähr siebzigjährige Frau und ordnete Blumen in eine Vase. Im Garten hatte man Rasen gesät und kleine immergrüne Bäume gepflanzt. Die Arbeiter waren schon lange fort. Das wird Conal Sorgen machen, dachte Diarmit. Er wird sich fragen, wo sie sind und wann sie kommen, um unser Haus abzureißen ... Er würde Angst davor haben, tagsüber zu Hause zu bleiben, und alles würde wieder von vorn anfangen.

Während Diarmit am Fenster saß und über den Anger in die Richtung blickte, in der die Crouch Hill Station lag – denn von dort mußte Conal kommen –, überlegte er, daß er nur wegzulaufen brauchte, um Conal aus dem Weg zu gehen. Er brauchte nur nach

Liverpool zurückzukehren. Aber das war nicht realistisch gedacht, denn er wußte, daß er sich vor der Verantwortung nicht drücken konnte. Außerdem hatte er keine Verwandten in Liverpool, sie waren alle tot, nur Conals Familie lebte dort. Er konnte natürlich zur alten Eisenbahnlinie hinuntergehen, Proviant mitnehmen und sich im Mistley Tunnel verstecken. Schlafen konnte er auf der alten Federmatratze. Aber was sollte er tun, wenn das schöne Wetter zu Ende ging und der Herbst kam? Nein, das war keine gute Lösung. Diarmit fröstelte, fand sich mit seinem bösen Geschick ab und wartete darauf, daß es von der Crouch Hill Station über den Anger kam.

Doch es ergab sich, daß Diarmit Conal nicht sah, als er dann tatsächlich kam. Er mußte sich nachts ins Zimmer geschlichen haben. Denn als Diarmit erwachte, war er da, trug dunkelrote Kleidung, nahm die Messer aus der Harrods-Tüte und untersuchte sie sorgfältig. Wahrscheinlich wollte er sich überzeugen, daß Diarmit sie während seiner Abwesenheit richtig gepflegt hatte. Conal, der Mörder, Conal, der Verbrecher, Conal, der Ausgestoßene. Der arbeitslose, freundlose, gehaßte, wahnsinnige Conal.

Weil er wußte, was geschehen würde, wenn er das Haus verließ, weil er nicht wagte, ins Freie zu gehen, aber Bewegung brauchte, begann er im Zimmer auf und ab zu marschieren. Hin und her stapfte er mit schweren Schritten durch den kleinen, unordentlichen Raum. Mit Schritten, die nach einer Weile müde wurden, doch er stapfte unverdrossen weiter.

Das Mädchen arbeitete den ersten Tag in dem Unisex-Salon in der Tottenham Lane, und Pup besuchte ihn ebenfalls zum erstenmal. Sie schlossen an Montagen um zwei, und er war ihr letzter Kunde. Er hatte auch das hübscheste Haar, das sie an diesem Vormittag zu waschen und zu schneiden hatte, blond und lockig, eigentlich kein Männer-, sondern viel eher Frauenhaar.

«Sie könnten mit Ihrem Haar alles anfangen», sagte die junge Friseuse.

«Was zum Beispiel? Soll ich mir was draus stricken? Oder es an einer Bohnenstange hochranken lassen?»

Sie kicherte. «Ich meine, Sie könnten jede Frisur tragen. Sie wissen doch, wie ich es meine.»

«Okay, dann hören Sie auf zu schneiden, und ich lasse mir Stopsellocken wachsen. Man hat mir vorhin gesagt, wie Sie heißen, aber ich hab's nicht richtig verstanden. Anthea?»

«Andrea. Ich setze Sie jetzt unter die Trockenhaube.»

«Einen Moment. Der Krach, den diese Dinger machen, bringt mich um. Hören Sie zu, Andrea: Ich weiß nicht, wie ich den Tag überleben soll, wenn Sie mir nicht versprechen, heute abend mit mir auszugehen.»

«Ich weiß ja nicht einmal, wie Sie heißen», antwortete Andrea.

«Sie brauchen nur zu fragen. Ich heiße Peter. Und Ihnen gefällt mein Haar. Das ist doch schon was für den Anfang. Wir könnten in die neue Disco auf dem Broadway gehen ...»

Doch vorher mußte Pup noch Dolly abholen. Zwei Minuten nach sechs war er am Shelley Drive, und weil er tanzen ging, trug er seine engsten Jeans. Während er sich nach der Arbeit zu Hause rasch umgezogen hatte, war ihm der Gedanke gekommen, daß er um Dollys willen Yvonne Colefax eigentlich beeindrucken könnte, indem er ihr den unheimlichen Magier vorspielte. Dolly hatte ihm erzählt, daß sie mit Yvonne im Tempel gewesen war, und daß Yvonne noch von seinen hellseherischen Fähigkeiten schwärmte. Er zog daher zu den Jeans ein einfaches Sweatshirt aus schwarzem Samt an und hängte sich den Sonnentalisman an einer langen Schnur um den Hals – goldene Buchstaben auf schwarzlackiertem Metall. Er hatte ihn selbst gemacht, als er sechzehn gewesen war. In diesem Aufzug konnte er auch in die Disco gehen, er war genau richtig. Vielleicht war dieser Gedanke ganz typisch für die Haltung, die Pup jetzt gegen alles einnahm, was irgendwie mit der Ausübung magischer Künste zusammenhing.

Das Haus der Colefax' hatte weiße Mauern, ein grünes Dach und war im Hazienda-Stil erbaut. Außerdem hatte der Architekt sich von *art deco* und vom marokkanischen Stil beeinflussen lassen. Die Säulenvorhalle hatte eine gewisse Ähnlichkeit mit den Bauten des Andrea Palladio, einem zu Anfang des 16. Jahrhunderts in Vicenza geborenen und 1680 dort verstorbenen Baumeisters. Es war nicht das größte, aber eines der größeren Häuser, die am ruhigen, luxuriösen, baumbestandenen Shelley Drive lagen, und es hatte einen ungewöhnlich weitläufigen Park. Zur Straße zu prunkte er mit kunstvollen kleinen Steingärten, Zypressen, Kieswegen und geometrischen Blumenbeeten, während hinter dem Haus, am anderen Ende der Anlagen, eine rot gelackte chinesische Brücke durch das Grün der Bäume und Sträucher schimmerte – eine Brücke, die aussah, als stamme sie aus dem Sommerpalast in Peking. Die Rasen, so glatt und grün wie das jadefarbene Seidenkleid, das – wie Pup wußte – Dolly für Yvonne Colefax genäht hatte, mußten mindestens zweimal in der Woche gesprengt und geschnitten werden. Das besorgte offenbar der Rentner, der auch jetzt mit dem elektrischen Rasenmäher auf und ab ging. Yvonne kam die Stufen herunter, als sie die Reifen des Kombis über den Kies knirschen hörte.

«Ich freue mich, Sie wiederzusehen. Kommen Sie, trinken Sie einen Schluck mit uns. Wissen Sie eigentlich, daß ich Sie mir immer wie ein überirdisches Wesen vorstelle, eine Art Guru vielleicht?»

Pup lächelte. Sie gingen über eine riesige Fläche schimmernden Parketts, auf dem in gewollter Unordnung rosa und gelbe Kaschmirbrücken lagen, auf eine Terrasse, auf der Dolly in einem weißen Rattansessel saß. Auf dem weißen kunstgeschmiedeten Tisch stand eine leere Weinflasche und daneben eine zweite, die Dolly schnell leerte. Pup sagte, er hätte gern einen Sherry. Von der Terrasse aus sah man keine Häuser, nur Rasenflächen und Sträucher, von einem Waldgürtel umgeben, hinter dessen dichtem Laubwerk sich zweifellos andere verstreut liegende Paläste versteckten. Die chinesische Brücke spannte sich über einen kleinen Teich, in dem Fische schwammen, die genauso scharlachrot glänzten wie der Lack. Dolly sagte, der Swimmingpool liege dort drüben hinter der Hecke.

Yvonne brachte den Sherry und geröstete Erdnüsse in einer Schale. Sie setzte sich in die Gartenschaukel, und ihr dünner pinkfarbener Rock flatterte ein bißchen in die Höhe, so daß man ihre schlanken, jetzt von der Sonne leicht gebräunten Beine sah.

«Ich habe vor ein paar Tagen etwas in einer Illustrierten gelesen», sagte sie. «Es ging um die anomale Fähigkeit der Sinneswahrnehmung und um die Nutzbarmachung von Energie und Kräften, von denen wir nicht wissen, daß wir sie besitzen. Da stand unter anderem, wir würden es eines Tages als selbstverständlich ansehen, daß es solche Kräfte gibt, und Telepathie werde für uns nichts anderes sein als – als Elektrizität. Angeblich liegen neunzig Prozent unseres Gehirns brach, und dieses enorme Potential werde nie genutzt, sei aber unbestreitbar vorhanden. Das ist es doch, womit Sie sich beschäftigen, nicht wahr?»

Sie sprach, als habe sie um seinetwillen alles auswendig gelernt wie ein kleines Mädchen, das einem bewunderten Lehrer ein Gedicht aufsagt, von dem es kaum eine Zeile versteht. Pup war merkwürdig gerührt. Er nickte.

«Die Kraft Ihres Geistes könnte die Richtung der Gedanken und Gefühle eines anderen Menschen ändern?»

«So lautet die Theorie.»

Sie wandte sich ab. «Wenn Sie fort sind, werde ich ganz allein sein. Ich habe George seit dem Samstagmorgen nicht mehr gesehen und glaube nicht, daß er sich die Mühe machen wird, heute abend nach Hause zu kommen.»

«Ich könnte noch hierbleiben», sagte Dolly. «Mein Bruder hätte bestimmt nichts dagegen, mich später abzuholen, nicht wahr, Pup?»

«Pup?» sagte Yvonne.

«Ein Kosename», erklärte Pup gelassen. «Und leider habe ich etwas dagegen, später noch einmal herzukommen, Dolly. Ich habe eine Verabredung, ich gehe aus.»

Dolly sah zugleich enttäuscht und stolz aus. «Er geht zu dieser Vereinigung», wandte sie sich an Yvonne. «Es ist eine Art heiliger Orden wie die – nun ja, die Tempelritter oder Freimaurer, aber sie werden dort zu Jüngern des Okkultismus ausgebildet.»

Sie zitiert wörtlich aus irgendeinem Buch, dachte Pup, ließ sie aber bei dem Glauben, daß der Versammlungsraum der «Goldenen Dämmerung» heute abend sein Ziel war. Er trank den Sherry aus und stand auf.

Etwas über eine Stunde später drehte er sich mit Andrea unter den orangefarbenen, chromgrünen und purpurnen Lichterkaskaden der «Damaria Disco und Wein-Bar».

Sie sagte ihm nichts von dem kleinen Abenteuer, das sie am Nachmittag erlebt hatte. Dazu kannte sie ihn noch nicht gut genug. Sie war nach Hause gegangen – in das möblierte Zimmer, das sie am Mount Pleasant Green gemietet hatte – und hatte sich auf einen ruhigen Nachmittag gefreut, weil sie die Möbel ein bißchen nach ihrem Geschmack umstellen und ihre persönlichen Sachen auspakken wollte. Unterwegs hatte sie in einer Blumenhandlung drei kleine Zimmerpflanzen gekauft: einen Weihnachtskaktus, einen Kroton und einen Farn.

Sofort als sie ihr Zimmer betrat, hörte sie es. Ein dumpfes Rumpeln und Donnern direkt über ihr. Aber Lärm, der gewissermaßen von Gott kommt, also natürlich ist, läßt sich viel leichter ertragen als der, den Menschen absichtlich oder gedankenlos machen. Die Geräusche kamen aus dem ein Stockwerk höher und ebenfalls nach hinten hinaus gelegenen Zimmer. Wegen der Dachschräge gab es im obersten Stockwerk nur zwei Zimmer. Andrea ging zur Haustür hinunter und las unter dem obersten Klingelknopf den Namen «Diarmit Bawne». Die Hand, die ihn geschrieben hatte, schien nicht gut mit Tinte und Feder umgehen zu können.

Sie ertrug den Lärm länger als zwei Stunden. Doch angenommen, das ging die ganze Nacht so weiter? Dann würde sie wieder ausziehen müssen, nachdem sie eben erst eingezogen war. Es erforderte Mut, hinaufzugehen, aber sie riß sich zusammen und ging. Schüchtern klopfte sie an die Tür und mußte noch einmal klopfen, weil niemand kam.

Ein junger Mann öffnete ihr. Er war Mitte Zwanzig, wirkte jedoch wie ein Junge, ein unauffälliger Junge, weder groß noch klein, mit staubig aussehendem braunem Haar – daß das Haar schmutzig war, fiel ihr natürlich besonders auf – und Zügen, die grob aus Lehm geformt schienen. Graue Augen sahen sie merkwürdig starr an.

«Entschuldigen Sie bitte», sagte Andrea hastig, «aber würde es Ihnen etwas ausmachen, nicht die ganze Zeit auf und ab zu gehen? Sie laufen jetzt schon fast drei Stunden hin und her. Ich wohne unter Ihnen, und der Lärm ist wirklich nicht auszuhalten. Ich beschwere mich nur ungern, aber ich glaube nicht, daß ich das noch länger ertrage.»

Sie fragte sich, warum er sie wohl so sonderbar ansah. Nicht feindselig oder verärgert, nein, nicht so, aber beinahe so, als sei er überrascht, daß es sie gab und daß sie überhaupt sprechen konnte.

«Ich meine», sagte sie in ihrer Nervosität, «könnten Sie nicht spazierengehen, wenn Sie Bewegung brauchen? Oder» – sie hatte in einem Roman gelesen, daß jemand in einem Zimmer hin und her gelaufen war wie ein Löwe im Käfig – «oder haben Sie Kummer?»

«Ich kann nicht hinausgehen.» Er sprach heiser, mit einem starken, stark Speichel absondernden irischen Akzent. «Ich leide nämlich an einer Allergie, wissen Sie?»

Allergisch war er? Wogegen? Gegen die Luft? Das Licht? Sie hatte das Gefühl, nicht fragen zu dürfen. Das Fenster war geschlossen, und im Zimmer roch es dumpf, irgendwie süßlich und nach Schweiß. Die dunkelroten Sachen, die er trug, sahen aus, als seien sie noch nie gewaschen oder gereinigt worden.

«Nun ja, wenn Sie nur ein bißchen Rücksicht nehmen und nicht mehr so viel hin und her gehen würden», sagte sie verlegen, von den merkwürdig durchsichtigen Augen irritiert. «Können Sie gegen Ihre Allergie denn gar nichts tun?»

Er schüttelte den Kopf. «Da kann keiner was tun.»

Er tat ihr schrecklich leid. Sie dachte, es wäre vielleicht richtig, ihn einmal beim Namen zu nennen, bevor sie ging, doch sie wußte nicht, wie man seinen Vornamen aussprach. Es war merkwürdig, jemanden, der höchstens ein Jahr älter war als sie, so anzureden, aber was sollte sie tun? «Sie sind doch Mr. Bawne, nicht wahr?»

«Nein, der bin ich nicht.» Das klang schroff und böse, und Andrea wich einen Schritt zurück. «Conal ist mein Name. Conal Moore.»

18

Die Wohnung lag in einem Block am oberen Ende der East Heath Road. Es war einer jener Blocks in Hampstead, die von außen mehr nach einem georgianischen Landhaus aussehen. Ashley Clare wohnte in Nr. 24. Yvonne hatte Dolly erzählt, er arbeite im Westend und sei Designer, habe etwas mit Bühnenbildnerei zu tun. Daher wußte Dolly, daß sie, wenn sie ihn sehen wollte, schon sehr früh vor dem «Arrowsmith Court» Posten beziehen mußte.

Sie wurde hin- und hergerissen zwischen ihrem Verlangen, Ashley Clare zu sehen, und ihrem Pflichtbewußtsein gegen Pup, der erwartete, daß sie ihm das Frühstück machte. Sie stand sehr früh auf. Pups Schlafzimmertür war offen, das Bett unbenutzt. Dolly ängstigte sich jetzt nicht mehr halb zu Tode, daß er überfallen oder überfahren worden sein könnte, doch diese Ängste waren einer anderen gewichen.

Myras Absätze klapperten über den Flur, und Myras Stimme sagte: «.Du weißt sehr gut, daß er damals diese Freundin hatte, Doreen. Ich meine, daß sie nicht mehr hier ist, bedeutet doch nicht, daß er nie wieder eine Freundin haben wird, oder?»

Und Edith flüsterte Dolly ins Ohr: «Also ich hätte nichts dagegen, wenn er sich ein nettes, wohlerzogenes Mädchen suchen würde. Er wird schließlich eines Tages heiraten wollen.»

«Also, um ganz offen zu sein, Doreen, ein gutaussehender, gutverdienender Junge wie er lebt doch bestimmt nicht wie ein Mönch.»

Gequält hob Dolly die Hand und schlug nach den beiden, verscheuchte sie wie lästige Fliegen. Harold schnarchte laut, obwohl es schon heller Tag war. Dolly zog das blaukarierte Kleid mit dem einfarbig blauen Kragen, marineblaue Strumpfhosen und kremfarbene Sandalen an. Durch Yvonne wurde sie noch modebewußter. Man konnte doch gewiß dahin gelangen, daß man sich so gut anzog, so schick und elegant aussah, daß niemand mehr auf das Gesicht achtete. Oder fiel es nur um so mehr auf? Das Haar trug man jetzt auf dem Scheitel ganz glatt und kraus und breit an den Seiten. Angenommen, sie ließ sich diese Frisur machen, und zwar so, daß die Krause ihre Wangen verdeckte? Kopfschüttelnd betrachtete Dolly ihr Spiegelbild. Sie war noch nie bei einem Friseur gewesen. Die Mutter hatte ihr das Haar geschnitten, und seit Edith tot war, tat Dolly es selbst mit der Schneiderschere und einem Schermesser. Sie wußte, daß sie es nie wagen würde, wie Pup in einen Unisex-Salon zu gehen und ihren verunstalteten Kopf einem Stylisten anzuvertrauen.

Sie ging zur Bushaltestelle und nahm den 210er. Geheimnisvoll verschleiert lag Hampstead Heath im ersten Herbstnebel. Dolly war sich nicht ganz klar darüber, warum sie dort war oder was sie zu tun beabsichtigte. In der Hauptsache wollte sie sich natürlich Ashley Clare ansehen. Sie begann sich eine Zukunft auszumalen, in der George zu Yvonne zurückkehrte und sie und Pup die besten Freunde der Colefax' wurden. Sie würden die Abende gemeinsam verbringen, sich abwechselnd besuchen und Wein trinken. Vielleicht würden sie sogar zusammen verreisen. Dolly war seit ihrer Kinderzeit nicht mehr im Urlaub gewesen, damals fuhr die ganze Familie manchmal auf die Insel Wight oder nach Newquay. Sie glaubte, sie könnte einen Urlaub sogar genießen, wenn Pup und Yvonne sie gegen die Welt abschirmten und auch George da war, diese unbekannte Größe. George, der nicht nur Zahnarzt, sondern auch Arzt war und der vielleicht . . .

Aber bis dahin hatte Pup bestimmt alles gelernt, was es auf dem Gebiet der magischen Wissenschaft zu lernen gab. Dann war er Meister. Vielleicht ging er noch manchmal zu den Treffen der «Goldenen Dämmerung» – einmal im Monat vielleicht –, aber die übrige Zeit würde er zu Hause bleiben und im Tempel arbeiten. Doch dann würde der Raum mehr Laboratorium als Tempel sein, ein Ort, an dem er für sie und ihre Freunde Träume wahrmachen konnte. Dolly berührte ihr Gesicht, von dem der Wind das Haar weggeweht hatte.

Sie stand jetzt vor dem «Arrowsmith Court» – so hieß der Block, in dem Ashley Clare wohnte. Die verglaste Eingangstür war offen, und ein paar Leute, die zur Arbeit gingen, kamen heraus. Ein Mann stieg in einen Wagen und fuhr die East Heath Road hinunter. Dolly sorgte sich, daß sie, obwohl es noch früh war, noch nicht ganz halb neun, Ashley Clare schon verpaßt hatte. Aber als es ihr allmählich peinlich wurde, vor dem Haus herumzulungern, als sie langsam das

Gefühl bekam, daß bald jemand von diesen Leuten, die es so eilig hatten, in die Stadt an ihre Arbeitsplätze zu kommen, auf sie zugehen und sie fragen würde, was sie hier mache – gerade als ihr diese Gedanken durch den Kopf flogen, schwang die Glastür auf, und der Mann, den sie von dem Foto her kannte, trat ins Freie.

Er sah älter aus. Doch das war zu erwarten gewesen. Blitzlichtaufnahmen verjüngten, während das helle Morgenlicht ehrlich war. Er war magerer, das Gesicht hager und ein bißchen verbraucht, und er trug einen förmlichen dunklen Anzug. Doch es war unzweifelhaft der Mann, den George Colefax einen «schönen Jungen» genannt hatte. Dolly ging hinter ihm her. Sie folgte ihm die Heath Street hinunter. Er trug eine Aktenmappe und über dem rechten Arm einen zusammengefalteten kremfarbenen Regenmantel.

Dolly war sicher, daß er zur U-Bahnstation Hampstead ging, und suchte sich die nötigen Münzen für den Fahrkartenautomaten heraus. Ashley Clare kam mit seiner Monatskarte durch die Sperre und stieg in den Lift. Dolly konnte sich gerade noch hineinquetschen, bevor die Türen zugingen. Ashley Clare nahm *The Times* – die ihm offenbar nach Hause zugestellt worden war – aus der Tasche seines Regenmantels, faltete sie so klein wie möglich und begann das Kreuzworträtsel zu lösen.

Sex hatte in Dollys Leben eine sehr kleine Rolle gespielt. Sie bemühte sich, in bezug auf sich selbst nie daran zu denken. Und sie schien nur wenige Leute gekannt zu haben, für die Sex wichtig war, obwohl es sie immer noch leicht schüttelte, wenn sie daran dachte, was damals zwischen Myra und dem Vater vorgegangen sein mußte. Daß Pup sich für Sex nicht interessierte, davon war sie überzeugt – hatte er ihr doch selbst in aller Unschuld gestanden, er sei noch Jungfrau. Daß diese Erklärung heute noch absolut der Wahrheit entsprechen, morgen aber schon falsch sein konnte, wäre Dolly nie in den Sinn gekommen. Sie hatte ihres Wissens auch noch nie einen Homosexuellen gekannt. Sie las nicht viel und hatte kaum Umgang mit anderen Menschen. Dennoch lebte sie, wenn auch ganz am Rand und im Schatten, in dieser Welt. Sie stellte sich den Homosexuellen als ein merkwürdiges geziertes Wesen mit parfümiertem Rasierwasser und Rouge im Gesicht vor, als einen Menschen, der einen nicht gerade, sondern nur von der Seite her ansehen konnte und Frauen grundsätzlich nur «meine Liebe» nannte. Ashley Clare, der zwar unleugbar gut aussah, unterschied sich nicht von einem normalen Mann, duftete nach gar nichts, und als er auf dem Bahnsteig einen Bekannten entdeckte, hob er nur kurz den Kopf und sagte lakonisch: «... Morgen.»

Der Zug kam, und Dolly stieg hinter Ashley Clare in ein Nichtraucher-Abteil. Ashley Clare setzte sich in Fahrtrichtung auf einen Fensterplatz, und Dolly ergatterte einen Sitz im rechten Winkel zu seinem und direkt hinter ihm. Am Belsize Park, der nächsten Station, füllte sich der Zug. Die Leute stürmten herein und standen eng gedrängt im Mittelgang. Man beachtete sich gegenseitig nicht. Daß man sich von ihr nach einem flüchtigen Blick hastig wieder abwenden würde, wußte Dolly. Das Feuermal brachte die Leute in Verlegenheit und weckte Schuldbewußtsein in ihnen, so daß niemand Dolly lange ansah.

Ashley Clares Kopf und ungefähr zehn Zentimeter von Schultern und Rücken ragten über die Lehne des Sitzes hinaus. Er schrieb mit Druckschrift die Lösungen in sein Rätsel. Dolly begann schwarze und silberne – aber hauptsächlich schwarze Haare vom Kragen seines Jacketts zu zupfen. Falls zufällig jemand beobachtete, was sie da tat, würde er annehmen, Ashley Clare sei ihr Mann. Man würde sie für ein Ehepaar halten, das es nicht geschafft hatte, nebeneinander zu sitzen, und man würde annehmen, daß sie ihn noch ein bißchen herausputzte, bevor sich ihre Wege für den Tag trennten, weil sie bei verschiedenen Firmen arbeiteten.

Er spürte nichts. Er zuckte nicht einmal mit den Schultern. Dolly sammelte acht Haare ein und steckte sie in ihre Geldbörse zwischen zwei Pfundnoten. Sie saßen in einem Bank-Zug, der in die City fuhr. Ashley Clare stieg in Camden Town aus, vermutlich wollte er zur Tottenham Court Road oder zum Leicester Square umsteigen. Dolly stieg ebenfalls aus, wechselte den Bahnsteig und wartete auf einen nach Norden gehenden Zug. Plötzlich fiel ihr ein, wie sie damals – genau an dieser Stelle oder nicht allzuweit weg – um ein Haar die Frau in Grün vor den Zug gestoßen hätte, weil sie sie für Myra hielt.

Doch da Pup allein mit Worten und mit Wasser wirken und vernichten konnte, hatte Dolly es zum Glück nicht mehr nötig, zu Gewalttätigkeiten zu greifen.

Harold saß am Küchentisch und konnte nicht essen. Die Speisen waren zwar nach seinem Geschmack, fertig verpackte Massenprodukte, wie Edith und in letzter Zeit Dolly sie ihm immer vorgesetzt hatten, aber er stocherte nur daran herum und starrte unglücklich vor sich hin.

Seit zwanzig Jahren hatte er keine Mahlzeit mehr gegessen, ohne gleichzeitig ein Buch zu lesen. Als die Kinder klein waren und Edith sich mit ihnen abgeben mußte, hatte er angefangen, bei Tisch zu lesen, und niemand hatte etwas dagegen eingewendet, offenbar bemerkte man es nicht einmal. Es war ihm zur Gewohnheit geworden. Jetzt konnte er nicht mehr lesen, seit er selbst schrieb oder geschrieben hatte, war er nur noch beschränkt oder überhaupt nicht mehr dazu imstande. Es kam ihm so vor, als habe sich die Bibliothek während der Monate, in denen er *Ihre Hoheit, meine Schwester* geschrieben hatte, einen ungewöhnlich großen Vorrat an königlichen, herzoglichen und aristokratischen Biographien angeschafft. Sie warteten verlockend auf ihn, und gleich nachdem er das Manuskript fertig getippt und abgeschickt hatte, war er in die Zentralbibliothek in Haringey gegangen und hatte sich ein wunderbares, sechshundert Seiten starkes Buch über das Leben der Königin Louise von Preußen ausgeliehen. Er konnte es nicht lesen. Der Druck tanzte vor seinen Augen, er merkte sich kaum ein Wort, ihm fehlten der Schwung und die Begeisterung. Der Stoff seines eigenen Romans, den er praktisch auswendig kannte, schob sich zwischen seine Augen und die Königin Louise, und er war gezwungen, das Buch in wachsender Panik beiseite zu legen.

Es machte ihn krank. Er hatte Schmerzen – Entzugserscheinungen –, Seitenstiche zum Beispiel, so daß er eine Zeitlang dachte, das sei der Beginn eines Herzanfalls und er möglicherweise tot umfallen würde wie Myras Mutter oder der bedauernswerte Ronald Ridge. Natürlich gab er nicht sofort auf. Er versuchte eine Biographie von Stanislaus II., die gesammelten Briefe der albanischen Königsfamilie und in Romanform geschriebene Memoiren der Madame de Montespan, aber mit keinem dieser Bücher konnte er etwas anfangen. Ebenso wie jemand, der in einer Schokoladenfabrik arbeitet, angeblich keine Süßigkeiten mehr essen kann, hatte ihn die Herstellung eines historischen Romans verdorben, so daß die fertigen Produkte anderer ihm jetzt widerwärtig waren. Es war so etwas wie eine Abschreckungstherapie gewesen.

«Du ißt ja gar nichts, Vater», sagte Dolly. «Wenn du die Pastete nicht willst, nimm dir doch ein Stück Battenburg-Kuchen. Komm schon, du mußt essen.»

Er schüttelte den Kopf. Er nahm ab, obwohl er ohnehin nie viel zum Zusetzen gehabt hatte. Am nächsten Tag war Ronald Ridges Beerdigung, zur selben Zeit am selben Ort und dem Aussehen des Himmels nach zu schließen, würde es wieder regnen.

«Hast du deine schwarze Krawatte?»

Harold nickte. Er trottete ins Frühstückszimmer hinüber und setzte sich in den Lehnsessel, in dem er – von Andenken an Myra umgeben und versunken in die romantische Vergangenheit – so viele glückliche Stunden verbracht hatte. Er starrte auf das Fenster-viereck, den grauen Himmel dahinter und sah die ersten Regentropfen auf den Scheiben zerplatzen.

An diesem Tag hatte sich Pup mit spöttischer Besorgnis (wie Harold fand) eindringlicher als sonst nach seiner Gesundheit erkundigt und angedeutet, wenn auch nicht direkt ausgesprochen, daß er möglicherweise daran denken sollte, sich vorzeitig aus dem Geschäft zurückzuziehen. Er war wütend geworden. Schließlich war er erst fünfundfünfzig.

«Ich räume doch nicht meinen Platz für einen kleinen, naseweisen Grünschnabel wie dich.»

«Entschuldige», sagte Pup in seiner höflichen Art, «es tut mir leid. Das liegt natürlich ganz bei dir. Nur scheint dir die Sache keinen großen Spaß mehr zu machen.»

«Arbeit soll ja auch kein Spaß sein», antwortete Harold, dachte aber unwillkürlich an die Zeit zurück, in der er seinen Roman geschrieben hatte. Das hatte ihm Spaß gemacht, den größten, den er je gekannt hatte. Zorn packte ihn. «Du hast nichts als große Rosinen im Kopf und wirst das Geschäft ruinieren, das ich aufgebaut habe. Dabei bist du noch nicht mal einundzwanzig.»

Pup sagte nichts mehr. Er sah Harold nach, der mit schleppenden Schritten den Laden verließ, wie immer in letzter Zeit ohne ein Bibliotheksbuch unter dem Arm. Eines Tages wird es schon klappen, dachte er. Da er diesen Abend nicht zu Hause bei Dolly verbringen mußte, schloß er das Geschäft ab, stieg in den Kombi und fuhr zu Andrea. Sie mußte an den Samstagen arbeiten, hatte dafür aber am Donnerstag frei, da der Salon geschlossen hatte. Sie war von allen seinen Mädchen das häuslichste, verwendete eine fast übertriebene Sorgfalt auf ihren kleinen Haushalt und konnte kochen. Als sie herunterkam, um ihm zu öffnen, trug sie eine Schürze.

Auf halber Treppe blieb sie stehen und lauschte. Alles schien ruhig.

«Es macht mir Angst, wenn er dort oben hin und her läuft wie ein gefangener Löwe», sagte sie.

Das Zimmer war blitzsauber und warm, in einer Vase standen Blumen, Hyazinthenzwiebeln spitzten in einem Topf aus der Erde hervor, der Weihnachtskaktus setzte Knospen an. Andrea tat mit

Hilfe einer gestreiften Überdecke und mehreren Zierkissen ihr Bestes, damit das Bett nicht allzu aufdringlich nach einem Bett aussah. An diesem Abend stand sogar ein Tablett darauf. Sie hatte Pup auch nie erlaubt, sich ins Bett zu legen, die gestreifte Überdecke wurde nie entfernt, höchstens ein bißchen zerdrückt. Auf dem kleinen Herd dampfte Gemüse in einer Kasserolle, und im Rohr brutzelte etwas, das köstlich duftete.

«Ich habe zwei Hühnerpasteten gemacht, eine für uns und eine für den Jungen über mir.»

«Was für ein liebes Mädchen du doch bist!»

«Findest du das wirklich? Ich möchte einfach tun, soviel ich kann. Er ist wirklich bemitleidenswert.»

«Dann hole ich uns jetzt wohl am besten eine Flasche Wein.»

«Nicht nötig, habe ich schon besorgt. Ich habe ihn zum Kühlen ins Spülbecken gelegt.» Sie sah ihn strahlend an, die perfekte Managerin, die künftige Gattin, die aussichtsreichste Kandidatin im Wettrennen um den Verlobungsring. Sie kam zu ihm und setzte sich neben ihn auf das Bett. «Peter?»

«Ja?»

«Als ich den Jungen in der oberen Wohnung nach seinem Namen fragte, sagte er, daß er Conal Moore heißt. Aber das stimmt gar nicht, sein Name ist Di-ar-mit Bawne, ich habe die Leute aus dem Erdgeschoß gefragt. Ein Conal Moore hat früher hier gewohnt, aber er ist schon vor einer Ewigkeit weggezogen – im vergangenen Jahr, und dann kam dieser Junge. Findest du das nicht merkwürdig?»

«Das ganze Haus ist merkwürdig», antwortete Pup. «Es ist eine rauhe Gegend. Nicht unbedingt die beste für ein alleinstehendes Mädchen. Kannst du dir keine bessere Wohnung suchen?»

«Es ist ja nur vorübergehend.» Sie sah ihm tief in die Augen. «Glaubst du, ich sollte diesen Di-ar-mit fragen, warum er behauptet, jemand zu sein, der schon vor einem Jahr von hier weggezogen ist?»

«Ich finde, du solltest überhaupt nichts mit ihm zu tun haben. Ich finde, du solltest dich da heraushalten, Andrea. Es geht dich ja auch nichts an.»

«Ich habe irgendwo gelesen, daß kein Mensch eine Insel ist», erwiderte sie salbungsvoll.

«Ich schon», sagte Pup. «Ich bin eine jener ägäischen Inseln in Privatbesitz und sehr wählerisch, wer bei mir an Land kommen darf und wer nicht.»

«Ich denke nicht, daß ich verstehe, was du damit meinst.»

«Ich meine, du sollst dich von arbeitslosem irischem Gesindel fernhalten», sagte Pup.

Dolly nähte Yvonne einen Tweedrock. Sie wußte, daß es nur ein ganz gewöhnlicher Rock war, den Yvonne zum Einkaufen auf dem Markt oder zu leichter Gartenarbeit anziehen würde. Hätte er höheren Ansprüchen genügen sollen, wäre Yvonne zu Brown's oder zu Jaeger gegangen. Die Ashley Clare-Puppe saß mit gespreizten Beinen auf dem Kaminsims und sah zu, wie sie die Nähte auf der Nähmaschine herunterratterte. Nachdem sie den Reißverschluß eingenäht und das Gurtband festgesteckt hatte, konnte sie nichts mehr tun, bis Yvonne den Rock noch einmal probiert hatte. Sie nahm den Deckel von der Resteschachtel und betrachtete die Figur, die, in weißes Seidenpapier eingewickelt, zuoberst auf den Stoffresten lag.

Dolly hatte das Wachs von vier weißen Kerzen gebraucht, um sie zu formen. Sie nahm das Papier ab. Das Modellieren mit Wachs gehörte nicht gerade zu ihren Talenten, mit Nadel und Faden konnte sie besser umgehen, und im Vergleich mit der Puppe sah die Figur geradezu kläglich aus. Ein wurstförmiges Männchen, mit schmutzigen Fingerabdrücken übersät und einem Büschel gestohlener Haare auf dem Kugelkopf. Etwas Unangenehmes, ja, fast Obszönes ging von diesem Machwerk aus. Dolly fühlte es, obwohl sie nicht wußte, woher das kam. Schließlich handelte es sich nur um Wachs und um ein bißchen Staub, der irgendwie an ihre Hände geraten war. Außerdem um ein paar Haare, die sie einem Mann vom Jackettkragen gezupft hatte. Sie hätte die Figur gar nicht machen müssen, hätte Pup sich wegen der Puppe nicht so unzugänglich gezeigt. Er war gestern abend zu Hause gewesen, und sie hatte sich sehr sorgfältig darauf vorbereitet, ihn zu fragen, ob er nicht ... Während sie sich langsam und vorsichtig zu ihrer Frage vorarbeitete, merkte sie, daß sein Gesicht sich immer mehr verschloß, und am Ende hatte er schroff abgelehnt.

«Ich mache mich doch mit so was nicht zum Narren, Dolly.»

«Du hast dich doch auch nicht zum Narren gemacht, als du Myra getötet hast.»

«Zum tausendstenmal – ich habe Myra nicht getötet!»

«Aber natürlich hat er es getan, Doreen», sagte Myra Dolly ins Ohr. «Wir im Jenseits wissen alles, und ich kann dir versichern, daß gesunde Mädchen nicht tot umfallen, wenn sie sich eine ganz gewöhnliche Scheidenspülung machen.»

Dolly scheuchte sie weg. «Du willst mir doch nicht etwa sagen, daß du die Magie aufgibst?»

Er zuckte mit den Schultern. Dann sah er sie an. «Nein. Nein, natürlich nicht, nicht die weiße Magie. Aber ich gebe mich nicht damit ab, Menschen zu töten. Verstanden?»

Sie nähte der Wachspuppe eine Hose aus dem Tweed und ein Hemd aus einem Batistfetzchen. Sie brauchte nicht einmal eine ganze Stunde dazu. Eine lange Einsamkeit lag vor ihr. Sie würde den halben Abend, die ganze Nacht und den ganzen nächsten Tag dauern, bis Pub wieder zu Hause war. Jetzt wünschte sie sich beinahe, sie hätte auch heute getan, was sie in letzter Zeit immer getan hatte, wenn Pup nicht zu Hause war: sie war nach Hampstead gefahren und hatte Ashley Clare beobachtet.

Sie wußte kaum, warum sie es tat. Einfach nur, um etwas zu tun? Um ihre Einsamkeit zu brechen? Oder weil sie glaubte, es könnte irgendeinen Nutzen bringen? Seit jenem Morgen, an dem sie sich die Haare geholt hatte, hatte sie ihn zweimal den «Arrowsmith Court» verlassen und die Heath Street zur U-Bahnstation hinuntergehen sehen. Einmal hatte sie beobachtet, wie er abends um zwanzig vor sechs nach Hause kam, und einmal brachte er George Colefax mit. Da Colefax beinahe genauso angezogen war wie auf dem Foto, erkannte ihn Dolly sofort.

Danach stand Dolly noch lange vor dem Haus und wurde dadurch belohnt, daß sie das Licht angehen sah und George Colefax für einen Moment am Fenster erschien. Er zog die Vorhänge nicht zu. Mit einem Vergnügen am Schlüpfrigen und einem Voyeurismus, die ihr bisher fremd gewesen waren, stand Dolly da und wartete und hoffte darauf zu sehen, wie die beiden sich hinter dem Fenster im hellen Licht umarmten. Sie selbst wollte nicht einmal vom Hausmeister gesehen werden, doch Hampstead ist voller Bäume, voller dicht belaubter Sträucher und mit Kletterpflanzen überwucherter Mauern. Und ein Baum hing tief über die kleine Mauer, auf der sie saß, und auf der ihr nach einer Weile Myra und Edith Gesellschaft leisteten. Dolly in der Mitte, saßen sie friedlich zu dritt auf dem Mäuerchen.

«Man sollte doch glauben, eine Frau hätte Verstand genug, einen Mann mit solchen Neigungen nicht zu heiraten», sagte Myra. «Schließlich war sie schon vorher verheiratet und nicht unerfahren.»

«Als ich jung war, sprach man über solche Dinge nicht in der Öffentlichkeit», flüsterte Edith vertraulich. «Der Ausdruck ‹Homo› hatte keinerlei Bedeutung für mich. Ich weiß auch heute noch nicht, was die miteinander treiben. Und ich will es auch nicht wissen.»

«Also, ganz offen gesagt, es sind die Mütter, die daran schuld sind. Das habe ich in einem Artikel gelesen. Sie werden nicht so geboren.»

«Ja, ja, schiebt nur die Schuld auf die armen Eltern», sagte Edith. «Das ist ja heutzutage immer der Fall.»

George Colefax und Ashley Clare umarmten sich nicht und ließen sich auch nicht am Fenster sehen, aber sie kamen um sieben Uhr wieder aus dem Haus. George Colefax war noch genauso angezogen wie vorher, und Ashley trug jetzt einen braunen Pullover und eine Hose mit einem feinen khakifarbenen und weißen Karomuster. Vielleicht gingen sie zum Essen. Dolly folgte ihnen bis zum «Hollybush», doch hinein ging sie nicht. Sie war noch nie in einem Pub gewesen.

Am heutigen Morgen stand sie schon sehr früh vor Ashley Clares Haus. Was hatte es für einen Sinn, zu Hause zu bleiben? Pup war nicht da, und Harold aß nichts. Es war kalt und feucht, nicht klar, aber auch nicht neblig, einer jener Tage, an dem alles schmutzig aussah.

Ashley Clare verließ das Haus überhaupt nicht, aber George Colefax erschien, sehr lässig angezogen für einen Zahnarzt, fand Dolly. Er trug eine Art Anorak und Ashleys Karohose. Vielleicht war es aber auch seine Hose, und Ashley hatte sich sie gestern abend ausgeliehen, nicht George heute morgen. Es flößte Dolly ein Gefühl des Unbehagens ein. Nichts im Verhalten der beiden Männer hatte bisher auf ihre intime Beziehung schließen lassen, das aber war für Dolly der Beweis. Wie Schwestern oder ein heterosexuelles Liebespaar trug einer die Sachen des anderen. Arme Yvonne! Dolly war jetzt überzeugt, daß die Verbindung nur durch Ashley Clares Tod gelöst werden konnte.

Sie nahm den 210er Bus nach Highgate, ergänzte in dem Laden, in dem sie Stammkundin war, ihren Weinvorrat und ging an der alten Eisenbahnlinie entlang nach Hause. Die Blätter fielen, aber die Schmetterlingssträucher blühten noch. Ein Falter lag tot auf dem Pfad, die schillernden Flügel weit ausgebreitet. Dolly kletterte aus dem feuchten, grasüberwachsenen Graben und scheuchte Gingie vor sich her, der im hohen Gras und zwischen den kleinen Bäumen unsichtbare Dinge jagte.

Dolly legte die Puppe in die Schachtel zurück, nahm den Telefonhörer ab und wählte. Eine Männerstimme meldete sich, und sie legte auf. George kam manchmal nach Hause, einmal wöchentlich etwa, hatte Yvonne gesagt. Dolly hatte ihre tägliche Flasche St. Nicholas geleert und öffnete nach kurzem Zögern eine von jenen, die sie heute morgen gekauft hatte.

Ein wenig später holte sie sich ein paar von Pups Büchern aus dem Tempel. Sie hatte beschlossen, daß Pup für die Zeremonie der Vernichtung von Ashley Clare einen Gott beschwören mußte. Beschwörungen dieser Art, so stand es in allen Büchern, sollten nur von einem geübten und erfahrenen Magier angewendet werden – doch wer wäre geübter und erfahrener gewesen als Pup, nach dieser langen Zeit beim «Orden der Goldenen Dämmerung»?

Der Gott, den sie sich dazu aussuchte, war Anubis mit dem Kopf eines Schakals. Das Buch enthielt ein ellenlanges Götterverzeichnis. Sie hätte auch Enlil oder Marduk, Dagda oder Balder, Khol, Sin, Ruda, Wadd Apollo, Teteshapi oder unendlich viele andere auswählen können, doch von Anubis gab es eine Abbildung. Er war groß und dünn und erinnerte Dolly in gewisser Weise an Ashley Clare, und das Hundegesicht des Gottes glich dem des Hundes, der damals die Leiche des enthaupteten Mädchens gefunden hatte. Darüber hinaus aber war Anubis der Gott des Todes. Die alten Ägypter hatten ihn den Gott der Balsamierungshalle genannt. Er war es, der den Toten die Straßen ins Jenseits wies.

Dolly nahm die Bücher und den Rest des Weins mit ins Bett. Sie war schon so benommen, daß in ihrem Kopf alles zu verschwimmen schien, und als sie das Bild des hundeköpfigen Anubis betrachtete, bekam sie selbst Angst vor dem, was sie zu tun hatte. Doch es gab keinen anderen Weg. Pup kam um zwölf Uhr nach Hause. Sie hörte ihn umhergehen, obwohl er sich sehr bemühte, leise zu sein. Er schlich auf Zehenspitzen herum und schloß ganz vorsichtig die Türen, um sie oder Harold nicht zu wecken. Myra saß am Fußende von Dollys Bett und Edith unter der Deckenlampe. Sie nähte. Dolly sah die beiden nur undeutlich, doch wenn sie näher hinschauen wollte, waren sie verschwunden – nicht aber ihre Stimmen.

«Also, wenn ich ganz offen sein soll, Doreen, du wirst langsam zur Alkoholikerin, zur Weinsäuferin.»

«Sie muß irgendeinen Trost haben, das arme Ding, mit dieser Entstellung. Wir haben alles getan, was wir konnten, haben sie zu Spezialärzten gebracht. Da kann man nichts machen, war alles, was sie sagten.»

«Glaub doch ja nicht, daß ich dir die Schuld gebe, Edith», antwortete Myra. «Ich will damit nur sagen, daß wir alle unseren Kummer haben. Man muß eben lernen, damit zu leben.»

«Das ist wahr, das ist sehr, sehr wahr.»

Sie begannen miteinander zu reden, als sei Dolly gar nicht vorhanden.

«Raus mit euch!» schrie Dolly. «Verschwindet aus meinem Zimmer! Beide!»

Pup, der aus dem Badezimmer kam, hörte sie und starrte auf ihre Zimmertür. Es lief ihm so eiskalt das Rückgrat hinunter, als habe ihm jemand einen Eiswürfel unter den Kragen gesteckt. Aber er ging nicht zu Dolly hinein und klopfte auch nicht bei ihr an. Er redete sich ein, daß sie im Traum geschrien hatte.

19

Als Diarmit Bawne endlich weg war, fühlte sich Conal großartig. So drückte er es sich selbst gegenüber aus.

«Ich fühle mich großartig, Junge! Großartig!»

Diarmit hatte ihn beobachtet wie ein Schulmeister, ihn herumkommandiert und ihm gesagt, wie er sich benehmen und wie er sein solle. Aber am Ende war Conal ihm zu anstrengend geworden, und er hatte es nicht mehr ertragen, daß Conal sich weigerte, sich zu waschen, das Zimmer aufzuräumen oder zu einer geregelten Zeit ins Bett zu gehen. Außerdem war das Recht auf Conals Seite. In diesem Zimmer war er der Mieter, nicht Diarmit. Wenn er sagte, Diarmit solle sich zum Teufel scheren, dann mußte er es tun.

«Und nimm gefälligst deinen ganzen Kram mit!»

Das hatte Diarmit nicht getan. Daher hatte Conal eines Abends, als es schon so spät war, daß bestimmt niemand mehr kam, um das Haus abzureißen, alle Kleider genommen, die nicht dunkelrot waren, außerdem vier Teller, einiges Besteck, eine Teekanne und eine Tasse, und sie auf der gegenüberliegenden Seite des Angers in eine Mülltonne geworfen. Das wird für den Dalmatiner und den Collie eine Enttäuschung geben, wenn sie am Morgen die Tonne durchwühlen, dachte er und lachte. Er lachte auf dem ganzen Heimweg.

Und jetzt war Diarmit endgültig fort. Conal brauchte nicht mehr gewissenhaft und beständig, brauchte kein braver Bürger mehr zu sein. Diarmit hatte ihm ständig damit in den Ohren gelegen, daß er sich einen Job suchen sollte, und auch das konnte er jetzt vergessen. Er brauchte morgens nicht mehr früh aufzustehen und in die Kälte hinauszugehen, er brauchte sich keine Sorgen um Pflicht und Zukunft mehr zu machen. Er war Conal Moore, den die Polizei wegen Raub und Mord suchte.

An den Nachmittagen wurde es jetzt schon gegen vier Uhr dunkel. Sobald es dämmerig war, fühlte er sich sicher. Er ging aus und kaufte sich einen elektrischen Messerschleifer. In seinem Zimmer setzte er sich auf den Boden und schliff seine Messer mit dem Schleifapparat. Dann prüfte er die Schneiden an seiner linken Hand. Nach einer Weile waren die Kuppen seines Daumens und der Finger von einem Netzwerk feiner Schnitte durchzogen. Er wischte sich das Blut an den Hosen oder am Hemdzipfel ab, an denen man, weil sie dunkelrot waren, keine Spuren sah.

Ein- oder zweimal versuchte Diarmit zurückzukommen. Er klopfte nicht an die Tür und rief auch nichts, sondern kratzte mit den Fingernägeln am Linoleum vor der Tür. Daher wußte Conal auch, daß er es war. Wie eine Maus, wer sonst also konnte es sein?

Pup wußte sehr wenig über Anubis, er hatte von ihm gehört, mehr nicht. Aber er füllte die Wissenslücke. Er las alles über Beschwörungszeremonien nach, und ihm wurde klar, daß es hoffnungslos war zu versuchen, das ganze Zeug auswendig zu lernen. Hätte er zwei- oder dreimal wöchentlich tatsächlich geübt, hätte er den Text wahrscheinlich genauso aus dem Kopf hersagen können wie ein Geistlicher den Trauungsgottesdienst.

Dolly wünschte es sich zum Geburtstag. Er sollte einen Gott beschwören. Und wie, dachte Pup, wenn jemand – Dilip oder Andrea vielleicht – mich fragt, was ich meiner Schwester zum Geburtstag schenke, und ich antworten muß: einen Gott. Wenn er so darüber nachdachte, wurde ihm klar, wie schwer gestört Dolly inzwischen war. Sie mußte an Alkoholvergiftung leiden, obwohl er nicht genau wußte, was er darunter zu verstehen hatte. Er war in dieser Beziehung nicht sehr bewandert, denn ihm war eine Tasse Tee immer lieber als ein doppelter Scotch.

Er hatte Dolly gefragt, ob sie ausgehen wolle, ob sie sich einen Schmuck oder etwas zum Anziehen wünsche. Sie hatte bei der Gelegenheit das rot und grün bemalte Stückchen Blech getragen, das er gemacht hatte. Er zuckte regelmäßig innerlich zusammen, wenn er es an ihr sah. Sie hatte erwidert, sie wünsche sich nichts anderes als eine Zeremonie im Tempel. Er solle Anubis für sie beschwören.

Er war fest entschlossen, daß es das letzte Mal sein sollte. Danach würde er, ohne ihr etwas davon zu sagen, unauffällig den Tempel auflösen, so daß sie, wenn sie das nächste Mal hinaufging, nichts anderes vorfand als ein gewöhnliches, schäbiges, leeres Zimmer. Und seine Alibis? Ihm würde schon etwas einfallen. Vielleicht war es sogar an der Zeit, daß er ihr die Wahrheit sagte. Sollte sie doch das Beste daraus machen. Schlimmer als jetzt konnte es mit ihr kaum noch werden, oder?

Yvonne hatte Dolly eine Karte geschickt. Zufällig hatte sie erwähnt, daß sie demnächst Geburtstag habe, und Yvonne hatte sich daran erinnert und ihr eine Karte geschrieben. Außerdem bekam sie eine von Pup und eine mit der Unterschrift «Vater» – in Pups Handschrift. Dolly kaufte sich einen Kuchen und stellte ihn auf den Teetisch.

Sie hatte sich sehr sorgfältig angezogen. Niemand kam, und sie gingen auch nicht aus, trotzdem legte sie noch mehr Gewicht auf ihre Kleidung als sonst und trug ihren neuen pflaumenfarbenen Samtrock mit Jacke und eine pflaumen- und fliederfarbene Bluse. Bei den Frauen der Familie Yearman war es Tradition, daß sie sich Weihnachten und an ihren Geburtstagen besonders schön machten. Während Dolly sich anzog, hörte sie, wie Myra und Edith sich darüber unterhielten.

«Egal, wieviel ich zu tun hatte, und wenn ich bis zum Hals in Arbeit steckte, ich nahm mir immer die Zeit, hinaufzulaufen und mir etwas Hübsches anzuziehen.»

«Also, ganz offen zu dir gesagt, meine ich, daß das Leben für solche Mätzchen zu kurz ist.»

«Es war kurz für uns beide, nicht wahr, meine Liebe?» entgegnete Edith.

Pup blies den Staub von den zu den Elementen gehörigen Waffen. Die Tasse würde er heute am meisten benutzen. Er überlegte, zu welcher Sephirah des Lebensbaums Anubis gehörte. Na ja, sagen wir zur vierten, dachte er. Er zeichnete einen Kreis auf den Fußboden und in den Kreis ein vierseitiges magisches Zeichen. Vor das Fenster hängte er eine himmelblaue Stoffbahn, die Dolly ihm gegeben hatte. Auf dem Altar legte er die vier Vieren des Tarot aus, und nachdem er in die goldene Robe geschlüpft war, knotete er sich eine himmelblaue Schärpe um die Taille.

Während er diese Vorbereitungen traf, hatte er die ganze Zeit das

Gefühl, sich wie ein Verrückter zu benehmen. Er empfand das noch viel stärker als bisher, und es berührte ihn so stark, daß er hin und wieder innehielt und laut vor sich hinsagte: «Bist du wahnsinnig? Bist du jetzt total verrückt?»

Er war froh, daß er sich nicht sehen konnte, daß es im Tempel keinen Spiegel gab. Es war schlimm genug, Dolly vor Augen zu haben – das Gesicht gerötet, wie immer in letzter Zeit, die Augen blutunterlaufen, aber angezogen, als gehe sie auf eine Party. Er fragte sich, wie vielen Flaschen Wein sie jetzt wohl pro Woche den Garaus machte, und er fragte sich – wie so oft, wie praktisch täglich –, was er tun sollte. Sollte er es dem Vater sagen, den Vater um Hilfe bitten? Darüber konnte Pup nur lachen. Dolly hielt etwas in Seidenpapier Gewickeltes in der Hand, und er nahm an, es sei das Geschenk, das sie von ihm bekommen hatte. Es sähe ihr ähnlich, alles, was er ihr gegeben hatte, auf Schritt und Tritt mit sich herumzutragen, obwohl ihr die Hand von Fatima an einem Silberkettchen nicht besonders gefallen zu haben schien und er daran zweifelte, daß sie sie statt des Blechtalismans tragen würde.

Er zündete die zwei blauen Kerzen auf dem Altar an und füllte die Tasse mit dem Wein, den Dolly ihm in einem Glas gebracht hatte. Bevor er einen Gott beschwor, mußte der Magier den Tempel mit einem Austreibungsritual reinigen, und Pup hatte Dolly gesagt, das habe er bereits getan, obwohl das natürlich eine Lüge war. Er war einfach nicht mehr imstande, diesen Hokuspokus zu treiben, wenn er allein war.

Er wandte sich Dolly zu, die auf dem Boden auf einem Kissen saß und begann, die Tasse mit dem Wein in den Händen haltend, mit der Beschwörung. Die Worte, die er benutzte, hätten Crowley oder Abremalin, den Magier, geschockt, denn sie waren ein Mischmasch aus jeder Zauberformel, diabolischer Litanei und jedes Herbeirufungszitats, die Pup je in sein Bewußtsein aufgenommen hatte. Aus vergessenen Mythologien lieh er sich Namen und Titel, von denen die Welt längst nichts mehr weiß. Seine Sprache war die des Dr. Dee, die Sprache jakobinischer Hexerei.

«Ich beschwöre dich, du Ungeborener,
du Schrecklicher, der in der Leere hauset,
Anubis, Sohn des Nephtys'
von der Rasse des Asar-Un-Nefer, des wiedererweckten Osiris,
Jakalhäuptiger, sakraler Herr der Balsamierungshalle,
Anubis Osirides, Lucifug, Thanatopher,

der du schreitest in der Tiefe
und deiner Füße gewahr bist,
o Adonai, Gnomus, Salamander,
Zeuger des Lichts und erhabener Hüter der Moral ...»
Und so weiter.

Dolly sah zu und lauschte verzückt. Sie hatte vor Beginn der Zeremonie eine ganze Flasche Valpolicella getrunken. Ihr Kopf hämmerte, und sie litt an Atemnot und war aufs höchste angespannt. Sie wünschte jetzt, sie hätte nicht ganz so viel getrunken. Sie hatte Anubis aus dem Buch mit dem Titel *Interpretationen aus dem Buch der Toten* herausgesucht, weil er derjenige war, der die Seelen ins Jenseits geleitete, doch jetzt fragte sie sich, ob sie ihn nicht auch wegen seines wunderlichen Aussehens, wegen seines Hundekopfs gewählt hatte? Sie und dieser Gott hatten etwas gemeinsam, sie waren beide anders, hatten beide eine Verunstaltung, die sie nicht verbergen konnten.

Sie hob die Hand, um das Feuermal zu berühren, aber Myra war schneller und strich ihr über die Wange, bevor sie es konnte. Die beiden waren auch im Tempel und flüsterten miteinander. Aber was sie sagten, konnte sie nicht verstehen. Sie wurde an Mrs. Fitters Séancen erinnert. Dort hatte sie dasselbe empfunden wie hier – eine fast bedrohliche Erregung und Spannung. Pup stellte die Tasse auf den Altar zurück und zündete den Inhalt einer kleinen Schale an, die mit zerbrochenen Räucherstäbchen gefüllt war. Ein starker Geruch von brennendem Patschuli und Sandelholz stieg daraus auf. Pup blies eine Kerze aus. Die Schale schimmerte rot, und dünner Rauch schwebte zur Decke. In dem Raum mit den schwarzen Wänden war es jetzt ganz dunkel. Und zu diesem Dunkel kam noch das des Winterabends, der vor dem Fenster mit dem blauen Vorhang stand. Es war neun Uhr.

Die Kerze warf weiches Licht auf Pups goldenen Mantel, doch sein Gesicht lag im Schatten. Links neben dem Fenster konnte Dolly in der Ecke undeutlich die Gestalten von Myra und Edith ausmachen. Die weißen Gewänder glichen mit ihrem Faltenwurf jenen griechischer Statuen. Pup trat in den Kreidekreis und schloß ihn dort, wo er ihn betreten hatte, mit der Spitze des Zauberstabs. Er legte den Stab über seine Füße und hob die sanft leuchtende Schale hoch in die Luft.

Im Haus war es still. Die beiden Frauen hatten aufgehört zu flüstern. Sogar der Verkehr schien stehengeblieben zu sein, obwohl man ihn hier hinten an der alten Eisenbahnlinie nie besonders laut hörte.

«Ich beschwöre dich, Anubis, Sohn des Osiris oder möglicher Sohn des Ra, steige herab! Erscheine uns sofort, venite, venite, Luzifug! Steig herab und zeig dich uns in deiner unsterblichen Gestalt ...»

Absolute Stille, nur Pups Stimme war zu hören. Es war kalt im Tempel, beinahe so kalt wie in der Mount Pleasant Hall, als Edith ihnen erschienen war. Dollys Arme und Schultern waren mit Gänsehaut bedeckt.

«Erscheine, Osiris, Herr der Unterwelt, Führer der Seelen, Träger des Heroldstabs von Gott Merkur und des Palmenzweigs ...»

Dolly hatte zu zittern angefangen. «Pup ...»

Er hörte sie nicht. In diesem Stadium genoß er immer, was er tat, genoß er die Rolle, die er spielte. Man konnte verstehen, was diese alten Scharlatane des Okkulten allein den Namen und der archaischen Sprache abgewonnen hatten.

«Erhebe dich, erscheine, ich befehle es dir, fleischgewordener Anubis, Führer der Toten, Prinz des Grabes, fundador sepulcrorum, erscheine ...»

Die gelben Dämpfe, die aus dem viereckigen Inneren des Kreises aufstiegen, schwebten jetzt, dichter werdend, zur Decke und verbargen Pup vor Dollys Blicken, verbargen die Kerze und die Schale mit dem schwelenden Weihrauch. Es waren die ersten Schwaden dieses Rauchs gewesen, die Dolly bewogen hatten, nach Pup zu rufen. Doch er war jetzt in dickes, beißendes Gelb gehüllt, einen Nebel, der nach Feuer roch, und seine Worte verloren sich, als sei er weit von ihr entfernt.

Und jetzt formte sich eine Gestalt in dem dunklen Rauch, wurde größer, reichte schließlich bis an die Zimmerdecke, stand hochaufgerichtet da, und um ihren turmartigen Kopfputz schwebten gelbe Rauchringe. Der Körper war nackt und schimmerte, als sei er aus Bronze, und das Gesicht mit der spitzen Schnauze war das eines Hundes.

Dolly schrie so laut sie konnte. Sie schrie wie damals bei der Séance, als Myra erschienen war. Sie sprang auf, warf mit einer weit ausholenden Armbewegung die Kerze um, die auf dem Altar stand, und warf das kleine Wachsbildnis in das Viereck, dem Gott vor die Füße. Einen Herzschlag lang stand sie mit ausgebreiteten Armen da, dann brach sie ohnmächtig zusammen.

Pup fielen keine Namen, Beinamen und Titel mehr ein, und er

wollte die Zeremonie eben beenden, als Dolly schrie. Er kehrte ihr den Rücken zu, stellte die Räucherschale auf den Altar zurück und wollte im nächsten Moment zur Tür gehen, um das Licht einzuschalten. Als er den Schrei hörte, fuhr er herum, war jedoch nicht schnell genug, um sie aufzufangen.

Die Kerze war umgefallen und ausgegangen, hatte aber vorher noch in Brand gesteckt, was Dolly in der Hand gehalten hatte, etwas aus Stoff und Wachs, das auf dem hölzernen Fußboden lichterloh loderte. Pup machte Licht, nahm seinen Dolch, spießte den brennenden Gegenstand auf und deponierte ihn in der Räucherschale.

Dolly schlug die Augen auf. Pup fiel neben ihr auf die Knie.

«Bist du okay? Warum hast du das getan?»

Sie starrte ihn an, richtete sich auf und betrachtete das Ding, das noch immer brennend in der Schale lag.

«Hast du ihn gesehen?»

Ein kalter Finger schien über Pups Rückgrat zu streichen. «Ich habe nichts gesehen. Es war nichts da. Es tut mir leid, ich hätte das nicht tun dürfen, ich bin ein Idiot. Ich bin zu weit gegangen.»

Sie stand auf, warf scheue Blicke um sich. Das Licht verwandelte den Tempel wieder in ein kleines, schäbiges Zimmer mit unverständlich schwarzen Wänden und einem am Fenster befestigten blauen Lumpen.

«Wo ist er jetzt?»

«Komm hinunter», sagte Pup sanft. «Ich mache dir etwas Heißes zum Trinken. Geht es dir gut? Soll ich dich tragen? Ich wette, ich könnte es.»

Sie streckte die Hand aus und berührte die Schale. «Gut, das ist gut. Bist du sicher, daß er weg ist?»

Es war sinnlos, mit ihr zu streiten. «Er ist weg. Ich habe ihn gebannt. Er ist weg und kommt nicht wieder, du kannst dich darauf verlassen.»

Pup war fast hysterisch, so sehr widerte er sich selbst an. Er brachte Dolly hinaus und schlug die Tür zu. Unten kochte er Tee für sie beide, starken, indischen Tee. Die Tasse mit beiden Händen festhaltend, saß Dolly schweigend da und trank. Er dachte daran, wie alles angefangen hatte, an den Anfang ihrer Schwierigkeit, die jetzt viel mehr war als nur ein eigenbrötlerisches, ein wenig seltsames Verhalten. Das war es gewiß bei ihm gewesen, als er als Halbwüchsiger im Mistley Tunnel seine Seele dem Teufel verkaufte. Sie war damals normal gewesen – oder zumindest so normal, wie eine Frau mit einem solchen Ding im Gesicht sein konnte. Doch nachdem er sie mit dem Okkultismus bekannt gemacht hatte, hatte der schädliche Einfluß eingesetzt, das Übel an ihr zu nagen begonnen. War vielleicht das gemeint, wenn die Bücher von einer unsichtbaren Welt sprachen, die sich in die reale Welt eines praktizierenden Magiers oder Anhängers des Okkultismus, eines nach Magie Süchtigen drängte? Meinten die alten Schriftsteller das, wenn sie von Dämonen sprachen, die, einmal gerufen, sich nicht mehr bannen ließen? Meinten sie wirklich einen von der Realität losgelösten Verstand – Schizophrenie? In letzter Zeit schien Dolly ständig von unsichtbaren Gefährten begleitet zu werden. Sie sah Dinge und hörte Stimmen. Was hatte sie eben in diesem Zimmer gesehen?

Sie mußte zum Psychiater, mußte sich behandeln lassen. Er brachte sie in ihr Schlafzimmer. Während sie sich auszog, holte er aus dem Badezimmerschränkchen eine Schlaftablette aus einem Fläschchen, das Myra gehört hatte. Er setzte sich neben sie auf den Bettrand und hielt ihre Hand. Er mußte sich um das Geschäft kümmern, den großen Auftrag perfekt erledigen und einen vertrauenswürdigen Filialleiter für das neue Geschäft finden. Sobald er das alles erledigt hatte, wollte er sich auf die Suche nach einem tüchtigen Psychiater machen. Und bis dahin würde er sich um sie kümmern, er würde sie nicht zuviel allein lassen, abends häufiger zu Hause bleiben, und nie wieder wollte er mit dem Okkultismus etwas zu tun haben.

Das Seconal zwang Dolly mit Brachialgewalt zu einem schweren Achtstundenschlaf. Doch schon im Erwachen erinnerte sie sich wieder daran, wie vollständig das Wachsbildnis von Ashley Clare vom Feuer verzehrt worden war. Wenn sich während dieses Prozesses der Vernichtung der gefürchtete Gott herabgelassen hatte, ihr zu erscheinen, dann war das der Preis, den sie dafür bezahlen mußte. Es war auch ein Beweis für Pups ans Wunderbare grenzenden magischen Kräfte.

Am Nachmittag wollte Yvonne kommen – zum erstenmal, ohne einen handfesten Grund zu haben. Sie kam nur, um Dolly zu sehen. Diesmal war kein grünes Kleid anzuprobieren und kein Rocksaum hochzustecken. Dolly ging in den Tempel hinauf und nahm den blauen Vorhang vom Fenster ab. Sie hob die Kerze auf und stellte sie in den Halter zurück, sie nahm die Schale in die Hand und untersuchte ihren Inhalt. Der Tweed, die Baumwolle und die Haare waren völlig verbrannt, der Körper geschmolzen, und in der Schale lag nur noch ein grauer Wachsklumpen und darin eingebettet die Reste der Räucherstäbchen.

Die Puppe legte sie in die Resteschachtel. Yvonne sollte sie nicht sehen. Nachdem sie im Zimmer abgestaubt und eine Flasche Asti in den Kühlschrank gestellt hatte, ging sie hinauf und zog sich für Yvonne sehr sorgfältig an – das weiche Schneiderkostüm in blauem und grauem Karostoff, die fuchsienrote Bluse mit Stehkragen und Schleife, einen marineblauen Gürtel, gleichfarbige Pumps und graue Strumpfhosen. Sie trug das Haar länger denn je, weil Yvonnes Haar lang war. Sorgfältig zog sie es über drei Viertel des Feuermals und hielt es über dem Ohr mit einer pinkfarbenen Spange zusammen. Myra und Edith flüsterten in einer Ecke des Schlafzimmers miteinander. Es war, als hätten sie ein Geheimnis, denn sie unterbrachen sich immer wieder, sahen sie an, und manchmal kicherten sie. Sie hatte sie bisher noch nie kichern gehört.

Pup hatte die Absicht, früh nach Hause zu gehen. Er wollte jeden Abend zu Hause bleiben, bis er sicher war, daß es Dolly besserging. Um halb fünf schnitt Andrea ihm das Haar, fönte es trocken und zog ein Gesicht, als er sagte, er müsse nach Hause zu seiner Schwester. Er fuhr sie nach Mount Pleasant Gardens und sah zum erstenmal Diarmit Bawne, der aus dem Haus kam und die Stufen herunterstieg. In der Hand trug er eine grüne Harrods-Tüte.

Als er zu Hause den Kombi abstellte, dachte er zuerst, Yvonne sei nicht gekommen. Vor dem Haus parkte kein grüner Porsche. Doch schon in der Diele schwebte ihm ein zarter Hauch von Moschus und Blüten entgegen. Seine Erleichterung war ungeheuer, irgendwie unverhältnismäßig groß. Doch er sagte sich, er wolle ja nur, daß Dollys Freundin hier war, wollte, daß sie eine Freundin hatte.

Sie saßen auf dem Sofa und tranken Asti. Yvonne natürlich an Dollys linker Seite. Heftiges Mitleid mit seiner Schwester überkam ihn, die in ihren selbstgeschneiderten Kleidern so unelegant, so hausbacken wirkte. Am schlimmsten war die alberne Bluse, die ihre allzu blühende Gesichtsfarbe noch betonte. Natürlich war es auch der Kontrast zu Yvonne, der alles schlimmer machte. Yvonne war so zart, eine Elfe, eine Najade in einem Kleid aus anschmiegsamer Wolle so hell wie Elfenbein, einer Malachithalskette und silbernen Reifen an den weißen Armen.

«Nymphe, Nymphe, was trägst du für Perlen?
Perlen aus grünem Glas, Kobold, warum starrst du sie an?
Gib sie mir. – Nein.»

Wieso erinnerte er sich an dieses Gedicht aus einer alten Schulanthologie? Er fragte sie, wie es ihr gehe, setzte sich und ließ sich ein Glas Wein einschenken.

«Mein Wagen ist beim Kundendienst, und ich bekomme ihn erst morgen wieder. Dolly hat gesagt, daß Sie so freundlich sein werden, mich nach Hause zu bringen. Aber das müssen Sie nicht, wirklich nicht. Ich kann ja ein Taxi rufen.»

«Selbstverständlich bringe ich Sie nach Hause.»

«Wir trinken noch eine Flasche Wein», sagte Dolly.

Sie sah den schnellen Blick nicht, den Pup und Yvonne wechselten. Pup zuckte mit den Schultern.

«Ich hätte lieber etwas zu essen.»

«Es steht alles für dich bereit, auf dem Küchentisch», antwortete Dolly ziemlich scharf. «Bekommst du dein Essen nicht immer pünktlich?»

Er holte sich ein Tablett ins Wohnzimmer: kalte Hühnerflügel, Hörnchen, Kartoffelflocken, saure Gürkchen, Zitronenquarkschnitten und Joghurt mit Ananasgeschmack. Yvonne nahm ein paar Kartoffelflocken, dann aß sie eine Quarkschnitte und den ganzen Joghurt. Dolly öffnete eine zweite Flasche Asti. Sie beeilte sich damit, denn seit einiger Zeit war sie nach Einbruch der Dunkelheit in der großen, alten Küche nicht gern allein.

Es war schon fast zehn, als Yvonne sagte, sie müsse jetzt wirklich aufbrechen. «George wollte übers Wochenende nach Hause kommen», wandte sie sich auf der Schwelle noch einmal an Dolly. «Dann hat er angerufen und gesagt, daß er's doch nicht schafft. Er muß sich um diesen Ashley kümmern.»

«Wieso muß er sich um ihn kümmern?»

«Ach, hab ich das nicht erwähnt? Er ist krank. Er hat sich einen mysteriösen Virus geholt und ist schwer krank.»

20

Venus – möglicherweise auch Psyche oder die schöne Helena – ruhte in schwellenden Kissen, nackt bis auf das obligatorische durchsichtige Fähnchen und betrachtete ihre Schönheit in einem goldgerahmten Handspiegel, während eine verrunzelte Alte, deren Gesicht einen scharfen Kontrast darstellte und außerdem für Sterbliche eine böse Ahnung ausdrückte, auf der anderen Seite des Bettes kauerte und in der ausgestreckten Hand ein Perlenhalsband hielt. Das Gemälde war groß und, abgesehen vom Fleisch der jungen Schönheit, in ziemlich dunklen Farben gehalten. Sein vergoldeter Rahmen wirkte auf der elfenbeinfarbenen Seide, mit der die Wände von Yvonnes Schlafzimmer tapeziert waren, ungeheuer dekorativ, fast prunkvoll.

«George hat es nie gemocht», sagte Yvonne.

«Nun ja, wie sollte er auch?» Pup setzte sich auf und strich ihr das Silberdistelhaar von der Stirn zurück. «Sie ist für den modernen Geschmack zu dick. Und sie ist nicht halb so schön wie du.»

«Seit mein erster Mann tot ist, hat mir niemand mehr gesagt, daß ich schön bin.»

«Wir müssen nicht über ihn reden, oder? Oder über George? Einer ist tot, der arme Kerl, und der andere behandelt dich schlecht, vergessen wir sie also, und reden wir über uns. Ich finde, wir sollten jetzt aufstehen, uns anziehen, und dann führe ich dich zum Dinner aus.»

Yvonne sah auf ihre mit Diamanten besetzte Armbanduhr, die auf dem Nachttisch lag, und schrie leise auf. «Oh, schau mal, wie spät es ist! Ist dir klar, daß wir sieben Stunden im Bett waren?»

«Und das an einem Sonntag.»

«Peter, ich möchte dir nur noch sagen, daß ich meinen zweiten Mann bisher noch nie betrogen habe – und den ersten natürlich schon gar nicht. Ich verspreche dir, die beiden nie wieder zu erwähnen, aber ich wollte, daß du das weißt. Ich meine, es gehört nicht zu meinen Gewohnheiten, herumzuschlafen. Es muß mir etwas bedeuten. Ich will nicht behaupten, daß ich mich schon in dich verliebte, als wir uns auf der Party der armen Myra kennenlernten. Was zurückblieb, war eher eine ungeheure Verwirrung der Gefühle. Und sie, verbunden mit deinen Kräften, Peter, den gottähnlichen Kräften eines Guru ...»

«Nenn mich bitte Pup», sagte er und stieg aus dem Bett. «Und ich habe bisher noch nie ein Mädchen darum gebeten.» Er begann sich anzuziehen. «Und vergiß bitte dieses Gott- und Guru-Zeug, es hat es nie gegeben und wird es nie geben. Es existiert nur in Dollys Kopf. Was sie auch sagen mag, ich kann nichts tun, um George und diesen Ashley zu trennen. Wozu sich außerdem die Mühe machen? Du brauchst George nicht mehr.»

Sie sah ihn zweifelnd an und lächelte dann.

George hatte seit vierzehn Tagen keine einzige Nacht zu Hause verbracht. Ashley Clare war ein starker Raucher, und der Virus hatte seine Lunge angegriffen. Das hatte Yvonne Dolly telefonisch mitgeteilt, als sie sich entschuldigte, daß sie nicht, wie versprochen, in die Manningtree Grove kam. Ashley lag im Bett, zu schwach, um sich zu bewegen, und sein Fieber stieg allabendlich so hoch, daß der Arzt davon sprach, ihn ins Krankenhaus einweisen zu lassen, damit die notwendigen Tests gemacht werden konnten. Die Zeit außerhalb seiner Sprechstunden verbrachte George ausschließlich an Ashleys Bett.

Dolly war nicht überrascht, doch es flößte ihr noch immer ehrfürchtige Scheu ein. Das hatte Pup bewirkt, obwohl er nicht einmal wußte, was er tat. Pup hatte den Gott beschworen, und der Gott hatte Ashley Clare in seinem Feuer verzehrt. Er sollte nicht so schnell sterben wie Myra, bei ihm würde es lange dauern, doch schließlich wartete auch auf ihn nur der Tod. Genauso wie sie gesagt hatten, Myra sei an einer Luftembolie gestorben, würde es bei ihm heißen, Todesursache sei ein Herzfehler oder eine Allergie gegen Antibiotika gewesen. Nur sie würde wissen, daß Pup ihn herbeigezaubert hatte.

Sie wartete ungeduldig auf Neuigkeiten, doch Yvonne kam nicht mehr und rief nicht mehr an. Dolly wußte genau, warum: sie war es müde zu warten, sie hatte kein richtiges Vertrauen zu Dolly oder Pup. Vielleicht dachte sie sogar, Dolly habe die Sache Pup gegenüber nie erwähnt, habe nie etwas getan. Anstatt daß George zu ihr zurückkam, hing er ihrer Meinung nach mehr an Ashley Clare denn je.

Nun, es war nur eine Frage der Zeit. Dolly vermißte Yvonne, konnte aber verstehen, was sie empfand – sie war enttäuscht, vielleicht sogar verbittert. Sobald Ashley Clare tot war, würde sie wiederkommen und sich dankbar erweisen. George würde zu ihr zurückkehren, und sie würden mit Pup und Dolly ewige Freundschaft schließen. Sie stellte sich vor, wie sie zu viert ausgingen, mit dem Porsche fuhren oder vielleicht mit Georges Mercedes. Sie würden Restaurants in Hampstead besuchen, und die Leute würden Pup und sie für ein Ehepaar halten. Dolly durchsuchte Ediths Sachen und fand ihren Ehering. Er paßte ihr so gut wie er der Mutter gepaßt hatte.

Als sie den Ring sah, sagte Edith zu Myra: «Ich freue mich, daß sie ihn trägt. Es hat mir irgendwie weh getan, daß sie meinen Ring nicht trug. Ich habe den Ehering meiner Mutter immer getragen, an der rechten Hand, natürlich.»

Dolly schob den Ring an den Finger der rechten Hand. Sie saß an der Maschine und steppte die langen Nähte an dem grünen Kordoverall, den sie für Yvonne arbeitete. Yvonne hatte ihn nicht in Auftrag gegeben, sie arbeitete ihn auf gut Glück, als Überraschung, doch sie wußte, daß Yvonne sich darüber freuen würde. Die beiden Stimmen flüsterten in der Ecke neben der Resteschachtel, flüsterten und flüsterten. Sie waren richtig gute Freundinnen geworden. Sie redeten nie mehr direkt mit Dolly.

«Ehrlich Edith, kein Mensch, der seine fünf Sinne beisammen hat, würde Dolly je für die Frau deines Sohnes halten.»

«Das weiß ich, meine Liebe.»

«Ihre Verunstaltung schließt so etwas ja von vornherein aus, wenn ich das so ehrlich sagen darf.»

Dolly bearbeitete wütend den Tritt der Nähmaschine, weil sie hoffte, sie mit dem lauten Geratter zum Schweigen zu bringen. Es regnete und war um halb fünf schon dunkel, denn die Wintersonnenwende stand kurz bevor. Die Naht war fertig, und Dolly mußte aufhören. Flüster, flüster ... Wie kam es nur, daß sie ihre Gedanken lesen konnten? Und ihre geheimsten Gedanken dazu?

«Peter ist natürlich sehr klug», sagte Myra vertraulich, «das garantiere ich dir. Es ist nicht unmöglich, daß er etwas für sie tun könnte.»

«Wir haben alles getan, was in unserer Macht stand, wir haben sie zu den besten Spezialisten gebracht. Sie schüttelten alle nur den Kopf und sagten, man könne nichts tun.»

«Die medizinische Wissenschaft ist hier vielleicht machtlos, aber das ist etwas ganz anderes. Warum bittet sie Peter nicht, ihr das Feuermal wegzuzaubern?»

Dolly sprang auf. Sie warf eine Zwirnsspule nach ihnen, und sie verschwanden. Was Myra gesagt hatte, ließ sie leicht zittern. Sie ging in die Küche und holte sich ihren Frascati aus dem Kühlschrank. Als sie Licht machen wollte, passierte nichts. Die Glühbirne war ausgebrannt. Die Küche wurde nur schwach von der Gaszündflamme über der Backröhre beleuchtet.

Er stand zwischen der Hintertür und dem Kühlschrank, groß und glänzend, sein Kopfschmuck reichte bis zur Decke, seine fellige Schnauze zuckte, und er fletschte die Zähne. Herr der Grabstätten, Anubis, der Schakalhäuptige, Merkurstab und Palmwedel in der Hand. Dolly schrie. Es war niemand da, der sie hörte. Sie schrie, schlug die Tür zu, floh ins Wohnzimmer, warf sich zu Boden und blieb schreiend und mit den Fäusten auf den Teppich einhämmernd liegen.

Hin und her gingen die schweren Schritte über ihnen. Es war unangenehm, man konnte ihnen nicht entrinnen, das ganze Zimmer bebte.

«Es macht mir Angst», sagte Andrea. «Ich bin schon ganz krank vor Angst.»

«Du mußt umziehen», antwortete Pup. «Was könntest du denn sonst tun? Du warst oben und hast ihn gebeten, damit aufzuhören. Und ich war oben. Ich würde ja alles tun, was du willst, aber ich weiß nicht, was ich dir vorschlagen soll.»

Andrea sah ihn an. Sie saßen auf ihrem hübschen Bett und aßen Eier Benedict, die sie mit großer Sorgfalt und Mühe für ihn zubereitet hatte.

«Wir könnten eins tun. Komm mit mir zu einem Arzt und sag ihm, daß der Junge, der über mir wohnt, den – nun ja, den Verstand verliert, und bitte den Arzt etwas zu unternehmen. Der Junge gehört in eine Nervenheilanstalt, er braucht eine Behandlung.»

«Ich glaube nicht, daß ich das tun könnte», sagte Pup bedächtig. Er war der Meinung, daß ihm die Schwierigkeiten genügten, die er zu Hause hatte. Er brauchte sich nicht noch fremde aufzuhalsen. «Es geht mich nichts an.»

«Wen geht es denn etwas an? Er ist ganz allein, er scheint keine Familie zu haben. Er ist verrückt, davon bin ich überzeugt, wirklich verrückt. Er glaubt, wenn er tagsüber das Haus verläßt, kommen Arbeiter und reißen es ab. Das hat er mir erzählt, das glaubt er tatsächlich. Und er sagt, daß er Conal Moore heißt. Drei Hausbewohner haben mir erzählt, daß Conal Moore ein großer, breiter blonder Bursche war, der vor anderthalb Jahren im Juli ausgezogen ist und nie wieder hier war.»

«Du willst, daß ich das einem Arzt erzähle? Was für einem Arzt übrigens?»

«Ich kenne hier keinen. Aber du mußt doch einen haben. Du mußt einen Hausarzt haben.»

«Heißt das, du willst, daß der arme Kerl – wie nennt man das? – zwangsweise in eine Nervenheilanstalt eingewiesen wird?»

«Es wäre das beste für ihn, Peter.»

«Geh du nur zu einem Arzt, wenn du mußt», sagte Peter, «aber zähle nicht auf mich. Ich an deiner Stelle würde mir allerdings eine andere Wohnung suchen. Es wäre einfacher.»

Sie sah ihn an, als wollte sie etwas sagen, wagte es jedoch nicht. Er zog eine Braue hoch, aber der Augenblick war vorüber, und sie schüttelte den Kopf. Sie nahm seinen und ihren Teller und verteilte eine *crème brûlée* darauf. Über ihnen marschierten die Schritte müde hin und her, auf den dreieinhalb Metern Fußboden immer hin und her.

Als Pup nach Hause kam, bat ihn Dolly, in der Küche eine neue Glühbirne einzuschrauben. Ihm fiel auf, daß sie erst hineinging, als das Licht wieder brannte. An diesem Abend roch sie nach Brandy, nicht nach Wein. Er erinnerte sich, daß im Wohnzimmerbüfett noch aus Myras Tagen etwas Brandy gewesen war.

Nächstenliebe beginnt zu Hause. Bevor er wegen Diarmit Bawne etwas unternahm, mußte er etwas für seine Schwester tun. Er beobachtete, wie sie ängstlich in die hell erleuchtete Küche schlich und sich großäugig umsah. Ohne an die Folgen zu denken, sagte er unbedacht: «Übrigens wurde George Colefax' Freund ins Royal Free Hospital eingeliefert.»

«Ins Krankenhaus?»

Pup nickte. «Er hat eine Stauungslunge. Er ist wirklich schwer krank.»

«Woher weißt du das?» fragte sie scharf.

Auf wen war sie eifersüchtig? Auf ihn oder Yvonne? «Ich hatte draußen eine Maschine zu warten», schwindelte er glatt, «und habe Yvonne zufällig getroffen.»

Ihre Augen und ihr kaum merklich zitternder Mund verrieten starkes Mißtrauen. Er merkte, daß sie ihn immer wieder ansah. Am nächsten Morgen kam sie beim Frühstück wieder auf das Thema zurück.

«Mehr weiß ich nicht», antwortete er mit einer Spur von Schärfe in seiner sonst so freundlichen Stimme. «Nur, daß er im Krankenhaus liegt und sie mit dem EKG nicht sehr glücklich sind. Angeblich hat er ein Geräusch am Herzen.»

Sie brummte etwas und starrte ihn so eindringlich an wie eine jener Mütter, die behaupten, an einem ganz besonderen Glanz in den Augen ihres Kindes zu erkennen, daß es lügt. Harold kam in seinem besten Anzug, aber ohne Krawatte an den Tisch. Er nahm eine Tasse Tee und tat sich ein paar trockene, raschelnde Cornflakes auf den Teller, machte jedoch zunächst keine Anstalten, sie zu essen. Der Anzug hing in Falten an seiner kleinen, jetzt abgezehrten Gestalt.

«Doch nicht schon wieder eine Beerdigung?» fragte Pup.

Harold schüttelte den Kopf. «Kannst du mir eine Krawatte leihen? Meine sehen alle nach nichts aus. Aber keine zu grell gemusterte bitte.»

Pup ging hinunter und brachte ihm drei Krawatten. Eine marineblaue mit winzigen Gänseblümchen, eine dunkelgraue mit winzigen rehbraunen und pinkfarbenen Vierecken und eine krem und silbern gestreifte mit einer braunen Zickzackleiste in der Mitte. Da sie Pup gehörten, waren alle aus reiner Seide. Harold wählte die dunkelgraue.

«Ich komme heute nicht ins Geschäft, ich muß nach London hinein.»

«Weihnachtseinkäufe machen?» fragte Pup.

Harold, der seit Wochen nicht mehr gelächelt hatte, brach jetzt in ein hohes, schrilles Gelächter aus. Er und Weihnachtseinkäufe machen – was für eine Idee!

«Also ich weiß nicht recht, ich weiß wirklich nicht.» Er schüttelte sich vor Vergnügen. Und als habe er sich durch das Lachen irgendwie abreagiert und von irgend etwas befreit, griff er nach der Zuckerschale, zuckerte die Cornflakes, schüttete Milch darüber und begann heißhungrig zu essen. Pup sagte nichts mehr. Ihm war klar, daß der Vater nichts sagen wollte, wohin oder warum er in die Stadt fuhr. Wahrscheinlich hatte es – was es auch sein mochte – mit dem maschinegeschriebenen Brief zu tun, der vor zwei Tagen gekommen war und der ihn, ebenfalls beim Frühstück in Aufregung und fast in eine kleine Panik versetzt hatte.

Als die beiden Männer fort waren, rief Dolly das Royal Free Hospital an. Es dauerte eine Zeitlang, bis man festgestellt hatte, auf welcher Abteilung Ashley Clare lag. Als sie mit der diensthabenden Oberschwester verbunden war, behauptete Dolly, sie sei die Schwester des Patienten.

«Keine Veränderung in seinem Befinden», sagte die Schwester. «Es geht ihm den Umständen entsprechend.»

Damit mußte Dolly sich zufriedengeben. Sie versuchte Yvonne anzurufen, erreichte sie jedoch nicht. Seit jenem Abend in der Küche hatte sie Anubis nicht mehr direkt gesehen, nicht mehr von Angesicht zu Angesicht, doch hin und wieder erhaschte sie aus den Augenwinkeln einen Blick auf ihn, sah seinen Kopfputz schimmern, die Schlangenhaut oder sein Hundegesicht, das ihr plötzlich aus einem dunklen Winkel entgegenstarrte. Sie konnte es ertragen, sie biß die Zähne zusammen und wappnete sich gegen die Angst. Anubis würde bleiben, bis seine Arbeit getan war. Sobald Ashley Clare tot ist, wird auch er verschwinden, dachte sie.

Sie nähte den grünen Kordoverall fertig. Ihr kam der Gedanke, für Yvonne eine Puppe zu arbeiten – eine Puppe, die in ihr weißgoldenes Schlafzimmer paßte, auf dem Bett sitzen und unter dem weiten Rock ein Nachthemd verstecken konnte. In dieser Nacht träumte sie zum erstenmal von Anubis. Er erfüllte seine Pflicht, indem er die Toten in die Unterwelt oder ins Jenseits geleitete. Edith und Myra, Ronald Ridge und Mrs. Brewer mit Fluffy auf dem Arm gingen hinter ihm her, doch ihnen voran, Seite an Seite mit dem Gott, schritt Ashley Clare. Und der Pfad, den sie entlanggingen und der in den Mistley Tunnel mündete, war die alte Eisenbahnlinie.

Pup kam gegen acht Uhr abends nach Hause. Er küßte sie auf die Wange, und sie roch, daß er nach Ivoire von Balmain duftete. Sie hörte Myra und Edith flüstern und wich von Pup zurück, als habe er statt eines französischen Parfüms einen ekelerregenden Gestank an sich. Er schien es nicht zu bemerken.

«Ich habe dir etwas Interessantes zu erzählen», sagte er.

Sie war sofort mißtrauisch. «Was denn?»

«Vater hat ein Buch geschrieben. Es ist ein historischer Roman, und er wird veröffentlicht. Deshalb ist er vor ein paar Tagen in die Stadt gefahren, er wollte zu seinem Verleger. Er hatte ihm geschrieben, daß ihm das Buch gefällt, daß zwar ein paar Änderungen notwendig sind, aber daß es gut ist. Vater soll sogar eine Fortsetzung schreiben, stell dir das vor! Er wird sich aus dem Geschäft zurückziehen und überläßt mir das Feld. Wie findest du das?»

«Oh», sagte Dolly, tief in Gedanken.

«Er ist natürlich im siebten Himmel. Ich habe ihn im Pub gelassen, er begießt das große Ereignis mit Eileen Ridge.»

«Er ist also glücklich und hat Erfolg», sagte sie in einem merkwürdig konzentrierten Ton. «Er hat bekommen, was er sich wünschte. Alles ist gut geworden.»

«Man könnte es so ausdrücken, ja.»

Sie schwieg. Er fühlte sich plötzlich entsetzlich unbehaglich, ohne zu wissen warum. Sie starrte ihn an, die Augen nicht ganz gleichgerichtet, so daß das linke etwas hinter ihm anzusehen schien. Er drehte sich sogar um, weil er wissen wollte, was da war. Sie hatte eine Puppe gemacht, die genau wie Yvonne aussah, mit beigeblondem Nylonhaar, ganz in bräutliches Weiß gekleidet. Warum? fragte er sich. Wozu?

Sie sagte: «Pup?»

«Ja, Liebes?»

«Könnten wir in den Tempel hinaufgehen?»

Er zuckte mit den Schultern. Er war müde und mußte über so

vieles nachdenken. Das Blut war ihr ins Gesicht geschossen, eine dunkle, häßliche Röte.

«Du kannst alles», sagte sie. «Das weiß ich jetzt. Du besitzt große Macht, größere Macht als ein Arzt, vielleicht bist du überhaupt der Mächtigste auf der ganzen Welt ... Also würdest du – wirst du ...» Sie hob die zitternde Hand an die Wange. «Wirst du mich davon befreien?»

Er war sprachlos. Ihre Hand blieb auf der Wange liegen und verdeckte das Feuermal.

«Du könntest ein Pentagramm-Ritual zelebrieren», sagte sie. «Oder eine Beschwörung. Du könntest es nach und nach machen, es muß ja gar nicht auf einmal sein, du könntest ...»

Er schrie sie an, ausgerechnet in dem Augenblick, in dem er eigentlich so liebevoll mit ihr umgehen müßte wie nie vorher. «Das kann ich nicht! Du weißt, daß ich das nicht kann!»

Sie nickte und sagte mit absoluter Überzeugung: «Du kannst alles.»

«Das kann ich nicht, Dolly! Hör mir zu.» Er kam zu ihr, setzte sich neben sie und nahm sie bei den Schultern. «Es tut mir leid, daß ich dich angeschrien habe, das hätte ich nicht tun dürfen. Aber ich kann dir dein Feuermal nicht wegnehmen, verstehst du mich? Ich kann nicht, es ist unmöglich.»

«Du meinst, du willst es nicht.»

«Nein, das meine ich nicht. Hör mir zu: Ich gäbe alles, was ich habe, ich gäbe Jahre meines Lebens dafür, wenn ich dich davon befreien könnte.» Er war überzeugt, die Wahrheit zu sprechen. «Ich würde alles, alles für dich tun, aber dich davon zu erlösen, liegt nicht in meiner Macht.»

Sie sagte langsam und schwer: «Du hast Myra getötet, du hast dafür gesorgt, daß du die Fahrprüfung bestehst, du hast Vater Glück und Erfolg gebracht, du hast dafür gesorgt, daß du das Geschäft allein führen kannst, warum also kannst du das nicht für mich tun?»

«Von all diesen Dingen habe ich kein einziges bewirkt, Dolly. Sie sind einfach passiert. Begreifst du das nicht? Daß Myra an dem Abend starb, war reiner Zufall. Die Führerscheinprüfung bestand ich, weil – weil ich eben fahren kann. Vater hat seinen Roman ganz allein geschrieben, oder? Wie könnte die Magie ihn zum Schriftsteller machen?»

«Ich verstehe nicht, was du damit sagen willst.»

Verzweifelt, ohne an die Folgen zu denken, fuhr er fort: «Es gibt keine Magie, Dolly. Es hat sie nie gegeben und wird sie nie geben. Die Autoren dieser Bücher waren alle Schwindler, Verrückte oder abergläubische Narren. Es ist alles Unsinn. Du kannst die Naturgesetze nicht mit Wasser, Weihrauch und idiotischen Worten außer Kraft setzen oder umkehren, du kannst damit nur Menschen täuschen. Wenn ich dich getäuscht habe, tut es mir leid, tut es mir entsetzlich leid, aber einmal mußt du es erfahren, warum also nicht sofort? Ich war nur ein Kind, das sich herausputzte und dir etwas vormachte, verstehst du?»

Sie verstand nicht. Zu seinem Entsetzen sah er Unglauben, Qual und Zorn in ihrem Gesicht.

«Warum hast du dann weitergemacht? Warum gehst du noch zu den Leuten von der ‹Goldenen Dämmerung?»

«Es war unrecht von mir», sagte er bitter. «Es war unrecht, und es tut mir entsetzlich leid. Aber ich tu's nie wieder, das kann ich dir versprechen. Ich werde dafür sorgen, daß ich es nie wieder tun kann.» Er sprang auf, verließ schnell das Zimmer und schloß die Tür hinter sich.

Dolly blieb ganz still sitzen. Sie sah sich in dem kleinen Spiegel, den Myra an die gegenüberliegende Wand gehängt hatte, und wandte das Gesicht ab. Pup lief die Treppe hinauf, und seine Schritte hallten leise durch das Haus. Die Haustür wurde geöffnet, wieder geschlossen, und sie hörte Harold durch die Diele ins Frühstückszimmer gehen.

«Er meint es nicht so», sagte Ediths Stimme. «In ein oder zwei Tagen wird er sich schon wieder beruhigen.»

Myra lachte. «Tatsache ist, daß er sich mit Yvonne Colefax trifft, er war bei ihr, war in ihrem Haus. Er riecht von Kopf bis Fuß nach ihrem Parfüm. Na ja, es ist nur natürlich, daß sie ihn Doreen vorzieht, nicht wahr? Das ist für jeden Vernünftigdenkenden nur logisch.»

«Er ist oben und schaut in seinen Büchern nach, was er für die arme Dolly tun kann.»

«Sobald dieser Ashley tot ist und George zu Yvonne zurückkommt, wird die Sache ganz automatisch im Sand verlaufen», sagte Myra. «George wird Peter nicht im Haus dulden, und Yvonne wird ihn auch nicht mehr haben wollen. Je früher das geschieht, um so besser für alle Beteiligten, meine ich.»

«Er ist oben, macht heiliges Wasser und studiert die hohe Magie», flüsterte Edith.

Um halb zehn griff Dolly nach dem Telefonhörer. Yvonne meldete sich nach dem vierten Läuten. Diesmal sagte sie nicht: «Hier bei Dr. Colefax», sondern rief nur schüchtern. «Hallo!»

«Hier ist Dolly.»

«O Dolly, wie geht es Ihnen?»

«Danke, gut. Ich habe eine Überraschung für Sie. Das heißt, eigentlich zwei Überraschungen. Etwas zum Anziehen und noch etwas anderes. Haben Sie Lust, sich die Sachen abzuholen?»

Yvonne antwortete nicht sofort. Ihre Stimme klang unnatürlich und verlegen.

«Ich habe im Moment eine Menge zu tun, Dolly.»

«Dann könnte ich ja zu Ihnen kommen.»

«Lassen wir's vorläufig, ja? Ich meine, es sei denn, Sie glauben, Ihr Bruder würde sie mir rasch mit dem Kombi vorbeibringen. Wissen Sie was, ich rufe Sie an.»

Dolly fror. Sie brauchte ein Glas Wein. Sobald sie aufgelegt hatte, würde sie ihren ganzen Mut zusammennehmen und sich auf den Flur und in die Küche wagen, um eine Flasche Wein zu holen. Aber zuerst ...

«Wie geht es Ashley Clare? Ist er – ist er tot?»

«Tot?» wiederholte Yvonne schrill. «Nein, natürlich nicht. Es geht ihm viel besser. Weihnachten wird er aus dem Krankenhaus entlassen, und George fährt mit ihm für eine Woche nach Marokko, damit er sich richtig erholt.»

Dolly legte auf und verließ das Zimmer. Sie hörte jetzt keine Stimme, sah keine Gestalten in dunklen Winkeln. Es gab nur sie ganz allein, die in die Küche ging, um ihren Wein zu holen. Sie hatte Yvonne enttäuscht, und deshalb wollte Yvonne sie nie wiedersehen.

21

Das Mädchen unter ihm war Polizistin. Entweder das oder eine Spionin, die ihm die Baufirma auf den Hals geschickt hatte. Er wußte nicht sicher, welches von beiden, möglicherweise war sie auch beides, doch das war nicht besonders wichtig. Wichtig war nur, daß er nicht viel mit ihr zu tun hatte. Er durfte nie vergessen, daß er wegen Mord gesucht wurde, daß die Polizei ihn wegen Mord suchte. Doch wie die Dinge lagen, konnten sie ihm nichts anhängen.

Das Mädchen, das unter ihm wohnte, nannte ihn Diarmit und sprach den Namen falsch aus. Er vermutete, daß sie ihn so nannte, weil der Name Diarmit Bawne noch auf dem Klingelschild an der Haustür stand. Er hatte es absichtlich nicht geändert, denn die Polizei sollte nicht wissen, daß Conal Moore wieder da war. Daß das Mädchen ihn Diarmit nannte, war der Beweis dafür, daß es nicht Bescheid wußte. Es sagte, es heiße Andrea, und das war ganz offensichtlich ein erfundener Name, ein geradezu lachhafter Name.

«Gehen Sie manchmal zur alten Eisenbahnlinie hinunter?» hatte er sie gefragt.

Sie schüttelte den Kopf und sagte, sie habe nie davon gehört, sie wisse nicht einmal, daß es irgendwo eine alte Eisenbahnlinie gebe.

«Vor anderthalb Jahren wurde dort ein Mädchen ermordet», sagte er. «Seien Sie vorsichtig, der Mörder könnte wieder zuschlagen.»

«Ich gehe nicht hin», antwortete sie. «Ich habe Ihnen doch gesagt, ich weiß nicht mal, wo das ist.» Und er sah, daß er ihr einen Schrecken eingejagt hatte.

Er mußte jedoch darauf achten, ihr noch mehr aus dem Weg zu gehen, sich in keine Gespräche mit ihr einlassen, er könnte Dinge sagen, die gefährlich waren. Bevor er ihr von dem Mädchenmord erzählt hatte, hatte sie ihn zu überzeugen versucht, daß er keine Angst zu haben brauche, das Haus werde bestimmt nicht abgerissen. Als ob sie das wüßte! Manchmal dachte er, daß sie nicht ganz bei Trost war. Weihnachten, bevor sie für vier Tage irgendwohin fuhr, brachte sie ihm ein Stück kalten gebratenen Truthahn und vier Hackbratenpasteten. Er aß sie natürlich nicht, denn er wußte genau, daß sie eine Wahrheitsdroge enthielten und er ihr alles verraten würde, wenn er sie das nächste Mal sah. Er brachte sie spät abends auf den Anger und ließ sie für den Dalmatiner und den Collie liegen. Wahrheitsdrogen schadeten den Hunden nicht, die ohnehin nicht sprechen konnten.

Das neue Jahr war zwei Tage alt, als die Bauarbeiter wiederkamen und auf der Westseite des Angers eine Ladenreihe mit darüberliegenden Wohnungen abzureißen begannen. Die Läden waren seit Monaten mit Brettern verschlagen gewesen. Er war sehr erleichtert zu sehen, daß die Männer so beschäftigt waren, denn das bedeutete, daß sie hier noch nicht anfangen würden. Zum erstenmal seit Monaten ging er bei hellem Tageslicht aus, um die alte Eisenbahnlinie und den Mistley Tunnel aufzusuchen, den Ort von Conal Moores Verbrechen.

Als er nach Hause kam, traf er Andrea in der Halle. Sie hatte ihren Kollegen von der Polizei bei sich, diesen hellhaarigen Bullen, der einen als Firmenwagen einer Schreibmaschinenhandlung getarnten Kombi fuhr. Er blickte durch die beiden hindurch, ignorierte sie, sprach kein Wort, das war das einzige, was er tun konnte.

«Siehst du?» sagte Andrea. «Denkst du jetzt nicht auch, daß wir etwas tun sollten?»

«Er ist harmlos», erwiderte Pup. «Es geht dich nichts an.»

‹Dich› nicht ‹uns›. Sie bemerkte das sehr gut. Sie gingen hinauf, und Andrea schloß die Tür ihres Zimmers auf. Da sie gewußt hatte, daß Pup sie nach Hause begleiten würde, hatte sie alles blitzblank aufgeräumt, bevor sie am Morgen fortgegangen war. Das Aluminium ihres Abtropfbretts, das man durch ihren neuen Raumteiler aus Rohrgeflecht blitzen sah, glänzte wie ein Spiegel. Auf dem Kaffeetisch lag ein Bildband aus der Öffentlichen Bibliothek in Haringey. Es waren große, glänzende Drucke von Audubon-Kupferstichen. Der Band war bei der Abbildung eines kolumbianischen Kolibris aufgeschlagen. Pup fühlte sich unbehaglich, und er war traurig.

Sie kochte Kaffee. Über ihnen hatte das rastlose Hin und Her angefangen. «Ich denke immer noch, daß ich etwas tun sollte», sagte sie. Diesmal fiel ihm auch auf, daß sie «ich» gesagt hatte und nicht «wir». Sie sah ihn an. «Peter?»

«Ja?»

«Mr. Manfred eröffnet einen neuen Salon in St. Albans. Er sagt, wenn ich mich dorthin versetzen lasse, vermietet er mir auch eine Wohnung.»

Die Schritte von oben dröhnten. «Das könnte die Lösung sein», antwortete Pup.

«Oh», sagte sie, «genau das dachte ich auch ... Nun ja.»

Er wußte, was sie dachte. Daß er sie vielleicht bitten würde zu bleiben, daß er ihr sagen würde, sie könnten fest miteinander gehen, sich verloben.

«Es ginge nicht gut», sagte er weich. «Wirklich nicht. Wir hatten eine schöne Zeit, aber es ginge bestimmt nicht gut mit uns beiden.»

Sie warf einen Blick auf das Bett, auf dem die Kissen in perfekter Symmetrie angeordnet waren. «Ist es, weil – ich nicht ... Du weißt schon.»

«O nein.»

«Meine Mutter sagt, daß ein Junge einen hinterher nicht mehr will, wenn man es tut, aber meine Freundin im Salon meint, sie wollen einen nur, wenn man es tut. Woher weiß man, was richtig ist?»

«Es hätte nichts geändert. Wirklich nicht.»

Andrea schenkte Kaffee ein. «Ich sage Mr. Manfred morgen früh, daß ich nach St. Albans gehe. Es könnte schon sehr bald sein.»

«Es ist das beste, weißt du», sagte Pup. «Dann brauchst du den Lärm nicht mehr zu ertragen, und du mußt dich auch nicht um ihn kümmern.»

«Ich hätte es ohnehin nicht getan. Nicht allein.» Sie sah aus dem Fenster. Es schneite leicht, die Flocken schmolzen auf dem Glas und liefen daran herunter. Sie zog die Vorhänge zu. «Gibt es eine andere, Peter?»

«Ja», sagte er, «es gibt eine.» Er war es müde, Lügen zu erzählen, er wollte versuchen in Zukunft absolut aufrichtig zu sein.

Andrea sah ihn an, als warte sie darauf, daß er gehe, damit sie sich richtig ausweinen konnte. Was konnte er denn tun? Er hatte ihr nie etwas versprochen, ihr nie gesagt, daß er mehr für sie empfand, er war einfach ab und zu gern mit ihr zusammen gewesen, das war alles. Sie stand auf und sah ihn an. Sie war sehr blaß. Er umarmte sie, sagte Lebewohl, lief die Treppe hinunter und trat hinaus in den winterlichen Abend. Sie waren alle fort, Suzanne verheiratet, Philippa in Australien, Terri hatte einen neuen Freund. Caroline war nie mehr gewesen als ein mißlungener Versuch.

Treue kam ihm jetzt ungeheuer reizvoll vor. Er fragte sich, ob er sich noch irgendeinmal in ein Mädchen verlieben könnte, das nicht blond war, das keine Augen wie Aquamarine hatte und das mehr wog als siebenundneunzig Pfund. Er stieg in den Kombi, schaltete die Scheibenwischer ein und fuhr vorsichtig durch den Schneeregen in die Bishop's Avenue.

Dolly brauchte eine ganze Weile, um zu glauben, um zu begreifen. Wie ein gläubiger Krüppel war sie in ihr Lourdes gepilgert, und das Wunder, an das sie so felsenfest glaubte und das sich ereignen mußte, hatte sich nicht ereignet. Daß Dolly am Tag nach der Beschwörung des Gottes Anubis von Yvonne erfuhr, daß Ashley Clare erkrankt war, war für sie keine Überraschung gewesen. Sie hatte es erwartet, hatte es schon gewußt. Und später war ihr klar gewesen, daß er sterben würde, es war nur eine Frage der Zeit. Daß er genas, daß es ihm besser ging und er gesund werden würde, war nicht nur bestürzend – sie konnte es eine Zeitlang gar nicht glauben.

Sie konnte nicht glauben, daß Pup versagt hatte. Wenn die Beschwörung nicht geholfen hatte, dann nur, weil Pup nicht wußte, welchen Zweck sie hatte, und weil er von der Existenz der kleinen Wachspuppe nicht einmal etwas ahnte. Sie selbst war es, die etwas falsch gemacht hatte, es war ihre Schuld. Allmählich begann sie zu verstehen, daß die Beschwörung nichts genutzt hatte, daß Ashley tatsächlich wieder gesund wurde und daß das so war, weil *sie* alles verdorben hatte.

Yvonne hatte versprochen, anzurufen, und Dolly wartete beinahe stündlich auf diesen Anruf. Sie wollte das Haus nicht mehr verlassen, weil Yvonne ja inzwischen versuchen konnte, sie zu erreichen. Der grüne Kordoverall hing im Wohnzimmer an einem Bügel, und die blonde Puppe in dem durchsichtigen weißen Kleid saß zwischen dem Ballettmädchen und Ashley Clare auf dem Kaminsims.

Dilip Raj rief an und wollte Pup sprechen. Ein Mädchen, das sagte, es sei eine Freundin von Carolines Schwester rief an. Wendy Collins rief an. Sie sagte nicht, was sie wollte und fragte Dolly nur, wie es ihr gehe. Ein bißchen später suchte sie Dolly auf und benahm sich recht merkwürdig, als lausche sie und warte auf jemand, der nicht da war. Dolly fand, daß sie zugenommen hatte. Und noch nie hatte Wendy das Haar in so steifen Löckchen getragen. Es sah aus wie eine Perücke.

«Mir gefallen Ihre entzückenden Puppen», sagte sie. «Ich habe Puppen schon als winziges Dingelchen über alles geliebt. Nie habe ich mit etwas anderem gespielt, außer mit Puppen.»

«Ein Jammer, daß Sie keine Kinder haben», sagte Dolly.

Wendy warf den Kopf zurück. «Ich habe noch viel Zeit.» Sie zeigte auf den Kordoverall. «Würden Sie mir so etwas nähen?»

Zum erstenmal seit einer halben Ewigkeit war Dolly nach Lachen zumute. Doch es war nicht ihre Sache, einer Kundin zu sagen, was sie tragen konnte und was nicht.

«Wenn Sie wollen.»

Dolly hätte gern gewußt, warum Wendy gut fünf Minuten in der Diele herumstand, bevor sie ging. Das Telefon klingelte. Es war Christopher Theofanou, der Pup sprechen wollte. Jedesmal wenn das Telefon klingelte, aber wirklich jedesmal, glaubte Dolly, es sei Yvonne. Im Grunde war sie eigentlich nie überrascht, wenn sie es nicht war, sie wußte ja, warum Yvonne nicht anrief, warum sie nichts mehr mit ihr zu tun haben wollte. Sie erinnerte sich an den Hauch von Parfüm, den sie an Pup wahrgenommen hatte. Yvonne mochte ihn lieber als sie. Jetzt, da sie ihn persönlich kannte, hatte sie ihn wahrscheinlich selbst gebeten, die Freundschaft zwischen ihrem Mann und Ashley Clare zu beenden.

Vielleicht tut er es für sie, dachte Dolly. Nur für seine Schwester tut er nichts, die ihn wie eine Mutter liebt.

«Also, ganz offen gesagt», wandte Myra sich an Edith, «hat er Doreen natürlich nur verkohlt, als er behauptete, er glaube nicht an Magie. Natürlich glaubt er dran, sie ist sein Leben. Er geht doch noch immer zu seinen Versammlungen, oder?»

Edith antwortete etwas, das Dolly nicht verstand.

«Er ist jetzt bei der der ‹Goldenen Dämmerung›», sagte Myra. «Es wäre doch unvernünftig, wenn die vielen Jahre, die er studiert hat, vergeudet wären.»

Pup wollte nicht töten, das war das ganze Problem. Es hatte ihn furchtbar aufgeregt, daß er Myra getötet hatte, er wollte wirklich nur Weiße Magie betreiben. Nicht einmal, um Yvonne eine Freude zu machen, nicht einmal, um ihren Mann zu ihr zurückzubringen, wollte er Ashley Clare töten. Deshalb, dachte Dolly, ist Ashley Clare wahrscheinlich auch nicht gestorben. Pup wollte es nicht. Sie saß am Wohnzimmerfenster, das erste Glas aus der zweiten Flasche in der Hand. Es schneite leicht. Sie hörte, wie Harold das Haus verließ. Er ging unter den überhängenden, kahlen Ästen des großen Gingkobaums den Gehsteig entlang und blickte kein einziges Mal zu dem erleuchteten Fenster hinauf. Seit er Schriftsteller geworden war, hatte er es sich angewöhnt, einen braunen Tweedhut zu tragen.

Er war nie ein großer Trost für Dolly, doch wenn er ausging, fühlte sie sich noch verlassener. Wenn Ashley Clare nicht starb, würde sie Yvonne nie wiedersehen. Das wußte sie genau, war so huntertprozentig davon überzeugt wie von Pups Zaubereien. Dafür, daß sie ihr zuerst versprochen hatte, ihren Mann zu ihr zurückzubringen, und dann nicht Wort hielt, würde Yvonne sie in alle Ewigkeit hassen.

In der Nacht gab es Frost, und an den Dachrinnen der Häuser in der Manningtree Grove hingen Eiszapfen. Trotz der Kälte stand Dolly sehr früh auf, ging zum Archway und stieg in den 210er Bus. Sie trug ihren alten, dicken Wintermantel, eines der wenigen Kleidungsstücke, die sie sich nicht selbst genäht hatte, kniehohe Stiefel und ein Tuch um den Kopf. Sie stellte fest, daß sich manche Frauen die Kopftücher wie einen Yashmak vor das Gesicht gebunden hatten. Als Dolly an der Bushaltestelle wartete, tat sie dasselbe mit ihrem Kopftuch und kam sich dann vor wie alle anderen – nicht gezeichnet, nicht entstellt, kein Unikum, und mit hocherhobenem Kopf sah sie den anderen in die Augen.

Sie hoffte, es würde George Colefax sein, der den Arrowsmith Court verließ, und nicht Ashley Clare. Es interessierte sie nur, ob die beiden schon aus Marokko zurück waren. Ashley Clare war bestimmt noch Rekonvaleszent und würde an einem so eiskalten Morgen wie diesem kaum ins Freie gehen.

Dolly lief auf dem Gehsteig hin und her und rieb die Hände in den Wollhandschuhen aneinander. Leute befreiten Motorhauben und Autodächer vom Schnee. Auf den Zweigen der Bäume lag silbriger Rauhreif. Die tiefstehende Sonne hatte sich eben über den Horizont geschoben und erinnerte Dolly an den wunderschönen Morgen – vor vielen, vielen Jahren, wie es ihr jetzt schien –, an dem Pup und sie die alte Eisenbahnlinie entlanggingen, um bei Sonnenaufgang einen blühenden Haselzweig zu schneiden.

Durch die Doppelflügeltür des Hauses trat Ashley Clare auf die Straße. Dolly war überrascht. Er ging zur Arbeit, davon war sie überzeugt. So bald nach seiner Krankheit ging er wieder zur Arbeit, schritt rasch und energisch zur U-Bahnstation hinunter. Er trug einen weißen oder naturfarbenen, langen Schaffellmantel mit Gürtel, eine graue Pelzmütze und über Mund und Nase einen Schal, der genauso gebunden war wie der ihre. Sie ging ein Stückchen hinter ihm her, machte dann kehrt und ging zur Busstation. Es schien, daß er schon wieder ganz gesund war, viel besser erholt, als sie erwartet hatte. Sie war bedrückt und verängstigt. Sie hatte das Gefühl, sich von neuem begreiflich zu machen, daß der Zauber nicht wirkte.

Weil die Sonne herausgekommen und der Himmel blau war, ging Dolly von Highgate die alte Eisenbahnlinie entlang nach Hause. Ihre Schritte zerstörten den bis dahin unberührten, spurenlosen, makellos weißen Schneeteppich. Gingie, auf der Pirsch nach hungernden Vögeln, hob sich davon ab wie ein Klecks Marmelade von einem weißen Teller, und aus dem Mistley Tunnel kamen aus der anscheinend unerschöpflichen Matratze noch immer graue Federn geflogen. Dolly mußte die Stufen hinaufgehen. Die rutschige, schneebedeckte Böschung schaffte sie nicht.

Als sie das Haus betrat, glaubte sie eine Frauenstimme zu hören, doch war es weder die von Edith noch die von Myra. Die Tür des Frühstückszimmers war offen gewesen, als Dolly ging, jetzt war sie geschlossen. Eileen Ridge, dachte sie, und glaubte zu wissen, was sie gleich zu hören bekommen würde.

«Es ist ja nur, damit er ein bißchen Gesellschaft hat, nicht wahr?» sagte Edith.

«Also, ganz offen gesagt, war das meilenweit vorauszusehen», meinte Myra. «Und zwar von dem Tag an, an dem der arme Ronald beerdigt wurde.»

«Alles in allem genommen, hätte sie es schlechter treffen können», sagte Edith.

Dolly zögerte und öffnete die Tür. Myras Farben, Pinsel und Plastikplanen waren verschwunden. Die beiden saßen an dem Klapptisch und lasen ein Manuskript. Die Frau war Wendy Collins, und sie trug den Hosenanzug, den Dolly ihr genäht hatte.

«Hier ist Dolly endlich, Harry», sagte sie. «Endlich können wir ihr unsere große Neuigkeit mitteilen.»

Dolly regte sich bei weitem nicht mehr so auf wie damals wegen Myra. Was es für die Zukunft bedeutete, berührte sie nicht.

«Wenn Dolly etwas gegen den Strich gehen wird, dann das», sagte Myra, doch sie irrte sich. Es interessierte Dolly kaum.

Wäre Pup noch, was er früher einmal gewesen war, käme Yvonne wieder und wäre Dollys Freundin, nichts anderes war wichtig. Dolly hatte sogar das Gefühl, daß Edith und Myra dann endlich verschwinden und nie wiederkommen würden. Als sie den Wein, den sie gekauft hatte, in den Kühlschrank stellte, glaubte sie, der hundegesichtige Gott sehe durch das Fenster zu ihr herein, aber sie starrte ihn fest und mutig an, und er schmolz mit dem Schnee und den Eiszapfen dahin, die der Sonne nicht standhalten konnten.

Angenommen, sie versuchte den Zauber selbst? Bisher war sie zu bescheiden gewesen, um es zu wagen. Es war Pups Domäne gewesen, die Domäne des männlichen Magiers. Doch Frauen konnten genauso Jüngerinnen der Magie werden. Wenn man den rechten Glauben hatte und das Richtige tat, wenn man die Kreise und die Pentagramme richtig zeichnete, heiliges Wasser machte, die Worte fehlerlos auswendig lernte, dann ... Und sie besaß mediale Fähigkeiten, stand mit der unsichtbaren Welt irgendwie in Verbindung. Die Geister, die Mrs. Fitter für sie angerufen hatte, waren bei ihr geblieben, waren nicht wieder fortgegangen wie die der anderen. Der Gott, den sie gewählt hatte, war gekommen und geblieben, wartete wie ein böser Geist. Sie fühlte sich dem Okkulten verwandter und dem Jenseits stärker verbunden als Pup, der Geomant.

Sie würde aus den Büchern lernen, wie er gelernt hatte. Sie konnte im Tempel arbeiten, die Robe tragen und die zu den vier Elementen gehörigen Waffen tragen. Sie stieg die Treppe hinauf. Gegen zwei Uhr waren Harold und Wendy weggegangen und nicht wiedergekommen. Das Telefon hatte den ganzen Tag noch kein einziges Mal geklingelt. Es war vier Uhr nachmittags, noch nicht dunkel, und auch die Dämmerung ließ noch auf sich warten, doch draußen herrschte schon Zwielicht. Luft und Himmel waren dunkelblau, überall gingen die Lichter an, und auf den Straßen lag gelber Glanz, den der halb geschmolzene Schnee zurückwarf.

Am Fuß der obersten Treppe schaltete Dolly das Licht ein. Es erhellte nur einen begrenzten Bereich und drang nicht in die dunklen Winkel und Ecken. Dolly öffnete die Tür zum Tempel. Ein Gefühl der Schwäche übermannte sie, und sie stöhnte auf. Der Tempel war verschwunden, als hätte es ihn nie gegeben.

Übriggeblieben war nur ein schäbiges, kleines Zimmer. Die Wände waren weiß – oder fast weiß –, der Fußboden kahl, und in der Mitte des Zimmers stand ein wackeliger Kartentisch aus Bambus. Der ganze Raum begann zu schaukeln, während Dolly sich ungläubig umsah. Sie umklammerte die Türklinke, um nicht das Gleichgewicht zu verlieren, und in ihrem Kopf summte und dröhnte es. Einen Augenblick kam ihr der entsetzliche Gedanke, daß sie sich alles eingebildet hatte, das Vorhandensein des Tempels und all das, was in den letzten Jahren darin geschehen und bewirkt worden war. Dann knipste sie das Licht an.

Das vorhanglose Fenster wurde zu einem blauen Rechteck, in dem sich die Schatten schwarzer Zweige spiegelten. Dolly sah, was der Bambustisch war. Einst hatte er als Altar gedient, auf dem die Waffen der vier Elemente lagen. Jetzt waren die Waffen verschwunden, und die Robe hing nicht mehr am Haken hinter der Tür. Die *tattwas* waren von den Wänden verschwunden. Doch der Tempel hatte nicht nur in ihrer Einbildung existiert. Noch schimmerte das Schwarz durch die oberflächlich gestrichenen weißen Wände, und auf den Dielenbrettern sah man noch die angesengte Stelle, wo das Wachsbildnis in der Schale Feuer gefangen hatte.

Pup hatte das getan. Es war ihm ernst gewesen mit dem, was er sagte. An dem Abend, an dem er ihr erklärt hatte, Magie sei reiner Unsinn, hatte er es getan. Vielleicht auch an anderen Abenden, wenn sie geglaubt hatte, er sei nicht zu Hause oder er schlafe. Er hatte Myras Farben aus dem Frühstückszimmer genommen und das Schwarz der Wände überstrichen. Er hatte die Stoffverkleidung vom Altar entfernt und die Waffen weggenommen und vernichtet. Plötzlich fielen ihr die Bücher ein. Was hatte er mit den Büchern gemacht?

Sie lief von Zimmer zu Zimmer und suchte sie. Im zweiten Stock fand sie sie nicht. Sie ging in Pups Schlafzimmer hinunter und durchsuchte es. Ohne Gewissensbisse, ohne auf seine private Sphäre Rücksicht zu nehmen, riß sie Schranktüren auf, durchwühlte Schubladen, sah unter das Bett und sogar unter die Matratze.

Sie fand sie nicht. Sie waren nicht im Haus. Er hatte sie verbrannt oder verkauft. Sie trottete in die Küche hinunter und zu ihrem Wein. Sie öffnete die Flasche, schenkte sich das erste Glas ein. Ihre Hände zitterten. Was hätten ihr die Bücher denn noch genützt? Der Tempel war zerstört, und alles war sinnlos geworden.

Dolly begriff, daß die Zeit der Magie und die Zeit aller Wunder, die Magie bewirken konnte, vorüber waren.

22

Pup war sehr lieb und sehr freundlich zu ihr. Er kam jeden Abend nach Hause, wenn es auch manchmal sehr spät wurde. Sie hatte sich vorgenommen, ihn nicht zu fragen, wo er gewesen war, und sie hielt ihren Vorsatz. Sie sagte sich, daß er vielleicht noch immer zum «Orden der Goldenen Dämmerung» gehen mußte, um einen Kursus zu absolvieren oder etwas Ähnliches. Sie sah Harold nur selten, und Wendy hatte sie, seit dem Tag, an dem sie die beiden zusammen überraschte, überhaupt nicht mehr gesehen. Einmal hörte sie zufällig Mrs. Collins sagen: «Mit der armen Dolly ist es aber mächtig bergab gegangen, nicht wahr? Miss Finlay hat sie vor ein paar Tagen beim Einkaufen gesehen, und sie redete mit sich selbst.»

Und Wendy, die mit ihr in der Diele stand, antwortete lachend: «Sie schnappt langsam über, das ist das erste Zeichen.»

Pup erzählte Dolly, daß der Vater mit Wendy in eine Wohnung über dem neuen Laden ziehen wolle.

«Dann werden nur wir zwei noch hier wohnen?»

Er nickte. «Das ist richtig.»

Ein eigenes Haus, ein Haus für sie ganz allein. «Du könntest dir in einem der größeren Zimmer einen neuen Tempel einrichten. Du könntest ganz von vorn anfangen.»

«Nein, das kann ich nicht, Liebes. Ich werde nie wieder damit anfangen, das habe ich dir doch erklärt. Es ist Unsinn, Dolly, das wird dir jeder vernünftige Mensch sagen.»

Sie kannte keine vernünftigen Menschen. Sie kannte niemanden. «Hast du die Bücher verbrannt?»

«Ich habe den ganzen Schwung für ein Pfund einem Händler am Highgate Hill verkauft.»

«Was werden die Leute nur denken?» flüsterte Edith Myra drüben bei der Nähmaschine zu. «Es ist mir schrecklich peinlich.»

«Was werden die Leute nur von dir denken?» sagte Dolly. «All die Leute von der ‹Goldenen Dämmerung›.» Sie sprach den Namen mit einem Anflug von Bitterkeit aus. «Was wird Yvonne denken?»

«Ich werde es niemandem sagen», antwortete er leichthin. «Warum sollte ich?»

Also wußte Yvonne noch nichts. Yvonne wartete noch – erwartete, daß Dolly – oder Pup durch Dolly – ihr den Mann zurückbrachte, den sie liebte.

«Aufgeschob'ne Hoffnung macht das Herze krank», zitierte Edith.

Yvonnes Herz war krank und wund, deshalb hielt sie sich von Dolly fern und haßte sie wegen ihres Versagens. Dolly faßte einen Entschluß. Die Puppe wollte sie noch als Reserve behalten, doch den Overall wollte sie Yvonne mit Pup hinüberschicken, das hatte sie schließlich selbst vorgeschlagen. Sie kaufte dunkelgrünes Seidenpapier und Packpapier mit einem Muster aus Efeublättern, packte den Overall ein und ersuchte Pup, ihn zum Shelley Drive zu bringen.

«Falls du zufällig in die Gegend kommst», sagte sie, als sie ihn zum Abschied küßte.

«Ich glaube schon, daß es sich machen läßt», erwiderte er.

Er kam sehr spät nachts nach Hause, aber Dolly war noch wach und trank jugoslawischen Riesling. Yvonne hatte ihm ein Briefchen mitgegeben. «Dolly», begann es. Der Name nahm fast die ganze Breite des Papiers ein und war unterstrichen. «Der Overall ist super, paßt wie angegossen, und ich bin begeistert. Herzlichen Dank. Sie müssen mir sagen, was ich Ihnen dafür schulde, ich möchte wenigstens den Stoff bezahlen. Ihre Yvonne.»

Nichts darüber, wann sie sich wiedersehen und nichts darüber, daß sie sich mit Dolly in Verbindung setzen würde. Daß sie schrieb, sie wolle den Stoff bezahlen, tat weh. Hatte sie die Bezahlung vielleicht nur erwähnt, um Dolly daran zu erinnern, daß sie ihr damals angeboten hatte, für den wesentlich größeren Dienst zu bezahlen? Für einen Dienst, der nie geleistet worden war. Doch was Dolly am meisten schmerzte, waren Anfang und Ende des Briefes, eiskalt und herablassend. Diesmal hieß es weder «Liebe Dolly» noch «Alles Liebe, Yvonne.»

Wieder duftete Pup nach Ivoire. Sie wußte natürlich, daß er bei Yvonne gewesen war, sie hatte ihn schließlich darum gebeten, und selbstverständlich hatte er ihr die Hand gegeben, doch Dollys Phantasie und Vernunft wollten ihr einreden, daß die beiden sich heimlich miteinander angefreundet hatten. Yvonne hatte sich ohne ihren Mann einsam gefühlt und sich bis zu Georges Rückkehr Pup zugewandt ...

«Also, ganz offen gesagt, Edith», erklärte Myra mit denselben Worten, mit denen sie seinerzeit Dolly so erschreckt hatte, «also, ganz offen gesagt, ich kann nicht mal behaupten, es wäre nichts Ernstes, es sieht sehr ernst aus.»

Im Sommer, als das Thema zum erstenmal zur Sprache gekommen war, hatte Dolly die Welt um Yvonnes willen von Ashley Clare befreien wollen. Jetzt wollte sie es für sich. Sie erinnerte sich, daß Pup ihr erzählt hatte, Ashley Clare habe ein Geräusch auf dem Herzen gehabt, und daher arbeitete sie am nächsten Vormittag zwei lange Tapeziernadeln in die Herzgegend der Ashley Clare-Puppe ein. Sie tat es mit großer Sorgfalt und wissenschaftlicher Genauigkeit. Es schien ihr unmöglich, daß ein derart leidenschaftlicher Wille und so tief empfundene böse Absicht kein Ergebnis zeitigen sollten, und doch erreichte sie nichts. Weil sie Pup nicht zu fragen wagte und Yvonne nicht fragen konnte, fuhr sie mit dem Bus zum «Arrowsmith Court» und wartete stundenlang vergeblich vor dem Haus. Erst beim drittenmal bekam sie Ashley Clare zu sehen. Er trat um neun Uhr abends auf die Straße und stieg in George Colefax' Mercedes.

Auf der Rückfahrt erinnerte sich Dolly – möglicherweise weil die Frau, die hinter ihr saß, ihrem Begleiter erzählte, sie wohne in Camden Town –, an jene Minuten auf dem Bahnsteig, in denen sie die Hände gehoben hatte und bereit gewesen war, eine Frau vor den Zug zu stoßen und zu töten.

«Ich habe dieses Smaragdgrün sehr gern getragen», sagte Myra und setzte sich neben sie. Edith quetschte sich auch noch auf die Kante der Sitzbank.

«Ein schwieriger Farbton», antwortete Edith. «Es ist schwer, die richtigen Accessoires dazu zu finden, und nicht jeder kann ihn tragen.»

Dolly verscheuchte sie, doch als sie ausstieg, waren sie wieder da. «Ihr wißt auch nicht alles», sagte Dolly zu ihnen. «Ihr habt gesagt, daß Pup ein Magier ist, obwohl das gar nicht stimmte, und er hat den Tempel zerstört.» Sie schrie laut: «Ihr habt auch gesagt, Ashley Clare wird sterben!»

Ein Mann, der den Hügel herunterkam, sagte: «Nur immer mit der Ruhe, Herzchen. Spielst wohl ein bißchen Straßentheater, wie?»

Unter der Laterne sah er ihr Gesicht, ihre Wange und wandte sich verlegen ab. Er hielt sie für betrunken. Das Komische daran war, daß das seit langer, langer Zeit der erste Abend war, an dem sie keinen Tropfen getrunken hatte. Ihr Körper schrie nach Alkohol. Sie ging die Treppe zur Archway Bridge und zur Hornsey Lane hinauf. Auf der Brücke stand neben einem der gelbgestrichenen Laternenpfosten Anubis und zeigte mit seiner Hundeschnauze zum rauchig purpurnen Himmel. Dolly schaute weg, und als sie wieder hinsah, war er verschwunden, mit der Stahlkonstruktion verschmolzen. In der Manningtree Grove traf Dolly Miss Finlay, die von einer Versammlung der Adonai Spiritisten nach Hause huschte, doch sie tat, als habe sie den scheuen Gruß der älteren überhört. Abgewandten Gesichts ging sie weiter und schimpfte mit Myra, die sie ununterbrochen berührte und auf sie einflüsterte. Nachdem Dolly zu Hause das erste Glas Wein getrunken hatte, verschwanden Myra und Edith für einige Zeit.

«Ich ziehe aus», sagte die Polizistin, und er merkte sehr gut, daß sie ihn dabei hinterhältig ansah, um festzustellen, wie er es aufnahm. «Ich bin nur heraufgekommen, um mich zu verabschieden.»

Ob er ihr wohl glauben konnte? Diesen Leuten sollte man nie trauen.

«Ich ziehe nach St. Albans», fuhr sie fort, «in eine richtige Wohnung.»

Eine unwahrscheinliche Geschichte. «Und wer zieht hier ein?»

Sie sagte, das wisse sie nicht. Sie gehe in einer Stunde und habe eine Menge Sachen übrig, Lebensmittelkonserven, Marmelade, ein paar Kartoffeln, Putzmittel und ein Geschirrspülmittel. Wenn er wolle, könne er alles haben. Es wäre schade, alles wegzuwerfen, meinte sie.

«Sie können alles bei mir lassen», antwortete er und lächelte, um sie zu täuschen. Sie glaubten immer noch, ihn mit der Frage zum Sprechen bringen zu können. Wenn man sich die Konservenbüchsen näher ansah, sah man genau die winzigen Einstiche der Injektionsnadeln. Sogar die Kartoffeln hatten sie präpariert. Die hielten ihn wohl für einen Idioten, wenn sie glaubten, daß er diese Marmelade aß.

«Na schön, dann sag ich nur noch, leben Sie wohl und alles Gute, Diarmit.»

Das verdroß ihn und verriet ihm eine Menge. «Ich heiße Conal Moore, und ich wäre Ihnen dankbar, wenn Sie mich bei meinem Namen nennen wollten.»

Sie zuckte mit den Schultern. «Auf Wiedersehen.»

Als sie fort und es draußen dunkel geworden war, brachte er die Konserven, die Marmelade und die Kartoffeln auf den Anger und verteilte sie auf die drei Abfalltonnen. Während seiner Abwesenheit war jemand in seinem Zimmer gewesen und hatte es durchsucht, davon war er überzeugt. Die Harrods-Tüte mit den Messern lag ein Stück weiter vom Bett entfernt als vorher. Er roch das Mädchen förmlich. Vorsichtig schnüffelte er am Scheuerpulver, dann am Geschirrspülmittel und dann wieder am Scheuerpulver. Das brachte ihn zum Niesen. Er nieste zwanzigmal oder noch öfter, und die Nase begann ihm zu laufen. Jetzt versuchten sie ihn zu vergiften. Er öffnete das Fenster und hielt den Kopf in den frostigen Februarabend.

Nach einiger Zeit war sein Kopf wieder klarer, und er fing an zu verstehen, was sie wollten. Sie wollten ihn so weit bringen, daß er sagte, er sei Diarmit Bawne, denn Diarmit war ein Zeuge, der die ganze Wahrheit über Conal Moore aussagen konnte. Hatte er der Polizei nicht schon einmal geholfen? Dieser verantwortungsvolle, hart arbeitende Bürger hatte der Polizei geholfen, hatte sie in Conals Zimmer geholt, hatte mit den Beamten gesprochen und gebeten, mit ihm in Verbindung zu bleiben. Und das versuchten Sie mit Überredung und Drogen, schickten die Frau, die ihn entwaffnen sollte, aber sie hatten Pech. So leicht ließ er sich nicht übertölpeln. Niemand konnte ihn zwingen zu sagen, er sei jemand ganz anders. Aber er mußte fort von hier, hier war er in größter Gefahr.

Er mußte fort, bevor der neue Polizist unten einzog. Sorgfältig bestreute er die Harrods-Tüte, den Berg roter Kleidung, das Abtropfbrett und die Türklinke mit einer ganz dünnen, fast unsichtbaren Schicht Scheuerpulver. Dann löschte er das Licht und schlich, die Büchse mit dem Pulver und die Plastikflasche mit dem Spülmittel in der Hand, die Treppe hinunter. Er warf beides in eine Hausmülltonne, die im Seiteneingang stand. Auf dem Rückweg entfernte er vom Klingelschildchen an der Haustür das Stück, auf dem «Diarmit Bawne» stand. Darunter kam das alte mit dem Namen «Conal Moore» zum Vorschein.

Langsam stieg er wieder die Treppe hinauf, er wollte ihnen für ihre Durchsuchung genügend Zeit lassen. Doch als er ins Zimmer kam, stellte er fest, daß alles unberührt war und im Pulver keine Spuren zu sehen waren, wie frisch gefallener Schnee lag es da.

Pup und Yvonne standen auf der chinesischen Brücke und blickten auf die roten Fische im dunklen Wasser hinunter. Es war ein milder Tag, wie sie manchmal zu Beginn der Fastenzeit vorkommen, und es war der Vorabend von Pups einundzwanzigstem Geburtstag.

«Es sieht so aus», sagte Yvonne mit der Stimme, die nie erwachsen geworden war, «es sieht so aus, als werde er nicht mehr lange leben. Armer Ashley! Ich hätte nie gedacht, daß ich eines Tages ‹armer Ashley› sagen würde.»

«Was fehlt ihm eigentlich?»

«Er hat etwas am Herzen. Er kann nicht mehr arbeiten, er mußte seine Stellung aufgeben. George sagte, er kann jederzeit auf der Straße tot umfallen. Noch nie habe ich George so niedergeschlagen erlebt.»

«Und wenn er stirbt», sagte Pup leise, «kommt George hierher zurück? Für immer?»

«Ich weiß nicht, ich glaube schon. Gehen wir hinein, mir wird kalt.»

Pup legte den Arm um sie, und sie gingen ins Haus. Er liebte Yvonne sehr. Er war, was er noch nie gewesen war, krank vor Liebe. Er liebte natürlich zuerst und vor allem Yvonne, doch er liebte auch alles, wofür sie stand, und alles, was sie zu dem machte, was sie war – das Ivoire-Parfüm, die Kleider von Cacharel, die rote Lackbrücke, der Swimming-pool, Haus und Wagen und der Hauch von Reichtum, der sie umwehte. Denn waren Yvonne und diese Dinge nicht eins, untrennbar miteinander verschmolzen?

Sie saßen auf dem weißen Fellteppich vor dem Kaminfeuer, das Yvonnes Putzfrau angezündet hatte. Yvonnes Fingernägel waren perlfarben lackiert, und sie trug einen Perlring. Pup küßte ihre Hand und ihr Handgelenk.

«Ich liebe dich, ich möchte dich nicht an George verlieren.»

«Ashley kann noch jahrelang leben», antwortete Yvonne. «Ist es nicht komisch? Vor noch nicht allzu langer Zeit habe ich Dolly gebeten, sie solle dich überreden, die beiden zu trennen. Und jetzt möchte ich, daß sie so lange wie möglich zusammenbleiben. Hättest du es tun können?»

«Die beiden trennen? Selbstverständlich nicht. Yvonne?»

«Ja, Liebling?»

«Ich wünschte, du besuchtest Dolly noch ab und zu.»

«Es wäre ein bißchen peinlich, nicht wahr? Wegen uns beiden, dir und mir. Nach allem, was ich ihr über George erzählt habe. Und außerdem – du darfst mir das aber nicht übelnehmen.»

«Das werde ich bestimmt nicht, raus mit der Sprache.»

«Sie ist so seltsam. Ich fürchte mich vor ihr.»

«Sie ist harmlos», erwiderte Pup. «Sie liebt uns – damit meine ich uns beide – mehr als sonst jemand auf der Welt. Sie würde alles tun, um uns glücklich zu machen. Ruf sie wenigstens ab und zu an, ja? Um mir eine Freude zu machen.»

«Soll ich ihr von uns erzählen?»

Er sah ihr in die Augen. Es waren einzigartige Augen, sie erinnerten ihn an Edelsteine, große, ungeschliffene, feucht schimmernde Juwelen. «Es gibt nicht viel zu erzählen, nicht wahr? Nur daß ich dich liebe und du sagst, daß du mich liebst – und daß dein Mann zurückkommt.»

Nachdem sich Yvonne genau überlegt hatte, was sie sagen wollte, versuchte sie Dolly am nächsten Vormittag anzurufen. Aber Dolly war unterwegs, um Wein einzukaufen. Yvonne versuchte es am Abend noch einmal, als Dolly an der Nähmaschine saß und den Saum eines neuen Kleides festnähte, das sie für sich selbst arbeitete. Sie hörte das Telefon, ließ es jedoch klingeln. Sie dachte es sei Wendy Collins, die an dem Tag schon zweimal angerufen hatte. Yvonne gab auf und verschob den Anruf auf den nächsten Tag.

Sie hätte es nur rechtzeitig tun, sie hätte nur rechtzeitig mit Dolly sprechen können, wenn sie vor halb acht Uhr morgens angerufen hätte. Aber so früh telefoniert niemand.

Ruhig und gelassen saßen die Yvonne-Puppe und die Ashley Clare-Puppe nebeneinander auf dem Kaminsims. Dolly betrachtete sie mit einem Würgen in der Kehle. Was sie tun mußte, machte ihr Angst, und hätte es einen anderen Weg gegeben, hätte sie ihn eingeschlagen. Es gab keinen anderen Weg, sie hatte alles andere versucht, und nur diese eine Möglichkeit war ihr noch geblieben.

Es war ein blauer Morgen, hell und sehr windig. Sie packte sich warm ein und band sich das Kopftuch wieder so, daß es das halbe Gesicht verdeckte. Sie brauchte die Selbstsicherheit, die sie dadurch gewann. Myra und Edith wollten sie begleiten, da gab es kein Entrinnen. Myras grüne Erscheinung wartete in der Diele neben der Haustür auf sie, eine neblige Masse aus Smaragdgrün, und als Dolly mit ausgestreckten Händen auf sie zuging, um die Tür zu öffnen, fiel ihr jenes andere Mal ein, als ihre Hände sich nach etwas Grünem ausgestreckt hatten. Sie glaubte das entsetzte Gesicht vor sich zu sehen, die tief bestürzten Augen, die verrieten, daß die Frau begriffen hatte, was Dolly eben tun wollte – Augen, deren Ausdruck ein gutmütiges, freundliches Gesicht in eine Maske des Schreckens verwandelt hatten.

Der grüne Nebel löste sich auf, und eine Zeitlang war kein Flüstern zu hören. Dolly ging durch den heftigen Wind zur Bushaltestelle unter dem Archway. Es war natürlich mehr als wahrscheinlich, daß sie ihn nicht zu sehen bekam. Sie war ziemlich spät dran. Vielleicht sollte sie es auf morgen verschieben. Doch was hatte es für einen Sinn, es immer wieder zu verschieben, während Yvonnes Enttäuschung wuchs und ihr Haß gegen Dolly immer stärker wurde? Der Bus kam, und noch während er anhielt, überlegte Dolly, ob sie es nicht doch aufschieben und nach Hause gehen – ob sie nicht doch noch einen Tag oder sogar eine ganze Woche abwarten sollte? Aber sie stieg ein, löste beim Fahrer die Fahrkarte und suchte sich einen Platz auf der rechten Seite, damit sie mit der rechten Wange zur Scheibe sitzen konnte.

Edith und Myra waren mit Dolly eingestiegen und redeten verängstigt und gereizt miteinander. Der Bus fuhr die Hampstead Lane hinunter und schaukelte schon unter den überhängenden Bäumen von Kenwood entlang, als Dolly endlich verstehen konnte, was die beiden sagten. Sie wollten, daß sie es sein ließ. Sie sollte es sofort sein lassen und umkehren.

«Ich sitze im Bus, ich kann nicht umkehren», sagte sie zu ihnen.

Ein Mann, der vor Dolly saß, drehte sich um und schaute auf den leeren Platz neben ihr. Das war ihr peinlich, denn der Mann war nicht übersinnlich und hörte die beiden natürlich nicht. Sie legte die Hand auf den Mund. Als sie sich anzog, hatte sie Pups Talisman hervorgeholt und um den Hals und über das Kleid gehängt, das rostrot war und gut dazu paßte. Doch jetzt hatte sie das Bedürfnis, das tröstliche Metall hautnah zu spüren. Sie öffnete den obersten Knopf und schob den Talisman unter das Kleid. Das Flüstern hatte nicht aufgehört, war aber sehr schwach geworden. Egal, was alle über Magie sagten, egal, was Pup darüber sagte, niemand konnte Dolly die Überzeugung nehmen, daß der Talisman ihr Kraft verlieh und sie schützte.

Der Wind packte sie, als sie aus dem Bus stieg. Er packte einen Passagier nach dem anderen, riß sie praktisch vom Bus weg und trieb sie vor sich her. Geduckt, Hüte und Kopftücher festhaltend zerstoben sie in alle Richtungen. Eine Regatta winziger Wolken raste über den blauen Himmel. Zu Füßen der Anhöhen lag London wie in einer Schale, strahlend hell und funkelnd in der klaren Luft, die weder von Rauch noch von Nebel getrübt wurde.

Das letzte Mal hatte er pünktlich um halb neun das Haus verlassen und kurz nach halb neun an jenem Morgen, an dem sie ihm in der U-Bahn die Haare vom Kragen gezupft hatte. Jetzt war es fünf vor halb. Dolly hatte noch keine klare Vorstellung davon, was sie tun sollte, wenn sie ihn sah. Sie wußte nur eines sicher: Sie wollte ihm folgen und sich an ihn hängen, wenn nötig den ganzen Tag, sogar ihr ganzes Leben, bis sie getan hatte, was getan werden mußte. Was blieb ihr denn sonst noch übrig?

George Colefax' Mercedes stand auf dem Parkplatz, das erste Fahrzeug neben der Haustür. Ein Mädchen kam heraus, dann ein Paar, das trotz der Kälte gemächlich dahinschlenderte, und schließlich ein Mann in einem langen Schaffellmantel. Es war Ashley Clare. Er warf einen Blick in den Wagen, als er daran vorüberging. Er stellte den Mantelkragen auf und schob die Hände in die Taschen. Dolly sah sein Gesicht aus größerer Nähe und viel deutlicher als je zuvor. Ein dunkles, mageres Gesicht mit tiefen Falten von den Nasenflügeln zu den Mundwinkeln, das Gesicht eines Mannes im fortgeschrittenen mittleren Alter. Es war fahl und bleich, als pulsiere kein Blut unter der Haut, um ihm Farbe zu geben.

Er ging ungefähr einen Meter entfernt an Dolly vorbei. Sie ließ ihm einen kleinen Vorsprung, dann folgte sie ihm den Hügel hinunter, die steile, gewundene Heath Street hinunter, wo Mauern der hohen Häuser wie Wälle wirkten, die den engen Durchgang gegen den Wind abschirmten. Ashley Clare ging mit angezogenem Kopf und hängenden Schultern als tue ihm die Kälte weh. Dolly erwartete, daß er am Zeitungsstand an der U-Bahnstation Hampstead haltmachen und sich eine Zeitung kaufen würde, damit er das Kreuzworträtsel lösen könnte, doch er verschwand sofort in der Station, zeigte seine Dauerkarte vor und wandte sich nach links zum Lift. Kein Fahrkartenautomat funktionierte. Dolly mußte sich in die Schlange vor dem Schalter einreihen, um ihre Fahrkarte zu kaufen, doch Ashley Clare hatte den Lift auch nicht erreicht, die Tür hatte sich vorher geschlossen. Wahrscheinlich war der Lift, der dreißig Personen faßte, voll besetzt.

In der Station war es an diesem Morgen sehr voll. Anders als beim letztenmal drängten sich die Menschen aus irgendeinem Grund an den Schaltern, vor der Sperre und am Lift. Ashley Clare und Dolly waren unter den ersten, die sich in den Lift quetschen konnten, und Myra und Edith stiegen mit ihnen ein. Zwar sah Dolly weder das Grün noch roch sie den Zitronenduft, sie verstand auch nicht, was sie miteinander redeten, aber ihr Flüstern klang leidenschaftlich und erregt.

Im untersten Korridor blies der Wind genauso stark wie im Freien, war hier jedoch warm und roch metallisch. Die Menge schob sich durch den Korridor und über die Fußgängerbrücke, die über die Gleise führte, wie eine Rinderherde, die ausbrechen wollte. Ein- oder zweimal verlor Dolly den weißen Schaffellmantel aus den Augen, und als sie die Stufen hinuntergingen, war er ganz verschwunden.

Es war ein in nördliche Richtung nach Golders Green fahrender Zug, der den Wind verursachte. Dolly und die meisten anderen Leute bogen nach links zu den Zügen ab, die ins Zentrum von London fuhren. Einen Augenblick glaubte Dolly, die Frau mit dem hausbackenen Gesicht und dem braunen Mantel gesehen zu haben, die an jenem Abend in Camden Town beobachtet hatte, wie Dolly die Finger abbog, um zuzustoßen. Sie stand da und las ein Filmplakat. Dolly sah zu ihr hinüber. Die Frau drehte sich um, erwiderte ihren Blick und war natürlich nicht dieselbe, sah ihr nicht im geringsten ähnlich. Die Ähnlichkeit beschränkte sich auf den Mantel.

Dolly ging den Bahnsteig entlang und suchte Ashley Clare. Das letzte Mal hatte sie einen Fehler gemacht und um ein Haar die falsche Person aufs Korn genommen, was unter diesen Umständen nicht besonders wichtig gewesen war. Doch wie, wenn sie die Hände nicht zurückgezogen hätte? Wie, wenn sie zugestoßen hätte? Aber es gibt hier bestimmt keinen zweiten in einem Schaffellmantel, dachte sie, blickte auf und entdeckte ihn. Auch er hatte ein Filmplakat gelesen, und jetzt sah er sie an und musterte sie so eindringlich, daß sie sich einen Moment überlegte, ob Myra vielleicht George und George seinem Freund von der Stieftochter mit dem Feuermal erzählt oder ob Yvonne es George gegenüber erwähnt hatte ... Doch es war wahrscheinlicher, daß er mit der Arroganz der Gutaussehenden, Makellosen einfach das Feuermal selbst anstarrte. Sie erwiderte den Blick so bösartig und wild, haßte ihn jetzt mit einem persönlichen Haß, daß sein Blick abschweifte, er den Kopf wegwandte und, die Hände noch immer in den Taschen, an die Bahnsteigkante trat.

Wieder hatten sich die Wartenden dort zu kleinen Gruppen zusammengefunden, wo ihrer Meinung nach die Waggontüren sein würden. Anstatt dasselbe zu tun, stellte sich Ashley Clare zwischen zwei von diesen Gruppen und stand, den Kopf tief gesenkt, sehr dicht an der Kante. Doch aus dem Lift ergoß sich ein neuer Menschenstrom auf den Bahnsteig, und Ashley Clare wurde von einem Mann und einer Frau in die Mitte genommen. Dolly postierte sich hinter ihn. Sie betrachtete sein Haar über dem Kragen und fand, daß es grauer aussah als vorher. Edith und Myra schnatterten jetzt so lebhaft, es klang fast hysterisch.

Der Zug fuhr von links ein. Schon hatte der warme Wind eingesetzt. Hinter Dolly standen jetzt zwei Leute, die sehr groß zu sein schienen. Sie war überhaupt von lauter großen Menschen umringt. Der Mann zu ihrer Linken war mindestens einssiebenundachtzig, das Mädchen rechts von ihr hatte himmelhohe Absätze. Dolly kam sich klein, verborgen und eingeklemmt vor. Über ihrem Kopf hörte sie jemanden sagen, es sei irgendwo ein Defekt aufgetreten und ein Zug ausgefallen, deswegen herrsche jetzt so ein Gedränge. Eingeklemmt und – wie es ihr schien – weit überragt, bewegte sie die Hände. Die kremfarbenen Wollhandschuhe, die sie trug, hatten fast dieselbe Farbe wie das Schaffell. Ein dunkles Haar, ein Haar wie sie es auf dem Kopf des nutzlosen Wachsbildnisses angeklebt hatte, fiel auf den hellen gestrickten Handschuhrücken. Sie sah es an, und um sie herum dröhnte Myras und Ediths wahnwitziges Geschrei.

Der Zug kam aus dem Tunnel, und durch eine Lücke zwischen Schaffell und dem Tweed mit Fischgrätenmuster, den der große Mann trug, erhaschte Dolly einen Blick auf das Gesicht des Zugführers, ein junges, rosiges Gesicht. Aber bevor es noch aus ihrem Blickfeld verschwunden war, sah sie, wie der Mund sich öffnete und der Mann schrie, denn sie hatte zugestoßen.

Vielleicht hatte er geschrien, als er stürzte. Doch woher sollte sie das wissen, wenn aus der wie eine Welle zurückweichenden Menge ein Laut aufstieg, der eine Mischung aus Schreien, Stöhnen und gräßlichem Jammern war? Dolly schrie mit den anderen, und die Welle riß sie ebenfalls mit zurück. Eine unpersönliche, unmenschlich klingende Stimme ließ jede Bewegung erstarren, und für kurze Zeit wurde es ganz still.

«Es hat einen Unfall gegeben. Ich wiederhole, es hat einen Unfall gegeben. Behalten Sie bitte Ruhe, und geraten Sie nicht in Panik.»

Eine Frau neben Dolly, eine Fremde, begann zu weinen.

23

Der Mann, der unten eingezogen war, war ihm sofort verdächtig. Conal hatte ihn nur einmal von weitem gesehen, dunkles Haar, ein ausdrucksloses, unauffälliges Gesicht, Jeans. Er hatte auch die Stimme gehört, den falschen englischen Akzent, den man ihm beigebracht hatte, während er zum Polizeispitzel ausgebildet wurde. Konnte es Diarmit Bawne sein? Für Sekundenbruchteile riß der Nebel auf, und Conal wußte, daß er selbst Diarmit war und sein Geist und Verstand ihm das angetan hatten. Doch es dauerte nur einen Augenblick. Der Nebel schloß sich, und er war wieder Conal. Heute abend, dachte er, kommt der Mann von unten bestimmt herauf. Er wird an die Tür klopfen, sich mit irgendeinem ausländischen Namen vorstellen und Conal etwas zu essen anbieten oder ihn ersuchen, weniger Krach zu machen. Conal achtete sehr darauf, keinen Lärm zu machen, als Diarmit bis sieben Uhr nicht aufgetaucht war, verließ er das Haus.

Er zweifelte nicht daran, daß das Zimmer in seiner Abwesenheit durchsucht werden würde. Diarmit hatte einen Schlüssel und brauchte daher das Schloß nicht aufzubrechen wie die sogenannte Andrea. Diesmal hatte Conal kein Scheuerpulver ausgestreut. Was hatte das schon für einen Sinn? Er wußte, daß sie kommen und suchen würden, und er war müde, ihm war fast alles egal. Die Energie und die Fröhlichkeit, die für Conal Moore so typisch gewesen waren, waren verbraucht, und er hatte das Gefühl, so langsam, so beständig zu werden wie Diarmit und am Ende so *tot* zu sein wie er. Er durchstreifte die stillen Straßen, wußte nicht, was tun, wußte nicht, wohin – und fürchtete sich davor, in sein Zimmer zurückzugehen.

Aber schließlich mußte er zurück. Er glaubte fest daran, daß ihn dort ein Mann erwartete, der versuchen würde, ihn zur Aufgabe zu überreden. Zu einem Priester zu gehen und zu beichten, Kathleen alles zu erzählen und dann zur Polizei zu gehen. Aber es war schlimmer, und es war unheimlicher, denn das Zimmer war leer und roch nach Diarmit und dem Mädchen – nach ihrem Parfüm und Diarmits stinkenden Kleidern.

Sie hatten die Messer mitgenommen. Er sah die Harrods-Tüte nicht. In einem Anfall von Panik, die seine Kraft erneuerte, riß er Schranktüren und Schubladen auf, zerrte den Haufen roter Kleider auseinander, kroch unter das Bett, zerrte Papier und alte Tragtüten und endlich – endlich! – die richtige heraus. Dann schlief er vor Erschöpfung auf dem Bett ein.

Als er mitten in der Nacht aufwachte, erblickte er um sich herum ein Chaos. Sie hatten das Zimmer ohne die geringste Vorsicht durchsucht, ohne sich darum zu kümmern, ob er es merkte. Schubladen waren auf den Boden geworfen worden, ihr Inhalt verstreut, überall lagen Kleider herum und in der Mitte des Zimmers – vermutlich als Signal für ihn, daß sie jetzt alles wußten – auf einem Haufen alter Zeitungen und Plastiktragtaschen das Hackmesser und die beiden Messer.

Da begriff er, daß er das Zimmer verlassen und sich gegen sie verteidigen mußte. Sobald es Morgen war, mußte er von hier fort, sein Eigentum mitnehmen und sich einen Zufluchtsort suchen. Der elektrische Schleifapparat funktionierte fast völlig lautlos. Er saß mit gekreuzten Beinen auf dem Boden, schliff die Messer und prüfte die Schärfe an der linken Hand, bis die Fingerspitzen kreuz und quer zerschnitten und blutig waren. Wenn Diarmit das leise Geräusch hörte und heraufkam, war er für ihn bereit, aber Diarmit kam nicht.

In einem tranceähnlichen Zustand ging Dolly den steilen Hügel hinauf. Und fast zum erstenmal seit Myras Tod war sie von absoluter Stille umgeben. Myra und Edith hatten miteinander geflüstert, und es klang, als zwitscherten schrill zwei verängstigte Vögel, dann seufzten sie, stöhnten und waren fort. Dolly wußte, sie würde sie nie wieder hören, nie wieder den Zitronenduft ihrer Mutter riechen oder das Grün sehen, das Myra war. Sie waren fort und hatten sie in einer absoluten Stille zurückgelassen.

Sie merkte den Wind kaum. Der Bus kam, nachdem sie zwanzig Minuten gewartet hatte. Einen Augenblick bildete sie sich albernerweise ein, der Fahrer habe ein Hundegesicht. Sie schloß die Augen, öffnete sie wieder und sah einen braunen Mann, einen Inder mit einer Adlernase. Im Bus umgab sie geradezu tödliche Stille. Sie hob die Hand und betastete durch den Stoff ihres Kleides die Konturen des Talismans, und das machte alles leichter, brachte ihr ein bißchen Leben.

Sie brauchte sich auf dem Heimweg nicht zu beeilen. Und selbst wenn sie es gewollt hätte, sie hätte es nicht gekonnt. Yvonne würde die Nachricht kaum vor heute abend oder vielleicht sogar erst morgen erfahren. Wenn sie keine Zeitung las, mußte sie warten, bis George es ihr erzählte. Dolly stieg im Dorf Highgate aus dem Bus und ging langsam, vom Wind gebeutelt und gestoßen, den Hügel hinunter zur Holmesdale Road und von dort zur alten Eisenbahnlinie.

An Birken und Weiden hingen Frühlingskätzchen. Wenn der Sommer kam, würden Pup und sie allein in ihrem Haus leben und George und Yvonne in dem ihren wieder glücklich sein. Wenn sie bis morgen nichts von Yvonne gehört hatte, wollte sie Pup mit der blonden bräutlichen Puppe zu ihr schicken. Es war wunderbar friedlich ohne Myra und Edith. Wenn ich nach Hause komme, trinke ich eine Flasche Wein, und wenn es zehnmal noch zu früh ist, dachte Dolly. Mit Weintrinken konnte sie den Tag totschlagen, bis Yvonne anrief.

Sie berührte den Talisman. Federn flogen aus dem Rachen des Mistley Tunnels wie Schnee von einer Schneewehe. Dolly ging durch den Tunnel und auf der anderen Seite die Treppe hinauf.

Harold war zu Hause. Im Frühstücksraum klapperte die Schreibmaschine. Dolly machte in der Küche eine Flasche Burgunder auf und leerte das erste Glas auf einen Zug. Sie nahm die Flasche ins Wohnzimmer mit und begann stetig vor sich hin zu trinken. Es war ihr gleichgültig, wann sie leer sein würde. Im Kühlschrank standen noch mehrere Flaschen, und in den Weinhandlungen warteten noch unzählige darauf, daß sie kam und sie kaufte. Die Schreibmaschine klapperte unentwegt auf der anderen Seite der Diele. Sie vermißte Edith und Myra. Oft hatte sie sie gehaßt und versucht, sie zu vertreiben, doch nun, da sie ins Jenseits zurückgekehrt waren, wünschte sie sich ihre Stimmen zurück, um ihre Kommentare, zu dem was sie tat, ihre Ansichten zu hören.

Sie holte sich die nächste Flasche und zog den Korken heraus. Dann wurde ihr bewußt, daß sie, seit sie nach Hause gekommen war, unter Schüttelfrost litt. Das war seltsam, denn Ashley Clare war tot und sie so glücklich und mit ihrem Leben zufrieden wie nie zuvor.

Wendy Collins kam mit dem Wagen und holte Harold ab. Dolly malte sich die Zeit aus, in der sie und Pup endlich allein sein würden. Das Eßzimmer wollte sie in einen Tempel verwandeln, und Yvonne und George mußten sie oft besuchen. Die Gedanken summten in ihrem Kopf wie ein Bienenschwarm. Harold und Wendy gingen Arm in Arm den Gartenpfad hinunter und stiegen in Wendys Auto. Dolly dachte daran, schlafen zu gehen, sie hatte schon seit vielen Nächten nicht mehr gut geschlafen. Die Puppen auf dem Kaminsims schienen sie zu beobachten, ihre Augen folgten Dolly, drehten sich in den gepolsterten Stoffgesichtern.

Dolly setzte sich an die Nähmaschine, doch ihre Hände waren zu unsicher, um die Arbeit halten zu können. Sie hatte noch eine halbe Flasche Burgunder übrig und goß mit einer ungeschickten Bewegung etwas davon in ihr Glas, wobei sie mehrere Tropfen und eine kleine Lache auf Myras hellen Teppich schüttete. Die Puppen legten die Köpfe schief und starrten, Ashley Clare und Yvonne begannen die Köpfe zu schütteln und mit den gestickten Augen zu rollen. Dolly leerte das Glas, stand auf und hielt sich an den Möbeln fest, um durch das Zimmer zu kommen. In Myras Spiegel sah sie ihr Gesicht und das entstellende rote Feuermal, und als sie es aus trüben Augen betrachtete, erschien hinter ihr ein anderes Gesicht und schob seine Hundeschnauze über Dollys linke Schulter.

Sie schloß die Tür und drehte den Schlüssel herum, sperrte Anubis und die Puppen ein. Sie schaffte es nicht, aufrecht die Treppe hinaufzugehen und kroch von Stufe zu Stufe, kroch über den Korridor, kletterte ins Bett und schlief ein.

Die Weinflecke auf dem Teppich sahen wie Blutstropfen aus. Dolly rückte den Nähmaschinentisch etwa einen halben Meter zur Seite, um sie zu verstecken. Sie hatte zehn Stunden geschlafen, den Tag zur Nacht gemacht und fühlte sich – mit Aspirin aufgepäppelt – schwach, zittrig und irgendwie körperlos. Harold war noch immer fort oder wieder ausgegangen. Pup war weder nach Hause gekommen noch hatte er angerufen. Vielmehr, sie nahm an, daß er nicht angerufen hatte. Sie war für Geräusche, Veränderungen oder Unruhen in ihrer Umgebung tot gewesen.

Sie fühlte die Gegenwart des hundegesichtigen Gottes, doch sehen konnte sie ihn nicht. Sie ging im Haus umher, schaltete das Licht ein, wenn sie einen Raum betrat und wieder aus, wenn sie ihn verließ. Es war, als mache sie eine Bestandsaufnahme ihres bisherigen Lebens und halte Ausblick auf das neue, das vor ihr lag. Doch wohin sie auch ging, immer hörte oder fühlte sie durch eine leichte Vibration, daß irgendein Wesen hinter ihr hertappte. Wenn sie sich umdrehte, um nachzusehen, war nichts da. Seit zwei Tagen hatte sie nur ein paar Biskuits gegessen, doch sie hatte auch jetzt keinen Appetit. Sie holte eine Flasche Wein aus dem Kühlschrank, einen weißen Sauterne, zog den Korken heraus und trank direkt aus der Flasche. Ihr wurde schwindlig, und sie bekam weiche Knie, trank jedoch weiter.

Pup kam noch immer nicht. Früher hätte sie geglaubt, er sei bei der «Goldenen Dämmerung», aber das konnte sie jetzt kaum noch annehmen. Früher, vor den Zeiten der «Goldenen Dämmerung» hätte sie sich gesorgt, hätte geglaubt, er sei überfallen oder überfahren worden. Inzwischen war er zu groß, zu mächtig und zu selbstsicher geworden, so daß sie so etwas nicht mehr empfinden konnte.

Harold war wieder da. Sie hörte, wie Wendy sich von ihm verabschiedete und das Schmatzen ihrer Gutenachtküsse. Die Nacht war für Dolly zum Tag geworden. Sie wollte wachbleiben, im Wohnzimmer sitzen, ihre letzte Flasche Wein trinken und auf Pup warten.

Sehr früh am Morgen, am Samstagmorgen, begann Conal seine Sachen wegzubringen. Er brach auf, bevor es hell wurde. Eine Unmenge Zeug gehörte Diarmit Bawne: ein grauer Duffelcoat, ein Regenmantel, Jeans und helle Hemden, die gewaschen und gebügelt werden mußten. Da gab es Lebensmittelkonserven, Flaschen mit verschiedenen Soßen, eine bunte Decke, die aussah, als habe eine Frau sie aus Wolle gestrickt, ein Aschenbecher mit einem Kleeblatt. All das ließ Conal für den rechtmäßigen Besitzer zurück. An den Ort, an dem er ihre Belagerung überstehen und Widerstand leisten wollte, nahm er nur die roten Kleider, den Schleifapparat und die Harrods-Tüte mit den Messern und dem Hackmesser mit. Er ging durch den kalten, dunklen Morgen die lehmigen Stufen zum Bahnsteig der alten Station hinunter. Dreimal mußte er den Weg zurücklegen, ehe er endlich Conal Moores gesamte Habe abtransportiert hatte und im Zimmer nur noch Diarmit Bawnes Sachen lagen. Als er es das letzte Mal verließ, machte er die Tür weit auf und stellte eine Dose von Diarmits Suppenkonserven davor, damit sie nicht zufallen konnte. Diarmit hätte ihnen keine schriftliche Nachricht hinterlassen können, er konnte seinen Namen schreiben, und das war ungefähr alles. Conal konnte schreiben, er war ein gebildeter Mann, aber er wollte nicht. Wozu denn? Warum sollte er ihnen ihre Arbeit erleichtern?

Sie würden ohnehin erraten, wo er steckte. Wenn sie kamen, würde er für sie bereit sein. Die Morgendämmerung zog herauf, bald würde die Sonne aufgehen, schon zeigte sie sich in blaßgelben Streifen über den Graten steiler, schwarzer Dächer und den schwarz gefiederten Zweigen der Bäume. Conal schleppte sein Eigentum über den Bahnsteig in den Tunnel. Die Matratze war in den achtzehn Monaten geschrumpft, aber sie war noch immer eine Matratze. Man konnte sie noch immer seitlich hochstellen und eine Art halbrunden Windschutz oder eine Barriere daraus machen, hinter der man Stellung beziehen konnte. Er hatte eine Decke aus dem Bett und einen dunkelroten Anorak mitgebracht, den er aus dritter oder vierter Hand im «Mind shop» gekauft hatte. Messer und Hackmesser waren wichtig, sie waren seine Waffen. Ihr Anblick tröstete ihn und gab ihm mehr Sicherheit. Blank und scharf lagen sie sorgfältig ausgerichtet auf einem dicken Bündel feuchten Zeitungspapiers. Jeder Polizist und jede Polizistin, jeder Spitzel, die in seine Nähe kamen, sollten sich vorsehen, das war alles.

Conal Moore war immer ein tapferer Junge gewesen, ein Teufelskerl, ein wilder Bursche. Er setzte sich hinter die Barrikade auf einen Berg nasser Zeitungen, in die Decke gehüllt, für alles bereit.

Pup kam um neun Uhr morgens nach Hause. Dolly, die auf dem Wohnzimmersofa aufwachte, hörte ihn direkt hinaufgehen. Sie hatte eben noch Zeit, sich die Schuhe anzuziehen, sich mit den Fingern durch das Haar zu fahren und zu strecken, als er schon wieder heruntergerannt und zu ihr ins Zimmer kam.

Sie hoffte, daß sie eine Erklärung vermeiden konnte, sie hoffte, er werde einfach glauben, sie sei an diesem Samstagmorgen früher aufgestanden als sonst. Aber er sah sie nicht einmal an. Er sah die Puppen auf dem Kaminsims an.

«Glaubst du nicht, daß wir sie jetzt wegtun sollten?» fragte er sanft. «Nun, auf alle Fälle den Mann. Es wäre ziemlich, nun ja – geschmacklos.» Er zögerte. «Weißt du es?» Sie blieb still, sagte kein Wort. Er nahm die Puppen herunter. «Ich habe gestern ein paarmal versucht dich anzurufen.»

«Gestern war ich viel unterwegs», sagte sie gleichgültig und fügte betont sorglos hinzu: «Was soll ich wissen?»

«Hast du die Abendzeitung nicht gelesen?»

Sie schüttelte den Kopf und wartete darauf, daß er ihr die erfreuliche Neuigkeit mitteilte, die für sie keine Neuigkeit mehr war.

Er nahm den Deckel von der Resteschachtel und schob die Puppen hinein. Sie fand, daß er plötzlich älter aussah, viel älter als seine Jahre, und auf irgendeine angespannte Art zufrieden. Er mußte um Yvonnes willen glücklich sein, glücklich, daß sie ihren Mann wiederbekam.

«Es war ein ziemlicher Schock», sagte er. «Gestern morgen – nun ja, vor ziemlich genau vierundzwanzig Stunden ist George Colefax in Hampstead vor einen einfahrenden U-Bahnzug gestürzt.»

24

Als Pup wieder fort war, holte Dolly die Fotografie heraus, die Yvonne ihr geschickt hatte, und sah sie an. Aus irgendeinem Grund – weil George Colefax von Ashley Clare als einem schönen Jungen gesprochen hatte? – hatte sie den Zigarrenraucher für George und den schlankeren, hübscheren für Ashley Clare gehalten. Sie hatte sich geirrt, genauso geirrt wie an jenem Abend auf dem Bahnsteig in Camden Town. Nur war es damals nicht wichtig gewesen, war nichts geschehen, das nicht wiedergutzumachen gewesen wäre. Diesmal war es zu spät.

Yvonnes Mann war tot. Sie hatte ihn ermordet. Seit Pup es ihr gesagt hatte, war in ihrem Kopf ein Rauschen und ein Dröhnen, breitete sich dichter Nebel darin aus. Sie saß noch immer da, wo Pup sie verlassen hatte, ganz still, starrte vor sich hin und fürchtete, sich zu bewegen, denn jede Bewegung, die sie machte, konnte neues Unheil auf sie alle herabbeschwören.

Ihr kam der Gedanke, daß sie nie wieder einen Menschen sehen, nie wieder jemand zu ihr kommen und mit ihr sprechen würde. Heute morgen war nicht einmal von Harold etwas zu hören. Pup war gegangen, ohne zu sagen, wann er wiederkam. Yvonne haßte sie. Sie war für den Rest ihres Lebens dazu verurteilt, allein zu bleiben – oder allein, von einem einzigen Gefährten abgesehen, und sogar er hatte sie verlassen, seit sie, kurz bevor Pup hereingekommen war, den Schatten seines Hundekopfs an der Wand gesehen hatte.

Seit mehr als vierundzwanzig Stunden hatte sie jetzt die Sachen am Leib, die sie getragen hatte, als sie George Colefax tötete. Das rostrote Kleid war zerdrückt und roch nach Schweiß und Schmerz, wie ihr schien. Ohne aufzustehen und ohne die Vorhänge zu schließen, begann sie es aufzuknöpfen. Doch noch ehe sie bei der Taille war, hatte sie das Gefühl, daß etwas fehlte – daß etwas passiert war, schrecklicher als alles andere, daß sie etwas verloren hatte. Sie griff mit beiden Händen zum Hals, tastete über die Brüste, suchte...

Der Talisman war fort.

Sie schrie auf, ein sinnloser Schrei, da niemand da war, der sie hörte, niemand, den sie herbeilocken konnte. Hatte das Entsetzliche nur geschehen können, weil der Talisman nicht mehr bei ihr war? Aber nein, da hatte sie ihn noch gehabt, hatte ihn auf der Haut gespürt. Wenn sie nicht alles verlieren und sich nicht selbst aufgeben wollte, mußte sie den Talisman finden, durfte sie nicht zulassen, daß er verloren war und ohne jemandem zu gehören, durch die Welt wanderte.

Fieberhaft begann sie das Haus zu durchsuchen.

«Ich nehme an», sagte Yvonne, klammerte sich fest an Pup und legte den Kopf an seine Schulter, «ich glaube, was dem armen George passiert ist, lag – wie es in den Zeitungen immer heißt – an einer kurzen geistigen Verwirrung. Der Polizeibeamte sagte mir, bei der Leichenschau werde man auf Tod durch Unfall befinden, aber ich denke, daß er es absichtlich getan hat. Was meinst du dazu?»

«Es ist eine merkwürdige Methode», antwortete Pup, «und der Ort kommt mir fast noch seltsamer vor.»

Yvonne fröstelte. «In einem Moment geistiger Verwirrung denkst du nicht an so was. Es ging schnell. Er hatte mir doch gesagt, er könne nicht ohne Ashley leben, und Ashley müsse wahrscheinlich noch in diesem Jahr sterben. Ich denke, er muß sehr niedergeschlagen gewesen sein, und als er auf diesem Bahnsteig stand, überkam ihn plötzlich Verzweiflung, und er sprang. Aber das brauchen wir ihnen bei der Leichenschau doch nicht zu sagen, nicht wahr?»

«Selbstverständlich nicht.»

«Armer George. Ich hatte ihn einmal sehr, sehr gern, weißt du? Ich bin wirklich ganz durcheinander. Es ist schrecklich, mit Fünfundzwanzig schon zweimal Witwe zu sein.»

«Siebenundzwanzig», korrigierte Pup sie freundlich. «Ich finde, wir beide sollten sehr schnell heiraten.»

«O ja, bitte», antwortete Yvonne und hob ihm die Lippen zum Kuß entgegen.

Pup küßte sie. Er konnte sich nicht vorstellen, warum sie nicht sehr glücklich werden sollten. Er wünschte sich eine große Familie. George hatte kein Testament gemacht, doch das hatte nichts zu sagen, da Yvonne seine einzige Erbin war. Über ihren geneigten blonden Kopf hinweg, betrachtete Pup, was er von dem Haus sehen konnte, das bald ihm gehören würde: die Ecke einer Kaschmirbrücke, einen Teil eines Chippendaleschränkchens, einen scharlachfarbenen Schimmer der chinesischen Brücke im grünen Park hinter dem Fenster. Irgendwann wollte er auch den Mercedes vom «Arrowsmith Court» hierherbringen, das hatte er Yvonne versprochen. Gar nicht so übel, dachte er, mit Einundzwanzig praktisch alles zu haben, was man sich wünscht, ein blühendes Geschäft, eine erfolgreiche Karriere, allem Anschein nach eine einnehmende äußere Erscheinung, eine schöne Frau und ein Haus in der Nähe der Bishop's Avenue, das eine Million wert war.

Dolly würde sagen, das habe er nur erreicht, weil er seine Seele dem Teufel verkauft hatte. Dann würde er wohl, wie der arme alte Faustus irgendeinen furchtbaren Preis dafür bezahlen müssen. Pup konnte sich keinen furchtbaren Preis vorstellen, den jemand von ihm eintreiben könnte, und er lachte laut auf, weil das alles ein so schrecklicher Unsinn war.

«Ich weiß», sagte Yvonne und schmiegte sich an ihn. «Ich bin auch glücklich. Sind wir nicht schrecklich?»

Trotz des Rauschens in ihrem Kopf und der dichten wallenden Nebel, hatte Dolly ein ungetrübtes Gedächtnis. Sie erinnerte sich, daß sie den Talisman noch getragen hatte, als sie die Station verließ, auch im Bus hatte sie ihn noch und als sie die Southwood Lane hinunterging, die Archway Road überquerte und zur alten Eisenbahnlinie hinaufstieg. Sie glaubte ihn auch noch gehabt zu haben, als sie in der Stanhope Road die Brücke passierte und ins Tal hinunterkam, doch daran erinnerte sie sich nicht mehr genau.

Es war ein milder Tag, der Himmel weiß, die Welt farblos. Dolly zog ihren Mantel an, und als sie zur Haustür kam, sah sie auf Myras biskuitfarbener Wand den Schatten von Anubis, und sein Gesicht war jetzt weder freundlich noch gleichgültig, sondern eine zähnefletschende Grimasse. Sie würde nicht hinsehen. Wahrscheinlich werde ich mich immer davor fürchten, mich umzusehen und hinter mich zu schauen, dachte sie. Im Freien, an der Luft war es besser. Sie schüttelte das Haar nach vorn, damit es ihr über die Wange fiel. Ein paar Leute waren unterwegs, um ihre Samstagseinkäufe zu erledigen, und auf den Schultern ihrer Mäntel oder Pullover saßen lauter Hundeköpfe. Wenn Dolly manchmal weg- und dann schnell wieder hinschaute, verwandelten sie sich wieder in Menschen, die sie feindselig anstarrten. Sie ging bis zur Brücke an der Stanhope Road zurück, denn vorher hatte sie den Talisman noch gehabt, davon war sie überzeugt.

Die alte Eisenbahnlinie lag völlig verlassen da, vielleicht weil der Boden so feucht war und es so naß von den Zweigen der Bäume tropfte. Wenn hier niemand entlanggegangen war – oder zumindest kein aufmerksamer Beobachter – seit sie den Weg benutzt hatte, lag der Talisman vielleicht noch irgendwo auf dem Boden. Sie ging langsam, hielt den Kopf gesenkt, knickte von einer Pappel eine lange, dünne Rute ab und stocherte damit im Gras herum. Mit einer solchen Rute, von einem Baum ganz in der Nähe abgeschnitten, hatte Pup so viele wunderbare magische Dinge zuwege gebracht. Der Talisman allein war aus dieser Zeit noch übrig, und sie mußte ihn finden.

Im breiteren Tal dauerte die Suche länger. Dolly wußte nicht mehr genau, wo sie am Tag vorher gegangen war. Im Gras würde man das grüne Metall nicht sehen, und der rote Teil war sehr klein. Sie schaute, den Kopf rhythmisch hin und her bewegend, von einer Seite zur anderen. Eine Feder, von einer leichten Brise getragen, flatterte zu Boden und blieb vor Dollys Füßen liegen. Und plötzlich erinnerte sie sich wieder, die Feder verhalf ihr dazu – plötzlich wußte sie, daß sie gestern morgen den Talisman noch auf ihrer Haut gespürt hatte, als sie den Mistley Tunnel betrat.

Also hatte sie den Talisman irgendwo zwischen dem Tunnel und ihrem Haus verloren. Es war ziemlich dunkel im Tunnel, doch hier wuchs kein Gras, der Boden war kahl, dunkel und feucht, das erleichterte die Suche. Eine Feder berührte leicht ihr Gesicht wie früher Myras Geisterfinger.

Jemand hatte die Matratze an der Längsseite hochkant gestellt. Dolly war nicht der Meinung, daß sie gestern schon so dagestanden hatte. Plötzlich glaubte sie, sich zu erinnern, daß sie genau an dieser Stelle das Gefühl gehabt hatte, etwas gleite an ihr hinunter. Hier mußte sich die Schnur des Talismans gelöst haben, hier mußte er durch ihr Kleid durchgerutscht sein, hier mußte sie ihn verloren haben. Im Zwielicht des Tunnels, Schlamm und Federn unter den Füßen, ging sie auf die Matratze zu, den Pappelzweig wie eine Wünschelrute in der Hand.

Und dann sah sie ihn, sah in dem düsteren Licht undeutlich seine

Gestalt, nicht den Hundekopf, nicht den schimmernden Körper, und in den Händen hielt er auch nicht Merkurstab und Palmenzweige, sondern zwei blitzende Messer, in denen sich das spärliche Licht fing, das im Tunnel herrschte.

Er hatte auf sie gewartet, hatte gewußt, daß sie kommen würde. Sie hatte gewußt, daß er früher oder später ihrer habhaft werden würde. Alles, was ihnen widerfahren war, hatte unausweichlich zu diesem Ende geführt; und als sie sich, die Messer zwischen sich, vereinten, stießen beide einen Angstschrei aus. Und die Schreie klangen, als sei es nur einer.

Nachwort

Shakespeare, sagt Ruth Rendell, sei der Autor, der sie am meisten beeinflußt habe. Dieser Einfluß hat unter den vielen anderen, die dem Kriminalroman in jüngerer Zeit zu neuen Inhalten und Formen verhelfen sollten, von allen das Beste bewirkt, was Literatur auszeichnet: Die Romane der Ruth Rendell haben Erkenntnisfunktion; ihr Gegenstand ist das Rätsel Mensch, ihre Gestaltung Ausdruck einer vom Zeitgeist unabhängigen Weltsicht.

«Der große Vorteil von Shakespeares Dramen ist, daß man gleich weiß, wer der Mörder ist», läßt Robert Crottet seinen Herrn Latour erklären, «deshalb kann man die Entwicklung der Handlung in allen psychologischen Nuancen verfolgen und bewundern, ohne daß der Geist durch eine ständige unbefriedigte Neugier beunruhigt wird.»* Alle Rendell-Romane haben diese vorzügliche Eigenschaft. Selbst dort, wo die Autorin Chief Inspector Wexford einschaltet und der Täter erst am Ende des Buches und der polizeilichen Ermittlungsarbeit entdeckt wird, stehen die Psychologie der beteiligten Personen, ihre Handlungen und Lebensweisen so sehr im Mittelpunkt, daß das bekannte Whodunit-Schema sich im Interesse des Whydunit fast gänzlich zu verflüchtigen scheint.

Die Spannung, die da von uns Besitz ergreift, liegt in den Charakteren, ihren Handlungen und deren Ursachen, den kleinen (scheinbaren) Zufälligkeiten und ihrer Verkettung, die einem Leben diese oder jene Wendung geben, und wo dies so konsequent aufgebaut und erzählt wird wie z. B. in «Urteil in Stein», erreichen Ruth Rendells Romane das Ausmaß der antiken Tragödie.

Auch «Der Pakt» weist alle Elemente des klassischen Dramas auf, eine organisch gewachsene Handlung etwa, die ein inneres Mitgehen ermöglicht; eine streng kausale und überzeugende Verknüpfung von Ereignissen und Personen, motiviert und einsichtig bis hin zur tragischen Notwendigkeit; Exposition, Peripetie, Katastrophe, und das gleich doppelt in zwei nebeneinanderlaufenden Handlungssträngen, die sich erst im letzten Akt zu einer letzten Katastrophe vereinigen. Die Anteilnahme, das Mitleid, die Erschütterung, die «Der

* Robert Crottet: Heute in vierzehn Tagen, Fischer Taschenbuch Verlag 1984

Pakt» in uns auslöst, ist sehr verwandt mit dem, was zu bewirken Ziel der klassischen Tragödie war.

Aber Ruth Rendell schreibt nicht für die Bühne. Sie erzählt, und sie erzählt mit einer Redlichkeit und Genauigkeit, wie sie nur selten ein Kriminalautor seinem Leser gegenüber beachtet hat. Da gibt es keine falschen Spuren, keine blinden Motive, keine unterschlagenen Informationen, da fügt sich statt dessen Detail an Detail, fortschreitend ergänzt und erweitert zu einem größeren Zusammenhang, da wird nichts vergessen, fallengelassen, übergangen, nichts bleibt unausgeführt oder erweist sich am Ende als bedeutungslos. Aber obwohl sie auf diese Weise ehrlich alle Teile des Puzzles liefert und keins unter der Hand zurückbehält, vermag Ruth Rendell doch immer wieder zu überraschen mit der Wendung, die die Dinge bei ihr nehmen, wenn sie die letzten Teilchen zusammenfügt. Ihre Plots sind die intelligentesten und kunstvollsten, die ich kenne. Dabei wirken sie niemals konstruiert. Die Dramaturgie ist so geschickt arrangiert und in Erzählung umgesetzt, daß sie wie alltägliche Wirklichkeit erscheint.

Es ist auch nicht die große weite Welt mit ihren exotischen Schauplätzen, die den Hintergrund der Verbrechen liefert. London oder die südenglische Kleinstadt Kingsmarkham sind die Orte, an denen Ruth Rendells Morde sich ereignen, nicht einmal Swinging London mit all den bizarren Erscheinungsformen einer Großstadt, sondern die abgegrenzten, gutbürgerlichen Wohnviertel, in denen so manches «schlafende Leben» (so der englische Originaltitel eines Romans) ein plötzliches Erwachen oder Ende findet, was oftmals dasselbe ist. «Die Frau war tot, aber, wie Wexford nur zu gut wußte, Tod durch Mord ist auf eine Art kein Ende, sondern ein Anfang ...»

Eine stillgelegte Eisenbahnlinie im Tal, ein Fußgängertunnel mit einer verrottenden Matratze, die dort seit Jahren herumliegt, und über dem Tal die alten Häuser von Manningtree Grove, zwischen denen bereits die Abbruchspezialisten am Werk sind, das ist im vorliegenden Buch etwa die Eingangsszenerie, mit der Ruth Rendell die Welt veranschaulicht, in der der ganz alltägliche Schrecken wohnt, zumeist inmitten einer ahnungslosen Nachbarschaft. In «Dämon hinter Spitzenstores» ist es eine einzige Hausgemeinschaft, in der das Drama sich entwickelt; in «The Secret House of Death» blicken die Nachbarn eine ganze Weile zu diesem verschlossenen Haus hinüber und spekulieren aus ihrer Sicht, was dort drinnen vor sich gehen mag, ehe sich endlich jemand, zu spät, entschließt, hineinzugehen; in «Mord ist des Rätsels Lösung» vergräbt Stanley eine Leiche in seinem Garten unter den Fenstern der angrenzenden Nachbarhäuser. Alles ist überschaubar in diesen Wohnvierteln, aber niemand will offenbar allzuviel sehen, was den bürgerlichen Rahmen sprengen könnte. Trotz der Nähe bleibt jeder mit sich und seinen Konflikten allein.

Rhoda Comfrey z. B. «Leben mit doppeltem Boden» ist vielen in Kingsmarkham seit ihrer Kindheit bekannt, doch als sie tot unter einer Hecke in der Nähe ihres Elternhauses aufgefunden wird, weiß niemand zu sagen, welchen Beruf sie eigentlich ausgeübt hat oder wie ihre Londoner Adresse war, und außer ihrer Leiche gibt es keinen sichtbaren Beweis, daß sie überhaupt existiert hat. In «Dämon hinter Spitzenstores» schreibt jemand eine Dissertation über die psychopathische Persönlichkeit und übersieht geflissentlich jedes Anzeichen dafür, daß er es bei dem Mieter, der direkt über ihm wohnt, mit einer solchen zu tun hat. So begnügt sich auch die Familie Coverdale «Urteil in Stein» mit allereinfachsten Erklärungen angesichts von Vorkommnissen, die das liebgewordene Bild der perfekt funktionierenden Haushaltsperle ins Wanken bringen könnten.

Niemand in diesen Wohn- und Lebensgemeinschaften möchte allzuviel vom anderen wissen oder von sich selbst preisgeben. Seelengeheimnisse werden bewahrt, Defekte verborgen, Obsessionen im Rahmen einer bürgerlichen Existenz sogar kontrolliert, soweit und solange es irgend möglich ist. Eunice Parchman, die Analphabetin «Urteil in Stein», wählt durchaus überlegt eine Stellung als Dienstbote, in der sie weitgehend davor bewahrt bleiben kann, mit ihrem Mangel in Konflikt mit der Welt zu geraten. Rhoda («Leben mit doppelten Boden») schafft sich eine zweite Identität, die ihrer Lebensweise in den Augen anderer Normalität verleiht. Der «Dämon» hat ein wohlfeiles Arrangement mit sich und der Welt getroffen, indem er sich zur Triebabfuhr eine Puppe im Keller hält, während er ansonsten ein mehr oder weniger unauffälliges und von bürgerlichen Tugenden geprägtes Leben führt. Der Pelzfetischist Bishop «Die Tote im falschen Grab» wartet stets, bis die Kinder schlafen und seine Frau das Haus verlassen hat, ehe er in der Abgeschiedenheit eines Zimmers seinen nackten Körper in die erregenden Pelze hüllt.

Was immer die Menschen umtreibt, es bewegt sich weitgehend zwischen Liebe und Tod. Diese schlichte Tatsache hat der Gattung Kriminalroman die Auswüchse der Kategorie Sex and Crime beschert. Bei Ruth Rendell dagegen erhält Sexualität den Stellenwert, den sie tatsächlich auch im Dasein des Menschen einnimmt. Verdrängt, unterdrückt, sublimiert, pervertiert – Eros ist unausweichlich, und der Mensch notwendig ein geschlechtliches und liebebedürftiges Wesen. Kein anderer Autor von Kriminalromanen hat dies bisher so deutlich und zugleich so undemonstrativ und so sensibel in Charaktere, Handlungen und Motive umgesetzt. Auch Homosexualität, die Annahme eines anderen Geschlechts, Hörigkeit, Promiskuität oder asexuelle Kindlichkeit bis ins Mannesalter werden feinfühlig-objektiv als Möglichkeiten menschlicher Existenz und zwischenmenschlicher Beziehungen thematisiert. Daß dies zu Katastrophen führt, liegt nicht unbedingt in der Natur der Sache, sondern in der Natur der Welt, wie Ruth Rendell sie sieht.

Selbst die Psychopathen erscheinen bei Ruth Rendell nicht als abartige und letztlich unbegreifliche Ungeheuer, werden aber auch nicht mit aufgesetzter Psychologie durchleuchtet und als Schau- und Studienobjekte vorgeführt. Sie erklären sich von selbst durch ihre Geschichte. So zwanghaft sie töten müssen, so zwingend menschlich sind sie und so tragisch notwendig zum Scheitern verurteilt.

Das extremste Beispiel für Ruth Rendells tragische Weltsicht ist wohl Diarmit im vorliegenden Roman: Ich töte, also bin ich. Mord als Lebensäußerung, als Existenzbeweis, als sozialer Kontakt in einer Welt, in der ein Mensch wie Diarmit zwangsläufig in die Isolation getrieben wird, obwohl oder weil er nicht mehr vom Leben verlangt als einen Job und ein wenig Beachtung von seinen Mitmenschen. Und Dolly oder Lena «See der Dunkelheit» und all die anderen Versponnenen, Verstörten, In-die-Welt-Geworfenen, auch sie versuchen doch nur auf ihre Weise, ihr Seelenheil zu finden und ein ganz bescheidenes privates Glück.

Glück oder Unglück ist es, was die Handlung, schicksalhaft und mit Notwendigkeit, für den Menschen in der antiken Tragödie bewirkt. Ruth Rendell hat die moderne Gattung Kriminalroman um die klassische Dimension des Tragischen erweitert, als Grundbegriff für das menschliche Dasein schlechthin.

Man mag eine andere Weltsicht haben und eine andere Vorstellung von Kriminalromanen, aber man muß schon mit Blindheit geschlagen sein, wenn man Ruth Rendell immer wieder als Erbin von Agatha Christie, Dorothy L. Sayers und anderen ehrwürdigen Krimidamen bezeichnet und nicht nur überzeugt ist, ihr damit gerecht zu werden, sondern auch noch höchstes Lob zu zollen. Bei allem Respekt, aber Shakespeare will mir als ein weitaus legitimerer Ahn erscheinen.

Helga Riedel